女儿花红

白中玉 ◎ 著

安徽师范大学出版社

· 芜湖 ·

责任编辑：郭行洲
装帧设计：丁奕奕

图书在版编目（CIP）数据

女儿花红/白中玉著． —芜湖：安徽师范大学出版社，2017.8 (2017.10 重印)
ISBN 978-7-5676-2834-2

Ⅰ．①女… Ⅱ．①白… Ⅲ．①长篇小说－中国－当代 Ⅳ．①I247.5

中国版本图书馆CIP数据核字(2017)第090653号

NÜ'ER HUAHONG

女儿花红

白中玉 著

出版发行：安徽师范大学出版社
　　　　　芜湖市九华南路189号安徽师范大学花津校区　邮政编码：241002
网　　址：http://www.ahnupress.com
发 行 部：0553-3883578 5910327 5910310（传真）E-mail：asdcbsfxb@126.com
印　　刷：虎彩印艺股份有限公司
版　　次：2017年 8 月第1版
印　　次：2017年10月第2次印刷
规　　格：700 mm×1000 mm　1/16
印　　张：21
字　　数：300千字
书　　号：ISBN 978-7-5676-2834-2
定　　价：52.50元

一

每个人都是一组风景，每个女人都是一幅水墨画，一群女人的青春叠影就是一部乡村大电影。

丁家墩今晚放电影，这在那个精神食粮极度匮乏的年代无需做任何广告，只需口头在田间、地头传播，速度一样追赶上了落日余晖的脚步，成为当日乡村的头条，轰动整个山里红乡。天刚一变黑，村头的打谷场上就黑压压地挤满了各村赶来的乡邻，叽叽喳喳，如蚁巢出动、候鸟秋去春归初聚。

打谷场正后方是高耸的山巅，江芜市海拔最高的张公山，山上种满了郁郁葱葱的茶树，远看就是一头满身毛发的黑熊坐在空旷的大地上，正低头嗅着山腰间环绕的袅袅炊烟的气味。

熊头两侧高耸的双峰，如瘦熊的肩骨，民间传说它早晚会醒过来，那时大地翻滚，丁家墩将被埋进黑暗。所以每逢过节、庙会的时候，丁家墩老小都要去村后的丁家祠堂烧一炷香，祈求老天保佑山熊继续沉睡。

为了能镇住这头不安分的睡熊，不知是哪一年，一云游的僧人，在张公山山顶的一块巨石之上，修建了一座寺庙，占地十余顷，取名西九华。虽历经战乱，毁建多次，却依旧香火旺盛。而今在八方香客的筹资重建下，大殿雄伟，松柏绕古寺，蓝天飘白云，甚是雄伟，气势非凡。

五月的桃花汛特别粘人，连续下了半月的大雨，到处都是雨水融化泥土散发的气息，带着一丝甘甜，像是一碗煮到恰到好处散发着幽香的煲仔饭，让人越呼吸越觉得饿，空气纯净到从鼻孔呼入，会从躯体里一路穿肠过肚，无需过滤，直接回归自然。

接近傍晚的时候，山腰的几堆厚云终于等到下班，急匆匆地飘走了，露出了几片泛白的鱼尾红。乘着老天歇口气的机会，乡亲们只囫囵地扒了几口饭，门也顾不上锁，就手里牵着大的，怀里抱着小的，扛着板凳前呼后拥挤进人群抢好了位置。最前排挤着一帮小孩子，借着挂在屏幕前那盏100瓦的白炽灯发出的光，几个小女孩正如马蜂窝般挤成一团，翻看几张刚刚冲洗出来的小学毕业照在欢快地评论着，旁边围着一群小男孩，这群孩子就是整个村子的未来，承载着这片热土中一段滚烫的青春记忆。

大姑娘小媳妇们也打扮得花枝招展，脂红粉黛地赶来，几个油头粉面的青年梳着二分头，穿着喇叭裤，打着口哨，抛着媚眼，献着殷勤，引起周围人群的一阵阵哗然。

"咻……"一声长长的哨音响起，坐在队伍后面的几个三十来岁的单身汉将拇指和食指捏在一起，伸进嘴里，比赛一般响亮地打了几个流氓哨子。他们的躯体里满是燥热，可是那股熔浆没有用武之地，被深深埋在灵魂的角落里，如年糕一般被反复捶打，越发陈香。他们唯一可以发泄的就是将身体弯曲成一张满弓，猛烈地震动着空气，向那些看不上他们的姑娘们做一次次有声的呐喊。

清脆尖利的口哨声刺得人群耳膜"轰轰"震响，更刺激着姑娘们的神经，她们纷纷回头观望，抛出一脸惊艳。

本故事的四个主人翁就坐在毕业照片的最前排，都笑得一脸天真无邪，分别是：邻村的张雅青，她是村小学毕业班的班长，女娃中个子最高，人长得干瘦却演绎了什么是穷人家的孩子早当家，父亲早逝，小小年纪已是家里的顶梁柱；丁小美，毕业班代课教师王老师的女儿，因为有两个小酒窝，所以她最开心的事就是笑，一根油条粗的辫子乌黑可鉴，外号"大辫子"，她妈妈是上海知青；丁秀秀，班上成绩最好的人，孤傲冷漠，喜欢一个人抱着书本静静地看，或一上午坐在河边看摇动的柳条发呆；丁雨红，村里开小店丁小气家的大女儿，得这样的名字还是她十来岁的时候村里男人们私下里给起的，因为她两个脸蛋总是挂着对称的两道红晕，像雨后天空的彩虹。

一个人的名字往往决定了一个人一生的命运，而命运又会反复演绎水乡女人的一生。

那夜的电影异常的精彩，白色的荧屏像是有强大的磁场，如妖艳的女人，将坐得满满的打谷场上几百颗心全都牢牢吸附在自己身上，大千世界、人间百态，全在一张小小的荧屏里变幻成真实的感动，演绎成一场别样的人生。

电影高潮的时候，整个村子鸦雀无声，连躲在人缝中的三五只土狗都瞪圆了小眼珠，大气不敢出地盯着屏幕。可是就在他们的头顶，那头沉睡了几个世纪的黑熊张公山却被梅雨这个妖艳的女人软化了脊梁，肚皮上破开了道口子，流着硫黄水，殷红如血，像个快要临盆的女人。

半山腰的几间破屋前，坐着个男人，正远远地反对着屏幕津津有味地看，他是小美的爹，是看护这一片山林的护林工人。突然，夹在男人手心的烟蒂抖了抖，一股冰凉浸透了他脚下的拖鞋，让这个四十来岁满脸胡楂的男人猛地打了个寒战，他下意识地低头一看，坐落在山腰上这间小屋四周不知什么时候开裂了几道缝，往外哈着气，像刚出水的泉眼，"咕噜咕噜"地往外冒水。

恍然间，小美爹感觉自己不是住在大山上，而是住在村尾圩区江边的小岛黑沙洲上，每年汛期，长江就是个进入癫疯期的女人，变幻莫测，而江心的那个小岛就是这个疯女人生的私生子。

汛期中黑沙洲一脚一个新泉眼，四处塌方，四分五裂，可是每年秋天她又聚沙成洲，一年演绎一次轮回，村里老人们说那就是她的命。

"张公山出汗了，到处是泉眼，山体要滑坡了，电影别放了，大家赶紧往村尾江边跑啊！"小美爹一路叫喊着跑回了村。

寂静的山村如一块结实的厚布，这个中年男人飞一般地从变幻着镜头的屏幕前跑过，沙哑的声音如剪刀，瞬间就将这种寂静剪得七零八落。投影机的白炽光柱将这个男人的轮廓打在荧幕上，皮影一般，放大后更显得棱角分明。坐在最前排的小美抬头看了眼爹，邋遢的胡须、蓬乱的头发、魁梧的身材、黝黑的脸，没想到这组镜头成了她对爹最后的记忆。

本来还坐得整整齐齐的打谷场上人群瞬间就沸腾了，平衡被打破，如马蜂窝失去蜂王进入凌乱状态，人群向四周炸开。

"轰隆隆"，孩子王张小虎抬头张望，天空有几颗星星调皮地眨着眼睛，和他对视，显得很无辜，连他们都很茫然。没有打雷，可是的确有雷声夹着战马的咆哮声，从头顶的山谷里一路咆哮而来，如得了哮喘的老人，夹着一股说不出的怪味，对着耳朵根咳嗽。如角马迁徙，整个大地都在颤抖。

山洪这个山林和大山生出来的野种，就这么一路哇哇叫着蹿出来，扑倒一切。

慌乱中小虎伸手去抓一直紧挨着身边坐着的雨红，小丫头脸上的彩虹变成了白色，如扑了漂白粉，身子发抖如筛糠，她有点纤细的手冰凉。就在他和雨红刚刚十指相扣转身准备跑的时候，一股急流嫉妒似地翻滚着身子扑来，瞬间小虎就坐上了过山车，被浑浊的夹杂着石块树根的山洪挟持着，直接从丁家墩的头顶越过，路过村里的丁家祠堂没有驻足、路过村里的小学没有停留、路过村中央的大塘没有歇息、路过大塘口的那棵高耸的柳花树再次爬升，直接注入村尾的大江。

飞翔中小虎紧抓着雨红的手被狠狠地"咬"了一口，等他抬起手却看到满手臂的鲜血，四处去寻找雨红时，已在离村一里多路的大江里，四周人头攒动，一个个小伙伴探出头来，惊恐地叫着爹妈，奋力地往岸上游；一个个长辈急切地唤着孩子的乳名，江水里满是颤动的人头，场面像是过年村集体大塘干涸抓鱼。

五月天，风乍起，浪接天。

　　水面上飘起一具具黑黢黢的躯体，小虎一路疯狂地往岸上爬，他不敢回身多看一眼，听说人死后最后看一眼的影像会映在眼膜里、刻进灵魂，会带到另一边的世界，小虎怕那边的世界有人记得他的样子。

　　原来，童年的回忆里一半是童真，一半是梦魇。

二

　　祖辈们说丁家墩的灵魂就是村正中央的那座大塘，当年丁家二兄弟逃荒来到这偏僻的江边时，在大塘边驻足，停下喝口水，临走的时候，大塘里的水草死死地缠住了老大的手腕，一时怎么也解不开，场景让兄弟二人潸然泪下。那年饥荒，他们离家跟着部队去当兵的时候，老母亲也是这么紧紧地抓着兄弟二人的手腕，如今和老母亲已天各一方，这口大塘就是他们的娘，他们在大塘边搭了个窝棚，决定以后子孙们都要陪着娘。

　　大塘如小村的眼睛，每天转动着幽暗深邃的眼珠，想着心思。

　　大塘四周簇拥着、蜗居着一排排低矮的小屋，一个个撅着个屁股，如锅口边烧焦的大馍，散发着乡村的霉味。空气中弥漫着鱼腥味、青草味、牛粪味，还有岸边女人捶衣服敲击出的女人味，勾引着落日的炊烟一直缠绵偷欢到树梢，游荡在这白墙黑瓦的古村落里，细看是那般的不成比例，犹如一幅诡异的水墨画。

　　几位女主角就围着大塘居住，小美和她妈妈一起住在村口的小学里，秀秀家在村尾的大堤边，雨红家住在村子的最中央，她家小店永远是村里最热闹的地方，她爹常吹牛说城里的十字街口也没他家的地段好。

　　丁家墩只是一个渔村，至今村里长辈都不能准确地叫出她名字的出处，祖辈围圩造田几百年，最终一步步将圩埂推远，在视线所能感触的尽头形成一道蜿蜒盘曲的线条，线上偶尔点缀着一些黑色的点，那是上岸渔民的家。围埂散开，对应着坡地上的梯田，如打开的折扇，又如一只开屏的孔雀。小虎听母亲说，一次出工他就在河埂上出生了，那年他家的水牛也当了娘，后来哥哥背着他赶着牛，在河埂上寻觅酸果，而那对牛娘俩，则在啃食河床的味道。

大塘的源头是张公山山腰间那几眼常年喷涌的甘泉，足有几亩地，从山脚石窟的拐角处一路汹涌而下，绝情而去，喂饱了大塘的胃，在塘口聚集、溢满，再直奔河下的长江而去，投入她男人的怀抱。

甘泉冬天浑身热气腾腾，如个燥热的汉子，夏天寒气逼人，如冰霜的女人。

大塘是村里祖辈祭拜的母亲河，有她才能丰衣足食，旱涝保收。塘口有间水磨坊，房子青砖黑瓦结构，有两层，楼下一层延伸到水面之下，楼板下面就是水流，水很深，整个磨坊建在岩石上，房子的一半面积都没在河水里。

磨坊常年发出"嘎吱嘎吱"的声响，从来不知道累，张小虎从刚记事时就担心她老成黑炭的轮骨，总有天扭断脊梁，倒成一堆枯木烂铁，可是每年的江水涨了又落，她照样摇着她的纺车，一样哼唱着那同一首节奏的歌谣。

水磨坊离村子有段距离，独门独户，住着对母女，老得快成精的丁婆和她不见老的"女儿"傻姑。丁婆到底多大，村里娃子没人能说清楚，据说她祖上是村里最大的商户，后山脚修建的丁家徽州古祠堂可以用土豪来形容，光正屋的几根脊梁柱就需两人合抱。她的父母在批斗中死去，留下丁婆一个人在空旷的丁家祠堂里空守，她怕，村里孩子们孤立她，欺负她，她没有朋友，没有未来，而水磨坊清唱的"吱呀"声很像是个男人在叙述，让她感觉不再孤独，能让她安心地睡去。

一个夜晚，她搬进了水磨坊，丢弃了丁家大院，丢弃了那张古红漆床，那是她的嫁妆，一生再也没回去。她以照看水磨坊和帮人接生为生计，村里孩子没人敢直面丁婆的眼睛，更不敢数她脸上的皱纹。她接生一般不要钱，就要娃子的脐带回去和女儿一起煮食，每一道皱纹就是一根孩子的脐带。她女儿傻姑村里人议论不是她亲生的，但从不敢当着她的面说，她听到会急眼。

一个从未生过娃子的女人，却也能将接生当着人生的使命，演绎得淋漓尽致。

丁婆年轻的时候爱上了个跑江的渔夫，他也是个孤儿，那男人为了存钱迎娶爱人，拼命地捕鱼，一个暴风骤雨的夜晚，男人出去了就再也没有回来，连尸体都没有捞到。丁婆在江边捡到了男人的草帽，那夜水磨房里传来撕心裂肺的哭声。当晚村里有人去大塘边挑水时，看到一个黑影从大塘底下的河埂上一路走来，扛着个渔网，浑身毛茸茸的，瘦小得如个孩子，眼睛借着月光却反射着光。

自那年后，大塘里每年都淹死人，塘里就有水鬼了！村里老人说淹死了的人未满一年就会化做一个类似猴子一样的怪物，全身黑色，手臂非常长，爪子很利，是个脚掌有鳍的尖嘴猴腮的怪物，在水里力气很大，上岸却斗不过一只公鸡。水鬼都是屈死鬼，会拖人下水，只要时间刚满一年，就开始害人了。

半年后，丁婆的房里传来孩子的啼哭声，村里人第二天一大早壮胆去她家看望时，丁婆坐在床上，说自己怀孕后生娃了，当妈妈了。可是昨晚村里有人看到一个娃睡在襁褓里，在大塘的石板上啼哭，是丁婆抱回了家。

村里小伙子带着姑娘游泳时说，大塘在思春，是个大色狼，丫头们千万别去洗澡，会被偷窥，会怀孕。

村里老人说大塘是个饿狼，闹饥荒时村里饿死的老少，都扔大塘里，被他吃了，而今每天都在等着赶死鬼跳下来投胎。

大塘里有水鬼，这事村里人都知道，因为每年都淹死人。这十几年掐指算来，男鬼女鬼老鬼小鬼，大大小小淹死的也有一个小班。

自打记事时起，爹第一次将他带到大塘里洗澡，小虎就怕，那水太冰凉，像是电影里的女鬼吸人阳气一般，凉到骨头里，所以每年暑期张小虎都不敢去大塘里游泳，也不准他的小女友雨红去塘边捶衣，哪怕是天暗了去塘边约会、偷欢他都怕，总觉得鬼魅的波光下，有双喋血的眼睛在盯着他，如狙击手般整天盯着她的猎物，随时会对他扣动扳机，她就是嫉妒自己的雨红那风韵的身体，嫉妒她那两个一笑就能淹死所有男人的小酒窝，嫉妒自己和雨红一起赤脚长大的爱！

世人都幻想有段青梅竹马、两小无猜的童年，原来世间最珍贵的财富，是心里有爱。

三

　　每个人都单纯过，每个人原本都是一张白纸，可要想灵魂干净就别用眼看这个杂乱的世界，世间最干净纯洁的心灵应该是瞎子的。

　　在真爱面前，我们人人都是灯下黑、都是爱情的瞎子！

　　丁小美每天只有两件事，一件是踏着那台学校淘汰的老旧的脚踏琴边弹边唱，一件就是站在窗边听风声。在她的世界里，没有色彩，却有声音，所以她从不感到孤独，就算是夜晚，所有的声迹全都隐去，还有风，对于一个看不见光明的人来说，白天和黑夜有区别吗？

　　十四岁那次山体滑坡之前，她有着饱满的记忆，青青的山，蜿蜒妩媚的大江绕村而过，她那三间青砖黑瓦的家就在张公山的山脚下，紧挨着村小学的侧门，门前睡一条懒惰的狗，屋后有三五只鸡在追逐。儿时最要好的伙伴阿俐、阿峰三人如拴在一起的蚂蚱，他俩也是村小学老师的子女，同在一个大院，整天一起欢快地沿着百转的山间小路，从天蒙蒙黑的清早去放牛，一路放到满身露水，直到日上一竿。

　　阿俐没有她成绩好、没她个子高、没她伶俐、没她可爱漂亮，这是村里人公认的事实，可这一切从来没有影响她们的友谊。

　　"村里老人说了，女娃小时候漂亮，长大就丑，我现在比不上你，以后长大了肯定比你漂亮，我现在是丑小鸭，你给我等着，我早晚要变成白天鹅。"这是阿俐挂在嘴边说得最多的一句话。

张小峰也是村里的娃子王，因为学校离村子中间被一段水田隔开，足有半里多的路，他们三人很少去村子里玩，和一帮张小虎带着的野娃子相比，他们显得很文静。

张小峰大嗓门到哪里都是一呼百应，可是一和小美、阿俐在一起，就只是傻乎乎地笑，那时的画面是每个清早他们在村口集合，小美和阿俐如两只小麻雀跳跃在山涧的羊肠小道上，边走边"咯咯"地笑，身后跟着牵了三头牛的阿峰；有时他们去山上砍柴，回来的画面是小美和阿俐跳跃在回家的山路上，身后跟着背了三个柴草捆的阿峰；挖山药回来的路上，她俩累了或可能被野树枯藤划伤了，下山的画面是俩人欢喜地猜着拳，剪刀、石头、布，一样的游戏，永远有不一样的惊喜和快乐，赢的一方迅速跳上阿峰坚实的后背，猛拍一巴掌，打马扬鞭骑着她的王子一路奔向未来。

十四岁那年，坐在拥挤的人群里看电影，爹一路叫喊着跑回了村，挨家挨户地去敲门，动员乡亲撤离，小美还没怎么反应过神来，等惊醒后已被深埋在泥浆里，四周一片漆黑，她瞪圆了眼睛想看明白世界怎么了，世界涌进了她的眼睛，疼到心窝，掐住了她的喉咙，窒息到她脑子白成一片空白的黑。

第二天她醒了，失去了爹，失去了双眼。当听到阿峰和阿俐来看她的时候，她长出了口气，她听到阿峰在哭泣，这次泥石流他失去了妈妈。两个天真得能装下世间所有美好色彩的少年心，从那之后都成了缺爱的人，一个失去了山一般坚实怀抱的父爱，一个失去了如海一般宽广的母爱。

自那以后他们村子在政府的帮扶下，一部分村民离开了那个祖辈们热恋的沃土，离开了丁家墩、丁家祠堂，搬迁到了县城里，小美家搬进了二楼，紧临大街，吆喝、汽笛、讨价还价声，混杂成一锅散发幽香的粥，小美喜欢热闹，喜欢繁杂的大街，那里每天都有不一样的脚步声，有皮鞋、胶鞋、布鞋和拖鞋，有着不一样的气味，有汗味、香水味、鱼腥味和油漆味，她从不感到孤单。

她感觉街道如河道，行色匆匆的路人就是游艺、穿梭在大街这条大河里的鱼，有大有小，有胖有瘦，可能穿得花花绿绿，挤在一起像公园池塘里养的观赏鱼，肯定好看极了。如果可以，她渴望穿得姹紫嫣红，游艺在大街上，当一条让人欣赏的鱼。

小美的妈妈原本是上海下放的知青，在江边贫瘠的土壤扎了根，带着城里绽放的花朵蓓蕾，结了婚，成了名代课教师。多年后小美妈通过考试，成了名正式在编教师，这次被安排在县城一所小学教书。阿峰妈妈生前也是名代课教师，他爸爸原本是个渔民，黝黑的身体如条黑鱼，进城后在师范学校的大门前开了家大排档，一手炒面堪称一绝，学生们说菜里从没加海鲜，却总能免费吃到海鲜味，好吃。

"小美你别怕，我有两只眼睛，借一个给你，我们再把两个人的爱一起给阿峰，像他妈妈那样爱他。"阿俐将3人的手叠放在一起，掌心里有他们各自的温度，叠到一起就有了融化躯体的温度。

三个少年闲时，都会一起手牵手去爬师范学院的围墙，去逛公园的假山，去用捡矿泉水瓶卖的钱一起啃咬同一根冰棍。只是每次小美累了时，阿峰都会主动俯身把她背在身上，阿俐在一边跟随，从来都没有再用猜拳争过。

小美一直奇怪失去了爸爸，却从来没感觉孤单，从来没有像妈妈那种空空的孤独感。每天妈妈教书回家，她都故意把门弄得很响，好让小美感觉到妈妈回来了，有安全感了，不寂寞了，可是小美知道，自从爸爸去世后，再没听妈妈笑过一次，小美看不到，却能感觉到妈妈每天都像一片鹅毛，飘来飘去，从没让她感觉踏实地快乐过。

"妈妈，你这么辛苦，又孤单，再去组个家吧。"她好几次提议妈妈再组个家，只是妈妈每次都说再等等，等女儿长大了、独立了、治好了眼睛再说。一年冬天，妈妈用凉水洗衣服，受了凉，烧得很厉害，还胡乱地说梦话，半夜小美听到妈妈接了个电话，小美听出那边是个男人，只一句简单的慰问，妈妈就用被子捂着脸哭到崩溃了。

　　小美做了无数次同样的梦，梦里她们三人回到了童年的村庄，回到了那条汹涌回旋的大江边，赤脚在江潮边奔跑，脚下的鹅卵石如鸡蛋，每颗里面都孕育了小鸡，都有生命，就像夜晚天空拥挤的顽皮星星，如萤火虫星星点点，很亮，可以当人的眼睛。所以她期盼有一天有一颗能落下来，哪怕是一颗，能让她看一眼长大了的、长胡子了的阿峰是什么样，到底帅不帅？阿俐是不是真的变成白天鹅了，还有村里长得让人嫉妒的雨红、外村的班长雅青、快中考的秀秀、一大帮儿时的伙伴，是不是都变了，她现在对他们所有的记忆都定格在小学毕业的相框里，那里捕捉了她的青春，更镌刻了少年时的记忆。

　　这张老照片，看电影那晚她只匆匆地看了几眼，而今就压在她的床头下，她抚摸过无数次，却怎么也感受不到真实的画面。

四

那年丁秀秀被冲进大江的时候，她拖着一身烂泥从泥泞中走上来，脸上永远是那样冷若冰霜面孔，没有丝毫的恐惧和慌乱，冥冥之中她感觉这只是她人生路途上的一段小小坎坷罢了，算是阅历，根本算不了什么。自打妈妈十年前正月初六那天生弟弟失血过多，含着泪叫过秀秀嘱咐她一定要好好读书、好好照顾弟弟，缓缓地闭上眼睛后，秀秀的泪已在那夜流干了。

那一天，家里多了一个人，也少了一个人，塌了半边天。

后来弟弟因为缺奶水，身体一直病歪歪的，也没能熬过那个冬天。一个温馨的家，在那个冬天之后，变得清冷、沉寂。

秀秀家和张玉宝家是邻居，住在丁家墩最村尾，两家的小屋都很低矮，如两个王八壳，翘着屁股紧紧地趴在河埠上，披着一身茅草相互挤成一团，特别的温情。两家共用同一堵二米多高的青砖墙，后院的菜地也只隔了一堵一米来高的泥巴墙埂，比肩还宽不了多少，这堵泥巴墙不光是两家的分界线，也是两家孩子的界河。

一截围墙生着几株满身是刺的野蔷薇，随意地生长，倔强地非要开上三个季节。雨水足的年份，开得特别灿烂，什么颜色的都有，毫无拘束，带着野性，香味也年年不同。秀秀喜欢拿把小剪刀，每天很认真地挑一朵，戴在耳边，一插上去，她就觉得自己也是朵花了。

每天总有那么几只蝴蝶在花丛中翻飞，像是在找什么东西，秀秀特意观察了很多天，它们什么也没找到。一群小蜜蜂整天摇动着胖乎乎的屁股，像是什么事都不干，不知什么时候将蜂巢建在了蔷薇深处，起初还是小橘子那么大，可是只一个春天过后，竟然长得大如拳头了。

他们相处好的时候，那堵泥巴墙就是他们的战马，他们骑在那堵只有一米多高的泥巴墙上，策马扬鞭，用手指粗的柳枝鞭打围墙，抽打着这头脏糟糟的浑身沟壑的秃顶老牛，灰尘弥漫。两个孩子或头对头，大战三百回合；或挤在一起，一路欢叫着迎风奔向未来。

"秀秀她爹，咱们两家一衣带水、唇齿相依、情同手足，看这两个娃子玩得这么开心，以后长大了，就定个娃娃亲吧。"玉宝爹一看到娃娃脸的秀秀，就抱起来欢喜地亲，恨不得抱回家当女儿养。

"娃娃们还小着呢，以后的事，娃子们自己做主。"秀秀爹表情冷淡，在他的眼里，自家女儿那是掌上明珠，俊俏、伶俐，读书成绩又好，聪明过人，盖过了十里八乡所有女娃，谁稀罕你家傻兮兮的玉宝！你老张家把唯一的带把香火疙瘩当个宝，在我老丁家眼里就是根草。

玉宝爹每逢听邻居这么冷冰冰地回他的话，他都不生气，依然赔着满脸的笑，热情地递烟，示好。

村子后面的小山底下，有一军用机场，时常有战机轰鸣而起，呼啸着从他们童年的天空掠过，震得脚下的大地颤动。战机如个烟鬼，吐着浓浓的黑烟，一圈连着一圈，在天宇中慢慢膨胀，渐渐连接成一条长长的卷卷的乳白色花筒，横跨天宇大幕，如蚯蚓的便便。

"玉宝哥，我们现在用功读书，以后成了国家人才，你带我飞上天吧。"每每有轰鸣的战机在头顶盘旋，秀秀都会驻足，紧握着手里用硬纸盒叠成的纸飞机，比划着俯冲的动作，一脸的向往。

玉宝使劲地点头，一把夺过秀秀手中的纸飞机，在嘴里哈了口热气，使出浑身的力气，投掷向天空。那架纸飞机倾斜着身子，驾驭着蓝天，迎着阳光飞上蓝天，带着一份童真的幻想，追逐童梦。

　　时光是个大魔术师，只短短几年的光阴，秀秀这朵小蘑菇就长成了一个高挑的大姑娘，臀部翘翘的，胸高高的，连脸上都上了一道道红薯霜，像柿饼自己渗出的粉。每次秀秀背着书包去山那边中学的时候，路边的竹林里、小溪旁、水稻田边，总会有不一样面孔的少年驻足，等秀秀一路摇摆着马尾辫走到跟前时，他们会深吸几口气，猛跑几步，硬塞给她一封封装满青涩的信，然后头也不敢回，风一般地逃走。

　　秀秀有很多外号，小酒井法子、水珍珠、红胭脂、红蜻蜓、冷美人，每当有人放学后站在林子边，大声地喊她的外号时，她都绯红了脸，加快了脚步，跟到已经长成大小伙子的玉宝身后，丈量着他的步幅。伴着两人沉重而又急促的呼吸声，他们一路默默无声地走完2千米的山路，只相隔一个身位的距离。

　　有时玉宝故意停下来系鞋带，秀秀也心领神会，紧走几个大步超过他，然后再放慢步幅等待他跟上来。玉宝喜欢看她摇动的马尾辫，喜欢猜想她隐隐可见的内衣颜色，喜欢秀秀身上那股淡淡的体香味，这种香会随着季节的不同，味道也不一样，有时是淡如槐花，有时雅如茉莉，有时浓如栀子花。

　　原来女儿香的胭脂藏在季节的衣兜里，只一个雨夜，就能变幻出不一样的芬芳。

　　秀秀爹读过几年书，他没事喜欢一个人捧本厚书，坐在门边专注地看。秀秀始终牢记爹给她的人生格言，"万般皆下品，惟有读书高"，大浪淘沙，历史再怎么沉沦，最后留给后人的大多只有音乐和文学，所以要多学知识。秀秀每时每刻都在鞭挞自己，要加倍努力，各科成绩在学校都是拔尖，尤其是语文，字写得娟秀飘逸，像她舞动的身姿。玉宝成绩一般，这让他有种自卑感，且伴随着中考的临近越来越强烈，他变得极度没有安全感。

　　"玉宝哥，我们一起报考县师范吧，我想当个老师！"眼看要中考了，一星期天玉宝约上秀秀一起偷偷地溜进了那座已经废弃的军用机场，骑在一架破旧的飞机上，秀秀特别开心，她靠在玉宝坚实的怀里畅想未来，抬头凝视着头顶湛蓝的天空，白云如积木，那里好像有爱情鸟在比翼双飞。

"哦，知道了。"玉宝无力地回应。在秀秀面前一提到读书，他顿时就感觉小矮人遇到了白雪公主，自卑、无助、迷茫、恐惧。他知道秀秀是带着她娘的嘱咐在拼命读书，而自己虽有使命，却怎么也读不进去书。如果读书像啃大馍那么简单多好，他一顿可以狼吞虎咽地吃十几个。

那年暑假特别的煎熬，自打走出考场，玉宝就感觉完了，师范院校的大门简直就是南天门，以秀秀的成绩，考入县师范肯定没有问题，而他连考个普通高中都费劲，他这枚纸飞机怎么去为她那架飞上蓝天白云的爱情鸟伴航。有时秀秀和别的男生说一句话，传递一个眼神，他都嫉妒很多天，心像是被掏空，湿漉漉的，而今连伴随她左右保驾护航的资格都没有了。

"秀秀，今天就在我家吃中饭吧，我今早特意赶集买了你最喜欢吃的板鸭。"这天玉宝爹忙乎了一上午，中午特意留秀秀在他家吃饭，还亲自登门请秀秀爹过来喝一杯。秀秀正在后院和玉宝一起，一手捏着根细竹签，一手握着个玻璃小瓶子，趴在那堵泥巴墙上，掏一只只过了季节在泥墙上筑巢的野蜜蜂，它们自立门户，算是个体户。

那堵墙上密密麻麻的有很多野蜜蜂钻的洞，每个洞口里都住着个勤劳的小胖子，洞壁口还有一层甜甜的蜡黄蜂蜜，用竹签挑起一层蜡黄送入嘴里，立刻就融化了，甜得耳根都红，秀秀笑得特别灿烂，她觉得蜂蜜再怎么甜也没有她的爱情花蜜甜。

"谢了，酒有什么好喝的，秀秀，回家吃饭了，下午爹陪你去买个行李箱，等去城里读书了，要有个样子。"秀秀爹沉着脸，丝毫没给邻居好脸色，隔着围墙大声地呵斥秀秀回家。

秀秀回身向玉宝做了个调皮的鬼脸，跳跃着轻快的步伐，舞动着轻盈的身子，一脸不情愿地回家了。

"爹，他们嫌弃我家穷，我肯定考不上师范，以后秀秀上班了，吃国家饭，她爹怕是连说话都嫌弃我。"玉宝哭丧着脸，气得中午没吃饭，冲进自己的小黑屋里呼呼地睡觉去了。

他爹还是笑呵着脸，坐到摆了一桌子菜的桌前，斟了满满的一杯酒，狠狠地抿了一口，对他来说，儿子要真有那福气，娶到吃上国家饭的秀秀进家门，他这个当爹的丢这张老脸皮算什么，就是去提亲被轰出来，他也不觉得丢脸，反而显得媳妇优秀，是个香饽饽。

玉宝的预感很灵验，转眼就到了八月中旬，录取秀秀的通知书一到学校，她爹就第一个知道了消息，当老师将通红的通知单送到秀秀家时，她爹早在家门口盘好了一大堆爆竹"噼噼啪啪"地炸响了整个小山村。也难怪这个小老头这么兴奋，丁家墩户多，但他家的祖辈里没出过什么有出息的读书人，而今秀秀成才了，能不让他这个当爹的自豪吗？也对得起那边的她娘了。

第二天秀秀家低矮的小屋里挤满了邀请的客人，大多是中学老师，玉宝睡在只一墙之隔的床上，用被子捂住头，可那边谢师宴的喝酒声、划拳声还是那样清晰。他爹倒是很实在，一大早就主动买了串长长的爆竹去贺喜，总算在临近午饭的时候，收到了秀秀爹的邀请，激动得他一路小跑着出了家门，跟在秀秀爹的身后，屁颠屁颠地递烟贺喜。

只一天的煎熬，玉宝仿佛变成了大人，成熟了很多，话也少了很多，以至于晚上秀秀送走了客人，来他家串门时，问他是不是受了什么刺激。玉宝摆摆手，坐到书桌前，捧起初中课本很认真地看，人比人气死人，他感觉今天不光是丢了人，还丢了一颗自信心。那几天玉宝能明显感觉到隔壁秀秀爹讲话的嗓门都大了很多，而自己爹见到他连腰好像都弯了。秀秀倒是没什么，还是一如既往地对他笑盈盈的，越发美丽、可爱。

那年的九月，玉宝也接到了县里所一普通高中的录取通知书，他压根就不想去读，已经做好了复读的准备，可是看着秀秀在家里准备行囊，他突然就有股按捺不住内心狂热的冲动，和她一起去县城，陪她一起读书，到那里继续努力，一样能考大学。

秀秀走的那天早晨，他也准备了一夜，将爹从二手市场买来的那辆老旧自行车擦洗了一夜，并进行了整修。那天清晨爹没有起来送他，他要求儿子再复读一年，说不定能考个中专或是差点的技校，可儿子非一根筋地要去读什么该死的高中，家里穷得叮当响，雨下大点屋里没有落脚的地方，再说儿子的成绩他当爹的无数次跑去中学问了老师，都说四肢发达、头脑简单，注定是泥腿子一个，上高中是乌龟吃大麦浪费粮食。

这天清晨，秀秀被一点点轻微的响动惊醒，爬起来向窗外看，天黑如木炭，混沌一片。爹每天都是比鸡起得还早，这些年他一直有早起喝早茶的习惯，用柴火催早茶，催着催着天就亮了，仿佛天不是自己亮的，而是爹用火烧亮的。屋外的屋檐下，爹已将那个他自制的铁炉子柴火烧得很旺，这个茶炉是爹从一废旧的水泵上锯下的，不管到哪里，这个半米高粗细如大腿的圆形茶炉都是他单身这么多年的伙伴，更是可以倾诉的对象，日子就这样一天天被他扔进炉子里烧了。

爹喜欢泡上一杯滚烫的热茶，静静地坐在夜色里，吸纳吐露，闭上眼沉醉在他的世界里，静静等待每一次日出，等待女儿长大。

爹还有制作茶干的习惯，"笛笛"，屋里大锅水蒸气翻腾，一堆喧闹，发出一连串喘息声，呼噜打翻了天。爹不紧不慢地将调和磨好的豆浆倒进去，并看了看表，精确地计算着时间，他一直有起早做豆腐的习惯，多年从未间断，用石块压干水制成茶干喝茶。

爹像个熬药的老中医，满屋子的豆奶味，很香，肯定有安眠成分，秀秀闻着闻着就泛迷糊了，倒头又睡着了。

天一放亮，玉宝就将车停在秀秀家的门口，他期待秀秀能坐在他的自行车后面，怀里抱着她爹刚给买的那个粉红色的崭新旅行包，他骑着车，一路飞驰在山间的小路上，像只起飞的爱情鸟，骑进五十多千米外的县城。

"让我家玉宝送你进城上学吧，他昨天晚上倒腾了一夜，就想载秀秀呢！"玉宝爹从屋里跑出来，一脸的堆笑。

"我，我爹说他陪我走到镇上的车站，坐大巴车去县城，谢谢你。"终于等到秀秀准备好了，拎着皮箱走出家门，玉宝却等到了这样一盆冷水。

"走啦，车可不等人！"秀秀涨红了脸，看着呆若木鸡的玉宝还想说什么，被她爹吆喝着出了村。

玉宝感觉整个脸如被辣椒水泡过一般，伴着激烈的疼痛一直烧到心窝，肉体的疼痛算不得什么，打针吃药都行，就怕心窝里被点燃、烘烤得干裂，无药可治。他强忍泪水不让它滑落，因为他时时告诫自己，从这个九月开始，他已经长大了，以后在外要照顾秀秀，任何挫折打击都算不了什么，她爹看不起他，不代表他的爱情没有未来。

新学期对于玉宝来说，没有任何新奇，一帮新同学都和他一样被中考剥了一层皮，还没从受伤的病床上挣扎起来，都整天耷拉着脑袋趴在课桌上发呆、睡觉。他坐在拥挤的教室里，有时下课无论多吵，他满脑子里都是秀秀的身影。一次他实在受不了思念那种空荡荡的饥饿感，他旷课了，骑着他的爱车，绕到了县师范的院墙外，那堵院墙足有二米多高，听说以前是一大地主的宅院，修得又高又坚实是为了抵御土匪。

师范大门旁边的饭店老板远远地向这边张望，玉宝迅速躲到一棵树后，那是搬到城里的阿峰爸爸，玉宝现在就怕遇到熟人，他家儿子阿峰听说在县城重点高中读书，成绩特别好，从小玩到大，现在一比，差距越来越大，他更自卑。

抬头看看高高的院墙，玉宝只退了几步，憋足了口气，一个助跑，飞跃，就爬上墙头，现在他对什么都没信心，唯独身体有使不完的劲，胳膊一绷尽是饱满的肌肉。每晚十点下自习的时候，他思念秀秀的生物钟就特别的亢奋，荷尔蒙分泌燥热的激素，刺激他，折磨他，让他感觉胸口有块炭火烧得浑身血液翻滚，每到这时，他就会跳上学校操场上那根生锈的单杠，急速地做全旋旋转，一连10次、20次都不停息，疯狂地折磨自己。

原来虐待自己也是一种解脱。

玉宝坐在围墙上耐心地等待放学，渐沉的太阳被夹在对面破旧的两楼缝隙中，泛着紫色，红得过火，像是擦了过量的口红显得不真实。太阳四周的云层被蒸发成细碎片，如打碎的爆米花，一棵泡桐树不知道哪来的勇气，在喧闹的都市里竟然长得鹤立鸡群，展开蒲扇般大的叶子，斜着身子，将红红的太阳挑在枝头，像是结出了一个成熟得快要落地的大柿子。

远远的学校操场上一队学生正在跑步，有男有女，都穿着统一的校服。玉宝一眼就看到队伍中那个熟悉的身影，几天不见个子好像都长高了，尖下颚进城后被打磨，变得轮廓圆润，恰到好处，身体轻盈地舞动，好像还伴有舞步的韵味，不知道是不是城里的面馍特别滋养人，她丰满的胸将校服撑得紧紧的，伴随着有节奏的哨声，富有弹性地上下抖动，看得玉宝呆在墙头，如被设了魔。

"你是什么人，是不是小偷，给我下来!"就在玉宝坐在墙头，忘我地欣赏着他心目中的女王时，突然墙脚下有人大声的叫喊，他浑身一哆嗦，回到现实中，摇晃着身子，努力保持着平衡，可还是一个踉跄从高高的墙头摔了下去。

"咔嚓"一声，就在玉宝右腿着地的一瞬间，他感觉有人在他的脑海里折断了一根甘蔗，响得很清脆，而后就是一股钻心的疼痛，痛到他眼前有好几秒的昏黑，下肢瞬间就用报复性的疼痛向大脑汇报它受伤了，而且伤得很重。

他努力想站起来，可是胳膊已经死死地被两个保安架了起来，拖拽着向大门口走去，像是要拖出去斩首。操场上顿时骚动起来，玉宝眼角看到了秀秀那熟悉的身影向自己这边跑来，他臊得恨不得扒个洞钻进去，四周围满了人，都在七嘴八舌地议论。

"小宝，你受伤了，叔叔报警送你去医院。"阿峰爸爸第一个挤进人群，回身跑去保安亭打电话去了。

"他是我同学，是来看我的，你们别为难他了。"秀秀挤进人群，一见是玉宝，立刻就推开保安的手臂，将他搀扶在自己肩膀上。

那天去医院打好石膏，看着秀秀忙着帮自己擦汗、取药，玉宝知足地睡着了。

半夜阿峰和小美他们竟然特意来看他，一帮小伙伴"叽叽喳喳"的絮叨了一夜，几年不见竟然一点没有陌生感，反倒更亲切。小美戴着墨镜，掏出用相框装裱得很精致的小学毕业照，挨个问同学们现在的情况，她对小伙伴们现在的状况特别的关心，总有问不完的话。搬出村子已有几年，可是她满脑子都是家乡的山山水水，总回味大塘里泉水煮的山芋粥的香味。

今天是端午节，一大早小美推开窗户，对面大街上有人在叫卖艾草，她感觉满口腔都是艾草的香味，恍然间置身于丁家墩大塘埂上的艾草堆里，她真想回到村子，在大塘河埂上的艾草堆里打个滚，滚一身艾草香。

第二天一大早玉宝就强行要求出院了，他不想让秀秀这么来回跑照顾他，为他担心。

原来心中有爱，断条腿算什么。

五

　　人生是串项链，童年就是这串项链中最闪亮的吊坠。穷人家的孩子没什么玩具，大自然就是他们最好的玩具，一盆满是小虫的脏水、一个臭烘烘的泥团，都有童趣。

　　每逢盛夏，大塘就是娃子们第二个妈，他们前一秒还在大人面前赌咒发誓，恶狠狠地咒骂大塘，咒骂那条水鬼，后一秒转身就跑上大塘埂，爬上村里最高的那棵柳花树，从足有十几米的柳花树枝条上跳下去，赤条条地跳入大塘的怀抱。

　　那棵柳花就歪着身子巍然屹立在大塘埂上了，将半个身子伸进大塘的水面，虽苍老但枝繁叶茂，树干粗大得至少两个成年人才抱得过来。古树临水而生，遮阴半亩，枝繁叶茂，盘根错节，树干苍劲有力，树主干高一人有余，又四散分枝，细细数来竟有七枝，每枝粗过一人环抱，七枝伸向天宇，托云蔽日，远看如纤手，近观各枝生细枝，细枝生嫩叶，七枝相扣，宛若恋人。

　　此树乃丁家墩的镇村之宝，树龄至少200多年，她不仅是丁家墩的一张"活名片"，更是一尊受祭拜的"绿色古董"。保护古树是丁家墩人薪火相传的使命，树枝上满是善男信女挂上去的红绸缎，每节红绸都紧系着一个故事，宣誓一段爱情。其实每棵古树里都住着一个精灵，承载着一段神奇，耐人寻味。相传以前的江水常淹到大塘埂上，塘埂上住着位放牛的少年郎，他的窝棚就搭在这棵柳花树下，那时的柳花树只长一根粗壮主杆，他每天傍晚时分都会爬上柳花树，凝视对岸吹着他心爱的竹箫，因为暮色中他心爱的姑娘柳花妹都会来塘边挑水，她穿花衣、梳长辫、体态丰盈，每次少年郎都会把苦苦寻觅的山果或布谷鸟蛋藏于对岸石缝中。

柳花从小丧母，继母最喜欢折磨她的方式就是用饥饿来虐待女儿。那年柳花十七岁，S型曲线倒映在河里煞是动人，少年郎第一次鼓足勇气在石板上亲手将刚摘的嫣红野草莓送进了心爱的女人嘴里，那一刻他紧握住了柳花的手，恍惚中发觉她的右手竟然长了七根手指，他全然没有嫌弃，一根根的细数，直到柳花一脸绯红。

一个盛夏的傍晚，柳花最后一次来岸边挑水，因为后妈收了一个大户人家的彩礼，明天就要把她远嫁，她们隔河相望，泪如雨下，天上乌云翻滚，仿佛也被有情人感动，刚好大户的儿子来河边寻觅，面对此情顿生醋意，和柳花争执，气愤中抢扁担就打，还骂柳花是个长了七根手指的怪女人，可怜柳花咬破了嘴唇都未求饶，泪眼相望对岸的情郎，纵然一跃，消失在大河里。

头顶顿时乌云翻滚夹杂着雷鸣，顷刻之间暴雨如注，山洪呼啸而下。少年郎呼唤着柳花的名字，一同跳入了翻滚的山洪里，赶来的村民见他们的身影在泥浆里紧紧相拥，一只纤细的七指手和少年郎的手紧紧地扣在一起。那场雨下了几个昼夜，乡亲们再没有找到柳花和少年郎，只是天晴后，那棵柳花树竟然折断了，第二年开春的时候，树桩发出了七根枝条，每根枝条年年都像发了疯似的疯长。后来，丁家墩人把这棵柳花树叫做七指树，不知何时叫成了妻子树，而今每年的西九华几次庙会，都有一些人特意赶来，在柳花树下许愿、扎上红绸。

那天午后，雨红带着她的宝贝弟弟小带兵，带着她老丁家抢生了几胎才盼来带把子的香火疙瘩，姐弟俩趴在柳花树下的石板边欢快地拍着水。

因为有弟弟在，她不敢离开石板再往深水区迈半步，带着弟弟哪怕就是在大塘边站着看风景，回去被她爹知道，都免不了被她爹用满是刺的野橘子枝一顿毒打。丁小气的吝啬全墩出名，但他对儿子的溺爱也是全村最气派的，第三胎生了个儿子，竟然宴请全村人喝喜酒，菜一盘一盘的上，酒雇人抬，要知道之前他连生了两个女儿，没有任何人吃过他家一粒饭。

自那以后丁小气见人说话的底气都足了很多，仿佛全村人都欠他家的。

大塘的诱惑就是精神鸦片，雨红特别迷恋那种被水包容如鱼穿梭在水草、石洞的刺激感，她已浑然是个大姑娘了，水的包容、抚摸肌肤能让她有种全身过电的满足感。

原来人类的祖先是鱼，鱼的情人是水吗？

湛蓝清澈的大塘如个穿了透明衣服的女人，一眼就能看清她的全部家当，塘底三三两两地长着几株河蟹草，如女人私密处的毛发。每年暴雨都有山石从山上的峡谷里被一路驱赶下来，一头扑进大塘的怀抱，撒娇一般，沉积在大塘的深处，一个个争风吃醋，像女人的盆骨，摆弄成各种奇形怪状，大大小小的石洞就这样形成了，成了胆大孩子们戏水攀比的秘密基地。

可就是这个妖媚的女人，却一直是村里孩子成长的梦魇。

张小虎每天都有同样的使命，那就是去保护他的雨红，他爹常年在外贩卖木材，很少回家，这小家伙遗传了他爹的经商基因，脑子没有用到赚钱上，却用到了为爱经营上了。

"雨红是我家的地，别到我家的田里放牛。"从小村里只要有娃和雨红走得近乎，小虎就告诫对方，那口气好像雨红就是他家的承包地。小小年纪就知道为爱呵护，村里娃子谁敢欺负雨红，他都会第一时间冲上去为爱战斗，并大声宣布这是我的小丫头，谁敢欺负她就是欺负他未来孩子的妈。

"雨红，过来吧，我们比赛钻崖洞，谁输谁罚憋气两分钟。"小麻子在村长儿子丁富贵的怂恿下，一个猛子扎到雨红身边，一把将她拉到大塘的深水区，小虎紧跟其后，生怕雨红吃亏。

小麻子长得干瘦，都十六岁的人了，还只有60来斤的体重，丑得演《小兵张嘎》里的嘎子都不要化妆，听说他妈妈生他时，他爹和丈母娘打了起来，硬说儿子不是自己的种，连他妈自己都看不过眼，好几次要把他掐死。这家伙打鬼子电影看多了，整天屁股上插着把火药枪，那把枪是用一根废旧自行车链条固定在一钢管上，找根钢钉作撞针，用根橡皮条做动力，剥点火柴头红磷放进枪膛，一扣扳机就闪动火花，"砰"的一声，冒出一股黑烟来。小麻子一生气就抖动着麻子脸，嚷嚷着从屁股上摸枪，要把人毙了。

小虎告诫过他很多次，别靠他家的雨红太近，怕他满脸的麻子疙瘩加屁股痔疮传染雨红。

小富贵更是满肚坏点子，时常村里人种的南瓜、冬瓜熟了，摘回家一打开看，里面有一泡干成僵尸的大便，八成就是这个小富贵挖个洞拉进去的行为艺术。他那当村长的爹人前常板脸训斥儿子，可回家还表扬他给钱买糖吃。

"我要照看弟弟！"雨红挣扎着往岸边游。

"你弟弟在石板边浅水处怕什么，你个胆小鬼，不敢和我比，我爸爸说我今年发育了，个子长高了，以前从来没赢过你，今年我肯定能赢你，认输也可以，就做我的小丫头。"小麻子满脸的轻视、傲慢，一次次勇敢地挑战好强的雨红，一次次输后都被她死死地按住小圆锥头，闷进大塘里不到二分钟绝不给换气。雨红特别喜欢虐待这帮小伙伴，几天不治他们，他们就惹她，分明是皮痒痒。

每次赌输了被按在水底的小麻子四肢叉开拼命地拍打，像只被揍昏的癞蛤蟆，最后停止挣扎，渐渐平静地浮起来，翻过脸来一看，两只眼珠瞪得快撑破眼皮，嘴张得很大，漂在水面，分明就是只漂在鱼缸里已死的金鱼。

雨红被他激怒了，两个眼珠猛地睁圆，小虎知道她发脾气了，那是她发火的前兆，有很多次他梦里和雨红结婚后，惹她发火，她就是这样睁圆了"二果"眼，把他按倒在家里的水缸里暴打，直打得他浑身是汗，尿都憋得快爆了，才猛地从梦里惊醒。

雨红回身一个猛子就不见了，小虎探下头向水底张望，只见水面下的光线暗了很多，隐隐约约看见很多横七竖八的山石堆叠在一起，条石参差之间有很多大大小小的石头洞，那里本是鱼的家，突然冲进去两条黑影，一群群草鱼摇着不成比例的大头，很不情愿地搬家了。

他们的身影就在这些石洞之间穿梭，依次鱼贯穿洞而过，从雨红那涨红的小脸蛋小虎能感受到，她此刻全身充斥一种奇怪的刺激快感，浑身的每一块肌肉都在奋力地对抗着水的阻力。

雨红越游越快，越钻胆越大，连看起来如碗口般小的洞口，她都能一个滑溜钻过去。小麻子紧跟其后，在钻到一个小洞口时，可能是他今年长身体了，肩膀宽了，卡住了，当他费了好大劲挣扎着退了出来，探出头，雨红早就游到了岸边，一脸得意地等着要虐待她的猎物。

"小黑，别玩了，回家吃饭了。"丁婆家女儿傻姑不知何时带着她的那条小花狗，一声不响地站在岸边观望，看着大塘中间刚刚泛起的涟漪轻声呼喊。

仿佛只一眨眼的工夫，这个来历不明的小丫头就在全村人的忽略中长大了，除了她娘，她永远都是独来独往，身边没有一个朋友，永远跟着那条忠诚的小花狗。

傻姑整天头上戴着那顶不知谁在庙会上买给她的发环，两边有长长的耳朵，像只兔子，荧光的。夜晚喜欢一个人坐在大塘的石板上，一只脚伸进水里有节奏地拍打着，借着荧光粉闪烁的光亮，只见她对着大塘里的一个小黑影有说有笑。

傻姑常对村里人说她养了两条狗，一条是到哪里都紧跟着她的小花，一条是养在大塘里的小黑。

她旁边的那条小花狗，白天叫得很凶，谁要是接近她家的水磨房，它都咆哮得浑身杂色毛发竖立，如只刺猬，夜晚却异常安静、温顺，总是紧紧地跟在傻姑身后，夜晚从不敢离开半步，也从不听它叫过一声。

小虎一直固执地认为，这狗白天是条狗，晚上是只不捕老鼠的猫。

大塘里一帮孩子被傻姑一声"小黑"的呼唤吓醒了，顺着傻姑紧盯的目光向大塘的一处水面看去，那片水面有波澜，"咕噜噜"地往外冒着气泡，时不时地有个黑影在刚要浮出水面时，突然一闪而过就不见了。

小虎浑身顿时打起了几个寒战，猛地回身，抓起雨红那滚热的手就往岸边游。

"大妞，带兵呢?"刚到岸边，雨红的爹丁小气仿佛嗅到了什么，一路慌慌张张地跑来，不安地问。

小虎握雨红的手瞬间就感觉到了她的恐惧，前一秒她还感激小虎拉她上岸，脸上还挂上了一点点羞涩的红，可只有一秒，她爹严厉地质问就把她吓得手臂骤然冰凉，全身颤抖，四处张望。她把阿弟弄丢了，丢了全家睡棉花地、睡山洞偷生下来的心肝宝贝弟弟。

其实天堂和地狱只有一个转身的距离，我们时刻都是游走在天堂和地狱的门槛上。

"你弟弟啊，小带兵啊，沉在大塘里了，我看见是大塘里的小黑拉下去的。"傻姑冷冷地说。

"啊，有——鬼!"众娃子一声尖叫，小麻子和小富贵一帮小伢子就在大塘堤岸上炸开了锅，一个个光着屁股，从水里跳上岸，赤条条地各自逃回了家。

那天下午残阳如血，乌鸦哀嚎。塘面平静得像是校园里深色的篮球场，打了一层蜡胶一般坚硬，无波澜。雨红一直在期待，弟弟小带兵是乘她不注意，跑去别的地方玩了，可是她爹带人用张破旧的大网，只一网下去，小带兵那胖嘟嘟的身体就被拉了上来，就摆在大塘埂上。

"阿——吒，都乌黑了，死了，死了。"几个村里的妇女从各个墙角里挤出来，一脸可惜地咂嘴议论。

几个胆大的娃子挤进人群怯怯地看，刚刚还活蹦乱跳的小带兵蜷缩成一团，四肢硬硬的，两只胖嘟嘟的肉手保持着抓人的直硬状态，样子像是春天知了刚褪在树上的外壳，一碰可能就碎了。指甲里全是黑泥，全身发黑，眼睛瞪得很大，还充血，充到眼睛里全是红色的血丝，仿佛有一条条鱼线粗的小蚯蚓死在眼球里。

淹死的人，手是张开的，不会捏着，他们已经把人世的一切都放开了。

死亡，生者无法领略，死者保持永久的沉默，人类在濒临死亡的那一刻，是何等的绝望。埃及一个木乃伊棺材打开时，棺材板上全是指甲的抠印；矿井里深埋的矿工被挖出来时，有的脖子破了好几个洞，那是自己抠的。

丁小气当兵半辈子，每次老婆生娃，他比老婆更紧张，等娃子落地，他比老婆更心疼，因为前两胎都是女娃。他在祖宗坟前发誓，这辈子不生个带把的，绝不罢手，非要生他个海枯石烂、柳暗花明。为此，她和乡计划生育人员打了七年游击，逢年过节更是必去村长家打点，最后终于老天开眼生了个儿子，取名小带兵就是想长大去参军带兵保卫国家，想不到人如名字，终究是个小带兵，长不大带不成兵，直挺挺地躺在大塘埂上，无论他爹再怎么挤压、人工呼吸，都没能让他睁开那张单薄的眼皮，皮肤从煞白再渐渐到橡皮黑，从有一点点腥，再到有一股臭，一股烂洋葱的臭味一点点弥漫，吞噬了整个山村。

"虎哥，阿弟分明就在石板边自己玩，怎么就被拉到大塘中间了，我要杀了那个黑鬼！"那天半夜，雨红敲开小虎家的窗户，披散着头发，浑身是血，脸蛋上的两个酒窝也碎了，淹没在流血的肉里，嘴唇上绽开的唇皮像一层豆腐皮，干裂流着血，牙根处有几块凝聚成块状的淤血，耳根处也有一个清晰的手掌印，那是她爹打的。

"那东西你打不过它的。"小虎伸手去拉全身哆嗦的雨红。

准备走的雨红定住了，突然一个回身，抓起小虎一只胳膊，张口就死死地咬住了他的胳膊，疼痛随着牙齿撕咬的深度急速加剧，小虎咬紧牙根，没说一句话，咬过后雨红拉着她一脸惊愕的妹妹雨露不见了。

爱之甚深，恨之甚切，小虎知道雨红咬他是对他的爱，也是对那个要了她弟弟命水猴子的恨，一排对称的牙印清晰地刻在小虎的手臂上，一个多星期都没有消肿。

自那天晚上起，小虎的生命里多了个敌人，他爱人的敌人就是他的仇人。

六

小美已经长大了，被妈妈送进了县里的特教班，妈妈担心小美整天窝在家里惯了，来到这个特殊的大家庭会有点不习惯，可是自从小美一走进那间闹哄哄的教室，她就完全找到了大山里读书时的快乐。

这个班有50多人，虽然她叫不出他们的名字，想象不出他们的长相，但她能闻出50多种不同的味道，能感觉到50多颗热乎乎的心。

"好！好漂亮哦！"小美刚走进教室，竟然有几个男孩子为她鼓掌，还赞她漂亮，她感觉脸面第一次因为害羞烧得有点痒痒的，可是因为刚才自己心里有杂念想起了一个人，她没记下那几位特意为她鼓掌男孩子的味道。

"同学们，今天坐在这里的每位同学，或许都无数次地埋怨过命运对你们不公平，你们有的从妈妈肚子里生下来时就是天生残疾，有的是后天事故变成残疾的，你们抱怨身体残疾让你们失去信心，变得一贫如洗，变得在社会上没有立足之地，好像是个没用的人。今天老师告诉你们一件事，我们的身体就是我们最大的财富，一个人的身体，假如可以在市场上买卖的话，一管子血液、一个眼角膜、一块皮肤都是无价之宝，假如可以去卖，我们的身体至少值一千万元哦，所以我们别羡慕别人，我们都是富有的人哦！在这里老师教会你们一技之长，以后你们走出这间教室，要靠自己的双手自力更生，成为一个不光身体富有而且能养活亲人的人。"第一次上课，老师的几句话，就让小美感觉血管里热热的血液在涌动。

"老师，我想装一只眼角膜，一只就够了，那要多少钱啊？"小美急切地问。

"人体的任何一件器官都禁止买卖的，社会有爱，假如有人自愿捐赠自己的眼角膜，刚好能和你匹配的话，你就能看见老师的样子，看见班里同学的样子，看见大美中国的样子了。"老师的一番话，让小美觉得有点失望，眼睛对于一个人和命一样重要，谁会傻到自己捐赠眼角膜？但她很快就和班里的一帮同学打成一片，他们有的是哑巴、聋子、瞎子，还有截肢的、痴呆的，小美都当是亲人。

一晃阿峰和阿俐都上高中了，他们来的次数也少了许多，以前几乎每天都来她家里闹，现在每星期才来一次，小美渐渐感觉到那种饥饿感般的空。

寂寞时小美喜欢去楼下拐角处的那间公共厕所，听妈妈说那间厕所脏到无处下脚，苍蝇黑压压如乌云，建议她别去，家里有卫生间，为什么还每天非要去那间脏兮兮的地方。

"没听说瞎子对气味特别敏感吗，我喜欢出门闻清晨清新的空气，也包括厕所的味道。我每天都去那间厕所，从来都没弄脏过鞋子啊，世间所有的东西应该都是美好的，假如没有下水道，没有厕所的臭味，哪能对比出栀子花的芬芳呢？人心灵干净，再脏的东西沾上了也不臭哦。"小美不听妈妈的劝告，她喜欢每天打扮好自己，觉得每天清晨自己就是一朵含苞待放的荷花，带着洁白和微红，还夹着一股淡淡的清香，迎着水湿的空气走出家门，扑面的微风敲醒了她期待的花蕊，一层层的蔓延，一层层的剥落。

小美家在二楼，一楼是家小店，整天人群熙熙攘攘，店老板是个60多岁的老男人，叫老张头，听说是只瘦猴子，阿俐形容这个老头，满脸的刀刻皱纹中夹杂着一些挤碎了的麻子，像灰色的芝麻种子被夹死在皮肤的褶皱里，没事喜欢喝酒，麻子被染成了红色，像是皮肤过敏得的红疹，小美想象不出那张脸到底是恐惧还是可爱。

四楼住着一对单亲母女，阿俐说女的在银行上班，身材风韵，凹凸有致，紧身衣服裹住躯体像五月裹的粽子。她家女儿叫小惠，名字特别好听、亲切，眼睛清澈如水，扎着马尾辫子，脚跟像是按了弹簧，上下跳动地走。一次上楼，在楼道口碰到一团软软的东西，小美一问才知道，是小惠放学回家，妈妈还没下班，她扔下书包，就躺在水泥地上睡着了。小美幻想着她睡觉的姿势，抱着头，蜷成一团刺猬，呵呵，真可爱。

六楼住着位孤身大妈，男人什么时候死的，大家都不知道，也没人关心。每天天还没亮，城里没鸡，她家的狗就被当鸡用，开始叫唤，嚷嚷着要出去溜达了。然后脚步声响起，阿俐说楼上大妈摇摆着鸡罩一般大的花边围裙，下楼遛狗，看都不看那个眯着小眼的老张头，像个模特走着直线步，找树丛给牵着的小狗解急。

每天小美沿着二层共12级的下坡楼梯，张开怀抱，一点点打开一瓣瓣花瓣，任风剥开心扉。下到第二个6级楼梯，左转90度，迎着侧面的风，摸索着脚下凹凸不平方砖铺设的路牙，抬脚放步，保持好重心，时而忽强的微风把远处一点点臭臭的味道吹过鼻尖，钻进鼻孔，再在鼻梁里打着飞旋，钻进喉咙，刺激味蕾，品尝出一点点臭豆腐的味，让她回忆起儿时和村里一帮小伙伴在满是牛粪的秧田里打滚、摔泥巴跤情景，最后像个水饺一样被包裹，全身除了眼睛亮亮的闪光外，油漆一般全是烂泥巴，玩得一身臭烘烘的味道，品味童年所有的美好。

32、33、34步，她数着脚下的步数，味道渐渐变浓，小美感觉身上的香味被渐渐腐蚀，有了别样的异味，能闻出一点家乡开春时绽放的臭香椿树花香，一簇簇的挂在枝头，雪白雪白的，如发簪插满美人的发辫。

"小时候，妈妈对我讲，大海就是我故乡……"一个宁静的夜晚，晚风习习，小美正趴在窗前发呆，突然楼下对面的一片树林里传来一曲悠扬的口哨声，那么绵长，一声声悱恻，像是要将人思乡的心掏空，时而轻慢、时而随意，哨音清澈、嘹亮、婉转、悠扬，陶醉到夜空的一颗流星都醉了，睡着了一般从夜空划过。小美想去楼下看看那人，她也想将两只食指插进嘴里，学村里男人那样，吹出悠扬的哨声，可是妈妈说太晚了，出去不安全。

"轰"的一声，这天一大早，小美还是像往常一样试探着走在去厕所的路上，不知道是谁将一辆自行车停在她的盲道上，她狠狠地摔在石板上，脚踝处一股刺心的疼。

她知道流血了，白裙子上肯定沾了水，染上了星星点点殷红的血，如腊梅花盛开在白色的宣纸上，一簇一簇，粉红中夹着白边，肯定好看。

小美慌乱地去摸她的导盲棍，如被世界抛弃，她怕街角的行人用可怜的目光看她，她不想被别人同情的目光关注。

摸索中，一双很有力的手扶起了她，手指粗短，小美能感觉到是男人的力度，他身上有股妈妈用的缝纫机机油味道，还夹杂着一点点臭。那人扶起了小美，一句话都没有说，将摔在一边的自行车拎到路边围墙的里角摆放好，捡起了她的导盲棍，一直将她引到女厕所的围墙外，才默默地走开了。

"谢谢，谢谢你！"小美连说了好几声谢谢，可这人始终没说话，她想记住这个陌生人的声音，可是他却带着急促的呼吸声走开了，脚步声一轻一重，落地的力度刚刚好，间隔的时间也很有规律，小美仿佛听到了两个人的呼吸、两个人的心跳声，可是她知道肯定是幻觉，明明只是一个人扶起了她啊？

除了去那间厕所，她很少出门，世界对她来说很小，比她的家大不了多少，只有那台一直伴随她成长的收音机，让她有种外面世界很大的虚幻，但又离自己实在是太遥远，是在黑暗眼睛的另一边。

一次听《小喇叭》节目，说一只青蛙掉在井里看不到外面，小美不明白，为什么在井里就被人笑话，那井就像自己的家吗？那自己且不就一只青蛙！太美妙了。

小美妈妈每天早晨起床的第一件事，就是为女儿打开窗户，不管冬夏，因为小美说不想做井里的青蛙，外面世界就算是一生也不可能看到，可她要听啊！它们是有生命的。另一个原因是对面阳台上住着和她一起成长的阿峰，每到小美弹琴时，她感觉到阿峰会放下笔，然后打开窗户，默默地趴在阳台上聆听。小美起初是练，后来是倾诉心情，她感觉音乐就是眼睛，可以和人沟通，当她入情时，风就停止了流动，一种叫阳光的东西会从窗户照进来，很暖和。

"你看你踢球的样子像个孬子。"常能听阿峰的爸爸这样的责备他，可他还是那么开心地笑。嘻嘻，做孬子还这么高兴吗？孬子！是青蛙吗？

"小美，你弹得真好听。"阿峰的爸爸常这样赞美她，小美能感觉到对面阳台上站着的阿峰那隆重的呼吸声，那是她琴声里缺少的重度打击乐。

"你家小美真漂亮，弹出的琴声都能说话"。小美喜欢隔壁家的阿姨这样夸她，每听到这样的话，就让她高兴好些天。还有楼上三楼的住户不知道是不是换了，原来晚上她弹琴时，人家偶尔有意见，说打扰了他们休息，可是近来她能感觉楼梯口每天晚上天黑和早上凌晨三点多的时候，总有一重一轻的脚步声震动她的心，一路小心翼翼地从三楼走下去。

自从那次她被车绊倒后，她再去楼下的厕所，盲道上从来没有任何障碍物，哪怕是一片水果皮、一块砖头都没有，她可以放心地扔了导盲棍，以前每次都是用103步到厕所，现在变换步幅，用70个大踏步就到厕所，路面宽敞得如儿时记忆中的大江。

其实人心就是一片海洋，瞎子的心里却比常人多了一盏灯塔。

渐渐地，小美感觉对面的阿峰话越来越少了，虽然她还是每天弹琴，后来才知道他在读书了，负担重了。负担！小美不知道那是什么东西，以前自己读书从来没觉得累，难道是背东西吗？自己也喜欢读书，在特教班也读书，但从没有觉得是负担，听她们念书，快乐时会大声地笑，忧伤时会忍不住哭，是无限地快乐啊！在班里弹琴时仿佛自己就是世界的中心点，地球停止转动，所有人的目光都聚集在她身上，都围着她转，那是多么快乐的事啊！

不知道什么时候，抱着收音机舍不得放手了，主持人每晚都要读些让人心碎的爱情故事，是那样地陌生，却能实实在在地打动她，好美，好凄凉，原来在这间屋子之外，还有个东西叫爱情，听不到，摸不着，大概像阳光一样，渐渐让人全身暖和。

"小美，这是妈妈特意帮你买的几件内衣，你已经长大了，是个大丫头了。"终于有一天妈妈说她长大了，是吗？长大了代表一个什么样的开始和过程，是可以爱情了吗？她也感到身体有些异样，是从胸口对称性的胀痛开始的，而后就是肚子有周期性的疼痛，流出热乎乎的东西让她兴奋和羞涩，就感觉那是一杯滚烫的茶水从身体里川流而过，越流胸口越燥热，皮肤也如上了家乡桐油树榨的桐油一般，细腻得如田里的泥鳅，每次夜深人静的时候抚摸自己，都有别样的触动，仿佛被过了电。

"爸！我的球衣呢？"突然有一天，小美听到那个既熟悉又陌生的声音，哦，那个声音变了，不再像小鸟那样清脆，而是那么浑浊、沉闷，却又是那么有磁性，她对声音太敏感了，多么渴望听到那浑浊的声音能叫一声：小美。

又一次被伤心的故事感动了，也不知道这是多少次了，让黑洞洞的眼窝也渗出了滚热的茶水。

"哦！我爱你，他用那双宽大的手，把她搂进怀里，手轻轻地抚摸她那松软的乳房，俯下身去用嘴亲吻她面颊上每一处绒毛，直至吻上了她的嘴唇。"主持人用那浑厚的声音喃喃地说。

一段钢琴曲后，有人唱起《吻别》的歌，"我和你吻别在无人的街……"哦，原来吻别是要在无人的地方啊！松软的乳房，我有吗？她轻轻地抚摩自己，脑子感到有些异样，应该就是它了，胸口这几年发疯似的长出的肉球，才短短的两三年，胸口的小春笋就如吹涨了肚皮的葫芦，挂上枝头。

小美轻轻地抚摸，可是它却有点不松软，有个硬硬的核，如家乡的板栗，捏得有点酸痛。

七

高中生活玉宝过得实在是煎熬，无论他再怎么努力，成绩还是在班里中等偏下，转眼就高二了，每天除了上课发呆，晚上去操场上的单杠发疯地旋转发泄外，他满脑子都是秀秀的身影。

爹从来就没来城里看过他，每次不是没了生活费，逼着玉宝蹬着那辆老旧的自行车回家要钱，他根本就没有回家的欲望，他觉得全村人都在瞧他的笑话。秀秀依然过得那么开心，每天不是在操场上跑步、练健美操，就是抱块面包一整天都钻进学校的图书馆。

玉宝进不了师范的大门，那几个门卫像是故意跟他过不去，每次盯梢都特别紧，无论他怎么乔装打扮，都会被他们发现，被他们骂骂咧咧地轰出来。玉宝知道这些家伙是嫉妒他和秀秀的爱，秀秀是这所师范院校公认的校花，她现在参加了校舞蹈队，每天傍晚的时候她们在操场上排练，跑道上站满了关注的人群，多是秀秀的粉丝，每见到秀秀穿着紧身的舞蹈服装，一个个都瞪圆了眼珠，色眯眯地看，其中每次都站着那几个保安，他们手里抓着一把瓜子，眼珠上下转动，嘴巴不停地嗑。

"同学们，我省有几个招飞名额，大家有兴趣可以过来看看。"这天玉宝又靠在窗边看蓝天白云变幻，班主任进了教室，手里拿着一张红头文件漫不经心地说。

只一句话就让死气沉沉的教室瞬间沸腾了，是招飞，国家今年有政策，要在学校招募战斗机飞行员，玉宝第一个报名了，他知道希望渺茫，但为了能和秀秀般配，站在她身边不再自卑，他什么都愿意，况且能在蓝天白云上飞翔，那是他和秀秀从小就约定的梦想。

激动了几个昼夜，终于走进县医院的体检中心，虽然本省只有几个名额，可是仅仅他所在的县城报名的人已排着长长的队伍，黑压压一片，足有上百人。量身高、体重、血压、视力，一番体检后，就只剩十几个人了。

那天下午从二点多，玉宝站在师范院校的大门口，一直等到五点多，间隙的时候，阿峰的爸爸几次招呼他进屋喝口水，玉宝宝摇摇头，直挺挺地站着，眼睛一动不动地盯着秀秀上课的教学楼，生怕漏过了她的身影。

"秀秀，我通过了县招飞的体检了，过几天去省城测试身体素质。"昏暗的走廊尽头，秀秀摇摆着马尾辫，捧着课本去食堂，玉宝隔着大门的栅栏，大声地呼喊。几个保安赶过来，示意他声音小点，玉宝不管他们，等以后开战斗机了，第一件事就是放个导弹炸死这几个狗眼看人低的保安。

"真的啊，我们学校的舞蹈队在市里得了第一，代表市参加省城的文艺汇演，刚好我们也要去省城哦，你一定要加油，小时候一看到飞机飞翔，我就知道你有天能飞上蓝天。"秀秀一脸的欣喜，笑得如只欢快的小麻雀，几步就冲出大门，牵上玉宝的手，直奔公园而去。

那夜，天下着小雨，秀秀出来时只穿着单薄的衬衣，秋雨飒飒，微风打乱了她的头发，冻得她瑟瑟发抖。玉宝紧挨着秀秀沾满细小水珠的躯体，一次次想鼓起勇气将她揽入怀中，但每当他抬起手臂，却感觉全世界都在看他胆怯的笨拙样。

"呀，有水珠！"走进公园昏暗的树影，几滴豌豆大的水珠从树梢的缝隙中挣扎着跳出来，瞅准秀秀雪白的脖子撞击，摔碎后瞬间就集体逃亡，沿着衣口钻进了她的前胸后背，带着冰凉的体温，色色的、贪婪地吮吸她的温度。秀秀受了惊吓，抱着胸，跳跃着躲闪。玉宝顺势将秀秀柔软的身体拥入了怀抱，秀秀本来已经冻得有点冰凉、发抖的身体，瞬间就热了。

"卖羊肉串啦，又香又脆的羊肉串啦!"远处一个小贩吆喝着在卖羊肉串，香气扑鼻，玉宝摸了摸口袋，一狠心跑了过去，挑了几串肉多的羊肉串。

这是他第一次闻烤羊肉的香味，"吱吱"作响的羊肉在熊熊烈火作用下，以最原始的方式转变成奇香，刚刚还鲜红的羊肉渐渐在炭火中化身为鲜嫩多汁、外焦里嫩的诱惑，再加上各种作料历久弥香的风情，在火焰中得以完美融合，犹如他和秀秀的爱情。

羊肉纠缠于舌尖，正如他们的爱情纠缠于心间的复合味道。

秀秀张嘴含下一片送入舌尖，奋力一咬，表皮酥脆，滋味十足。腿把子肉疙瘩里因为有着粘筋，"吱吱"作响，肉汁饱满，滑嫩无比。她本来就很性感的唇片沾上羊肉的油脂后，借着昏暗的霓虹灯，泛着七彩的光亮，如香肠被烤得恰到好处，只隔了一层薄薄的唇，上面沾满了散发着诱人幽香的油香。

"好吃吗?"玉宝试探性地问，秀秀装着没听见，躺在怀里的秀秀闭上了眼，玉宝知道她没有睡着，小鼻子一直在急促地呼吸，脸蛋红到发烫，以至于一两滴水珠打上去，都会瞬间被烘烤成蒸气，发出"嗤嗤"的声响，如铁匠摊铺里烧得炽红的铁摊。

怀里的秀秀胸口跳动得如只小闹钟，敲打着他急躁、干裂、饥渴的心。隆起的波涛上下起伏，如月夜涨潮而来的海潮，翻滚着，起伏着，一涨一息，席卷而来。玉宝恶狠狠地咽了口吐沫，眼看海浪就要打到面颊，那一缕波澜却只是在他眼前晃动，就又退了回去，反复翻滚。

原来女人是月亮，都能在月圆的日子，掀起涨潮的惊涛骇浪。

没有任何教练指导，那夜玉宝起飞的嘴唇，如开飞机一般，无需灯光引导，无需雷达定位，准确地迫降在秀秀润滑的、泛着油脂的唇片上。玉宝舌尖开始还是轻柔的试探性地接触，像个盲人的导盲棍，带着一点点焦虑、一点点紧张，轻轻摩擦。

秀秀本来还紧闭的唇片，只在着陆的一瞬间，就潮湿了，一股清泉缓缓而出。

"嗯"，她轻叫了一声，调整好了睡姿，还没做好启唇的准备。

玉宝圆滑的舌头开始还是笨拙地试探，可一旦找到了入口，就硬生生地挤了进来，粗鲁得像个挖掘机的机械手，穿过内唇，跃过双齿，一路长驱直入，直到舌头长度所能达到的极限才停止进攻，然后旋转360度，翻江倒海，转化成就地剿匪。秀秀本能的还想"嗯"叫几声，可是嘴里已经被塞满了异物，舌根处顶个东西，痒痒的，让她呼吸有点急促，缺氧一般涨红了脸。

只几秒钟，秀秀就打通了任督二脉，由原来的无助、茫然、恐惧、燥热中成长起来，变得老练、释然，由防守转化成进攻态势。她卷起舌根，用力将玉宝入侵的舌片缠绕、俘虏，再猛得推出去，一直推进到对面的城堡里。两个舌头换了空间，又紧紧地扭打在一起，反复摩擦、挤压、展开、翻滚、挑逗、斗殴，成了一场战壕战、拉锯战，开始还是温柔的舌唇对接，轻柔的相互缠绕，后来随着入侵兵力的增多，变得一团糟，演变成一场嘴唇、舌头、口水的混战。

场面几度失控，失控到一场手脚并用的群架。秀秀起初还能偶尔反击一两次，可是玉宝一旦用上了手，秀秀立刻就只能慌乱的招架，毫无还手之力。她蜷缩着身子，想用双手护住身体重要的部位，可是需要防守的地方太多，兵力不够，守住了城东，沦陷了城西，秀秀急得直哭，可是得了疯牛病的玉宝根本不知道什么叫怜香惜玉，发疯的大口大口啃食她柔软的身体，如头饿到极点的牛，咀嚼她的味道。

上衣已经被他撩起至胸口，玉宝的手起初是毫无目的地乱摸，一旦找到了重点，就再也不愿意挪动地方，还指示嘴去哄抢、撕咬，手嘴并用，手摸一只，嘴含一只。手用力的揉搓，如钻木取火，力度之大，仿佛要活生生的将她胸口这两团肉球搓下来；他瞪圆了眼珠，活生生地看着自己的残暴，风卷残云般将眼前所有的风景一扫而光。打开尘封的宝藏，露出鲜活的流着血管的肉，玉宝就彻底地变了模样，他猛地张口含住寿桃尖上那一簇微红，先用尖牙轻轻一挤压、揉搓，再用磨牙一咀嚼，秀秀立刻就扭动着躯体，死命地挣扎，如被群蚁攻击。感觉浑身到处都酸痛起来，硬硬地涨着痛，翻滚着身体想挣脱，可是玉宝死死地抱住了她，按着他的猎物，如条鳄鱼也在翻滚，撕咬他的猎物。胸口的气球在几次啃食中已经被加满了气，快撑爆了。玉宝贪婪地吮吸，仿佛饿到了极致，渴到了虚脱，要喝干她身子里所有的水蒸气。

其实母乳只是女人成熟后流的甘泉，填饱的只是童年之前的肠胃；世间最美味的甘露，却是成年后桃尖上那一簇草莓花蜜。

秀秀全身湿透，已经彻底虚脱了，根本抵挡不了敌军从四面八方的进攻，大片的土地在敌军的摧城拔寨中失守，失成一片湿漉漉的海，直至她完全放弃抵抗。

一方带着千军万马，攻城且不收俘虏；一方开城投降，迎接他的王。

原来面对爱情，我们每个人都是天才，无师自通。

几天后，玉宝被送到市里测试体能、灵敏性、平衡性等综合身体素质，3000米测试耐力，100米测试爆发力和反应能力，单双杠测试上肢力量和协调能力，20分钟内跑完5千米，30分钟内完成1500米游泳，4分钟内完成4个400米，最后还要有4个100米冲刺和100个俯卧撑。所有这些玉宝都不在话下，特别是一跳上单双杠，他像是上足了发条，别人旋转几圈就晕头转向，呕吐不止，玉宝越旋转越兴奋，他觉得单杠就是个舞台，秀秀被握在手心，在舞台的中央，他围着舞台旋转一千次、一万次都不够。

"好小子，是个专为开飞机的人才。"测试的教练一脸的惊喜，惊叹他就是个为开飞机而生的怪胎，原本他还要被送到南方某个城市进行最后一项政治思想考察，可是由于玉宝表现太出色，他被破格录取了。

那夜玉宝失眠了，感觉就是场梦，就在昨天他走在学校的操场上还总是低着头，尽量往人少的地方走，可是今天却感觉他这架飞机真的冲破乌云，飞上万米高空，所有风景都被他踩在脚下，连蓝天都比之前更湛蓝、白云都比之前更雪白。

原来我们所有的自卑，都是来自心灵。

那天下午应秀秀的邀请，他特意去省文化馆看了秀秀领衔的县舞蹈队比赛。音乐响起，伴着悠扬的钢琴曲，大幕拉开，秀秀站在舞台中央，身姿在闪烁的灯光下跟音乐节奏舞动，婀娜多姿，那身体与灵魂的合一旋舞，看得玉宝有点恍惚，这哪是他拥在怀里的娇小的秀秀，分明就是盛开在朝阳下的一朵耀眼的红莲，踱步在密林深处一只旋舞的孔雀。

音乐高潮时，秀秀被簇拥着，舞得那样柔美，伸肢、展腰、抬臂、翘臀，手里的红绸随她身形翻飞、旋转，腰如蛇，臂如绳，腿弹如面，时而欢快如在大雨中奔跑追逐恋爱的追梦人，时而忽然放慢旋律如漫步在夕阳下等待恋人的逃婚人。她不停地哀思。

原来女人起舞时，不是美，而是媚，或是妖。

当看到秀秀被她身边的一个舞伴托举着抛向空中时，玉宝心里的醋坛子被打破了，从胸口一直淋到脚心。秀秀穿的那件黑色丁字舞衣根本包裹不住她青春的躯体，他憎恨为秀秀托举的那个男队员，一双手总是经意或不经意间在秀秀的胸口和臀部的丁字裤处抚摸，那里是片处女地，除了他谁都没有权利开发。有好几次为了接好抛在空中的秀秀，那家伙手竟然直接按在了秀秀的胸旁边。玉宝耐着性子，总算看完了秀秀的演出，没等报幕的报成绩，他就气呼呼地退了出来。

不远处就是个火车站，不时有一两列火车喘着隆重的呼吸声，从远处呼啸而过。沿着铁轨，走进站台，车站是条百爪鱼，向四面八方延伸的铁路线就是它的触角。玉宝抬头观望，远处一列火车姗姗而来，滑行在高架桥上，如大肠拖拽的一节节便便，滑溜溜地如涂了油一般，从这个城市的郊区穿肠而过。远处蜿蜒伸展着一段段刚刚修缮好的古城墙，缠绕着一栋栋高楼，让人有种穿越的虚幻。这座南方的城市，历史上曾经是几朝古都，浑身都散发出一种由内而生的皇权和贵族之气，女人有体香，一座千年古城更有体香。几所全国重点大学散落在城乡的交接处，空旷的校区树木郁郁葱葱，古朴的教学楼隐约其中，有种油画的美。树下、草坪上，总有那么几对热恋的男女拥抱成一块夹心饼干，忘情地激吻，视路人为群众演员。

玉宝坐在铁轨边快要睡着的时候，被人猛地推醒了，原来是铁路工人，嘴里骂骂咧咧，问他是不是神经病，怒气冲冲地把他赶出了车站。

玉宝百无聊赖地往回走，傍晚的菜市场很热闹，他一个人穿梭在大妈们组成的买菜队伍里，心凉凉的，他看不起自己的小家子气，可是满脑子都是秀秀躺在别人怀抱里舞到陶醉的画面，像是被人施了魔法，在大庭广众之下，醉在一个陌生男人的怀里。

其实一个人之所以吃醋，是因为在乎，香甜、醋酸、咸辣，人生就在酸酸甜甜中被腌制，直至风化成一堆风味十足的老腊肉。

长长的菜市，他就这样茫然地走了两个来回，旁边的群众演员越来越少，摆地摊的都收摊回家吃饭去了。玉宝害怕孤独，他抱着肩在街尽头发呆，听说恋爱中的人发呆的样子很萌，可玉宝觉得自己很蠢。

不知什么时候，远处站着一个熟悉的身影，身影被公园的路灯拉得很细长，马尾辫翘得很高，如漫画中可爱的卡通人物，是秀秀。

"你跑哪里去了，就知道你小气。"秀秀眼角挂着亮晶晶的水珠，不知道是不是跑急促了流的汗水还是怨气的泪水，猛扑进了玉宝怀里。

"一个人如果不吃醋，要么是不爱了，要么是修行达到了不食人间烟火的境界，很显然这两种境界我都没修行到位。"玉宝苦笑着自嘲。

"他是我的学长，追了我一年了，但我从来就没动心过。在爱情这条船上，谁都有变成傻子的时候，谁都有小气的时候，你爱了，就必然要忍受吃醋煎熬。"秀秀被一身湿漉漉的玉宝拉进了一旅游学校的操场上，这是个中专学校，跑道很短，学校规模不大，就一栋教学楼和一些低矮的学生宿舍。

今天刚好又是星期六，操场上很冷清，一个学生都没有。

一阵风夹着细碎的雨点，追逐着、驱赶着他们，一直将他们逼到看台的屋檐下，鞋子、毛衣上都是雨水，贪婪地吮吸着温度，秀秀猛地打了个寒战。

"嘎吱"一声，玉宝推开了看台下那扇没有上锁的存放体育器材的大门，一股霉味顿时扑面而来，里面黑乎乎地，屋里杂乱地堆放着很多体育器材，头顶还有一些破了几个大洞的蜘蛛网，一两只无聊的蜘蛛倒挂在网边，瞪大了黑眼圈，像个懒汉一样摇动着破网，大概在睡觉。

玉宝抓了根标枪，顺手抵上了门，屋外一丝光亮被阻隔、切割，黑暗将他们包容进躯体。这间屋子很小，也就十来个平方，很脏乱，落脚灰尘留印，很久没人进来过了，像电影情节中破旧的寺庙，可是对于这对避雨的年轻人来说，就算全世界瞬间压缩成只一个怀抱的空间，只要能转过身，有一寸的距离面对自己的爱人，能四目贴着睫毛相碰，那也足够宽敞，宽敞到可以尽情举办一场华丽的演出。

几乎就在门关的一瞬间，这个小屋就属于他们，秀秀一个回身，扑进了黑暗中那个宽大的怀抱，玉宝的胸膛里前一刻还装了满满的醋，酸溜溜的，这一刻却装了满是爱的潮水，秀秀只用发梢一点拨，玉宝整个海啸般的潮水沸腾而出，带着欲望的温度，排山倒海，扑倒眼前的猎物。

"轰"的一声，爱的一堵围墙倒了，倒得满屋扬灰。

那个夜晚在那张破旧的满是洞口的海绵垫子上，秀秀完成了一个女孩过渡到女人的洗礼，没有观众，没有鲜花，没有掌声，只有汗水和满足，暴雨过后天空放亮，七彩祥云飘满脑海，她闭着眼，眼角流出的泪水虽是咸的，可玉宝吸干后却说很甜，那颗泪珠里有一个女孩前世朦胧的爱恋和对下半辈子的一场豪赌。

原来女人流泪不一定是痛苦，也有感动。

几滴嫣红的血，染红那张破旧的海绵垫，被灰尘吸附，变深了颜色，星星点点，如梅花落红，含苞开放在黄色的蜡纸上，染红女人一生。

八

　　每个男人心里都有一条暗河，每条暗河都可能在发情的季节里暴涨；男人用怀抱淹没女人一生，女人用肉体还你一条小生命。

　　一晃多年村里大塘都没有变，变的是那一帮男娃女娃，该长胡子的长胡子，该丰胸的丰胸了。小虎没读完乡镇的高中就退学了，成绩实在是差，为了减轻家里的负担，他搞起了副业，回家借着张公山腰间泉水边的几眼山洞，养起了石蛙和娃娃鱼。他不愿意出去打工，老村是他的家，他的根在故乡的泥土里。

　　至于同班的雨红，小虎一退学，她就蔫了，死活不去读书了，闲在家帮她爹开小店，一些邪乎的野鸡学校不知从哪里得来的消息，竟然硬是发来了入学通知书，雨红全扔锅灶里烧了。这样小虎就很自然地将她的人生和自己的未来牢牢地抓在手心，每天晚上痴痴地做着只属于他自己的春梦。

　　雨红是村里公认的花，读书时她爹照看得特别紧，哪个男人去他家买东西，多看他大女儿一眼，他爹感觉被占了便宜，亏了本钱，都会气呼呼地将对方轰出去，而今女儿不读书了，她爹反倒张罗起女婿来了。只是偶尔看到别人家和他小带兵年纪相仿的男孩儿长大后，在他的小店里像模像样地抽烟时，会有那么一瞬间让他精神恍惚，老眼湿润，背过身去看他家已经长大的两个女儿雨红、雨露发呆。

　　"你们没我长得帅，学历没我高，我连娇气的娃娃鱼都照顾得很好，一定是个会照顾家的好男人。"每当村里小伙子有的跟小虎争爱，他都当着所有人的面大声宣布，还有不识抬举硬和他争爱，小虎就会挽起衣袖，露出天天在山涧里搬石头练就的肱二头肌，在全村一帮光棍的呐喊声中，来场武力决斗。

　　每到这个时候，雨红都在一旁傻傻地看着，也不拉架，眼里亮晶晶的闪动，那是被这个男人感动的。

　　就在村里男人还在浑浑噩噩地混日子的时候，昨天还在他们眼皮底下流鼻涕、捡猪屎的孤儿小阿六子，一个清晨突然给了他们一个天大的惊诧：阿六才十八岁的年纪，竟然和张村的雅青私奔了，雅青爹去世早，她和年迈有病的母亲相依为命，一个人挑起家里务农的大梁，人还长得特清秀，要多水灵就多水灵。

　　雅青是小美那届小学毕业班的班长，模样俊不俊，村里男人有故事为证，随着雅青越长越漂亮，名气也是越来越大，出现的怪事是，她家的地一夜之间会被人自带耕牛整理好，她家成熟的稻谷一夜之间全被收割、整理堆在门前的打谷场上，她到处打听，却找不到帮忙的那人是谁。几村男人公认的事实是，电视上跳舞、走模特步的姑娘，一个个都没雅青身材好，没雅青长得水灵。

　　那年，阿六的确很帅，瘦高的个子，一米八几，往矮坨坨的光棍堆里一站，鹤立鸡群，穿得洋气，听说城里姑娘现在就喜欢这种类型。喜欢围条围巾，雪白的，像某个电视剧里的男主角，是几村女娃梦里的偶像，家里穷得叮当响，养只老鼠都养不活，可女娃们不在乎这些，她们都是外貌协会的，她们在乎的是第一感觉，都说阿六有文艺腕。

　　阿六是个孤儿，十来岁爹妈就死了，吃百家饭长大，大概是爹妈觉得亏欠这娃子，就给了他一副好面容，眉清目秀，标致得让村里男人嫉妒，像个戏台上的奶油小生，是个小鲜肉。那年雅青二十岁，就在四五年前，两个孩子还在一起打架、揪头发、骂娘，一不留神，仿佛一夜长大了。一天阿六去张村的窑厂打工，正赤膀子搬砖，雅青端个脸盆在窑厂旁边池塘的石头铺上洗头，头发乌黑如夜幕中柳絮下垂，阿六记得儿时对她的印象是头发蓬乱，满头都是亮晶晶的虱子蛋，像是谁抓了把白芝麻撒在发根里，她妈常给她头上撒药粉，再用布包住头，像那时正在热播的电视剧《西游记》中的一个外国娘娘，怎么一眨眼就都长大了，而且是这么大。

也许是因为有相同的童年经历，缺少关爱和安全感，两个娃子心里种下了爱情的小小种子，在那天吐根发芽了。阿六看得有点走神，怀里的砖掉了下来，"轰"的一声，砸肿了他的脚面，也将他们爱情的大门砸了个洞。

雅青抬头，用力将头发甩到脑后，"噗嗤"一声笑了，露出一排雪白的牙齿，就这么简单，爱情风吹进了彼此的椰子心，他们恋爱了。

"现在流行小女孩儿傍大款，张村的雅青要是去城里走一趟，保证大款去绑她呢！"每次雅青去丁家墩找雨红，丁小气家的小店会瞬间热闹起来，旁边会突然多出一些假装买东西的男人，而且是刚刚换了干净的衣服，可是手臂上，腿脚边还粘着泥。等雅青一走，他们看着她的背影，就会失望地长长叹息，如老牛喘气。

现在，雅青结婚了，竟然是和人私奔，私奔！是个多么让人热血沸腾的话题啊，鼻子充血，瞬间就能让人大脑缺氧却火花四溅，一、二、三，来场说走就走的人生旅行，女人背着简单的行囊，男人带着借来的、偷来的一把零钱，只为了一个爱字，涨潮一般，心中翻滚着浪花，带着两颗存储着信念的爱情种子，像只漂流瓶，东南西北、四面八方都是他们私奔汹涌、漂泊、逃跑的方向，都有令人神往的未来。

劲爆得像场暴风雨，两团冷热空气相遇，激烈翻滚着，纠缠着，电闪雷鸣，摧毁一切；柔弱得像个古代落魄的书生，去大户家讨杯水喝，用才情迷倒了大户家小姐，一起私奔在大山的密林里，私奔在大河边的野草、芦苇花里。

"刺——激！"村里光棍一听到这词，眼里爆血，攥着拳头，吼出这两个字。

那年冬天，他牵着雅青柔软、纤细的手指，奔跑在已经被踩踏得成秃顶的田埂上，头顶漆黑一片，脚下泥泞如粥，可他们的心里却早就沸腾了，煮得稀巴烂，满是欢喜，以至于连两个人的小心窝都满溢了。他们奔跑在呼啸的北风中，纷飞翻滚的雪花提前闹起了洞房，嫉妒一般将大把的雪花撒在他们的身上、脸上，吮吸着他们的热量，再结成亮晶晶的冰，挂在雅青耳边的发鬓上，像是水晶耳坠。每跑几步，两人都会一个趔趄地跌倒，但每摔一次两人紧握的手就更紧了，呼啸的北风怎么也吹不干他们眼角激动的泪水。他们背上的包裹鼓鼓的，不只装了一些换洗的衣服，更装满了他们满满的幸福，时不时地在背上跳跃几下，滑落到她的怀里，像个裹着褓褓的孩子。

远远的身后有手电筒在晃动，如夜偷窥的眼睛，切割黑影，几个黑影发了疯一般，从村尾追了上来。是雅青的妈妈，领着小叔一路发疯地追了一夜，最终还是没有追回心已经飞了的女儿，她跟一个毛都没长齐的小男人跑了，逃进了大山里，钻进了山洞里，去过他们吃了上顿没下顿的好日子去了。

"有本事就一辈子别回来，我这辈子没你这个女儿了，滚吧，滚远远的，死在外面最好！"那夜，雅青躲在山洞里，依偎在阿六瘦弱的胸膛上，听着洞外山脚下妈撕心裂肺地喊，哭着走了。

"小阿六，你大爷我怎么说也是牛屎粑粑比你多晒几个太阳，怎么就没这么好的运气呢？"这些年，只有阿六一回村，就有单身汉问他这个问题，一脸的疑惑、不解。

自那是个烟雨迷漫的夜晚之后，村里单身汉们奔走相告，顿足捶胸，骂着天理何在，国法不容。这才刚过完年，这家伙就把邻村的雅青给叼跑了，简直就是一朵鲜花掉牛粪坑里，她妈妈在家都快哭瞎了眼，村里男人骂这是拐骗，报警就要坐牢。

而今，阿六带雅青回村，是村里单身汉的集体偶像。一次被村里男人逼问急了，雅青说是被阿六的眼睛给迷住的，那是一种深邃，是只有男神才有的眼神，她在车站等车，远远地看到一个蘑菇头向自己走来，像天上的一片七彩祥云，走近了一看，竟然是老乡。那一刻他们相互凝视，雅青在接触阿六眸子360分之一秒钟后，就感受到了一种360度高温的灼烧，被烫伤、电到了。她就以尖叫回报，她说这双眼睛里有很多诗，不用写出来，就能读懂他，让人跪拜，这双眼睛见证了她的初恋了，阿六就是她的男人了。

借着西九华寺庙的名气，张公山下每年农历2月19日和9月19日有两次传统庙会，庙会是乡亲们掐手指期待的一次集体狂购，和现在网上的"光棍节"购物差不多，民间灯会，文艺演出，商品买卖，形式多样。

寺院外，车水马龙，熙熙攘攘；寺庙内香烟缭绕。小到一针一线、大到犁耙，连消失多年的捏泥人都从很远的地方一路风尘赶来，如蜜蜂一般，追赶匆匆而去的春天脚步，享受那几天的被围观的气氛，找到自我价值的存在感。

山下门楼旁搭着戏台，密密麻麻地挤着很多人，大老远就听到柔婉殷切、缠绵悱恻的庐剧腔，乡土味很重，台上公子小姐，台下大爹大娘，互动得特别开心。

雨红挽着小虎的手，依在他的肩膀上左顾右盼，身后跟着她的妹妹雨露，她比姐小三岁，小丫头小小年纪就学会了当特务，每次小虎约她姐姐出门，她妈妈都安排这么个小特务跟在身后，生怕小虎从村里光棍那里学了什么绝招，没结婚就弄大她女儿肚子，那些光棍男人一天到晚没事就聚在她家的小店里吹牛，没出师却到处招呼村里一帮愣头小子很认真地开会，研究方案，很认真地传授他们什么十大绝招，什么先斩后奏、生米煮成熟饭、明修栈道，暗度陈仓，弄大人家女娃肚子不犯法，就是排名榜首最恶毒的十大绝招之一。

雨露是个特别称职的小间谍，连两个恋人眉宇之间的一颦一笑、一个V字形的手势，她都能很快地破译密码，洋洋得意找到他们常变动私会的准确地点，将抱成一团的两个人抓个正着，大声地呵斥小虎放手，不然就回家喊妈妈。早在村里一帮女娃玩过家家、踢鸡毛毽子的时候，雨露就表现出对那些童贞游戏的不屑，自从她妈妈觉得姐姐大了，需要看紧一点了，交给二女儿一个使命后，雨露浑身就如打了鸡血，跟踪姐姐成了她童年唯一的乐趣和使命。雨红一次在妹妹的抽屉里发现了个粉红的笔记本，上面记录的都是她和小虎约会的时间、地点，并且还绘制了村地图，标注了同一地点见面的次数，吓得雨红后背都冷飕飕的灌凉风。

上山的路两侧，横七竖八地躺满了"缺胳膊少腿"的乞讨人员，这些人仿佛只一夜之间，就从土里钻出来了，密密麻麻地睡满了路两边，有些还为争好的摊位大打出手。他们每年庙会都来，算是职业乞讨人员，雨红小时候明明看到一位腿拧成麻花的小男孩睡在雨中，头发蓬乱得里面能躲进20多只小鸡，他将只有小胳膊粗的大腿反扭缠在脖子上，将身体拧成一支天津大麻花，捆绑成一只阳澄湖大闸蟹，在风雨中颤抖。手里拖着个破塑料盆，边爬边呼喊着给点钱、给点吃的吧。第二天再去的时候，发现那个小男孩和另几个脏兮兮的小女孩，站在山下的摊位边，削一根甘蔗吃。

雨红在地摊前停下，视线定格在一件黑色的健美裤上不愿意离开，小虎心领神会，他脖子上今天刚围上了雨红熬了近一个月的夜，特意为他编织的一条足有二米长雪白的围巾，为了能买到雪白的毛线料子，她央求在城里的小美和秀秀找遍了城里的几家地下商场才买到。

仿佛就在一夜间，满大街的喇叭裤不见了，男人们脖子上都挂着条雪白的围巾，以至于白毛线料子都卖断货了，下身都弄条勒得紧紧的牛仔裤，而女人则是一条弹性十足的健美裤，只要她有身材，健美裤都会毫无保留地勾勒出她们完美的曲线。

一条丝巾、一件披风，只要女人喜欢，比送金山银山更有爱心。

一个午后，一帮男人吃过饭后正坐在丁小气家的小店门口吹牛，远远的村口的山路上一个穿黑大褂外套、脖子上挂了条长长的雪白围巾的男人，骑着一辆永久牌载重自行车，迎着入秋的劲风一路向村里飞驰而来。

远远地那条雪白的围巾在风中翻飞，如白色的裙边在山涧回旋的秋风中舞动，那辆载重自行车碾过潮湿的泥沙路面，留下两条浅浅的印痕，螺纹如蟒蛇的斑纹，偶尔碾碎一两颗风化了的小石头，发出"咔咔"的清脆声。进村后那男人穿过大塘的河埂，倒影在大塘湛蓝的水面上滑行，在蓝天白云之间上下变幻成两个对称的身影，沿着大塘埂的折痕行驶，画面如只对称的蝴蝶翅膀。

当听到村小店那有说话声，那男人收紧了上身，紧绷双腿，一个加速，径直冲向了丁小气家的小店，并以最快的速度冲向村中心最热闹的"十字街"，他身上的披风被风托起，侧面看像个小剪刀，如风中滑翔的雨燕，从全体男人关注的视线中侧身飞驰而过。

"吱——兹"，一阵刺耳的紧急刹车声，那男人以最快的速度从小店的门口冲过约10米后，突然减速，猛打方向，漂移一般划了个180度的半圆，一个回身停在丁小气家的大门前，戛然而止的车轮在满是黄细土的打谷场上极速摩擦，溅起一米多高的黄烟，空气中有股轮胎摩擦过度烧煳的焦味。

一帮老男人被这个男人的帅惊呆了，嘴巴都张成死鲢鱼嘴形状，以至于夹在指尖的烟蒂燃到了尽头，烧到了肉，都没能感觉到疼。

"怎么样，嫉妒我的帅吧！"那男人摘下墨镜，得意地说，露出一脸满天星一般的麻子。

"哎——哎——呀！"等大家看清楚是去广东打工几年，长大了的小麻子回村时，都发出一声极度失望的嘘声，拎着小板凳，唠叨着各自回家了。

当晚，村里男人就发疯一样的到处托人，不管多贵，一定要帮忙买二两白毛线料子。

原来做梦也不分年纪。

"老板，给我来那件黑色的。"雨红仔细地挑了条细长腿的健美裤，尺寸刚刚好，配她细长的大腿，绝配！小虎慌忙准备付钱。

"我也要件，我要件红色的。"一边的雨露不知什么时候，早挑了件粉红的，欢喜地在腿上比划。

"你才这么点大，没长身体，穿这个撑不起来，再说你在读书，穿这么大红色的惹眼，现在不是打扮的时候。"雨红摆起当姐姐的面孔，准备教训她。

"我也要勾引男人！"雨露狠狠地瞪了小虎一眼，抓起衣服就包好走开了。只一句话，小虎和雨红就被惊得目瞪口呆，村里人都说雨红是投错了女娃胎，打架、掏鸟蛋、偷菜瓜她样样比男娃在行，可个子刚蹿几年的雨露按这趋势，超她姐姐那也就在毫厘之间，难怪村里男人说雨露是野橘子树，浑身有刺碰不得。

寺庙的山脚下有一片竹林，郁郁葱葱，常年翠绿，整天点头哈腰，飒飒吵闹，像个不老顽童。小虎记事起，这里就成了善男信女、单相思综合征恋人表达爱意，宣誓爱情誓言的黑板报。一些泛青的老竹节，在它们刚拱出黄土包那一刻起，就被赋予了使命，充当了传递爱和坚守爱的使者，被抢先注册了，没有信封，竹节就是信纸，刻着一句句充满爱火的誓言。这里有最淳朴的语言，也有一些小初中生涂鸦的一些似懂非懂的朦胧诗，如：我俩的爱，就像冬天里的大包心菜，天越冷，心抱得越紧；你问我爱你有多深，那就问这竹根，这个竹根长多深就多深；张村三绣巴子，我想你想得都想不起来了；张××，好吧，我承认我有一点点喜欢你了，只是一点点哦；701班，我代表月亮，消灭你们班……

雨红特意挑了根今年才刚刚出土的新竹，小家伙长得很欢，足有大腿粗，才半岁的年纪，个子却蹿得和长辈们一样高，只是全身还没有褪色的幼稚气暴露了它的年纪。它全身粉嫩，像是刚刷了漆，全身乳白，用手一摸，手心竟然全是一层霜一样的粉，像个还在吃奶的娃娃，全身都擦满了爽身粉。

"还好，没有被人抢先留言哦，我们也刻句话吧，你想刻什么好？"雨红选中了那根竹子，小心地仔细抚摸，一旦这棵竹子刻上了爱的誓言，那就承载了他们一辈子的承诺，生会伴随这座青山长青，死也会一直伴黄土埋，腐烂。

小虎低头想了想，沉思的样子有点像思想家，雨红忍不住发笑，帮他找了块尖石子。他接过核桃般大的石子，抬手在粉嫩的竹节上写下了：丁雨红，我爱你，爱到疯不变心。

小石头如被镶嵌了金刚石，裁玻璃一般"沙沙"发声，刻章留字，他们的爱有归属了！雨红一脸期待，当小虎用尽浑身力气，歪歪扭扭的刻上"我爱你"三个字时，她紧握双手，全身紧张，呼呼喘气，不敢呼吸。听说城里现在流行在墙上画画，那叫涂鸦，雨红不喜欢，墙是死的，画得再好也会掉色；可刻在竹子上，是活的，年年吐绿，而且节节清高，多好。

"为什么写疯字啊，多不吉利！"雨红有点不高兴地埋怨。

"幼稚！"当雨红哆嗦着嘴唇，颤抖着身子，想小虎给他一个温暖的拥抱时，一边的妹妹雨露白了他们一眼，一脸不屑地骂。

恋爱的人是蝙蝠，特别喜欢黑夜！

每到天黑时，小虎肚子里想雨红的蛔虫就会准时在蠕动，一牵上那双纤细的手，他们就会同时热血沸腾，哪里黑、哪里没人，就往哪里钻，村口拱桥下的涵洞里，他们假装躲过雨，张公山上的山洞里，他们当传说一样迷恋过。

今年的雨季特别漫长，没完没了，开始是往下倒，而后才转化成密密细雨，细如绣花针，密如蚊帐，一直绵绵不断地下了一个星期，天地间只有雨和雨声。

"轰隆隆"，那天夜里洞外电闪雷鸣。

"哇哇哇"，洞里的娃娃鱼不知道是害怕还是发情，竟然都如孩子般叫了一夜。小虎不敢去见他的雨红，这些鱼是他全部的家当，是他迎娶媳妇的本钱，小虎爹已经放弃做生意回村种地了，已经去雨红家提了几次亲，丁小气始终都是一口价，嫁女儿彩礼一万，少一分免谈。那年头一万块钱能建楼上楼下三间楼房，也难怪她爹狮子大开口，每年上她家提亲的队伍十几波，她女儿现在是有价有市，而且看这趋势，过了年肯定就要涨价了。

"轰隆隆"，又一个炸雷响起的时候，他看到洞外跑进来个熟悉的黑影，披散着头发，一身的雨水，一闻那股淡香，小虎闭眼都知道是雨红，只一个下午没见，她思念的小鹿竟然都等不及，终于摆脱了妹妹的跟踪，冒着划过天宇的一道道刺眼闪电，偷着跑到后山上来了。

那夜的天仿佛漏了个洞，雨水不是下，而是有人站在张公山上往下倒；往下砸下午刚清空的山下河道只半夜就快要涨到小虎住的洞口了，他拥着雨红在怀里，一点点计算着河道上涨的尺寸，外面雷声震得整个洞口都在摇晃，雨红一靠上他的胸口竟然就"嘘嘘"地睡着了。

一条漆黑的躯体在山脚下膨胀，山洪想涨大了肚腹的巨蟒，鼓鼓囊囊地争挤着洞口爬上来，发出低沉的吼声。

就在小虎焦急地看着浑浊的河水快漫过洞口，起身准备回村喊人起鱼时，远远的田埂上一束荧光粉的光亮从黑暗中一路忽闪忽闪着走来，那亮光很有节奏地上下抖动，像儿歌中那句歌词"一闪一闪亮晶晶"。

那黑影一直走到洞口不远的一棵大树下才停了下来，是傻姑，领着她那条心爱的老花狗，从容地在雷雨中散步，一个个炸雷就在她身边左劈右砍，她从容地如在欣赏烟花，浑然是只雷雨中舞动的精灵，在烈焰中修行的一只妖。

最后傻姑在小虎养鱼的山洞对面一棵大树旁停下，在一块平板石头上坐下，一双脚伸进水里摇晃，身边坐着那条老花狗。

"哇哇哇"，洞里的娃娃鱼被又一声炸雷惊吓了，如孩子一般齐声哭起来。雨红猛地从梦里惊醒，小虎慌忙俯下身轻吻了她，示意别吓了。

雨红好奇地向洞外张望，本来还红润的脸只往洞外的那棵树下张望了一眼，就吓得煞白了脸在小虎怀里颤动，借着闪电的光亮，那棵树下的石板上坐着三黑影：戴荧光粉的傻姑、一条狗、还有一个黑色毛皮的像猴子一样的东西。借着闪电划破夜空的光亮，只见那只野猴子在闪电的余光下，正用爪子抚摸傻姑心爱的狗，那条狗浑身直打哆嗦，动也不动，也不敢叫。

"小花，别动，你已经好几天没洗头了呢。"傻姑在轻声地责备，只见那只瘦猴子怪物就从河边抓起一个漂流过来的破葫芦，当水瓢，舀着浑浊的河水，张开细长的小手指，帮那只可怜的老狗梳理毛发，它在给那条颤抖的老狗洗头。

"嘿嘿。"就在小虎和雨红看定住时，那只瘦猴转头向他们这边笑了几声，声音很尖，却听得真切。

"噼噼啪啪"，洞里娃娃鱼的叫声在此刻全都骤然而止，几百条娃娃鱼全都发疯一样，拼命往洞角一处的拐角缝隙里扎堆挤去。

"咚咚咚，死水鬼仔，我这里又没有吃的，再来就打死你……"小虎猛地跳起身，抓起洞口那面用来驱赶野猪的铜锣，使劲地边敲打，边骂着最难听、最恶毒、最肮脏的话语咒骂着，这是村里丁婆传授他撞鬼时急用的，没想到今晚真的用上了。

"扑通"一声，水猴子跃进了翻滚的大河里，雷电仿佛和她是一伙的，瞬间洞外大雨停息、雷电偃旗息鼓，闪电拉闸！大地归于寂静，唯有傻姑那个荧光粉光环，在黑暗中一闪一闪地上下浮动，消失在回村的路上。

九

　　渐渐地小美总结出，一年有两段时间阿峰比较闲，一个是过年放爆竹时，常和阿俐一起来她家聊天，一个是暑假穿裙子最热的两个月。于是一年都是围着这两个季节转。

　　"我和你吻别在无人街。"对面楼道里，踢球回来的阿峰一路高唱。

　　"呀！"他也喜欢哼唱这首歌。

　　每到这时，她就叫妈妈把最漂亮的衣服拿出来，她渴望别人说自己漂亮，因为电台里的男主角，都是和漂亮的人在一起。再扎上满头的小辫子，她喜欢这些小辫子，感觉每一条就是一个生命，喜欢它们在洗澡时，像小虫一样在身上爬，那是另一个生命在躯体上游动。

　　终于盼来了暑假，小美迫不及待地去阿峰爸爸开在街对面的大排档帮忙，生意特别好，都是师范学院的学生带着女友和朋友来吃，一桌桌都挤满了人，他们大声地讨论着师生、恋爱、篮球、打架，还有夏天女生的超短裙子，让小美听入了迷。

　　秀秀因为是个乖乖女，喜欢读书，一有时间就泡在学校的图书馆，有时也陪小美说说话，但很少来店里闲坐。阿俐倒是勤快，一有空就跑来帮忙洗菜，阿峰照顾客人，连小美的妈妈都闲不住，来帮忙炒菜了。

　　"老张，你烧的鱼为什么吃起来那么香，连读书的娃子们都说喝汤能闻到江水的鱼腥味，腥而不腻，算是一绝哦！"小美隐隐听到妈妈开心地笑了几声，这种笑声在她的记忆中没几次，看来妈妈已从失去爸爸的苦痛中走了出来。

"我有独特秘方，这方子还是我爷爷当年在江面谋生活时，自己创造的，你们没发现鱼汤里有股奇香，就是加了咱家乡特有的几味草药香料，对面县宾馆的几位厨师不知从哪里听说我烧的鱼好吃，隔三差五地跑来烧个鱼汤，还和我攀谈，就是想偷我的秘方，我才不傻呢。"阿峰的爹老张一脸得意，这个男人三十岁就这样一张黑乎乎的脸，而今都快五十岁的人了，样子还是三十岁那年的模样。

"呀！"小美听入迷了，手中的剪刀嫉妒她皮肤的白，剪豆角时咬破了她的手指，一小股热热的血液突破伤口，红红的，沿着豆角流淌。阿峰慌忙奔过来，一把抓在手心，并示意他爸爸赶紧去买创可贴。

"疼吗？这剪刀有锈，要打破伤风针的"。阿俐一看血如断线的红豆，一滴滴的往外渗，慌忙去推小美的轮椅车。

阿峰紧紧地捏着小美开裂的中指，探身将她殷红的中指塞进嘴里轻轻地吮吸。小美有点意外，心里却是暖暖的，感觉有点微痛，阿峰的嘴像个漩涡一般在吮吸她的汁液，身体像是被渐渐加热，他嘴角不知什么时候长出的几根胡须，扎得小美浑身不自在起来。阿峰吮吸干了她中指的淤血，背上她就一路小跑着去了医院。

那天打完破伤风针，回来的时候天已经黑了，小美趴在阿峰肩上睡着了，快要到家的时候，她被星星点点的雨滴打醒了。入秋的夜晚还是有点闷热，小美就睡在阿峰的肩上，她能感觉阿峰的背心已被汗水浸透，一股略带着点酸的汗味让她很迷恋，像楼下老张头卖的柠檬酸汽水味道。

"你累了，我们休息下吧。"小美叫停阿峰，在街道边的一处草地上坐下。

"听你爸爸说你长大了要当医生，那加油吧，我妈妈舍不得花钱，存钱说为我物色眼角膜，到时给我安装一只眼角膜，那样我就能看到你长胡子的样子了，呵呵。"小美抬起头，睁圆了无光的双眼，任三三两两的雨点亲吻面颊，掉进眼窝。

那夜的风有点热，越吹越觉得身体燥热。

不知什么时候，小美感觉一直看着她的阿峰有些异样，隆重的呼吸声越来越近，都贴到耳根了。小美感觉脸颊被他捧在手心，雨点打在她脸上，被滚热面颊加热、蒸发、升腾，发出"嗤嗤"的声响。他鼻子发出的呼吸如小时候放的牛，"呼呼"地吐气，就在阿峰灼热的唇快要在小美的鼻梁下着落时，小美扭过了头。

"吻吻我的眼睛吧，里面全是沙子，你吸出来说不定我就能看见你了。"小美迎上了她空洞的双眼，她期待会有别样异味的嘴唇吻她，可是一连等了几分钟，一边的阿峰都没有动静，他的手很有力，攥得小美的手很疼，耳边传来他抽泣的哭声。

从那之后，阿峰好像生气了，小美感觉他们之间总是忽远忽近的有距离感，是不是还在生她没接受他吻的气，可是，她有拒绝吻的权利啊！听说恋人吻时女孩要闭眼，可是她多么想睁眼看着那人，记住他长大后的样子，而且是眼睛能睁多大就多大。

"妈，怎么很久没有听到他的声音了？"终于有一天她忍不住问，因为过年了，只听到爆竹声却没有人。

"出国了，到国外去读研究生。"小美妈妈叹了口气，轻声地说。

"那还回不回来？"国外，井外面还有井吗？太奇怪了，小美疑惑想。

"当然回来，傻丫头！"妈妈没再理她，自己走开了。

那些天她每天还是照旧去把窗户打开，等待他回来，虽然外面刮着北风，还飘着雪花，她知道雪花有种凄凉的美丽，落在手心很快就化着了水，像她的命运一样，随时都可能融化成一捧土、一缕烟。

这是个星期天，一大早，上大学回来的阿俐赶过来陪她，天还只蒙蒙亮，她们像往常一样早早地去楼下厕所了。

"小美，你怎么不带导盲棍了？"阿俐看小美大踏步地迈步在大街上，胸口的曲线上下颤动，自信的样子像是模特在走台，哪像个瞎子，一脸惊喜地问。

"这么些年，自从我在这条路上摔过一次后，就从来不担心路上有障碍了，现在人都素质高，从不在盲道上乱停东西，知道关心我们这些眼瞎心不瞎的人。"小美说到兴起，竟一蹦三跳地小跑起来，像奔跑在童年大江边的江滩上。

进了厕所，阿俐很是吃惊，原以为里面应该像她所在的街道厕所，苍蝇如战斗机一般满天飞舞，到处都是"空姐"，臭气熏心，没想到唯独这间路边厕所，人群熙熙攘攘，却干净得有点让人嫉妒。

"你在大学谈恋爱了吗？听收音机里说，大学女孩如果不恋爱，要么是心理变态，要么是丑得没人追哦，还有你说小时候丑，长大就漂亮，那你现在是大美女了吧？"小美期待地问。

"谁说我小时候丑啊，那是我谦虚，我嘛，身材和你差不多，身高也一样，现在有个人追我，暂时还保密，那现在有人追你吗？"阿俐抿嘴装神秘。

"你别笑话我了，谁会爱上个瞎子！"小美很失望，她想阿俐恋爱，想她告诉自己那是什么感觉，是不是如蜂蜜，甜到心里；如阳光，暖到每一根毛孔。

女厕所蹲位的后面是便池，中间只隔了几张芦苇席，老鼠在这里早就安家，不知道便池前后，哪里是它们的客房，哪里是它们的餐厅。芦苇席上有几个老鼠串门时留下的洞，像另一个世界的眼睛深邃。

小美突然感觉背后的芦苇席，有浓重的呼吸声，那里肯定有人，呼吸急促、错乱、没有节奏，而且肯定是个男人。她慌忙扯了下阿俐的衣服，示意身后有人在偷看。

"大清早天刚刚亮，谁会躲在厕所后面脏兮兮地便池边偷看啊！"阿俐半信半疑，小声地嘀咕，但她坚信小美的嗅觉，十个算命九个瞎子，他们都有第六感应，她还是贴着芦苇席向便池后面张望了一眼。就在她张望的一刹那，那边也有双眨着泛红血丝的眼睛和她来了次对视，只对了个眼，阿俐吓得倒退了几步差点摔倒。

那堵墙背后，真有双眼睛。

"110吗，有……有色狼偷看女厕所！"路边有一公用电话亭，阿俐慌忙报警，并壮着胆子拉着小美的手绕到厕所墙后面去查看。

一条小道直通厕所的后墙，只一转弯，阿俐真的看到厕所便池边站着一个矮黑影，旁边放着两个塑料便桶，手里握着根干瘦的扁担，原来是个挑粪工。那男人个子很矮，但很壮实，低着头，一句话不说，看不清脸，但能看出他脖子的旋转缠绕青筋暴涨,，一直红到耳根。

小美闻到了一股酸酸的汗味，看来这个男人很少洗澡，做这份工作再不喜欢洗澡，那肯定脏死了，她赶紧退了好几步，拉开和男人的距离。她很少讨厌人，可是对于这个一大早躲在女厕所偷窥的男人，她感觉特瞧不起，人脏没关系，但心灵一旦脏，再怎么洗都不干净。

警察只几分钟就赶到了，清晨这个时段出来晨练的、上厕所的人很多，一下子就围满了看热闹的人。中间那个挑粪工本来就不高，被一围观，仿佛缩成一团球。

"是你在厕所后面偷看吗？"警察连问几个问题，那男人激动得挥起手中的扁担准备反抗，可一见面前站了好几位如花的姑娘，一下子就蔫了，扔了扁担，连连摇手，"吱吱呀呀"地嚷，原来是个哑巴。

"是这个小伙子啊，他很勤快的，人很老实啊。"

"不能同情这些人，借工作机会偷窥，同情弱智和同情罪犯不是一回事。"人群中有人愤怒地嚷。

"自从这小伙子这几年来这个厕所淘粪，这里一直特别干净，每天半夜等没人上厕所后他就来工作，而且都是这个时段掏干净，今天这两位姑娘来得特别早，他快收工了，我敢担保他是在工作，是误会。"路边一修鞋的摊主摇着轮车，挤进人群，很是诚恳地说。

修鞋工是个双腿截肢的残疾人，两个裤脚扎了个死结，耷拉在轮椅边角上，像张叠成麻花的千张。他身体干瘦，瘦成一道闪电，像是用牛皮纸卷成的一个疙瘩，塞进一把韭菜再用油一炸，炸成一团开裂烧焦的春卷，又脏又皱，风大点就可能散开，散成一张豆腐皮。因为手工活细，价格公道，这个修鞋工在这小区很受人尊敬，有他担保，大家也就没再为难挑粪工。

"没事的，这也是他的工作，我们应该感激他，每天都把公共厕所打扫这么干净。"小美一听说这个男人也是个残疾人，心顿时就软了，同是天涯沦落人，都是苦命的人，谁还去嘲笑谁呢。她对警察说是误会，警察一走，人群很快就散了。回去的路上，小美总感觉在哪里闻到过那股淡淡的机油味，好像很熟悉，就是一时想不起来。

十

人生就像一杯茶，不会苦一辈子，但总会苦一阵子。

自从玉宝坐上部队派来的专车走后，秀秀感觉整个人都空了，原来能坐在图书馆里一整天，沉寂在书的海洋里，像是游泳一般酣畅，忘却了吃饭，可是现在她时常坐在窗前发呆，满脑子都是奇怪的念头，看见别的阿姨牵着孩子从身边走过，能明显感觉到体内的激素在刺激她，有结婚生子的冲动。

一个多月后的一天下午，玉宝突然出现在她校园的大门口，背着个大背包，剃着精神的寸头，人显得特别帅气。秀秀扔了怀里的课本，当着那几个保安的面，一个猛子就扎进了对面能融化她的海洋里，那几个保安正在用煤炭炉煮鸡蛋，刚剥好送到嘴里的鸡蛋都被惊掉到地上。

"部队特训一个多月，刚好回去的车从县城旁边过，我请假来看看你，还有听说我们村山那边的飞机场有可能要维修使用了，到时我就申请回来在那里开飞机陪你。"不知道是高兴，还是玉宝的肩膀好像更宽大了，搂得秀秀感觉有点窒息。尤其是他胸口练得鼓鼓的胸肌，暖烘烘的，像是夹了块凸起的炭火。

"嗯，我明年就毕业分配了，到时我申请去家乡的学校任教，我一定等你回来。"秀秀抬头刚好看到落日的余晖，映红了半边天，从玉宝的耳边折射过来，拉出了一根根细长的金条一般的线，被玉宝黝黑的面部轮廓反射出去，显得特别有型。

一阵晚风吹拂，玉宝抖了下眼，坚挺的鼻梁最前端有些下斜，弯曲如鹰嘴钩，很阳刚、威严，这就是她的兵哥哥。

"这是我用一个月的生活费省下来买的，送给你吧，去部队你肯定找不到我，我想你的时候就打你传呼。"玉宝从身后的背包里取出了一个黑盒子，打开是一个传呼机，黑黑的如火柴盒，充满了电，小屏幕眨着眼睛，闪动着数字。

秀秀第一次见到这类电子产品，班上目前个别家境好的同学有，可以挂在裤带上，也可以揣在怀里，听说只要一拨一个特定的数字，就可以在千里之外找到指定的人，传递爱的电波。

曾经有几次坐公交车，车正在蛇形的道路上行驶着，突然车厢里传出一串"嘀嘀嗒嗒"的传呼声，而后就是有人惊喜地叫了一声："师傅，停车，有人呼我！"那人立刻就成为全车人羡慕的焦点，公交车司机虽然很不情愿，但还是将车停下来，全车人目送那人急速跳下车，快速奔向路边的电话亭。

秀秀小心翼翼地将那个接收爱情电波的传呼机收好，并反复要求玉宝记住那一组号码，那是他们爱情的通知书，和生日、银行密码一样，需要存在心底。多年后，秀秀有很多张卡，银行卡、信用卡、医疗卡、健身卡等等，里面没存多少钱，却存着一样的秘密，因为密码都是同一组数字，不是因为她懒，用她自己的话说是执着，她说服不了自己忘掉初心。

有时还想碰碰运气，用这组号码去买张彩票，她像个特工一样，将这组数字当成了终生代码，并随着岁月的侵蚀，储存进了身体的每一个细胞里。对她来说这是一生的印记，时常闪动着火花，跳跃着思念，冷不丁跳进回忆的沼泽里，全身水湿，像打翻的醋坛子，酸透小心脏，品味多了，却浸透一股说不出的酸涩来。

"你放心吧，这一组传呼数字已经记在我的细胞里，流进了我的血液里了，怎么可能会忘呢。"玉宝点点头，指着自己的脑门，那里的硬盘早就刻下那一组数字清晰的记忆。

那天的相聚是那么短暂，吃麻辣烫的时候秀秀明显感觉到玉宝不时地抬头看墙上的挂钟，他在掐算归队的时间。只一个多月的时间，就让面前的这个男人褪去了原有的羞涩，眉宇间有了股男人的刚毅美，连眼神都显得多了份睿智。

"我，我上个月的姨妈没有来，不知道是不是中奖了！"快要分别的时候，秀秀钻进那熟悉气味的怀抱里，酸酸地说，自打见到玉宝那一刻起，她都好几次鼓起勇气想开口，但都不能确定情况是不是真的那么糟。

"什么！不会真的那么倒霉吧，那，怎么办啊，我没有时间陪你了，我必须在晚上七点前归队！"只一句话，玉宝就浑身颤了颤，晃悠悠像个不倒翁，当爹的担子太重了，他稚嫩的肩膀还没有长结实，根本承载不起这样的重压。

有那么一刻，秀秀抬头刻意地用眼睛去寻找玉宝的目光，四目相聚，玉宝眼里那一丝慌乱、一丝无助让早当家的秀秀很是失望，原以为一个男人一旦有了家，虽然那个家就几个平方，破烂不堪，但床是热的，睡上去就该是个能撑天地的英雄，可是那眼神告诉她，玉宝还是个孩子，像开春刚落花的杏子，青涩，难以下咽。

"你是个二十一天都焐不出小鸡的大坏蛋。"临走的拥抱，秀秀撒娇般在玉宝耳边轻声地骂了句，骂得那么苍白、无力。

一次的冲动，造就一次意外的心灵碰撞，电光火石间，一切都还未来得及细细体会，便已尘埃落定。男人抖一抖身子，放飞遍地蒲公英，只给他们一把小伞，放飞去远方旅行，任其自身自灭。

飞翔的仪式很美，放逐的过程却很艰辛，就有那么一颗顽强的种子，钻进了石缝之间的缝隙里，生根发芽，倔强地生长。他们不在耕种的季节里，却还是偏偏要固执地生长，灿烂地开花，耀眼地绽放，还非要修个正果。那个缝隙就是一个女人的身体，空间狭小得如针眼，却孕育了全人类，能装下所有的乾坤。于是仇恨与爱的种子都种下了，她在犹豫与恐惧之间找不到可以栖身的地方，只能独自去挖掘坟墓，埋葬骨肉。

原来滚滚红尘，茫茫人海，谁是谁的过客，谁又是谁的风景。

秀秀勉强笑了笑，心里在自我安慰，没有那么巧的事情，她也没有做好当妈的准备，这几天她也常做梦，梦里她依偎在妈妈的怀里，撒娇、攀爬。

那天的麻辣烫吃得特别快，秀秀虽然吃得很慢，想挽留玉宝能多陪她一会，可是该走的人还是要走的，如流沙，她抓不紧，留不住。夕阳西下，野草沟壑、树影斑驳，他高耸的背包很美，背影像个远足荒凉沙漠的骆驼，美得像一幅油画。最后，玉宝的背影和落日的余晖一道消失渐渐淹没在暮色里，秀秀瞪圆了眼睛，想寻点消失前的痕迹，可是水静无痕，大地混沌成一块黑疙瘩。

麻辣烫刚刚吃的时候特别的麻辣、够味，混着临别玉宝激烈亲吻时注入的口水香料，分泌出五味刺激味蕾，可是当秀秀抬头看着已经黑乎乎的天空，黑夜背对着她，给她一个无言的背影，拒绝和她沟通，连个倾诉的星星都不给她，胸口感觉被一股酸味沁透，如浓硫酸一般烧得肠胃翻江倒海地疼。

沿着老街，秀秀在梧桐树下，在臭水沟里，低着头，深一脚浅一脚地走回了学校，那夜的路特别漫长，泥泞不堪，每走一步都耗尽她全部的精力。

星星最终还是耐不住寂寞，下半夜的时候镶满天宇，星星点点，如在布置舞台背景，明天肯定又是一个晴朗天，可是秀秀知道她心里的阴霾天刚刚开始。

第二天，秀秀总算挨到放学，没有抱着一大堆课本去图书馆，而是直接上了街。她花两元钱买了根测孕棒，按照说明，找了间公共厕所，测试了自己的尿液，两道清晰的红线见证了奇迹。"轰隆隆"，一阵金戈铁马的战鼓从她心里飞驰而过，踏碎她所有的单纯与未来梦想。

那两道筷子红成了她人生的分水岭，往前走一步她就可以当个妈，往后退一步她还是个黄毛丫头。她在这两道红组成的双杠上玩杂技，无人保护。

秀秀的确怀孕了，秋种种子春发芽，就这么简单，肚子里的小生命吮吸她的血肉，在不适宜的季节疯狂地生长。那些天，秀秀每天不吃饭，发疯地在操场上跑步、跳绳，大幅度地跳舞，每次上厕所时都瞪圆了眼珠、发誓、赌咒，希望肚子里那个小家伙赶紧滚蛋。

她甚至特意去买了根很细的绳子，死死地勒住腰，将身体勒成一个扭曲的卡通气球，勒得胯骨都快撑破了腰，勒成米其林轮胎卡通吉祥物，可是这个小蝌蚪实在是太可恶了，秀秀原本把他当个客人，可这家伙却像个主人，钻进了她的躯体，关上了门，抱着根本就不爱他，咒骂他下十八层地狱的亲娘，拒绝任何人说客求情，非要修炼成人。

一株水稻从幼芽到成熟，寄托多少希望，需要多少汗水和关爱；一棵田边野草从开春吐芽到秋冬落籽，经历多少踩踏、赌咒与迫害。

原来同一块良田，生的位置不同，注定不一样的命。

那几天秀秀精神恍惚，总感觉身后有人跟踪，肚子里的小家伙时而像个小丑一样，上课的时候，突然从她眼前跳过，吓得她猛地一哆嗦，连全班同学都会被她失态的表情弄得一声惊愕；时而像个大头儿子，光着屁股从她左眼的余光跳跃进右眼，嚷嚷着叫她去找小头爸爸。

有次她被梦惊醒，梦里她成了葫芦娃的妈，竟然一口气生了7个娃！她的肚皮成了机器猫的四维空间口袋了，一打开，里面就有一群吵吵闹闹的光屁股娃娃，呼啦啦的地顺着手推车冲出来，像孙悟空大战红孩儿那场景。

秀秀害怕见所有人，恨不得躲进无人的外太空。

同在一个舞蹈队的俊峰觉察出了她的异样，这些天图书馆里也找不到秀秀，好几次找借口关切地问候她是不是病了，可都被秀秀搪塞过去了。

因为肚子里装了个定时炸弹，没几天，秀秀就彻底崩溃了，她害怕孤独，害怕未婚前先当上了妈，害怕流言蜚语，害怕肚子里的肉球会一天天地涨大她的肚子，像国外科幻恐怖电影镜头里的那个异形怪物，拖着长长尾巴，露着獠牙，一点点啃食她的肠胃，最后破肚而出，直到将她啃食得面目全非，啃成一堆没血没肉的白骨。

"晚上有空吗，陪我走走吧。"上完一个晚自习，秀秀叫俊峰陪她去操场走走，只一句话，就让这个同样俊俏的小伙子受宠若惊，连连点头。

"什么！你怀孕了，是那个要开飞机的小子的吧，这事要是让学校知道了，可是要被开除的啊！"秀秀感觉到身边的男人也有同样的惊吓，她抬头和眼前的这个陌生男人来了次碰碰车，这是她第一次认真地去看眼前这个苦苦追求她的男人，每天都如木偶一般坐在图书馆的最里角，贪婪地看着她的背影，全班同学都知道，在班里的外号叫"呆男"。

从这个男人的眼中，她感觉到不过是一次擦肩的偶遇罢了，天涯咫尺，咫尺陌路，渺如云烟，彼此绝缘。

秀秀很失望，都是经不起事的小男人。她终于明白小女生都有恋大叔情结的原因了，不是因为大叔有多好、有多优秀，而是因为大叔撑开能遮阴，收起能撑一方墙，他们黝黑的面皮下，藏着波澜不惊。

"你借我点钱吧，我去医院打掉，学校知道就知道吧，反正我们是真心的，大不了我不读书去陪他守边疆。"秀秀语气很坚定，她相信那个男人，无论飞多高、飞多远，爱的方向盘都把握在他手里，心已经给了他了，他们已经融合在同一管血液里，谁也别想分开他们。

"钱我这有，你哪天去医院，我陪你吧。"秀秀一只手接过俊峰递给她的一百多块钱，另一只手推开了想抱她的这个陌生的男人，转身走进操场边已经漆黑的宿舍走廊里。不知道从什么时候起，她喜欢一个人呆坐在无人的黑夜里，让黑暗把自己包围，让自己消失、隐身在黑暗的任何一个黑点里，只有这样她才感觉有点安全感，更不会被别人看见。

原来黑暗不光能制造恐惧，也能抚慰伤口。

为了避开可能遇到熟人，秀秀找遍了这座县城的大街小巷，最后撕了张小广告，在一个写满"拆"字巷子尽头的拐角处，找到了那家没有门牌的私人医院，说是私人开的，她知道其实就是一家黑诊所，什么资质都没有。接待她的是位已经七十多岁的老奶奶，满脸的刀刻皱纹，面无表情，手脚却很麻利，收费也很便宜。谈好了价格，一接到秀秀递过的钱，她立刻就上足了发条，浑身抖擞，端出一脸盆，倒进去一瓶冒热气的开水，"稀里哗啦"地洗着一堆闪闪发光的刀具，秀秀觉得她洗的是自己的肠胃。

"姑娘，是师范的学生吧，来我这不止你一个，放轻松点。"秀秀今天没穿校服，可老奶奶不知道从哪里看出秀秀是县城师范学生，秀秀扭过头，不去猜想。

不知道为什么，一看到这老奶奶，她满脑子里都是村里的丁婆。

可现实是丁婆专门接生，这个老奶奶专门杀生。

屋子里面黑乎乎的，一盏大概只有15瓦的灯泡亮了后，秀秀看清屋子里只有一张铁架床，床边的扶手锈迹斑斑，一层乳白的胶漆已几乎脱落干净，露出黝黑的铁管。墙上原本应该刷了漆，只是因为这间地下室地势很低，潮气很重，已经脱落了好几层，看不出原来的模样，露出一块块镶嵌在墙体里面的青砖黄沙。图案像个上了年纪的老人，脸上滋生的老年斑。一簇簇紫色的青苔在砖角的缝隙中滋生，竟然生出两朵如紫菜一样大小的花蕾来，弱弱地支撑着纤细的腰杆欲绽放。

床单上沾满黑黝黝的油迹，猜不出床单原来出厂的颜色，墙角的一个垃圾桶里满是沾了血块的粗糙的卫生纸，最上面的血块还没有凝固，泛着深黑色的光，堆得高高的，如装得满满的爆米花桶，只是没有爆米花的香味，远远地就传递出一股冲鼻子倒胃口的酸腥味。

看来这家诊所的生意还很好，秀秀紧咬嘴唇，脑子竭力去想家乡的大河，想开春时漫山遍野的花草地里开满遍地的紫色四叶小花朵，她躺在那花的床铺上打滚，滚得全身满是花粉的香气。

这叫转移思维，她怕再多看几眼，一定会翻江倒海地呕吐。

"小姑娘，有点疼的，忍着点，脑子里想些快乐的事就不疼了，男人的快乐本来就是建立在女人的痛苦之上的，当女人本来就命苦，认命吧。"只几句冷漠的关心客套话，却让秀秀委屈、痛苦、恐惧的河床彻底决堤了，泪水从眼窝里涌出来，顺着面颊翻滚，烟熏火燎般呛得她窒息。

机械地脱去衣服，秀秀毫无保留地躺在床上，"大"字形摆着造型，像个被摆拍的木偶，一个脱光了的芭比娃娃。头顶的天花板肯定某处渗漏，"滴滴答答"地往下滴着水，也许它是为进这间屋子的女人们集体流的泪。

秀秀侧过头，紧闭双眼，攥紧拳头，浑身的肌肉僵硬成一块干硬的木板，被阳光风化得没有丝毫水分，身体麻木得不能支配，连动一下脚趾头的权利都没有，随时都可能崩裂成一堆烂木条。

她像只被扒光了毛的板鸭，被人按在剁板上。

"啪"的一声，老女人手指的铁镊子在她张开的双腿某处开了个天窗，先是一小股热热的体液慢慢试探性地流了出来，老女人本来还很呆滞的眼睛一看到有殷红的血流出来，顿时就充满了电，变得炯炯有神，往外放光，她看准时机，另一只手里的刮刀顺着那刚刚开口的缝隙伸了进去，庖丁解牛一般顺着肌肉的纹路手腕一抖，猛地一使劲，锋利的刮刀泛着刺眼的寒光，如打着手电在寻找东西一般，在狭小的空间里游走、飘移，来了个华丽转身，如冰刀在冰面上极速地滑行。

尽管满脑子里都是玉宝的模样，可是身体还是割肉般的痛，刮刀在肉上刮磨的"嘎吱"声撞击着脑神经，每刮一次就如一面铜锣在脑子里敲响，"轰隆隆"地从左耳洞一直翻滚到右耳根，疼痛让秀秀收缩、再收缩，直至将身体蜷缩成一个球，缩成一只被拔光了外刺的小刺猬。

"嘎吱吱"刀片飞速地旋转，来了个360度大回环，大开杀戒，所到之处都是肌肉韧带的割裂声，如割稻子一般，刀片在狭小的空间里划了一个小小的圆，从起点出发又回到起点，做了一次逆时针旋转。

最后，一小坨鸡蛋大小的肉球在缝隙中被割离出来，肉团虽小，各种颜色的肉都有，有紫色的、有红色的、有乳白色的，和着一些已经凝固的血块，如被上了色的酱牛肉。

那团肉借着昏暗的白炽灯光亮，泛着油脂一样的光，大概是刀片割的速度太过于追求速度，以至于那团小肉块被老女人挤压、分离到手心的时候，还在有节奏地跳动。地下室里一直很阴冷，室内外的温度差异让它有点不适应，迅速地蜷缩成一小团。开裂的肉口处伸出了个小嘴，一张一合，如只离岸的小丑鱼，受了惊吓一般，拼命地呼吸着空气，又像是颗在呐喊的小心脏。

"嘣"的一声，小肉团连接母体的最后一根神经线条，在老女人手腕的一个割麦子回收镰刀的动作后，被彻底地割断了，秀秀听得真切，那断裂的声音像是有人从背后挑断了她的脊梁，响得那么清脆；疼得那么酣畅淋漓，不再有丝毫的藕断丝连。

大腿两侧刚刚流出来的还只是溪流，可只一下子，山洪就涌了出来，如小时候山体滑坡洪峰一路呼啸而来，耳边没有了闷雷声，只有地下室回旋的风声。整个屋子顿时就弥漫着一股呛鼻的血腥味，她屏住呼吸，不想品味她孩子的味道，可是刺鼻的血腥味道还是从四面八方、从每一个毛孔口向她进攻，泼了她一身。

"你是怎么当妈的？"感觉有人在掰她的嘴唇，拿个话筒，对着她耳边大声咆哮、质问，命她跪下，给她戴了高帽子，在集体批斗她。秀秀死死地撕咬着下嘴唇，选择沉默，直至撕咬得下嘴唇开裂，血液沾满她雪白的牙齿，她也不松口。

只短短的几分钟，秀秀却感觉煎熬折磨了她几个世纪。

"好了。"老女人紧绷的神经随着那团肉一起松弛了下来，她随手将那团肉扔进一边的一铁盘子里，全身如泄了气的皮球，干瘪成一张挂在衣架上的皮囊，瞬间没有了刚才上战场上的那份巾帼豪迈。

那团肉刚刚还包裹的很严实，可是一离开老女人的手心，就在铁盘子里散落成一堆堆小肉块，如积木倒了一般，散落变成一堆"宫保鸡丁"一般的小肉块。

"谢——谢。"

结束了，秀秀一刻都不想停留，挣扎着站起来，发现床上脱落了很多她的头发，不知道是谁在一边揪下的还是她自己挣扎揪下的。扶着墙，墙边漏水处的"嘀嗒"声证明她还活着，拖着淋血的双腿走出那扇低矮的小门，每走一步感觉身体就轻一点，腿脚就发软一些，眼前更模糊一片。

那个只有十几米的小巷，她扶墙走啊走，走啊走，走了足有十多分钟，是那么漫长，小巷的尽头黑乎乎，没有来时路，一如她的漫漫人生路。

"汪——汪"，一两只土狗在巷子的尽头伸头张望，吆喝着叫了两声，刷出她的存在感。

秀秀抬起头，和狗对视，她感觉自己眼里流的不是泪，是血，那几只土狗吓得立刻就闭嘴，蜷缩着毛发，退进了巷子。

很多年后，秀秀时常从睡梦中被惊醒，梦里反复出现这样的镜头，她独自走在一条幽暗、深邃的小巷里，怎么也走不完，前面一片漆黑，耳边有人在呼吸，可她不敢停下来，因为有次好奇地一回身，身后跟着个大头娃娃，瘪着嘴，大概还不能开口叫妈，用还没有发育好的干瘦的小手，弱弱地牵着她的衣襟，就是不放手，小小的眼睛里满是委屈，仿佛是饿了在讨要奶水。

娃啊，别怪我，我和你一样，也只是个孩子！秀秀默默念叨。

秀秀不敢停下来歇一口气，她更不敢回头再看一眼那间黑洞洞的屋子，那间地下室就是个集体坟墓，是个屠宰场，无数个小生命在他们妈妈的陪伴下，抚育了他们只短短的几个月，像过家家酒一样，游戏结束就一个回身，亲手将骨肉送进地狱，在这里将他们肢解、拉进马桶，冲进下水道，或扔给野狗，有的甚至长出了手脚，有的都长出了能认出妈的雪亮的眼睛。

秀秀怕有孩子一身血红地跑出来，抱着她还流血的大腿，喊她"妈妈"。

十一

　　阿六带着雅青从广东回村了，那场面好比过年大塘干塘，起鱼分鱼，家家户户都出来瞧热闹，早就有光棍要一睹姑娘芳容。开始说雅青在工厂里做会计，整天不见太阳，坐办公室，比开春的竹笋还嫩，后来谣言说比夏天的第一支藕还白，传得神乎其神。

　　那天丁家墩未结婚的男人几乎全部出动，站在家门口等待，一头金发的阿六如个将军一般，穿得花花绿绿，发型如爆米花，染成金黄色，一回来村里光棍就给起了个外号"金毛狮王"。身后领着个身穿白花裙的雅青，虽然这位将军身后只跟了一位战士，那场面一样令人窒息。

　　"真是走了狗屎运，一条养了一斤多的黄鳝，几村的男人天天在塘里摸都没摸到，这个小阿六用把铁锹在岸边只铲一锹土，奶奶的，那竟然就是雅青的家，这条美得成精的大黄鳝被他干到了。"进村就听到有光棍在愤愤地骂。自从这丫头长了个子，隐隐地看出戴了胸罩从他们家门口背书包上初中后，就加入了他们梦里女娃名单的行列，成了他们每晚梦里的常客，反反复复地出现，每次场景都不同，台词更不一样，都有不一样的惊喜，现在她也被拐走了，少了一个萝卜，多了一个让人失望的天坑。

　　只在前几年，阿六流着鼻涕跟光棍们屁股后面上山挖山药，跟谁后面都遭嫌弃，瘦得跟竹节虫似的，都骂他是"孬大个子"，而今阿六回村，去哪里都是香疙瘩，城里的新鲜事太多，阿六嘴里的新名词多得让他们听不懂，什么"约吗""夜店""一夜情"，说得一个个光棍干瞪眼，流口水，眼里充满无限幻想，那种幻想隔着天和地。

"没办法，运气就是这么好。"阿六一脸得意，领着已经大了肚子的雅青回他那三间破草屋了，身后留下一路雅青擦在身上的花露水香味。

"妈，你开开门吧，让女儿进门看看你。"阿六已经二十二周岁了，可以领结婚证了，张罗着几个亲戚去雅青家接她娘过来住，可是无论雅青怎么跪在门前求她娘，这个倔强的老女人就是不开门看女儿一眼，她拄着一根拐杖，靠在门边看着墙上死去的男人遗像发呆，女儿和这个还是一张娃娃脸的阿六私奔，整整两年竟然没有回来看过她一次，也没托过信回来。

阿六曾去过雅青家，他最怕看挂在墙上她爹的遗像，老家伙眼睛大大的，像是能转动，阿六走到哪里他眼珠就转到哪里，一脸严肃，让他压抑到怕。她妈前半生泪流给了早死的男人，后半生泪在追雅青那晚流干了，这门亲事，她不认。

"等你肚子里的娃出生了，会喊奶奶了，她自然会心软。"阿六无奈地领着已经大肚子的雅青回村了。

那天，夕阳西下，挺着大肚子走在大塘埂上的雅青很美，夕阳将她的侧影拉得很长，微风将她的长发微微吹散、托起，美得像挂历上的封面。

"来吧，阿六，来两把暖暖身子。"丁小气家门口永远有一堆"苍蝇"聚集，今天他们又在赌牌九。

阿六一进村，就眼放光，浑身充满了电，他一听到牌九骰子在碗里的滚动声，就会情不自禁地流鼻涕、淌口水，像个烟鬼烟瘾犯了，不玩几把浑身哆嗦。那两个骰子在碗里如溜冰一般，时而猫着腰，贴着碗边急速飞驰，如电视上的溜冰运动员；时而如斗鸡一般，抱成一团，撕咬成一片，发出"叮叮当当"的清脆声。每到"三关口"，一骰子掷下碗，两个猴子兄弟的翻滚，就能将很多单身汉一年辛苦挣的血汗钱改名换姓。

"雅青，小赌贴家用呢，我去练几把手哦。"阿六乞求地向雅青讨要了钱，一头扎进了欢快的人群。

这天阿六又坐上了桌子，手气特别好，眼看一帮老小都快被他吸光了血汗钱，阿六嘴巴乐得像盛开的荷花，歪叼着烟，一边抓钱，一边骂着恶毒的流氓话。

"阿六，来根烟！"对面六爹家儿子阿超子从外地刚回村，给他递了根外包装特别讲究的烟，阿六看都不看，点上猛吸了一口，好烟就是不一样，天高云淡，吸一口浑身血液都通风，屁股都冒烟，舒服！

自从吸了那根烟，阿六就感觉被下了毒咒，每摸牌在手，就有人大声叫喊着，拍着胸口嚷嚷着："阿六，不超过三点，超过三点老子一生不赌了！"

结果和猜想惊人的相似，每牌就真的不超过三点。

阿六就是不信这个邪，他浑身攒劲，歪着脖子，一跺脚，猛吐一口吐沫，嚷嚷着："牌九老子杀了你家人啊，快快显灵！"

只短短的几分钟，阿六就口袋朝天，被活生生地挤到一边站岗了。等手中的烟蒂烧到了尽头，烧疼了手指，阿六才反应过来，抬手想扔了烟屁股，突然发现夹得变形的烟蒂牌子，他一看那牌子，气得鼻子都歪了，竟然是根"苏烟！"

"阿超子，你什么意思，老子推牌九，你使阴招，给老子递根输烟，你上街怎么不让车撞死，出门让流星砸死。"阿六叫骂着冲进人群，一把揪住洋洋得意的阿超，两人扭打成一团。

赌钱的人都迷信，阿六对这些特别讲究，那天一桌的人将钱还了阿六还不行，他抓着一块砖头，一路追到阿超的家里，阿超妈磕头赔礼都不行，阿六说得罪了赌神，他这辈子翻不了身，要赔礼必须要去村土地庙，放爆竹，敬香蛋，请土地爷爷牵线，财神爷爷才会带他好运。

原来赌钱如吸毒，沾上了一辈子收不了手！

这以后，阿六一回来第一件事，就是跑去丁小气家赌钱去了，雅青阴沉着脸，挺着大肚子，支着腰，走回她满是灰尘的老屋子收拾去了，怎么也开心不起来。

一晃就过完了年，雅青生了个女娃，光棍们说是布谷鸟叫春——开窝就能生。因为阿六是个孤儿，没爹没妈疼，孩子没人带，雅青干脆用个竹篓到哪里都背着娃。她个子高，皮肤白，留着长发，背个竹篓像山寨里的妹子，是村里最美丽的一道风景线。一次阿六在丁小气家赌钱，本来牌九手气好，两个骰子扔下碗，如两个炒得快要爆了的蚕豆，上了马达一般，在碗里狂暴地跳跃，让他血液凝固。

"好，又扔了个九，天方拿首！"阿六大声地吆喝着，声音洪亮，半个村子人都听到。人家说赌钱赌精神，绝对不能在气场上输给对桌，你看人家老外打拳击，上来之前先相互喷什么垃圾话，就是骂人，骂他祖宗十八代，这就叫藐视对手，和练武的人练眼神亮场是一个道理。阿六说赌场如战场，桌上无父子，上桌是敌，下桌才叫爹，要六亲不认，心狠手辣，才能赢大钱。

"骰子，你结婚那晚，是不是让人用肚脐眼把初夜给骗走了。"阿六一上桌子就破口大骂，像个泼妇，他喜欢赌钱时骂脏话，觉得骂得越难听，才可能让牌九怕他，才能出点子，"人来疯"。

阿六嘴里歪叼着根烟，微闭双眼，眼神仰视135度，瞅着天花板，脸专注而凝重，烟屁股已经被他咀嚼成一块变形的口香糖，海绵被嚼得没有了吸附性，光往外冒小气泡。他摸牌在手，那两扇牌九像小乌龟一样被他抓在手心，他先将两扇牌九并排紧捏，再用右手大拇指按住牌九背，伸出熏成古铜色的食指，在泛白的牌九肚皮下先是轻轻地做了一次熨烫，再用指尖轻轻地贴着牌九肚皮，做了一次摩擦，给牌九做了一次按摩，这个专业术语叫"烫牌"。

那根黄黄的食指开始只是试探性的一次推进，等触碰到牌九的边缘时，食指先停了停，顿了顿，做了一次刹车，再突然加大指尖挤压力度，全身的力量全都集中在发黄的食指指尖，做了一次反拉，这次是刻意的挤压，牌九的刻字在指尖摩擦，一沟一壑，一草一木，一乳一小腹，大江大河，草原荒漠，全在指尖章刻。

他摸牌的动作很慢，慢得像个刚拿到驾照的人开车上河埂，反拉的动作像打出去的渔网，如今该是拉网收鱼。香烟缠绕的烟絮在嘴边升腾，熏着嘴唇上那一小撮毛茸茸的胡须，被分割成无数个线束，借着折射进来的太阳光束，像是被切割成无数根胡萝卜丝，向上升腾，遇到鼻孔，重新又集聚成两拢，排着整齐的队伍，缓缓地流进了鼻孔里，如吸烟机一般，打着回旋，反复过滤，净化成一股呛鼻的气味，再被一股脑儿喷出去。

这叫“摸牌”，整个动作一气呵成，赌神在世。

一个个点数刺激着指尖的细胞感受，飞快地转换成信号，传输给大脑，再以亿万分之一秒的速度，急速地计算得出点数。

“啪”的一声，一盏灯亮了，整个过程只是十分之一秒，在他们心中，这盏灯亮得比爱因斯坦的什么理论都不差，计算的速度更不输给现今世界上任何一台超级电脑。

一桌子的赌客全都屏住呼吸，咽着吐沫大气不敢出地盯着阿六面部表情，那张脸现在就是股票，稍微一变化，那都是钱啊。

“嫩——九！小猴子拎灯笼。”阿六一声怒吼，达到120分贝，震得房梁直落灰，星星坠落，月亮翻船。

门口一只母鸡正在墙角下蛋，大概被阿六吓着了，很不高兴，扯起嗓子“咯咯”地抗议，仿佛在说，我为公家下蛋，我最大。一输光了被挤到外围当观众的单身汉抬起脚，一脚踢得这只叫得欢的母鸡屁股一抖，丢下一只滚热的冒热气的软白壳蛋，逃走了。

“砰”的一声，阿六脖子上原先青筋胀得爆满，可只一秒钟，他就猛地睁开双眼，瞪圆了眼珠，张开大嘴，恶狠狠地将嘴里嚼成一小团的烟屁股吐到地上，哈哈地大笑起来，露出一嘴黄牙，看也不看，将两扇牌九重重地摔在桌子上。

两扇门倒了，屋里黄沙迷漫，一片寂静。

“妈的，吃了壮阳药了啊，这么厉害。”又是一次统杀四方，一帮老光棍被赢得一个个哭丧着脸骂，在裤兜里抠钱。

"阿六，来根烟啊！"旁边有单身汉想演插曲，制造混乱。

"滚，谁要是再递输烟，老子杀他全家！"阿六叫骂着继续做牌，一堆堆地码他心目中的长城。

"阿六，回家吃饭啦。"雅青笑盈盈地背着女儿挤进人群打着招呼。

"等会，今天手气好，过几天就去广东上班了，今天要将阿爹们养老钱、买棺材钱全赢走。"阿六没理会她，继续坐庄，得意地用眼扫了下四周，四周全是哭丧的一张张老脸，如死了亲戚。这些老爹，一个个眼泡松弛，眉头锈蚀，天天酒精中毒，生命的火挣扎着快烧完了。

说来也怪，雅青一来，阿六就成了鳖王，刚刚赢的一大堆票子，没十几分钟就还给老爹们了，场面一下子活跃起来，刚刚还是一边倒的战争，一下子反转了角色，老爹们一个个下手忒狠。阿六点子好的时候，他们一个个装死，上厕所、搬桌子方向，故意冷阿六的猴子，可阿六点子一冷，他们一个个瞪圆了灯泡眼，一下一个准，一个个笑得老脸开花，欢喜得打通关递烟。

"情场得意，赌场失意，阿六，你不行了哦！"

"人家城里过年发红包，送福利，谢谢你哦，还记得我们这些老爹。"光棍们盯着雅青，打趣地调侃阿六。

"回家吧，别玩了，反正也没输。"雅青因为不是本村人，和这一帮脏兮兮满嘴烟味的男人不熟悉，小女儿一进屋子就被烟呛得咳嗽，她总感觉这些男人眼神里带刀子，盯着她上下看，眼神老在胸口领子处划拉，像是带拐弯，恨不得要在身上剐肉。

阿六阴沉着脸，重新又点了根"红三环"牌烟，扭动了几下脖子，将颈椎扭得"嘎吱嘎吱"响，特意去洗了把冷水脸，调整呼吸，继续坐庄。

"哈哈，阿六，你这个小孬鳖，怕是鳖窝里爬出来的，你今天坐的这方是个坐塘鳖窝吧！"阿六几骰子下碗，不是老猴子抱嫦娥，就是虎头子抱九姑娘，还是几个鳖，一屋子人哄笑。

"瞧来瞧去满山遍野的傻蛋，原来全在这里，真晦气。"雅青一来，阿六简直就是掉鳖窝里了，口袋朝天，泛着白肚皮，真的像只死鳖肚子，他气得哆嗦着嘴，顺手推翻了桌子上的碗，临走的时候还抓了一把牌九揣在兜里。

"你带女儿来干什么，背个竹篓像个捡破烂的，烦不烦，家里昨天取的钱呢?"阿六瞪圆了眼珠，觉得太晦气，回身出了丁小气家的门，怒气冲冲地问。

"那钱给我妈妈买了点药和衣服，托人送过去了。"雅青怯生生地背着女儿跟在他身后，女人一旦结婚、生娃，所有的傲气都转化成母爱，原来阿六在她面前说话嗓门都不敢大，含嘴里都怕化了，可雅青一生孩子后，角色完全转换了，他眼睛好像突然变大了，一生气就瞪得溜圆，山呼海啸地像个国王。

"那是我扳本的钱，家里就剩那么点钱，你烦不烦啊。"阿六猛地一声咆哮，吓得雅青背篓里的女儿大声啼哭。

"老子叫你瘟!"阿六出了雨红的家门，猛跑几步，到了大塘边，抡起手臂，将那几张牌九扔到了大塘里。

当晚，阿六的破屋里传出一夜的争吵声。

从那之后，阿六得了个最新的外号"老宋(送)"。

今年石蛙行情好，城里人喜欢吃这些东西，小虎总算狠狠地赚了一笔，至于娃娃鱼，没个十年八载是出不了栏的，就当是养的儿子，耐心等他长大再享福吧。拿到外地老板收购石蛙付的一叠厚厚的钞票，小虎也摇身一变，换了称谓，变成了大虎，他仿佛看到迎娶雨红入门的画面，裹成蝶蛹一样的成了他的小媳妇，最后躺到床上，如熟透的玉米，期待他一件件剥去外衣。

他们一起欢喜地回村，天色已将黑。路过山下丁家祠堂的时候，雨红突发奇想，他觉得应该去拜拜老祖宗，让新女婿给他们磕头上香。丁家祠堂大门紧闭，照看祠堂的老人一个月也来不了几次，用一把大锁将大院锁住就算完事了。他们只能绕到祠堂后面，从一棵斜歪的小树上跳了进去。

"呜呜",大概因为太寂寞,这后院发出低沉的喘息声,祠堂后院有一百多个平方米,种着两棵梧桐树,枝繁叶茂遮住了绝大部分月光,显得有些幽暗,两棵树之间是一口老井,低沉的清唱声就是风挑逗老井发出的喘息声。

因为山好水好,前些年,一农户将祠堂的后院租了下来,专门做豆腐,生意特别好,后来县里专门来了人,说丁家祠堂是典型的徽州古建筑,是珍贵的文化遗产,要保护,将来国家要做旅游开发,你们村里人都要沾光呢,责令豆腐店关门了,差点罚了款。

自那以后,每天晚上都有人拉着板车,专偷祠堂的墙砖青石板倒卖,听说有的还很值钱,现在渐渐流行复古,专门有一帮人收购这些东西。村长跑去和丁婆商量,请她回去照看祖业,有她在祠堂里,人鬼都不敢进去。丁婆摇摇头,说偷就偷了呗,都是穷人,能卖几个钱补贴家用也好,总比烂在山里好。

井边支着一架手工磨豆腐的石磨,圆形石磨上下两半,犬牙交错,上有一个拳头大的洞口,是放黄豆用的入口,石磨上吊着木质的推架。这架磨浆机已经有些年头没有用过了,但木质做的推手横架依然保持着推进的姿势,如螳螂出拳。石磨旁是一口泡豆槽,深约半米,足有一张床那么大,是一块青石掏空制成的,槽口光滑如泉眼边的水磨石,绿白混合,绿处如翡翠,白处如嫩藕,泛着清幽的光。大虎比划着自己的身高、体型,估计躺进去,刚刚好,呵呵,当床不错哦。

上香的几个大殿都锁上了,雨红招呼小虎,在后院给祖宗磕了三个头,双手合十,这辈子算是给了小虎了。

"你等我一下。"临走的时候,小虎忽然拉住雨红,几个疾步跑到那口枯井边,双手拱在嘴边,形成话筒形状,趴在井口,大声地喊了一嗓子。

"丁雨红,我爱你——!"小虎使尽浑身力气,将心中所有的欢喜与展望全化着一句呐喊,对着一辈子都是哑巴的这口枯井做了次真情告白。

"爱你——爱你。"他竭尽全力地喊声沿着井壁,如扩音器,被层层复制，再被放大，在抵达井底内心深处的时候再被反射，一路狂奔着向他扑回来，咆哮的声音像是有一万只老虎对着耳根吼。

老屋四周纷纷落灰，老树感动得"沙沙"落叶。

雨红浑身起了层鸡皮疙瘩，这个木讷得一竿子打不出个屁的男人，偶尔煽情起来，真的让她有种感动得想哭死的幸福感。

原来所有女人都喜欢"我爱你"这三个字。

上午小虎去雨红家后屋向她爹提亲的时候，屋里坐了十几号人，都是村里上了岁数的老人，村里最德高望重的三爹爹坐在正中央，正在说着什么，好像在秘密开会。桌上放着一档案袋，里面装满了复印纸，其中一张纸上密密麻麻地按着很多血红的手印。

"你知道吗？这帮老头要告村长，他们已经收集了很多材料了呢，村集体四座大山这些年伐木卖的木材和竹子钱、村圩区前些年用大型拖拉机开垦出的一部分芦苇地承包钱、村低保户低保证全都被村长收去了，每年他取后发多少算多少，没人敢问，他们粗略地算了下，这二十多年，有50多万的帐对不起来。"大虎被大爹们轰出门，雨红将他拉一边，一脸神秘地说。大虎隐隐想起来，前几天，三爹爹带几个老头，晚上去他家，拿张纸要他爹按手印，原来是要"造反"啊！

"村里现在分成两派，一派是以三爹爹为首的倒皇派，正在四处收集材料，壮大告状队伍；一派是以玉宝爹为首的保皇派，他们也在收集材料，说那些钱都用在村集体修公路、挖塘口、加固河埂上了，也在四处拉人。今天三爹爹带一帮老头来我家，就是要争取我爹的支持，我爹当过兵，还是个党员干部，是村里最有含金量的一票呢。"雨红一脸自豪，想不到她爹这么吃香。

小虎不以为然，反正他现在满脑子都是雨红的婚事，别的他什么也不感兴趣。

"哦，哦，不错！"中午等老爹们的秘密会议结束，小虎将一万元现金堆在雨红家的四方桌上，瞬间就让老丈人紧绷的脸乐开了花，嘴巴像是上了马达，到晚都在咯咯地笑。

大虎第一次在她家享受到了贵宾的待遇，她爹破例给他开了瓶三块五角的大肚子"醉三秋"酒，而且还是和他平分，自雨红的爹按到提亲的钱那一刻起，小虎的称呼也变了，变成了大虎了，还递根两块三一包的"红三环"牌香烟给他抽，空气中到处都是欢快的笑声。

酒过三巡，切入正题，雨红爹大声宣布，解除小女儿雨露对未来女婿的跟踪，那意思就是默认答应了这门亲事，可以弄大她大女儿的肚子。在她爹眼里村里小伙子比村里的光棍要可恶几百倍，光棍是嘴巴子功夫，只说不敢动手，而这几个愣头青小子，都是无赖，整天盯着别家的女儿，相中哪家女儿，如果女方父母反对，就无赖到私奔，或是先弄大她女儿肚子，这叫什么事，是犯罪！

私奔是什么，私奔就是明偷暗抢，和土匪有什么区别，抓到了该集体打嘴巴子，集体枪毙。

趴在桌上的雨露一直气鼓鼓地埋头吃饭，不知道谁惹了这位小公主不高兴，也许是突然失业，让她角色转换还有些困难，一听她爹解除她小特务的职务，大虎原以为她会高兴得跳起来，跟踪他们这对小鸳鸯，小丫头实在是太辛苦了，夏天每次回家浑身都是蚊虫叮咬的疙瘩。有时为了能拥个抱，接个吻，大虎会突然拉着雨红的手，狂奔在夜晚山涧漆黑的山路上，为的就是能在山路的拐角处有几秒的时间，离开她监视的死角，抱着雨红疯狂地接吻。

"我反对，姐姐还没结婚，和姐夫在一起不安全。"雨露沉着脸，越冰霜越像个小美人，摔了筷子出去了。

"大虎哥，和你谈对象，我每天感觉空气、阳光、路边的野草，甚至上茅房都能吻到蔷薇花的香，无论到哪里都感觉有你的影子，如果没有爱情，不知道人类活着还有什么意思。"那天大虎和老丈人拼酒喝多了，雨红趴在他胸口，自言自语，她以为大虎睡了，可大虎的眼角流下了滚烫的泪。

解除跟踪的第二天晚上，天一刚黑，雨红就把妹妹的房门从外面锁上，任凭小丫头在里面鬼叫。她一路狂奔着追上了刚出门准备去后山的大虎，散步在大塘的河埂上，大虎紧握着雨红纤细的手钻进大塘堤岸边的狗尾巴草里，借着隆重的呼吸声壮着胆，把彼此心里的欲火像吹气球一样迅速吹膨胀起来，他翻身把雨红海绵般柔软的身体压在身下。

"嗯，嗯。"雨红沉闷地哼了两声，没有笑，两个小酒窝却已装满汗水，像是渗满了酒，浑身如腌制好的腊肠散发着诱惑。大虎刚一探下他的嘴，雨红灼热的刚长满小绒毛的嘴就如眼镜蛇出击一般咬住了他的嘴唇，还没品尝到彼此口水的味道，他们瞬间就如俩条发情的蛇，死死地纠缠在一起。

地做床铺星做灯，两个懵懂的青年私订终身。

宇宙的起源科学家一直争论了多个世纪，每段爱情也一样都有个理不清的起源，一样是个无法研究的世纪谜团。

一片枫叶在枯萎落地时，有可能她早就爱上了大地；一个乞丐每天都在同一个十字路口乞讨，有可能他是为了能看到对面马路卖红薯的瞎子姑娘！

爱情来时没有因为所以，一只蝴蝶在热带雨林挥动翅膀，南方城市的某个路口，一片枫叶随风摇曳落在一对等公交车的男女脚下，男孩女孩都伸手去捡，十指相碰、四目相对，时光定格，地球停止旋转，火花四溅，他们恋爱了。

儿时第一次和雨红游泳，当她脱衣服露出胸口那颗米粒大的黑痣时，那一刻记不清多大的小虎被过了电，那是枚启动他人生恋爱的按钮，身体里的每个细胞瞬间就明白了这辈子基因传递的使命。那一刻小小的心脏随着她跃进大塘里溅起的水花，开花了，小虎就这样瞬间恋爱了。

男人是一个半圆，另一个半圆是个女人，需要眼前的这个女人来合体，来无缝对接，谁都替代不了她。

"人"字，就是一个男人一个女人相互依靠支撑成的文字。

那夜，在一番撕咬后，当大虎开始支配身下这个猎物时，他感觉整个大塘堤岸都在随他们的躯体颤动，就在躯体的某个点快要爆的时候，雨红收起了呻吟声，突然张口死死地咬住了大虎的胳膊，牙齿撕咬的力度瞬间就嵌进了肉里，压迫到了脆骨，"咔咔"地把疼痛的信号发到大虎的大脑里，一点点鲜血染红了她艳红的唇。

"王八咬人打雷都不放，你是王八投胎啊，这么喜欢咬人。"大虎埋怨雨红示爱的方式太过残暴。

"如果哪天你不再爱我，就让我再次咬你！"雨红恶狠狠地说，这是她第二次咬这个男人。

大虎欣然同意，人类从山洞一路喋血而来，撕咬是表达爱的方式，最原始也最直接。

寂静的大塘水面平静如镜，静到像锅煮好的豆浆，用杆子一挑，就能捞张豆腐皮上来。偶尔有一两对萤火虫情侣在大塘的高空中亲热，抱成一团，炫耀一般，旋转着向大塘的水面俯冲，用屁股作画，忽闪忽闪的尾灯在夜空中划着优美的弧线，荧光棒一般，一截一截的，断断续续，在接触水面的一刹那，像是被烫伤一般，又腾空而起，再次激情拥抱，旋转，迎接下一次俯冲。

"砰"的一声，一个黑糊糊地东西像是从大塘里跃上来的，落在岸边的草里欢快地跳跃，大虎回身一看，是条大鲢鱼。夏天的夜晚很闷，估计明天要下大雨。正在呻吟的雨红很不高兴，狠狠地掐了大虎一把，埋怨他不专心，大虎回身用唇狠狠地报复了她。

"砰、砰、砰"，脚边又有几条鱼在跳动，借着塘边灯火的余光，大虎看到平静的大塘水面上，有鱼接二连三地往他和雨红拥抱的草堆里乱蹦、扎堆，像是商量好的，下着鱼雨，只一会儿，他们躺的草地上成了银白色一片。

"怎么了，今晚大塘鱼发神经病啊！"雨红纳闷地抓过一条鱼看了眼，那鱼身上有几道血痕，微微的还流着血，嘴巴张得大大的，在离开水的瞬间，它就死了。大虎隐隐感觉身下的雨红在发抖，他浑身顿时也起了一身的疙瘩，一股冰冷波浪一般从后背一直涌往前胸，再在胸口以冰点的温度向四肢炸开。

"啊，谁抓我脚！"突然雨红尖叫了一声，猛地抬起脚，向腿脚处的草丛望去，却见一个披头散发瞪着圆鼓鼓眼珠的如小孩般的黑影坐在那里，扛着雨红一只雪白的脚在啃咬，像在吃萝卜。

"唧唧"，那只小猴子不时地叫几声，可能是雨红脚的味道不错。

"滚"，大虎触电一般翻身跳起来，抬脚怒射，正踢在水鬼瘦得只剩下骨头的躯体上，如踢足球一般，水鬼瞪着愤怒的双眼，比划着锋利的长指甲，披散着满头长发，在大塘昏暗的水面上划出了一道抛物线，"扑通"一声，落进远处的柳条丛中。

这个鬼一样的猴子，三块骨头顶着个脑袋，在空中翻滚着竟然没有散架。可能是这个躯体实在是太瘦了，全身都是硬邦邦的骨头，扎得大虎脚钻心地疼。

当一切归于平静的时候，大虎顾不得穿衣服，抖去满身的死鱼，猛地抓紧雨红，一路狂奔着回到家。打开灯，煞白的脸、急促的呼吸、颤抖的躯体、雨点大的汗滴，镜子中的一对男女和刚刚那只水鬼一样可憎、吓人。

那夜回家时，远远地看到村长手里拎着一塑料袋子，里面塞得鼓鼓的，正在敲自家的门，雨红爹刚一露脸，村长就生硬地笑着，硬是挤进了她家的小店。雨红清晰地记得，妈怀弟弟小带兵的时候，为了要生个男娃，他们全家一看见村长魂就吓没了，为了当好超生游击队员，他们住过山洞，投过一百多里远的亲戚。一次乡里来人，村长第一个冲进她家，抬光了她家所有的家具，第一个爬上她家屋梁，拆了她那个破得不能再破的家。那时爹一有空，就趁着夜色，拎着烟酒进了村长的家门，今天是怎么了，太阳变月亮，月亮变星星，星星变良心，良心变马屁，今晚全出来了啊。

都说女鬼的手指甲沾过尸油，抓一把毒到骨头里，雨红脚脖子上的三道抓痕，半年后才停止发炎。

十二

两个男人常年在一起会是战友，两个女人常年在一起会变成敌人。

小美感觉长大后妈妈越来越不理解她，家里常为一点小事，两人还争执，有时候烦躁了，小美感觉家里的气味都不对，好像总有点鱼腥的味道，可每次她一问，妈妈就岔开话题，说是买了鱼。

四楼的小惠好像也长大了，她妈每天晚上都去县城的高中接她，每天既当爹又当妈，邻居见了都嚷嚷着："孩子都大了，哪还要天天接送啊。"

"我女儿是单亲家庭长大的，你们知道女儿对我有多重要吗？晚上必须要接的，要做好防火、防盗、防色狼。"她妈听后一脸的不解，说话像放爆竹一样，"噼噼啪啪"地一顿炸。

"妈，你答应过我期末考试考好了，就给我钱，我要去北京看我心目中的男神现场演唱会！"一次在楼道口，小美听到了小惠的嚷嚷，撒娇的样子一定很像自己十四岁之前，在爸爸的怀里吵闹。

阿俐说这个小惠长得特别好看，在家的时候喜欢穿着兔子形状的睡衣，像只卡通兔，出门怀里总抱着一大包薯片，边走边"呼哧呼哧"地吃。小美幻想着，叫阿俐去新华书店，买根胡萝卜形状的笔送给她，那多有意思，哈哈。

这天一大早，她正坐在窗前冥想，楼下乱糟糟的，阿俐一路欣喜地跑进她家，拉上小美去看热闹，原来是楼上那个小丫头报警了，小惠今天又丢了一套刚买才穿几水的内衣，内裤有兔子的卡通图案，昨晚放阳台晾晒，今早就不见了，肯定是色狼站在楼道口用竹竿伸进阳台挑走了，正生闷气时，看到楼下小店阳台的门后面，老张头拿个好像是望远镜的东西站在阳台上向这边张望。小惠越看越堵气，越看越觉得她的内衣就是被这个老头偷了，就报了警。一个帅气的巡警在小惠家做了很长时间的询问笔记，而后进了老张头的小店，在里面仔细寻找，还询问了半小时的笔录，临走时警察告诉小惠，老张头家查过了没有找到望远镜，也没发现有偷内衣和偷看的证据，大家左右邻居要相互关爱，和睦融洽。

那个民警前脚刚走，阿俐看见对面马路遛狗的楼上大妈就拖拽着还未撒完尿的小狗，摇摆着胖乎乎的身体，急匆匆地赶过来，招手召集还未散去的人群开会。阿俐拉上小美去凑热闹，小美显得特别兴奋，她是寂寞得过火了，只要有人说话，她统统地都想装进脑子里去。

"这个死老头，就在前几天，一次我下楼遛狗刚好听到老张头的房东来收租，这老头要再续租三个月，房东骂咧咧地说哪有租房开小店三个月一租的，老张头满脸堆笑，说到了要死的年纪了，活一天赚一天，交多了房租怕万一腿一蹬死了，到时吃亏呢。"楼上大妈一脸严肃，小声地嘀咕，仿佛发现了一个天大的秘密。

"嗯，身体好得都能演《西游记》里面的孙猴子，竟然咒自己早死，绝对不正常。"人群有人附和，从那之后，这帮老太太每天都定时开会，像群小蝌蚪一样聚在一起，嘀嘀咕咕，竟然拒绝小美她们偷听。

又是一个失望的季节，没有盼到阿峰回来，小美感觉前几天穿裙子受凉了，一直咳嗽，都咳到胸口的疼痛挤压得喘不上气，快要窒息。原来是喉咙疼，现在好像传染到胸口，一咳两个前胸就揪着肉，涨得要开裂，以至于在洗澡时恨不得揪下来，扔到窗外去，扔出井外。她总觉得自己的疼痛是和他没有回来相关的，每咳嗽一次，她就觉得多恨一点，因为心里空空的，就饿得痛。以前一年还能盼两个季节，可现在却没个盼头。

妈妈看到小美有些异样，要给检查一下她胸口，可是小美说什么也不肯，在她看来没有吻别怎么能抚摩呢？就算是妈妈也不行！第二天妈请了假，带上很不情愿的小美坐了很长时间的车，才到了一个很吵闹的地方，听说是市里的一家大医院，小美不想出来，她怕阳台那边的人回来，一路唱着《吻别》，而自己又不在。

小美被安排在一个房间坐下，进来一位阿姨，让她张嘴看舌头、喉咙，且还在她胸口上乱摸，小美大叫了，她害怕、恐惧、愤怒，抱紧了身体向门外冲去，没有吻别，怎么就能摸乳房呢？且还是个莫名其妙的陌生人，这算什么？

"妈妈！我要回家，回家！"她抓紧衣服暴跳地怒吼。

"小美，让阿姨给你检查一下，她是这里最好的医生。"妈妈疲惫地安慰。

"我不要检查，我为什么要检查，我要回家，回家！"小美就这样发疯般地抗争，直到精疲力竭也不顺从。

"小美，我给你检查好吗？我昨天刚回来上班，原本准备等双休日去看你，不舒服就要检查的。"不知道是什么时候，那个熟悉的声音竟然在耳畔响起，还真的叫小美，说得那样的小心翼翼，让她手足无措。

虽然每年他的声音都在变，他的话越来越少，可是每次他一开口，小美感觉浑身都软了，她连坐阿峰旁边的勇气都没有了。这次在拥挤、吵闹的医院却遇到了他，不是说到国外去了吗？国外就是在这里啊，原来他是个医生，在离自己这么近的地方上班啊。她的脸一下子很烫，她不明白这不松软的乳房，为什么所有人都要查看，还包括他，难道它的存在就是被人检查的吗？

那天小美不知道是怎样一脸狼狈地逃回家，第一件事就是关上窗户，她不想让他看到自己不漂亮的样子，打开琴盖她要找人诉说，可是再怎么也弹不下去，琴键和乳房一样生硬，一点不像以前一拨就像水一样流淌，心里有太多的杂念，可她还是不停地弹，算是发泄。是不是自己的乳房不松软，连他都在嘲笑自己，让他知道了，以后怎么可能有吻别，她就这样一连好几天烦躁，真的像只再怎么蹦也蹦不出去的青蛙，她有些绝望了。

"小美，医院有两个眼角膜源了，下午才刚刚有眼角膜源，你可以重见光明了！"当晚，阿峰就一路风尘地赶到了她的家，只一句话，就让已经枯萎成一堆干草的小美顿时恢复了生机，面颊红润，瞬间开放，如打满了鸡血。

"真的吗？可是，听老师说那要很多很多钱的，再说那人把眼角膜给我，自己不就成瞎子了啊！"小美犹豫地问。

"钱，我和院长说了，他说一方面可以优惠点，另一方面去发动医院捐款，你妈妈也有点积蓄，我爸爸也答应全力支持，我算了下，钱差不多了，所以就这几天你要调整好身体。眼角膜是个有爱心的人快去世后，自愿捐赠的，你运气好，别担心。为了能治好你，我大学的专业就是医学，毕业后我到国外攻读的就是眼科，这次院长说了我来主刀，他看了你的照片，说你特别漂亮，形象干净，如果手术成功，将聘请你做医院的形象大使，到时不光医药费免掉大部分，而且还有代言费哦！"那天阿峰带来了小美最喜欢吃的臭豆腐，小美大口大口地咀嚼着，越嚼越有味道，她感觉自己现在就坐在大江拐角处的一条大船上，船被大江推引着，如躺在妈妈的摇篮里，在黑暗中一路前行，很快她就要驶过眼前的这座大山，外面的世界就在拐角的另一边扑面而来，阳光、色彩、爱情都在等待她靠岸，让她应接不暇。

阿峰只回来几天，小美的脸蛋就如上了彩虹，一天一个样，养得胖胖的如只蚕宝宝，就等手术破茧成蛹了。她整天胃口特好，妈妈也做了很多她喜欢吃的菜。阿俐也大学毕业了，听说学的是旅游策划专业，小美不懂，为什么她要学那个专业，阿俐说这专业就是涂鸦家乡，能让家乡变得漂亮，小美听不懂。这次阿俐特意赶回来，陪她一起唠嗑，咳嗽也一下子就好了，胸口的炎症吃了些消炎药，也不疼，不再纠缠她了。

阿峰每天一下班就赶过来，一见到小美就舍不得走，三个孩子总有说不完的话，他们在房间里捉迷藏、玩老鹰捉小鸡、在床上翻跟头，世界是那般的美好，小美感觉时间过得特别快，每天晚上阿峰下班一来，天就快亮了。

"还记得年少时的梦吗？像朵永远不凋零的花……走吧，走吧……"阿峰不知道什么时候，竟然学会了弹吉他，可能是刚入门，弹的节奏还有点不跟拍，唱的也不咋的，一脸认真的样子，阿俐笑得合不拢嘴。

"小美，晚上要休息了。"每到他们玩得入情时，小美的妈妈总是敲开房门，提醒阿峰该回家了，有次已经是下半夜了，且外面很冷还下着小雨，小美向妈妈求情，阿峰晚上就不用回去了，在自己家住吧。

"不行，太晚了不方便。"妈妈一口拒绝，而且脸很深沉，容不得她再说什么。小美能感觉到妈妈在监视她，可是自己已经长大了，有爱的权利，更应该有自己的空间。

"是不是我妈更年期到了，或是嫉妒她女儿啊。"一次她送阿峰，出门后小声地埋怨。阿峰也感觉到了小美妈妈对他的敌视，以前她是个慈爱的妈妈，每次去小美家都有可口的小点心，可是现在她每次都在一边紧紧地盯梢，仿佛怕女儿被拐卖。

这些天楼上三楼特别的安静，小美怀疑住户是不是搬走了，一点声响都没有。终于等到了动手术这天，一整夜小美都激动得没睡，躺在床上强迫自己要保持好状态，可是脑子里如过山车一般闪过一组画面，感觉自己就是根长在江边石缝里的野甘蔗，被一场命运的暴风雨折成了三节，十四年前断成一节，算是开春，味道有童年青涩的甜；现在断成一节，算是盛夏，思念中有苦苦的艾草味；从明天开始再有崭新的一节，是秋收的季节了，应该是甘蔗的甜甜味了，甜到老妈都嫉妒了，嘻嘻。

换上病号服装，衣服大大的，很松，她感觉自己像只企鹅。以前笑话小惠是只兔子，现在这样子一定很滑稽，管她呢，只要可爱就行。

"状态不错哦。"快推进手术室的时候，阿峰带着一帮医生进来看望病人，感觉像是带队的将军，让小美感觉很放松。

"这是医院捐赠的钱，你收好。"阿峰私下里塞给焦急的小美妈妈一个塑料袋子，他们小声地说里面有一万多块钱，小美闻到了一股机油的味道，她感觉那股味道很熟悉，就是想不起来。

"谢谢！"小美妈妈长出了口气，总算凑足了医疗费，人间有大爱，感谢好心人！

小美在妈妈、阿峰爸爸、阿俐的关注中被推进了手术室，她一路笑盈盈的，如去赴宴，只要有阿峰在，就不怕，可是隐隐她闻到有股机油的味道，那股味道这几年一直伴随着她成长，忽远忽近，忽明忽暗，忽强忽弱，让她有时有种虚幻，那就是阿峰身上的味道，可是这几年阿峰去国外读书后，这股味道也一直伴随她左右，一大早打开窗户就淡淡地飘进来，从未间断。

原来每个人都有独一无二的味道，只是有没有人愿意为你去刻意铭记。

原以为麻醉针打在脸上会很疼，可是小美感觉如同被蚊子咬了口，麻醉师手按住她后背的脊椎处，只轻轻一点，后背就如同撒了一把虫子，她们渐渐分散开来，蠕动着，一路向上爬行，爬上胸口，穿过脖子，攀上下巴，一点点漫过面颊，痒痒地从鼻孔里、耳朵里钻入大脑，再将她抬起，直接从记忆中家里的三间瓦房里抬出来，绕过村口，沿着一路送行的大江，直接抬到屋后入云的山巅，直至熟睡在云里。

十三

　　玉宝走后一年多的时光，秀秀仿佛只用了一夜就度过了，她睡了一个混沌的觉，就毕业了。

　　每晚她都将那个传呼机开着，放在枕头边，声音开到最大，有几次她感觉自己睡过了头了，猛地惊醒，她怕当爱情电波来的时候，她没有醒，可能那个传呼机像是没有申请入网，从来就没有响过。唯一知道号码的那个人在千里之外，只要轻轻拨打电话，她就能感受到震动，接收到相思，可是那个传呼机一直是个哑巴，从来就没有响过，哪怕是一次。每个月秀秀都要为它续缴话费，可是她心里思念的痛谁来充电，谁来抚慰。

　　私下里有同学议论，秀秀怀里揣的不是传呼机，大家没有人知道那个传呼的号码，那是一只电子表。这个女孩外表冷酷是装的，爱慕虚荣，跟任何人都处得不好不坏，每天来去漂无痕迹，不就会跳舞吗，学校让她留校任教，她却不要那名额，装什么清高？

　　毕业后秀秀第一时间就回家陪爹，爹晚上亲自下厨，张罗了很多菜，还特意去邻居家请玉宝爹过来喝一杯，玉宝爹说昨天刚刚在村长家喝多了，近来火气大，就不过来了，说得爹一脸郁闷，阴沉着脸回家了。

　　晚上吃饭的时候，爹边喝酒边说女儿有出息了，终于毕业要上班了，要好好表现，争取留城，留城不行，那也要留在集市上的中学教书，那条件好，找对象都好找呢，秀秀低头吃饭，没吱声。

第二天一大早，秀秀被一股豆香熏醒，喝了两碗香喷喷的稀饭，拎包走出家门去镇教办报道，原来的山里红乡已经改成镇了，但换汤不换药，还是一样的地界，一样的人口，一样的穷酸味。

屋外爹和玉宝爹各自坐在自家一小方桌边，玉宝爹面前的桌子上有一袋拆开的花生米，袋子的拆口很小，小到和人的鼻孔眼一般大，必须使劲地翻倒，才只能倒出一两粒来。

原来喝酒的人，装花生米的袋子是个宝葫芦，能装下所有的人生。

他悠闲地靠在一张破旧的藤椅上，眯着眼，嘴角慢慢嚼动，不知道在品味哪一粒被磨成细粉末的花生米。见秀秀走过来，双眼只微微张了一道缝隙，立刻就合上了，用手轻轻摇动了一下藤椅，然后任由它自己伴随地心的引力，一点点减慢摇动的幅度，完成一次轮回，在下一次给藤椅加力之前，他赶紧眯上眼睛再睡一个回窝觉。

秀秀爹正在催茶，一手握一本书，一手抓一把破旧的蒲扇，用力地扇了几下，炉火立刻就旺了起来。

"茶这东西，外行品茶只知道有上好的茶叶就行了，其实一口好茶不光要好茶叶，好水，更要有催茶的好柴，你看这些小榆树料是我特意从山上刨出来的，小榆树本身就有奇香，百年不烂不生虫，如楠木一样越陈年越有楠香。其实，这世间最极品的催茶柴火是桃子树，桃树分泌的松油遇火即挥发燃烧，香气弥漫浸透，用烈火猛催，烧出的泡水不用放茶叶，品一口存放舌头上，都有淡淡的桃花香。"秀秀爹喃喃自语，沉醉其中，不时向炉火中送节劈好的木料。

"你倒是个很会享受的人啊，看来祖上肯定出过什么大富大贵之人啊。"玉宝爹也不睁眼，偶尔说上两句话，证明他没睡着，在和这个已经比他家矮半截的邻居唠嗑。

自从儿子招飞去了部队，这个老头一夜之间就换了身行头，定制了一套蓝色中山装，穿了好几年虽然旧了点，褪了些色，但每天出门衣服必须要老婆反复熨烫，没有一处褶皱，显得很干练、精神。儿子有出息了，他老爹怎么说也是有身份的人，和镇上的干部也算同一级别吧，连饭局都多了，村长更是接二连三地宴请。原来他和秀秀爹比，觉得事事不如她家是应该的，可现在他什么都要和邻居比，比他个自尊心，比他个高贵，比他个安度晚年。

"哪有，除了秀秀，都是泥腿子，要不要来一块？"秀秀爹自嘲着又呷了一口茶，他面前摆着个紫色的小碟，碟子里整齐的放着两块茶干，一黑一黄，黑的是臭干子，黄的是茶干，都先用卤水酱上色，再用石板反复碾压，挤出绝大部分的水分。那两块茶干切得特别讲究，像是用直尺量着切割成正方形，边和长都分毫不差。

他端起茶杯，闭眼冥想，沉醉其中，而后呷一小口滚烫的茶水，含在嘴里打了几个回旋，让浸透了清香的茶水均匀地在舌尖漫过，一点点接近鼻腔、咽喉，等口腔内的每一处肌肤都被浸透，感受到了，再深吸一口气，轻轻吐纳，将茶水从咽喉处往回驱赶，细流再次瞒过舌头，如水漫原野，尼罗河泛滥，一点点渗过齿缝，囤积在唇边，鼻咽里已满是茶香。这样反复推进几次，茶水如激情滚动后的床单，也就凉了，那一缕清香已通过神经传遍每一根神经触角，再微卷舌头，打开咽喉处的阀门，驱赶茶水穿胃入肠。

"我喜欢上街吃些油足的油条。"玉宝爹眼都不睁，拒绝得很干脆。

"你看，这切干子也很有讲究，案板要平，手要捏得紧，刀要快、准、狠，刀的入口必须要垂直，要切、拉、推一气呵成，这样切出来的干子才会边沿整齐，吃起来更不会粘嘴。就像是切马铃薯丝，要横切薄如纸，齐切才可能全部丝条细如线，用细肉爆炒之后，才会瞬间入味，没有淀粉粘嘴，更不会油腻。"秀秀爹夹起一块刚卤好的茶干，微微还散发着热气，送入嘴里，先用尖牙轻咬一小口，触碰两次，再送至磨牙处细细咀嚼，慢慢品味，和着嘴里还没有下咽的留有口香的茶水余香，纠缠调和，缠绵发酵，又产生了一种别样的香味。他喜欢清晨喝茶，他觉得清晨时清空了肠胃，肚子是饿的，对食物和味觉特别灵敏，最能体会到什么叫茶香，他试过一天不吃饭，但从来没坚持过一天不喝茶。

不知道从什么时候起，两个老头开始暗暗较劲了，什么都比，比起早，比吃喝，比儿女，话语中句句带着钩，像两个太极拳高手在练推手。

"爹，我要回村当老师。"中午秀秀回家告诉爹她主动要求回村任教，她爹起初还以为自己耳朵听错了，等明白后，猛地跳起来，咆哮得像头战败的公狮，瞬间就老了十岁。他们父女俩的关系，在那一刻划了条银河。女儿一直都是老人家的骄傲，好不容易培养成吃皇粮的国家人才，可以进城上班、住高楼，可是女儿长大了，翅膀长硬了，她却自己做主又回到这穷得叮当响的山沟沟里任教。

"我就知道女儿大了不中留，我还不知道你的花花肠子，你回来不就是为了能和隔壁家儿子在一起啊，我到处早就打听好了，后山那个机场从来就没什么文件要修，他也不可能回这里来，你就等着在这穷山沟里养成老姑娘吧。" 秀秀拿着分配单回家时，被她爹狠狠地甩了一巴掌。

原来爹的巴掌，抚摸头是爱，扇脸上是恨。

看来这个家是住不下去了。

巴掌能让人坚强，秀秀觉得自己为爱坚守没什么错，家乡再穷，心中应该有爱，外面再怎么有诱惑，只是常人眼中的海市蜃楼罢了，也不能动摇她一颗赤诚的思念之心。

人在世间游走的只是皮囊而已，没信念，心中无爱，随时都会被风刮走。

秀秀迎着脸接受爹的惩罚，长大后这是爹第一次打她，妈妈在她只几岁的时候就因为生二胎，大出血死了，现在毕业了，回到家一看，家里除了这三间破旧的老房子，还有一个老父亲。

记得妈妈在世的时候，家是那么的温情，家还是现在的家，那时却是新的，三间土坯草屋，记忆中家很高，虽然一米七的爹站在堂屋，抬手就能摸到房的脊梁。茅屋三间，卧室只能放张大点的断脚床，堂屋放张四角桌和几个鸡笼，厨房一个灶台一墩储谷仓，就没多少落脚的地方，但秀秀觉得那时的家很大，大得能和玉宝哥哥捉迷藏。

儿时的冬天总是特别漫长，屋外的泥泞地如一锅粥，一直从年前煮到开春。那时的冬天虽然特别的冷，但矮矮的家门是温暖的分界线，屋外屋檐下的冰锥露出的獠牙再锋利，也刺不破那道纸糊的窗。窗外那根黑乎乎的烟囱脾气不太好，儿时总有关于火的梦伴随她成长，最主要的原因就是屋外的烟囱口离房上的茅草太近，近到家里偶尔来了客人，火稍微加旺，屋里香气刚一弥漫，屋外就有人喊：着火啦！于是，一家人，撂下客人，拎上桶，端上盆，冲出屋外救火。

为了能第一时间得到玉宝的消息，秀秀不敢去远点的学校上班，她拿着分配单，直接去了养育她的村小学报到了。

张公山下的这所小学，就坐落在丁家墩村头，紧挨丁家祠堂，因为学校边有一眼常年喷涌的清泉，所以得名：清泉小学。如果说环抱的河埂是张拉满的弓，那横穿村庄的路就是只待射的箭，学校就是拉满了弓的弦，那个时期很多伟大的人物，都是一些偏远的乡村小学射出去的。

学校这些年几乎没变，随着国家计划生育越来越紧，几村读书的娃子也渐渐变少了，现在六个年级加起来，也不过60来人。镇教办动过几次要拆并的念头，都被村里一帮单身汉集体去镇上给闹停了，这些男人讨不到老婆，更不会有孩子，可爱护村里集体事情，却亢奋异常，冲在最前线。

小学就坐落在村口，地势偏高，两排青砖屋，四周土矮墙。农村选校址，大多是在坟多、地荒的地方，大概是孩子们的童贞火能压得住荒野的磷火。清泉小学也不例外，墙外便是大大小小的坟场，绵延起伏，杂乱地挤在一起，坟户多半叫不上名，无人祭奠。

村里孩子每到清明节那晚，都不敢出门，大人说那晚校墙外总会吵闹一夜，那是他们在为收钱不公骂街。可是一到天亮，再怎么有恐怖故事的坟堆也都成了孩子们的游乐场，在孩子们拎着一条腿"斗鸡"的游戏中，一个坟堆就是一个战斗的堡垒，一个冲杀的制高点，哪怕只有十分钟的课余时间，一个坟堆已是几易敌我。

秀秀特别喜欢校园内那一排冬青树，抱团取暖一般围成一个圈，圈的中点插着飘扬的五星红旗。那一棵棵冬青树被一代代调皮的孩子压得干瘦，但都很坚韧，经脉被扭曲成各式图腾，一束藤蔓就是一件艺术品，有时一帮孩子把一棵树压倒地上，活生生让它屈服，秀秀远远地一出现，孩子呼地一下子全飞了，那树依然能在下一个课间直起细腰，迎接下一次孩子们的嬉闹。

一所学校就是一个窝床，几个村落的孩子们都是在这个怀抱里牙牙学语，早上他们从各个村落里飞出来，在窝里栖息、嬉闹，傍晚赶在余晖之前再飞进爹妈的被窝。秀秀就在这样的窝床里安顿了下来，每天除了面对一帮喧闹的孩子，就是对着西去的夕阳发呆。

新学期过半，镇上组织新教师上公开课，指明要来听秀秀上课，都知道最穷的那所小学分配了个最漂亮的小美人，一个在省里得过舞蹈大奖的女老师，对着一群整天流鼻涕的孩子，这算不算是一种讽刺还是一种浪费。

教办负责人的爱人特别喜欢秀秀，是个专业"红娘"，私下里张罗了好几次，要给秀秀介绍门亲，秀秀都说自己还小，等几天再说。

秀秀准备上音乐课，挑了三年级作为教学班，虽然班上只有七个学生，但这班有几个唱歌声段比较好的小女孩，希望课上得出彩些。她提前预演了几次，效果不错，尤其是张村的一个叫兰兰小女孩，眼睛和胆子一样大，扎两个小辫子，唱着那首《小毛驴》的儿歌，特别悦耳动听。

上公开课那天早上，镇上老师来了一面包车，"呼啦"下来十几号人，等进了教室秀秀傻眼了，班上七个人，山里孩子大多都是留守儿童，爹妈年后出去讨生活，一年一次轮回，孩子在家都是爷爷奶奶带，没见过什么世面，一听说有很多镇上的老师来听课，吓得在家装肚子疼。只要娃一说不舒服，爷爷奶奶哪还敢让心头肉去上学，那天只有兰兰来了。教室后面黑压压地坐了两排听课教师，秀秀只能硬着头皮，装得很认真地上课，原以为兰兰这个小丫头会和她一样紧张，可是没想到课一开始，她就将所有人的注意力全吸引过去了。

"我有一头小毛驴我从来也不骑，有一天我骑着它去赶集，我手里拿着小皮鞭我正呀正得意，不知怎么稀里哗啦摔了一身泥……"秀秀一点她的名字，她立刻就进入角色，摇动着山羊辫子，走到讲台上，活泼得如头下山的小山羊，一张口就有点是天籁之音的感觉。

那天的公开课上得特别成功，虽然只有一个学生，像是一群狮子在观摩一只猴子，但气氛很热烈，小兰兰很抢戏，完全将秀秀压了过去，成了她一个人的表演。送走了客人，秀秀叫进小兰兰到办公室，问为什么别的同学都吓得不敢来，她却来了，而且一点不怯场，表现得这么好。

"我连死人都不怕，还怕镇上来的老师啊！"小兰兰最多也就十岁，一脸的老成，完全不像个还在过童年的孩子，一句话说得秀秀浑身起鸡皮疙瘩。

后来问几位老教师才知道，原来她妈妈叫大兰兰，生了个龙凤胎，爸爸却死得早，妈妈含辛茹苦抚养两个孩子，一年夏天小兰兰哥哥掉池塘里淹死了，大兰兰一屁股坐在孩子坟前，哭得有韵味，有弹性，惊天动地、抑扬顿挫、酣畅淋漓。全村人都停下了农活，侧耳恭听。从来没有哪个女人能将悲情的伤痛哭得这么入味、入骨、入戏，哭得比炖排骨还香，哭得让老人都有想死的冲动，幻想着坟堆里埋的是自己，她正坐在家门前为自己哭丧。

那天大兰兰又被人骚扰，憋了满肚子的委屈，跑到男人坟前又打开了水龙头，哭开了，面对一样的道具，却有着不一样的思念。几村老人一听说大兰兰去男人坟前了，都欢喜得拎着小板凳，迈着小脚，跑到她男人坟边坐好，像是参加神圣的聚会，聚精会神、津津有味地听着她哭唱"送葬歌"。

对面山冈上刚好有一敲锣打鼓的乐队被请来，给一位老人唱哀歌，乐队领队一听大兰兰那唱腔，定住了，突然扔了手里鼓槌，一路小跑着追上已经哭够了起身回家的大兰兰。

他跑得太匆忙，一个趔趄，竟然跪倒在大兰兰的身前。

"你，你给我们极乐世界乐队当哭手吧，我一直在苦苦寻觅，就是要找你这样拍手入戏、张口落泪、端碗吃饭、万中无一的绝世哭手，你来我们乐队，包你出场费每场不低于五百元！"男人一脸崇拜，像是星探发现了旷世奇才，恨不得抱住大兰兰腿，生怕她跑了。

大兰兰听他说的那价格，吓了一跳，想不到这世界什么都值钱，连哭死人都有钱拿，而且贵得让她都不敢相信。因为生活所迫，抱着试试看的态度，大兰兰挑了一位中年男人送葬的哭戏，选他是因为一哭就想到自己男人，好哭得逼真，出情绪。没想到她一炮而红，那天她一张口，那家亲戚就全低下了头，一个个抹眼泪，和着大兰兰的音律，轻声地合唱，哭成了一支队伍，一个大合唱，高潮时连G调的八度都一起顶了上去。

大兰兰一哭起来，就如滔滔江水，一发不可收拾，生老病死、白云苍狗、功名利禄，都成了尘世间的过眼浮云。

近村很多老头老太太立刻就成了她的粉丝，他们原来都是地方戏庐剧最忠实的听众，可只在一瞬间，就集体叛变了，大兰兰是他们看得见摸得着的心灵慰藉，是一碗心灵鸡汤，带着乡土的湿度，听着解渴、暖心，浸润灵魂。

他们扔下手里的棉花袋，放下了手中的麻将牌，全都躲在隔壁墙后专注地听她哭唱了。

临别时，那家人不光超额付了她哭费，还另外给了二百块的小费。从那之后，大兰兰的名气就不胫而走，乡村有乡村的偶像和图腾，大兰兰的名气已经和地方戏庐剧几个挑梁柱同身价了，偶尔遇到要哭"小戏"的活，她就带上已经和她差不多名气十岁的女儿，母女俩来场哭唱演唱会！

作为名人，一般都有名言，大兰兰的名言就是：跪下为女，站起为客。

自那以后，大兰兰有价码了，也就是出场费，她终于明白了，穷人死了埋人，富人死了埋钱。

秀秀好奇地听着村里老人对她的评价，她想抽个机会去看看这位名人。

秀秀这些天很郁闷，已经很多天没有收到玉宝哥的信了，他一去已经三年，原以为旧机场能翻修使用，他会回来，可是他说又考上了军校。

记得玉宝刚去部队，几乎每天都能收到他的来信，那时候还在师范读书，收信方便，但毕业后这穷山村太闭塞，邮递员一两个星期才来一次，往往都是信件太多被逼来的，于是每次送信的一来她就感觉是过年，收到那一叠沉甸甸的信。部队寄信不要钱，盖个章就行了，所以他说把每天的心情都记下来，让她体会他当兵的快乐，也能倾诉对她的相思。她期盼有一天，能怀里抱着娃，背上背着给玉宝生的小宝，走在后山上，看一山的松树疯狂地生长。

"丁老师，你有个大邮件。"一次邮递员送给她一只漂亮的模型飞机，是玉宝寄来的，说想他的时候就让它飞到天上吧。她很喜欢，她觉得真假没什么区别，都能装载她的思念飞到遥远的地方，那里有个人开个更大的飞机在她身旁，像天上成双的鸟儿。

于是她最大的快乐就是站在学校的操场上，指挥她的爱情鸟飞翔。

"临行喝妈一碗酒，浑身是胆——雄赳赳……"

这天一大早，隔壁玉宝爹破例展示他刚从收音机里学来的几句京剧，唱得走调、乏味，却信心满满，吓得院后鸡飞鸟散。

几年前，玉宝爹看见她，就会一脸赔笑地叫得亲切，都能听到有蜜的甜味，那感觉就是当未来儿媳妇对待，可自打玉宝考上了军校，每次偶遇，远远地他就像是唱戏里出场的一品官员，昂首挺胸，迈着四方步，像用尺量好了一般，正视前方135度，抬头看天空，像个出游的达官贵人，就再也没正眼瞧过她，一见村里人就谈他的宝贝儿子。

秀秀觉得这样的邂逅毫无风景可言，简直就是迫害。

"你看那天上夜空中闪烁红灯的飞机，说不定就是我家玉宝在开。"

"那是客机，你儿子可是开战斗机呢？就是能发导弹的那种飞机。"

"那我可警告你，别让你家鸭乱飞，让我儿子打下来那我可不负责。"

"听说那客机上有很多小姐，叫空姐，叫你儿子也带回来几个！"

"那还用说，当然了，城里女娃不见太阳，面嫩、腿长，天天做面膜，哪像咱山里的女娃山芋根吃多了，脸老得像树皮疙瘩。"每每玉宝爹和村里人有对白，秀秀都躲得远远的，可小村就巴掌大的地方，这些戳心窝的话怎么也躲不掉。

玉宝又来信了，国家要培养他，是军事机密，所以要好几年才能给她写信了。她不怕等，她怕玉宝哥开的那飞机里，有很多空姐。但在这些空荡荡的日子里，她总是在做同样的噩梦，玉宝哥的飞机掉了下来，就挂在后山的松树上，等她赶过去的时候，烧成一堆干尸；或是村前的打谷场上突然哪天迫降了一架大飞机，走下来的玉宝身后却牵着个靓丽的空姐。

这天一大早，秀秀被后院一声"轰"响惊醒，今天是星期天，秀秀原本想好焐被窝，听到后院吵吵闹闹，赶忙爬起来。

"你家要重新修建围墙，只能在这泥巴墙地基的后面，想在原址上重建，没门。"秀秀爹正阴沉着脸，和玉宝爹在争吵。原来玉宝爹带几个小工，要推倒了他们两家公用了几十年的那堵泥巴墙，他家院子里堆了很多砖块，现在要单独重新修自家新院墙。

"我儿子在部队寄回了钱，要我把房子全部重修，不怕花钱，你说这堵破泥巴墙地基你们家有一半也行，我现在推倒了正好，免得以后倒了砸了我家新院墙，现在我把新地基往后挪点，以后谁也沾不上谁。"秀秀感觉玉宝爹说话时头抬得很高，眼睛总是看着天，那气势像个过去收租的地主。

"推倒，重修。"玉宝爹一挥手，像是在模仿伟人演讲，说话像是吃了枪子和大蒜，呛鼻子、戳心窝，大声地命令小工干活。

秀秀走近墙角，走进那满篱蔷薇，轻轻抚摸，有刚出包的花骨朵，有的已迫不及待，半掩半开，如美人遮面，欲语还休，红妍妍，湿润润。一墙绿绿的藤蔓，翠色欲滴，在篱笆上开满了一簇簇粉色的花朵，迎风摇曳，嗅得丝丝缕缕的香，满眼都是多彩的花儿，一簇簇，细小、繁密。

"轰"的一声，铁锹扬土，镐锄锄枝，一截泥巴墙轰然倒塌，黄烟眯眼。刚下过了几场细雨，脚下落英缤纷，片片轻柔的花瓣，洒满篱院，如婚礼现场，满院绯红。

秀秀伸手去摘，最艳的那朵摇动着身子，生气似地躲一边去了，等秀秀再次去触碰时，被她长长藤茎上密密麻麻的刺扎了一下，小家伙狠狠地在她的手指上咬了一口，一股殷红从指尖慢慢渗出来，如开出的花，一点点变大，长成一指的艳红，印着花簇，姹紫嫣红。

举泪四望，从今天起，她们再也不是她心目中的玫瑰了。

"你现在知道，什么叫势利小人，什么叫人情如纸了吧，儿子寄钱回家！怕我家泥巴墙砸他家新墙？我呸，什么东西，老子不稀罕！"秀秀爹一面骂一面咆哮回了家，那天早上她们父女都饿着肚子，没有心情吃饭。

"浑——身是胆——雄赳赳……"那几天一回家就听到后院玉宝爹亮嗓子，伴着"叮叮当当"的砌砖声响，像只起早打鸣的公鸡，秀秀忍耐的限度到了临界点，每晚一回家就感觉窗外隔壁的围墙高了很多，一点月光都照不进来，睡在家像是被关进牢房，难怪爹出去吵了很多次，说他家院墙修的太高，挡了自家的阳光和风水。

"有本事你家也修高高的啊，修到南天门啊！"玉宝爹讽刺地说，那天晚上爹又喝多了回家，父女俩的战争一触即发。

"好，我不争气丢你脸，以后我住学校不回家了，再回来我都会被逼疯的。"

"你妈死得早，我把你当心头肉，以你条件提亲的踏破门槛，有些事不能再由你性子了，他们父子是什么东西你亲眼也看到了，有什么样的爹就有什么样的儿子，以前他在圩心养鱼，一年发大水十几家鱼塘都淹了，水退那晚有人看见老家伙在自家鱼塘里撒菜子饼，第二天水退了，鱼全在他家鱼塘里。包干到户，天旱时各家忙水车车水抗旱，老家伙怕热白天窝在家睡觉，晚上等别人家田里灌满了水，他去用牛鞭在田埂底下戳一个洞，第二天，他家的田里就有一半的水了，人家发现他也不承认，说是黄鳝拱的洞。儿子以前那德行赖我家赶不走，现在有体面工作了，那屁股翘到天上去了，当兵都6年了，你还在傻傻地等，全村人都知道他家小子不可能回来娶你，在看我们父女的笑话"。秀秀爹说到深处，哽咽了。

"爹，给我点时间吧，有些事做女儿的也是摸石头过河，别逼我了，我认命。"那夜秀秀失眠了，收拾了一夜的行李，考虑到村小学距离家太近，她盘算着明早去镇上教办，申请工作调动，去哪里都可以，只要别遇到熟人就可以，脸丢到这个份也不在乎了，她只想清静下静养伤口。

原来初恋也有保质期！

十四

光棍是游走在婚姻边缘之外的哲学家、精灵，是夫妻这档大片最忠实的观众、粉丝；在老夫老妻眼中婚姻是平静的、黑白的，在光棍眼中却是波澜壮阔、五彩斑斓、绚丽夺目。

村里光棍每晚的话题都是丁小气家女人怎么那么会生，生个丰满俊俏的雨红也就算了，可是他家的二女儿雨露这两年如谷雨过后芦苇笋般疯长，粉嫩得无论从气质还是从体型上，都已经超过她姐姐了，姐俩不管穿什么样的衣服，包裹得都如端午节熟透的粽子，S型的曲线把棱角都快撑爆了。

"丁小气家大女儿雨红定亲了，日子都选好了，要结婚啦！"大虎爹前脚出了丁小气家的小店门，大虎和雨红刚定好婚期的消息就贴着地面，以丁小气家为中心，以水波的扩散方式，向四面八方漫延，只短短的几分钟就淹没了整个丁家墩。尤其是那一帮常去她家不买东西，但每天都会习惯性地偷偷瞟几眼雨红的一帮光棍们，听到这样的消息，都如同丢了魂，雨红是他们的精神鸦片，没结婚还等于是公家的财产，一旦结婚就等于私有化了，吹灭了他们的念想，断了他们过冬的粮。

没事偷看几眼丁小气家挂在墙上的大木边相框，回来激烈地争论是雨红小时候可爱还是雨露更漂亮。早在大虎还是个愣头小子的时候，他们就表现得比谁都急切，每次村里放电影，他们都提前打招呼，别村的小年轻来村里看电影可以，但绝不准和村里的女娃雨红套近乎，她是非观赏品，谢绝攀谈，并反复嘱咐小虎要做好保镖工作。

就是在这样的严厉警告中，还是有别村的小年轻架不住美丽的诱惑，抵挡不了青春脑垂体分泌的刺激激素，挑战了丁家墩没结婚男人们的底线，只因多和雨红攀谈了那么几句乏味的客套话，多看了几眼她嘴角的两个淹死人的酒窝。

"咻——咻，咻……"哨子声响起，一长两短，电影正放映到高潮处，突然队伍最后面一个尖锐的哨子声，一长两短，和悠长的一声哨子节奏不一样，这是另一种暗示。

村里男人哨子有两种，一种是流氓哨，一种是战斗哨。

丁家墩没有结婚的男人们顿时进入一级战斗状态，条件反射般跳起身，扔掉手心闪烁的烟蒂，晃动着手中三节电池改装的长手电筒，飞快地向响哨子处跑去，那是吹响战斗的集结号，是战斗前的号角。

人群瞬间聚集，如秃鹫争食，人头攒动拐角处响起一阵"噼噼啪啪"手电筒捶打声，这是村里男人在集体用愤怒说话。

有人为爱战斗，他们为守护战斗。

雨露长大了，她特别讨厌阿六带着村里一帮男人没事就聚她家赌钱，这家伙自从和雅青结婚后，变得越来越懒，出去打工几个月，天冷了就回村，天热了也回村，自己给自己放假，挣点钱回来赌完了再出去打工。雅青拿他一点办法没有，常来家里和姐姐谈心，一脸无奈，只能带着已经三岁的女儿跟着他受罪。

赌桌上的男人一个个嘴里歪叼着一根烟，吞云吐雾，像伪军进村，搞得家里乌烟瘴气，说脏话成了他们的口头禅，也是标签，仿佛不说脏话不够男人，没有男人身上的野味。这群男人还特别不讲究卫生，高兴起来一大口吐沫吐到地上，不高兴起来还是一大口吐沫吐到地上，再用脚狠狠地踩上去，像是有深仇大恨，先逆时针旋转踩踏再顺时针旋转几次，在她家地上刻章盖印，像办假证贴的牛皮癣广告。晚上扫地，一地烟屁股，一地潮湿的圆圆的章印，像荷包蛋煎成饼，看着恶心，闻着反胃。

一次雨露实在受不了，把一群男人全赶出了门，她放出话，谁要是再敢到她家赌钱，她就报警，让这群老男人免费吃十几天号子里的牢饭。

自从雨露说要报警，那些赌徒就不敢去她家了，阿六家就成了他们的新赌场，而且还中午管饭，晚上管酒，雅青一大早就要为一桌菜忙乎。村里流传，阿六上午清醒时，是个人，下午喝得醉醺醺，舌头都伸不直时，是个醉鬼。

新年刚过，村上一部分劳力就匆匆收拾行囊，去外地打工了，本来还鼓鼓的乡村一下子瘦了，冷清了，到处都是空，空的山，空的留守儿童、女人，空的单身汉，空的性。

雅青催促了几次，阿六却不着急，每天照样赌他的钱。这天中午雅青忙乎了一桌子饭菜，吃饭时才发现女儿不见了，一上午都没看到她。

"你去村口招呼下，我去大塘口喊喊，叫她回家吃饭。"雅青慌忙解下围巾，拉阿六下酒桌出门去找女儿。

"找什么找啊，娃子都是猫，有九条命，饿了自然回家吃饭，我一会还要上桌子呢。"阿六一脸不屑，很不高兴，甩开雅青手，回身坐回酒桌。

"到底是你赌钱重要，还是娃子重要？"雅青气得全身颤抖，这些天窝在胸口的一股火熊熊燃烧，回身瞪圆的眼珠，她要好好看清这个当初死心塌地要跟他一辈子的男人，怎么变得这么陌生、懒惰、无情、无可救药。

原来没有激情的婚姻，其实是一味毒药。

桌上有的男人看情景不对，有胆小的磨蹭着屁股，想回家，阿六示意他们全坐下，一脸的不在乎，照样坦然地喝酒。

"走啊，找娃子去啊！"雅青拉了他几次，阿六毫不理会，她彻底愤怒了，竟然一个箭步，冲到酒桌边，端起一面桌角，"轰"的一声，将那张破旧的四方桌给掀翻了，"稀里哗啦"一阵酒杯、碗筷碎响声，酒菜散落一地。

"妈的小贱驴，你神经病啊！"阿六怒吼，猛得跳起来，一米八几的身高站到雅青面前，她立刻就矮了半截。

"啪"的一声，阿六抡起手掌，用黑乎乎的手掌重重地给了雅青一个耳光。雅青晃悠着身子，"扑通"一声侧倒在地上，胳膊肘在青砖铺的地面上磕破了，流着血。

刚刚还在忙着划拳、行酒令的一帮男人，一下子就蒙了，慌忙起身拉架。

"妈妈，我饿了，我回来了。"刚好门外一个小身影像只兔子一样一蹦三跳地进了屋，是雅青的女儿，她脸上挂着天真无邪的笑容，抬头一看妈妈被打翻躺在地上，吓得脸上的笑顿时就变成了恐惧，躲到站起来的妈妈身后，怯生生地张望。

"好，打得好，一起和你受苦，蜗居也幸福，男怕入错行，女怕嫁错郎，这一巴掌让我们缘分尽了，我要和你离婚！"雅青捂着已经臃肿的腮帮子，叹了口气，摇着头，一字一句地说，拉上一脸惊吓的女儿，头也不回地奔出了门，留下一屋一脸惊愕的男人。

"拉什么拉，女人三天不打，就上墙揭瓦，过几天她就回来了。"阿六招呼大家坐下，可是谁还有胃口吃饭，一个个脚底抹油跑了。

"阿六，你个大孬子，老婆不是年糕越打越粘人，要用心，用爱心。"

"阿六，我叫你狂，狂得像猪奶一样乱甩，以后跟我们一样了。"

"阿六，你就是支2B铅笔！"几个赌客一路欢喜地议论着，走远了。

屋里只留下阿六一人，蹲在一板凳上，右手食指和中指夹着一根烟，烟熏烫着他泛黄的手指，烟蒂已经烧到了肉，可他一点疼的感觉都没有，两眼直勾勾地望着地上的饭菜，发呆。

大虎爹那双破旧的胶底橡皮鞋前端破了个洞，露出个大脚趾，一赶路大脚趾一动一动的，像个五人头，显得很滑稽。儿子成亲的日子终于定好了，为了能说服丁小气那个老家伙，他天天去丁小气家陪吃、陪喝酒、赔笑，当"三陪"，毕恭毕敬地当了半年他家的伙计，还将家里养的几十麻鸭，隔三差五地全拎去了他家，成了这个大肚子男人的下酒菜，才终于说动了这个一毛不拔的老家伙答应了这门亲事。

"去买首饰，要挑最重的买，别怕多花钱！"这几天一大早大虎爹就出门了，去外地亲戚那借钱，按照丁小气的要求给儿媳妇买"三黄"，他跑遍了所有的亲戚，总算借回来两千多块钱，一脸欢喜地交给了儿子，临走的时候，大虎爹还不忘嘱咐了一句，一路将大虎和雨红送上了山外的公路。

上了去城里的车，攥着一叠借来的钱，大虎心里不是滋味，他在家排行老二，哥哥年轻的时候活泼得很，而几乎是一夜之间变了个人，闷得三棍子都打不出一个屁，一见到姑娘手脚就像是多余的，浑身挠痒痒，不知道藏到哪里好。

但他手却很灵巧，脑子又活，喜欢修理收音机家电什么的，常有人家里收音机坏了，特意请他过去给修理，走的时候他一脸自豪。哥哥在快30的时候才结婚，为了能让他成个家，他爹几乎累趴在地里，掏空了家里的所有积蓄，才为他建起了三间青砖小屋。

村里男人三十是道坎，到了二十大几的年纪就拼命挣钱，必须赶在这个勒脖子的年纪娶个老婆，告别从小长辈们就给他们灌输的可能打光棍的恐吓，可一旦超过30岁后，就放松了，很多都是破罐子破摔，好吃、懒惰，上午睡觉，中午喝酒，下午干牌九，晚上扯淡、吹牛，什么事都不想干了。

村里光棍为什么那么多，原因是老爹们遵循了多生孩子好打群架的古训，越穷越喜欢生孩子，一家从老大排到老七算正常，而且年纪跨度又特别大，往往老大比老七大二十多岁正常，村里常出现这样的画面：老大的媳妇和婆婆都同时挺着大肚子，同时坐月子，杀个鸡，一半婆婆吃，一半儿媳吃。等两个娃子大了，能跑了，一打架骂娘，不知道谁喊谁什么辈分，双方爹妈出来不知道该先责备谁。

老爹们苦累一辈子，好不容易将老大、老二建间屋子，成个家，老三、老四大了，老爹却老了，只能任后面的儿子们自生自灭，眼巴巴地看别人家迎娶媳妇，当个看客。

大虎的哥哥小丑巴原先很活泼，那个年代有段时间，狐狸、黄鼠狼特别多，皮毛浓厚、泛黄，很值钱，小丑巴急于存钱想成个家，他不认识字，却喜欢发明些小工具，自己动手制作了精致的捕捉器，将三根竹条两边都削成锋利的面，用一截旧自行车内胎拉成一个三角形的框架，机关的开口处用一根牙签大小的竹签支撑，选个背风的河埂面，用小铁锹侧向挖个小腿腕粗的洞口，里面放几片鸡毛，将发明的猎捕工具三角口放在洞口，只要有狐狸或贪嘴的黄鼠狼探头向洞里张望，就必死无疑。

那几年，每天一大早，小丑巴都拎着一大捆狐狸和黄鼠狼在屋后的老榆树下剥皮，村里设陷阱猎捕野物的人也几个，但他们很多时间都是两手空空。

"狐狸有灵性，不能杀生太多，当心哪天别被狐狸精迷着了。"村里有老人告诫他。

"真的啊，被狐狸精迷上了最好，我省得这么起早贪黑地挣钱，就当老婆取了。"小丑巴哈哈大笑，毫不理会。

村口的丁家祠堂很气派，祠堂背靠张公山，山高林密，沟壑纵横，漫山遍野的都是过腰的茅草，小丑巴一次追一只受伤的狐狸，在山腰茅草深处发现一个小山洞，他爬进去发现里面有十来个平方，对他来说等于发现了聚宝盆。这里是他的秘密基地，不管刮风下雨，冰天雪地，只要他往那个洞口下套子，肯定有收获，以至于到后来他别的地方都不去了，将所有的猎套都放进了这个洞里。

一天一大早，他打着手电爬进洞里，却见只有一间屋子大小的洞里坐满了狐狸，足有四十多只，她们像是在开会一样，满脸期待地等着小丑巴进来，也不跑，更没有慌张的，全都眯缝着小眼睛，朝他笑，这已经是连续第三天洞里坐满了一见他就笑的狐狸了。

一个晴朗的早晨，小丑巴面色煞白的从张公山上走下来，走路动作僵硬，进村他爹唤他也不应，回家倒头便睡，醒来后就木讷到见人就说不出话，村里谣言他被花狐狸精迷了。

每个乡村都有自己的故事，如腌制的农家小菜，沁透着乡愁，让人割舍不下，多年后咀嚼，仍有那一味无法复制的味蕾。

"停车！"大虎牵着雨红的手，刚上车还没坐定，路边就有人在大声地叫喊，那声音大虎很熟悉，是雨露！

小丫头气鼓鼓地上了车，也不说话，绷着脸、侧着身，一脸不高兴地看窗外的风景。

县城里几家卖首饰的金店雨红都逛过了，总觉得那个心形的吊坠项链很漂亮，可就是重了点，肯定很贵，她多看了几眼犹豫不决，金子一百多块钱一克，这个吊坠一定很重。

"喜欢吗，喜欢就买这个爱心桃形状的项链吧。"一直跟在她身后的大虎咬咬牙，试探性地说，因为兜里就两千多块钱，他说话的底气显得明显不足。

"这个好，代表心心相印，真爱一生，打完折后才两千多块钱，很划算的。"金店老板很机灵，两只小眼睛乱转，像是能看透人心，说得雨红心里痒痒的。身后的大虎见雨红这么喜欢，一狠心，准备付钱。

"这个有什么好看的，老板我姐买这个了，就这个十二生肖老虎头像的吊坠项链，姐，你不是喜欢大虎哥哥吗，这个老虎生肖寓意更好，那个爱心桃图案的太俗气，老板这个不要了。"一进门就跑没影的雨露突然从一边冲出来，挑了条更粗的老虎头像的金项链，放到柜台上要大虎付账，顺手抓过雨红手里的桃型吊坠扔回给了金店老板。

"好，好，这个好，我来称下，就三千多块钱。"老板手脚麻利，见顾客要挑条重的，立刻欢喜地给换了条。

"三千多啊！"雨红接过妹妹挑的项链，仔细端详，这是一只卡通形状的小老虎头像，的确是很憨厚、可爱，妹妹的眼光的确不错，有寓意，可一听说要三千多块钱，吓得她慌忙将手中的项链放回柜台上，生怕弄坏了。

一边的大虎很尴尬，带雨红出来买首饰，本该就是他表现的时候，可是面子在钱面前就是张纸，一捅就破。

"姐夫，你别磨蹭了，钱不够是吧，我早就知道了，我这里有1000多块钱，算我家给姐姐的陪嫁了。"雨露让大虎把带的钱掏出来，和自己兜里带的钱叠一起，大声地和老板砍价了。大概是因为热，她说话的语气又快，两个红红的脸蛋上渗出了细汗，呼呼地出气，像只大肚皮青蛙。

雨露有好动症，身体不停左右摆动，像个摇头娃娃，红头绳扎成一扎的辫子翘得很高，像马在甩动尾巴驱赶苍蝇。雨红曾经和妹妹打赌，赌她看书两分钟不动，小丫头一本正经地只坐了不到一分钟，就开始抓头，旋转手中的圆珠笔了。

"你哪来的这么多钱？"自从妹妹一天天长大后，雨红越来越感觉到妹妹陌生，这小丫头整天咕噜着个嘴，感觉像是全世界都欠她的，干什么事都让人摸不到头脑，小小年纪竟然身上有1000多块钱。

"知道你们早晚要结婚，可爸爸小气出了名，要提早做准备啊，我每天从小店里拿十块钱，积少成多，算我给老爸打工的工钱啊，爸爸是个铁公鸡，不然老姐出嫁，寒酸让村里人笑话哦。"雨露一番话惊得雨红一脸惊愕，小时候自从将弟弟带丢在大塘里，爹脾气就变得特别大，暴躁得如8月午后的雷暴，不高兴一巴掌就扇过来，打得她眼前发黑，耳根都流过血，她被打怕了，哪还敢拿店里一分钱啊，可这小丫头早就存私房钱了。

"我这一生，不问前尘，不求来世，但求平平安安！"戴上项链，雨红感动异常，泪眼模糊。

男人用首饰承载承诺，女人用首饰寄托终身。

一颗石头、一枚珍珠、一颗钻石，都有记忆，都可以存储故事。一朵玫瑰从男人指尖传递到女人怀里，香味浸透了女人一生玫瑰后花园；一杯新婚红酒，从舌尖滑落心田，迷恋香醉了女人一生。

买好东西，大虎建议去看看城里的小美他们，村里搬迁一部分人来县城，一晃几年没见，挺想他们的，顺便告诉他们自己和雨红的婚期，邀请他们一道去村里喝喜酒。

"想想日子过得真快，以前我们还在大江里洗澡，一眨眼雨红就要结婚了！"今天真是个好日子，阿峰和阿俐都在，雨红笑得最欢快，快要做新娘了，她成了全场的焦点，尤其是小美抬着头，专注地摸着她脖子上的项链，叹着气，不愿放手，除了羡慕，心里就是嫉妒了。

听说女人一旦挂了男人送的项链，就是披上了枷锁，可她幻想有一天自己也有枷锁可戴，她愿意给一个人当一辈子的奴隶。

"日子都定好了，就在下月初六，到时你们一定都要来啊。"大虎递了根烟给阿峰，两个男人不知道什么时候学会抽烟了。

一闻到香烟的味道，就让小美迷恋，男人必须抽烟才更有男人味，不知道为什么，她特别迷恋男人身上的汗酸味、烟草味，像家乡端午节熏烤的艾草味，闻多了有一股淡淡的芸香，深吸一口，细细品味，每股烟都有记忆，都有故事，闻着闻着，全身都被沾染了香。

"那不是秀秀姐姐吗？"雨露正在吃饭，见师范学校的大门口一女孩抱着一些课本，在那里驻足观望，竟然是秀秀姐。

"我来县教育局送调动申请，顺便来母校看看，不知为什么，晚上常做梦抱着书本去校图书馆上自习，这里有我太多的记忆，忘不了，就是忘不了。"秀秀怯生生地进了屋，发现竟然坐了一屋子的老同学，不知道在说些什么，都欢喜地笑。

她消瘦了很多，原来皮肤水嫩得像开春的荠菜，掐一把都沾湿手心，现在面色有点憔悴，脚步也显得很匆匆。

"雨红，你这肚皮有点鼓哦，不会是要当妈妈了吧。"阿俐不无羡慕雨红脖子上的项链，她对雨红微微凸起的肚子更感兴趣，看了很久，终于忍不住，伸手去摸摸。

气氛一下子又活跃起来，小美摸脖子，阿俐摸肚子，待嫁的新娘旁边坐了一帮女人，都到了挂怀的年纪，期待着想当妈，小丫头们个个都想摸摸。

雨红被吓了一跳，她也没注意最近自己体型的变化，可是小腹像是扣上了一口小炒锅，微微凸起，难道里面真有了？

"不会吧，哪有这么准的啊，怪不得这些天老感觉不对劲，想吐，哈哈，要当妈了啊，幸好下月就要结婚了，不然没结婚挺个大肚子，那多难看啊！"一听说有娃在肚子里拱，雨红原先还有点不好意思，可只一瞬间，她就欢喜地笑了，摸着好像是凸起来的肚皮，拍着手掌"咯咯"地笑得很欢。

其实没当过妈的女人永远没有长大，永远是个没开裂的石榴。

一边的秀秀静静地坐着，埋头吃饭，一听到雨红大了肚子，要生宝宝了，冷不丁打了几个冷战，哆嗦了几下，几个同学问她是不是不舒服，受凉了，她摇摇头，说没事，最近累的。

同样是一枚种子，原来种对了地方就是心头肉，生错了季节却是肿瘤。

十五

世界其实很大，也很小，闭眼时世界只是黑暗的一个点，睁开心扉时世界浩瀚得了无边际，时光奔波了几万光年，只在一扇门打开的瞬间就被捕捉，收进心里，压缩成记忆的饼干。

一层层纱布揭开的时候，小美感觉自己是件做了几千年的木乃伊，一点点剥去坏死的外壳，露出一点新绿。突然，远处一点点、一束束暗淡的星光从黑暗的夹缝中一闪身，开始还是萤火虫般微弱的光亮，在黑暗的界面，忽闪忽闪的，渐渐地放大亮光，直到亮如手电一般，带着炭火的温度，从纱布的缝隙中跳跃出来，千万条霞光从四面八方涌进来，在眼前晃动着手电。

光明！是它，整整十年了，她整天和黑夜为舞，世界混沌成一整块黑乎乎的木炭，任她再怎么去敲击，都没给她一点点星火，而今纱布揭面，时光的投影机将一个怀春少女的情窦正式开拍，她人生的大电影正式上映了。

"我看见啦，我真的看见啦！"小美惊喜地尖叫。

阿峰、阿俐、妈妈、阿峰的爸爸，还有很多医生，都长出了口气，欢喜地鼓着掌。还有几个医生拿着摄像机，在一边记录着，说是为了做广告，小美这么漂亮的姑娘，这么华丽的转身，比什么样的包装、宣传都有吸引力。

世间的诱惑，没有什么比美丽更让人动心。

在医院观察了几天，小美急切地要求出了院，对她来说，世界万物都有无限的吸引力，她要用眼去好好看看，城里的蓝天没有老家的美丽，城里的草木没有老家的翠绿，城里的路人没有老家的老乡热情，可她什么都不在乎，遇人就欢笑地打招呼，尽管人家用漠然的表情回敬她。

回家上楼的时候，刚好遇到了四楼邻居小惠，小丫头已经长大了，小美硬拉着她来家里做客，妈妈手脚麻利，一会工夫就烧了满满一大桌子饭菜，像是乡下做喜事一样。小惠这次过来蹭饭，看着满桌子的菜犹豫着不好下筷子，但看到一盘马铃薯丝，切得细如头发，泛着乳白的油脂光，还是笑了，摇着马尾辫子，伸出筷子一夹，翻出一根肉丝来。

"阿姨，有肉！"惠子大叫一声，感觉是夹到了老鼠尾巴，吓得筷子掉地。一看到肉，她的小肠胃就翻滚，造反似地要吐，她哇哇地叫喊着，早上化妆贴上的睫毛都掉汤里了，跑到水龙头下猛呕吐、漱口，原来她是个素食主义者，几乎不沾任何肉食。她之所以不吃荤，就是小时候一次看邻居家剥狗，硬是将一只可爱的大黄狗，剥成世间最恐怖、狰狞的一具血淋淋的骨架，从那之后她一看到肉，眼前就呈现出那条瞪圆了眼珠流着血的狗。

阿峰笑了笑，装着埋头吃饭，他小时候曾经无数次地幻想过，要有个妹妹该多好啊，扎对山羊辫子，流着鼻涕，圆嘟嘟的脸蛋脏兮兮的，跟屁虫似的在后面喊哥。可是那年泥石流后却没了妈，没妈自然也就没妹妹了，有时候他觉得这种不吉利的梦不能做。不知道从何时起，阿峰开始有点讨厌小惠了，这丫头如大棚菜地里培育出来的豆芽芽，皮肤水嫩，掐一把都流水，身体娇弱得弱不禁风，这不吃那也不吃，整天埋怨，谁叫她命好呢，有个在银行上班的老妈，不愁吃不愁喝，动不动就嚷嚷着非要去北京看某明星现场演唱，给个棒棒糖就能哄骗回家当老婆的那种女孩，对社会没有一点免疫力，整天脑子不知道想些什么花花肠。

有时候他自己都搞不懂，这世界到底是单纯的女孩好，还是现实的女孩实用。

吃饭中，小美聊到了小区里那个偷小女生内衣的变态，小惠说都几年了没有抓到，但她始终还是怀疑是楼下开小店的那个老头，一有新发现她就找街面上巡逻的那个警察哥哥汇报。小美想了想，突然放下碗筷，拉着阿峰奔下楼，她要去看看传说中的变态是什么样，脑子里无数次的勾勒过，但怎么画也没真人逼真吧。

楼下的小店晚上关着门，上大学的时候，自从听小美说小区有色狼，阿峰觉得小店生意肯定受到影响，可能早就换人了。记得高三时一天傍晚来看小美，上楼时楼道口遇到楼上遛狗大妈正在和几个邻居嘀咕，说一次去买袋卫生巾，这老家伙眼睛像汽油高压灯盯我身材看，我就知道这老头不怀好意，我年轻时可是水泥厂一枝花，人俊丰满人人夸，追求我的都是些公社干部、转业军人，我老了也不可能看上他？这老头像是报复我的拒绝，可不，今天傍晚竟然把别的小区几个老太太勾引过来了，就在他家的小店门口，弄个破录音机，跳起了什么交谊舞，搂搂抱抱的，又是摸屁股，又是摸腰，简直不堪入目。我都报警了，可警察说跳舞是体育运动，不犯法。你说这个穷得连三个月房租都交不起的老变态，现在不偷女人内衣了，改成明目张胆地耍流氓了，真是气死人呢！你们别看我每天遛狗不管事，其实你们都错了，我遛狗时眼睛始终盯着老变态，只要他有什么变态的举动，我立刻就报警。

阿峰侧身从几个正议论的大妈身边挤过，心里暗暗发笑，就在过年的一个清早，起了点雾，他从对面马路公交车上下来，隐隐看见六楼阳台上的遛狗大妈探出头，手里掂量着一块毛巾一样的东西，朝楼下老张头的小店扔下去，然后迅速消失。等那块毛巾落了地，阿峰才看清楚，是件乳红色的胸罩，硕大得有点过分，半旧，都起毛了，布料肯定不好，钢圈也可能坏了，憋着肚子趴在老张头家小店的大门前，像两个漏了气的蒙古包。

过几天去小美家的时候，看见那个胸罩像条死红鲢鱼一般，仰面躺在老张头家对面的垃圾桶旁，全身污垢，已经看不出原来的颜色。晚饭在小美家阳台帮小美晾衣服，看见楼上大妈家小狗欢快地跑下楼，将那件胸罩叼在嘴里，先抬腿在胸罩上撒了泡尿，然后拖拽着像捡到宝贝一样跑上了楼。

原来退休大妈也有她们心目中的星。

阿峰敲小美家门的时候，看见三楼楼梯转弯处，坐着已经上初中的小惠，穿着兔子睡衣，戴着有两只长长耳朵的睡帽，怀里抱着一大袋薯片，坐在台阶侧面，边"呼哧呼哧"大口咀嚼着薯片，边聚精会神地听着楼下大妈的议论。

"哪天我能和老张头跳舞，嘻嘻。"小美没见到老张头，竟然一脸的失望，阿峰看着她一脸期待的样子，纳闷是不是手术中哪根线接错了？

这些天，小美像是弥补之前老天爷欠她的债一样，选了个双休日，拉上阿峰回老家，这些年家乡的山水对她的诱惑力太大，在她的心里挖洞，挖空了她的心窝，是那种空灵的空，现在眼睛虽然看见了，但还缺少色彩，缺少家乡山水那种令人窒息的美，她要去亲眼看看，堵住心中缺了那么多年的那个缺口。

他们先去老家小美爸爸的坟前还愿，失明这么些年，出门不方便，这是她第一次回村给爸爸烧张纸，以前每到清明都是妈妈领着她，带上从农村带出来的一把铁叉样，在公园的墙角边选好位置，用圆规形状的叉样一只脚站在地上，另一只脚旋转一圈，画个完美的圆，将纸钱放在圆心里，阴阳两界就相连了，烧给另一边的爸爸。

"走吧，去你们丁家祠堂去拜拜吧，你手术成功，也有他们的保佑。"下了山，阿峰拉上小美走进了坐落在山脚下的丁家祠堂，这里是她家族的根。

这是一栋三层结构的木楼，马头墙高耸，典型的徽式建筑，岁月将它全身染成黝黑，如被墨水浸过。门前的青石板光溜溜磨得很平，没有留下多少岁月雕刻的痕迹，如老人的秃顶。手掌厚的门板上却到处刻着刮痕，露出泛黄的木料肉。

　　小美抬手扶墙，糕点般厚的青砖镶嵌其中，坚守一生，青砖的缝隙中滋生着一簇簇青苔，像是发酵的豆腐卤长的毛，掐一把放锅里用猛火一蒸，立刻就有刺激味蕾的奇香。一股冰冷从手掌蔓延全身，闭眼冥想，满大街的吆喝声，拥挤的人群，繁华的庙会在脑海里浮现，穷人、富人，都是匆匆过客，唯一留下的就是这脚下的路和身边的墙、门楼。

　　"啪"的一声，屋顶一薄如茶干的虎头瓦片滑落下坠，清脆的在她脚下摔成无数个碎片，如薯片破碎。

　　她推了推门，两扇门虽然老旧，却很结实，如情侣一般挨得很紧，继续沉睡，抵御岁月的侵蚀，不允许被分开，更容不得第三者插入。小美叹了口气，丁婆当年像是赌气一样，出走后就再没回来，把大塘埂上那间石头屋当成她的家，这里的繁华已经不复存在，留下的只是破败和回忆，要不了多久，这个破旧的祠堂可能就将和当下千千万万个老街一样，被肢解、掩埋，成为摄影者镜头里的掠影、作家笔下的墨香。

　　如果可以，小美情愿住在这古色古香的老宅里，这里接地气，似乎更能和先辈沟通，更能找到归属感。但生活这个大染缸游戏规则不是她定的，一些老的东西终究会一点点淹没、掩埋，最后变成活化石，而自己终将也成为化石的一部分。

　　上香的时候，小美跪在香案前，合上手掌，心无杂念，仿佛身体的一切在这一刻全还给了祖宗，有种落叶归根的归属感。阿峰始终跟在她身后，他妈妈也是个知青，原先在村小学教书，嫁给了隔壁村的爹，他虽然不姓丁，可张公山下埋葬了他的妈妈，这里是有他全部的童年记忆，有他对故乡的眷恋，承载着他对眼前这个姑娘浓浓的爱。

　　"轰隆隆"，远处传来推土机的轰鸣声，像个熟睡的老人打的呼噜，百转千回，铿锵有力，正在下坡一般，还带着惯性。

　　那是一帮工人在忙碌，听说为了开发西九华旅游资源，一条高速公路将从省城直通西九华山脚下，规划已经通过了，工人们已住进了施工现场，路边随处可见一排排用雨布搭方案建成的简陋工棚。

进了村子，小美四下里搜索，这是她失明后第一次回来，乡村变了很多，很多家低矮的小屋不见了，换成崭新的瓦房。儿时故乡的茅房就像种芝麻一般，随意洒落在坡上生长着，一簇一簇，沿着一条蜿蜒的乡路扎根、散枝、落户。

故乡的小屋蕴藏了她所有童年的记忆，一到冬天，家门前的打谷场上永远是一锅煮得稀巴烂的粥，和着雨水，被反复蒸煮，孩子们冬天上学不是踩着高跷，就是弟弟背着妹妹，轮流穿一双打了无数补丁的黑胶鞋。

小美十岁那年，爹在一个清晨将家里的物件搬出了家门，带着几个小工，只一二三的功夫，就将记忆中的茅草屋拆成一堆土，而后是工程队入场，运砖、挖地基、建房。爹从城里带回了一张挂历，那是20世纪80年代香港和纽约的夜景，霓虹灯闪烁，绚丽夺目，那时幻想，要是在这样的都市里有个家，那是不是比皇宫还美？

不知道用了几个月，三间青砖黑瓦房子建成了，搬进新家的时候，小美发现母亲的眼圈是红的，父亲的青丝间有了白发，那是她第一次感觉爹有点老。这么些年，时常还做充满童真的梦，每次梦里必定有这三间瓦屋，或是惦记着厨灶里烧得快要焦的山芋，或是留恋锅里妈妈留的一小把锅巴。

后来，搬进了县城里亮堂堂的大房子里，小美始终都找不到归属感，蜂巢一样，像个浮萍，就这么一路漂泊，像是被格式化了。

小美在大塘的河埂上走了一圈，大塘边一如既往地有很多孩子在追逐、嬉闹，两只蜻蜓在塘边翻飞、追逐，一青一红，青的大，眼睛清幽，身体翠绿，如上了藤紫青的油漆，青成一枚邂逅的青椒；红的小，眸子明亮，红成一团血红的火，红成一枚姹紫嫣红娇小的朝天椒。他们紧紧地抱在一起，轻柔而随意地飞舞，炫耀着舞姿，偶然划过水面，沾湿微翘的尾巴，洒下希望，然后再次忘我地缠绵、交配，累了就落在塘边的柳条上凝视、抚慰，让人嫉妒。

小美捡了片瓦片，侧着身，西沉的余晖将她的体型拉长，臀部和胸部的侧影向着各自相反的方向拱起，让人分不清哪边更美。她抡起手臂，在空中划了大半个圆，将手心那瓦片掷向了大塘的水面，放逐出去。那枚瓦片瞬间就被施了魔法，旋转着，如只陀螺，在平静的水面上连连跳跃，如受到惊吓一般，一口气飞向大塘中心，十几个涟漪在平静的湖面上一个接着一个地扩散、拥抱、重叠，相互渗透，最后消失，还原成最初的平静。

小美将顺额头的几根乱发，闭上眼，深深地吸了口家乡大塘边的空气，还是这种老味道，像老冰棍那种味，淡淡的，细细品味还有一丝甜，咬不透，嚼不烂。这一切是真的，此刻她真的站在养育她长大的大塘口，将故乡的山山水水全部收进了眼帘中，刻在脑海中，储备进每一滴血液里。

中午在雨红家吃饭，屋外陆续进来一帮村里长辈和亲戚，都是来看望小美的，一个丫头，失明十来年，竟然真的有人捐给了她眼角膜，真的能看见了。屋外有一些年长的男人站在门口打转，雨红唤他们进屋喝一杯，他们都红着脸摇摇头说不打扰小一辈子了，雨红知道他们是特意来看漂亮的小美的。

那天下午，雨红打电话约了一帮同学，在江滩上，十来个同学重新聚首，都变了模样，有一些都当爹当妈了，怀里抱手里牵的，可抱的越多，娃子越大，就越显老，个个累得跟个小老头似得。有人笑话他们累得可怜，可小美羡慕他们。

不知道雨红到底怀孕多长时间了，她走路显得四平八稳，一下子像是成熟了，有时还故意用手掌撑着腰。

"现在是枯水期，江心的黑沙洲上水位很低，沟渠里、草垛里有很多小鱼虾、泥鳅、扇贝，大家跟我一起划船过去吧，上面有几间渔民跑江临时住的小屋，大家带些油盐酱醋，晚上可以在那里吃水煮鱼。"雨露正带着几个人在江边比划，见姐姐远远从村里出来，带一帮同学也在江边散步，赶过来招呼。

这小丫头真是投错了胎，好动症长大了也没见得好，还喜欢多管闲事，村里好吃懒惰的单身汉"大草莓"偷偷买了个电瓶，每天晚上跑到江边的芦苇沟里电鱼，村里没人敢说，连村长都睁一眼闭一眼，可是雨露跑到他家里闹，说"大草莓"没素质，电瓶打鱼一扫光，太缺德，自己图一个人快活，把子孙的饭全吃了，对环境是毁灭性的破坏，要"大草莓"把电瓶处理了。那个单身汉哪听这个小丫头的，他每天电鱼能卖一百多块钱。一天夜里他照样背电瓶出门，被派出所抓了个正着，不光罚了款没收了电瓶，还关了几天，雨露当着村里人面说就是她举报的，以后谁要是再干缺德事，她就举报，村里男人遇到她都怕。

"不会有危险吧，这可是在江中心居住啊，晚上万一要是发水，往哪里跑啊！"小美有点怕，她重新看到这花花绿绿的世界才几天，不想再回到黑暗的世界里，年少时那场泥石流留下的心理阴影太大了，一靠近翻滚的江边她就有点怕，好在一边的阿峰像是读懂了她的恐惧，竟然主动牵着她的手，他指尖暖暖的，让她踏实了很多。

这帮同学都是江边长大的，都是水猴子，一听说晚上要在江心洲上野炊，可以折回童年，都欢叫着赞成，雨露叫过江边一正在捕鱼的村里单身汉，招呼大家上了他的小木船。

"我，我不上去了，我爹托人给我算过命，说我家住的地方是泉眼口，命中和水相克，而且我要结婚了，家里还有很多客人，我就不过去了，你们好好玩。"雨红肚子已微微凸起，一听说要到江心去玩一夜，心里发虚，连连摇手，她特别担心妹妹，这小丫头天天像是野山雀，玩完了张公山，给祠堂拍照，又跑大江里来折腾，不知道搞什么名堂。

黑沙洲，因泥沙多呈黑色得名，由两个连在一起的小洲组成，像两个相对而立，含情脉脉的恋人，对立注目牵手。这是一片神奇的土地，一洲两子，涨水时将两洲分离，如天宇中的牛郎织女只能隔河相望，枯水时又拉红线撮合他们牵手拥抱，枯水必分，涨水又合，一年一次轮回。

反复无常的江水，秋冬是个多事的媒婆，春夏又是个棒打鸳鸯的老女人王母娘娘。

黑沙洲是长江下游重点碍航浅水道，每有大船经过这里都要减速小心地驾驶、避让，每个拐弯的江口必然有暗流，每处暗流都有一串血淋淋的事故，这里埋藏了母亲河长江太多的故事。这里有惊涛裂岸的澎湃，有百舸争流的壮观，有一望无际的芦海，有葱翠碧绿的蒜薹，有成群结队野鸡野鸭的鸣叫，有三江水面送来渔舟唱晚的渔号子。

这里是小美儿时的摇篮，承载她太多的记忆，那时一发水，被冲得七零八落的黑沙洲就成了"江猪子（江豚）"的家，江面的芦苇丛中挤满了刚出生的小"江猪子"，那黑黝黝的小脑袋，用小绿豆眼好奇地和她对视。

听母亲无数次的描述，小美大概两岁的时候，一个冬日的傍晚在摇篮里熟睡，摇篮底下烤火的炭灰烧着了棉被，等母亲吃完晚饭准备给她喂饭，掀开棉被后，顿时一股明火翻身而起，抢救中，她右腿上的肉一片片脱落，已被烧成炭黑之后的三年，她都是在床上攀爬度过，后来一位老中医用"江猪子"肚皮上脂肪提炼的油，反复在她右腿的伤口上涂擦，半年后一层层疤痂脱落，她竟然奇迹般地能走路了。

她时常在想，如果没有母亲的坚持和故乡江水养育的"江猪子"，自己现在怕是路边摆小摊的卖饼人。而今她右腿处，留下一块一尺多长的痂疤痕，焦硬硬的，还有蓝天白云一般的图案，像是一件被烧到恰到好处的青花瓷器，不长一根汗毛，再热的天也不会出汗。就是被烧成这样的一条残废的腿，刮风下雨从来都没疼过，竟然没有任何后遗症，而且右腿的力量、跳跃能力竟然好像都比左腿明显强，真是烈火中出金刚。

谢谢故乡的水土、故乡的精灵给自己人生第三只腿。

年少时，小美从来不穿裙子，一露肉她就有点自卑，后来成人了，去城里住，她反倒喜欢穿裙子，瑕不掩瑜，城里买的丝袜特别有包容感，丝滑得如纤手抚慰肌肤，平滑而细腻。她喜欢裙子的花边舞动空气的感觉，像蝴蝶扇动着翅膀，反正很美。

小美时常想，这辈子为什么这么多苦难，是老天爷在惩罚她前世的债，还是对她今生的考验，但不管怎样，老天还是很心疼她的，至少给了她一个漂亮的脸蛋，没有毁容，这就够了。而今老天爷还格外疼爱她，有人为她捐款还捐了眼角膜呢，而这些恩人，她一位都没有见过，哪怕是当面说声谢谢也好啊！

那天忙到天黑，一帮人都成了泥巴人，仿佛回到了童年，一个个挽起衣袖、高卷裤脚，在黑沙洲的浅滩处抓了些落单、搁浅的鱼虾。阿俐学旅游专业的，毕业后报考了乡镇的公务员，以第一名成绩被录取了，可是她一有空就往村里跑，自从和雨露见面后，两个女人到一起一台戏，嘀嘀咕咕没完没了，也不知道说些什么那么开心。

每次阿俐来的时候，要不了多时，镇上的姜秘书就会急匆匆地跑来，一脸堆笑地和她套近乎，面颊处露出一圈一圈的褶皱。他带着细边眼镜，样子很干瘦，头发却长得特别茂盛，一根根地竖立，奔逃似地向外扩散，粗壮而挺拔，像豪猪的毛发，村里人总怀疑他那头发不是长出来的，而是焊丝焊接在头上的，大家疑惑他之所以长不胖，全是因为那长得像毛刷一样的头发吸去了营养。戴的眼镜和啤酒瓶底差不多厚，听说近视都超过了400度，村上光棍没事时候喜欢模仿他，假装边走路边看书，然后很夸张地一头撞到电线杆上，而后很愤怒地吼一声：哪个王八蛋打我！

"我碎子心娘！"他每开口说话，必先说上这句口头禅，久而久之，这句地方方言，被他打上了深深的姜氏烙印。

"我碎子心娘！别——别笑话我，我们山里红乡正在和一国家重点企业谈招商项目，要沿着家乡的这一条沿江山脉建风能发电，项目现在已经深度洽谈了，15个亿呢，就差签合同了，到时这一片山脉将风车起舞，美如童话。"姜干事说话快的时候有点结巴，但一番话说得大家心里暖暖的，早听说国家在大力开发旅游产业，原以为家乡交通的闭塞是经济发展的绊脚石，而今却时常有一些散客来村里逛游，说是呼吸新鲜空气，看原生态风景。

几颗星星在夜幕上闪动，江面平静了很多，好像瞌睡了。趴在小岛上往岸边看，所有的人影和建筑，都在波涛上起伏，晃悠，感觉世界像是在一张颠簸的木筏子上面。

小美拉上阿峰，借了一把改装过的三节电池手电筒，找了根破旧的牙刷柄，买了一包粗针，将针屁股用蜡烛烧红了，烙在牙刷柄上，整齐排列，如毛刷一般，再将牙刷柄绑在一细竹竿上，他们去江边的芦苇沟里扎泥鳅去了。

那夜，一帮小青年在漆黑的黑沙洲上燃起篝火，烧烤鱼虾，吃得特别香甜，夜晚的江面风很大，在一间用竹子搭建的简易破旧窝棚里，他们挤成一团，像一窝小猪，睡得特别香甜。

屋外江滩边，站着一直都无法入眠的小美，真的回到了带着鱼腥味的江边了，环视四周，两边是高耸的悬壁，像怀抱一样将她包裹，为她站岗。耳鬓的发梢动了动，一阵旋风从对面山峰的崖壁处吹过来，打着回旋，从她耳畔掠过，头顶一片厚厚的乌云被拨开，露出闪亮的北极星，亮晶晶的，像是有人在头顶亮了盏小灯泡。

小美看呆了，因为被黑暗关在笼子里太久，她对亮的东西特别敏感，尤其是对天上最亮的那颗星星，无数个不眠之夜，她都在反复回忆，那是她倾诉的对象，那是她心灵的灯塔。

"为什么世界上有那么多苦难，就这样活着多好。"下半夜，小美满足地挤进一帮同学堆里，牵上已经睡着了的阿峰手，依偎在他的身边，蜷缩成一头小猪，呼呼地睡着了。

原来每个女人骨子里，都是一头温顺的小羊。

十六

秀秀去山里买了几斤好茶叶，爹喜欢喝茶，可是从来都舍不得花钱买好点的茶叶喝。

调动申请批得很快，只一个来月，镇上就通知她可以去别的学校上班了，但提醒她要做好思想准备，因为那所学校也是个教学点，且在大山上，全校就30几个学生。前几年这所学校被撤并了，孩子下山上学有二十多里山路，可是一次发大水，一山里的娃放学回家被冲走了，后来在家长的一致要求下，该所被废弃好几年的小学又被启用了。

考虑到山上还有几十户的住户，孩子上学实在不方便，撤也不能撤，再建设也是种资源浪费，这所学校进山连条正式的公路都没有，穷得出名，分配去的老师几乎都坚持不了两年，找各种理由和关系调走了，现在秀秀要求去那里上班，正好解决了领导的心头病。

秀秀是个宅女，除了在县城读过几年书，就没出过远门，镇子有多大、人口多少，她自己也没弄清楚，这次虽然是镇内调动，可距家也有六十多里山路。

临走的时候，她特意挑了个周末去了趟张村，她想去看看已经上初中的小兰兰，这丫头正是长身体的时候，个子一年窜一个头。张村不大，就两个生产队，和丁家墩六个生产队比显得多冷清，进村除了偶尔窜出的一两条野狗和在门口晒太阳的老人，很难找到青壮年劳力。

兰兰家里，只有奶奶在家，这对母女忙得吃饭都没工夫，这世界什么生意都不好做，都可能亏本，唯独做死人这门生意没顾虑，没人讨价还价，不打折不赊账，更不会没生意，大年三十阎王都开门收小鬼，都有人边吃年饭边咽气。

有时候大兰兰身体不舒服，或是心情不好，不想去，人家来请的晚辈急得"扑通"一声跪倒在她家门口，死活不走，说爹临走时千叮咛万嘱咐，一辈子儿女不孝没享过什么福，受尽了罪，死后儿女肯定不哭，就是哭也是假的，一定要请张村大兰兰来哭丧，她能把假的哭成真的。

走到张村中央，看到一面墙上张贴着一张大广告，标语非常有噱头：极乐世界专业送葬团，当红哭丧第一人大兰兰真情演绎。

底下一行大字写着：因为专业，所以感动！

秀秀记下了写在墙上的电话号码，不知道为什么，一想到小兰兰，她就质问自己，如果自己的孩子没有拿掉，那现在该多高。她倒是有点期待想看看这个如花一般年纪的小女孩儿，怎么就能随她妈，把哭丧当着是开演唱会，哭得那么快乐。

"笛笛"，突然村口一阵嘈杂的喇叭声，一辆小货车一路颠簸着，艰难地在秀秀跟前停下来。车上跳下一帮男女，都穿着整齐的工作服，显得很精神。

"各位父老乡亲，今天我们国家科技公司下乡义演，做活动，免费抽奖，免费啊，大家赶紧来碰碰运气啦！"这群年轻人手里都拿着扩音喇叭，只几嗓子，刚刚还寂静的张村一下子就热闹了起来，人从各个岔路口接二连三地溜出来，鱼贯而出，仿佛是从土里冒出来一般，有男有女，有老有少，娃子们手里还握着电视遥控器，老人们手里还捏着一把纸牌。他们一下子就将货车团团围住，一个个眼放绿光，争抢着要了几张彩票，盯着奖券，沾着吐沫使劲地刮。

"我中奖啦！三等奖，老板，我的奖品是什么啊！"小兰兰奶奶一直挤在人群的最前面，也是第一个惊喜地叫出了声。

"奖品是外国进口、国家免检、永不生锈、省电王电饭锅一个，外加一个炖骨头王高压锅，这些全都免费，我们公司享受国务院特殊津贴，是高科技产品，所有赠送产品国家一律报销，但今天你们要先交二百元的抵押金，过几天我们公司还要来你们村回访，到时我们将这二百元抵押金全部退还你们，高科技的电饭锅和高压锅就免费送给你们用了，你们村就十个名额，要试用的赶紧交钱拿货啊，我们开国务院发票，先交钱先送，送完为止啊！"一领导模样的小年轻穿着整齐，侃侃而谈，说话很像每年年底镇上领导送温暖那副表情。

张奶奶第一个掏钱，一手提着省电王电饭锅，一手提着炖骨头王高压锅，欢喜地跑回了家。

秀秀前脚刚出了张村，那辆小货车就一路赶着风尘，从她身边飞驰而去。

回家收拾好衣物，爹烧了些秀秀喜欢吃的菜，父女俩上桌吃饭，都不说话，形同陌路。秀秀发现毕业这几年，爹变了，变得沉默寡言，不合群，干瘦得如河道里弯成弓的小龙虾，自从她回村教书，爹看人的眼神都透着绝望，如釜底抽薪一般，抽干了他所有的激情和对生活的憧憬，让他吃不香，睡不好，万念俱灰，对什么都打不起精神，以前孑然一身他过得倒也自在，而现在除了喝茶时能沉浸在安静中，其余时间都在郁闷中。

这年夏天，爹做了两件让秀秀意外的事，第一件事是他捉了300多只小鸭子，先在圩埂上搭个窝棚，栽几根柱子，支几块大点的雨布，破旧的竹制凉床上放堆软稻草，铺上被子，这就是他和小鸭的家了。等鸭子退了第一茬绒毛，他打好了被单，制作了一大包茶干，封好一罐茶叶，带上几本厚书和干粮，拎上茶炉出发了。赶着小鸭子，从山里红乡东面的乡界放养到山里红乡的西面，等小鸭鸭身上泛黄的小绒毛换了装，夏天就过去了，再捉一批小鸭苗，从山里红乡的西面赶到东面，秋天就过去了。鸭放到哪里就在哪里打地铺，支一块大点的雨布，陈旧的竹席上放堆稻草，铺上被子，这就是他临时的家了。然后将放鸭时捡拾的一大抱树枝扔到地上，支起茶炉，泡上一杯热茶，看一会书，一夜就这么暖呼呼地过去了。

"老丁头，你就一个女儿，考上了还吃上国家饭了，你这么累图什么？"有人问。

"挣点钱防老，等秀秀在城里买房子，急用钱时也能支援点，我们这辈子老人，哪个不是累死的命。"秀秀爹一脸无奈地回答。

第二件事是他喜欢养条狗，之所以喜欢养狗，是因为年纪大了，想有个伴，土狗的命似乎比路边的野花更轻贱，很容易就夭折，和爹的命一样，哪天放鸭他一头倒在田埂上，这辈子就过去了。爹养狗必须是公狗，他觉得公狗衷心，就算是有坏心，跑出去玩，也不吃亏，更不会跟人跑，也不会被人抛弃，有本事就出去带个回来，老子养你们一家子。

大黄是老丁头养的第三任狗了，每养次狗，老丁头就要经历次热恋和失恋，因为农村里的土狗命都不长，都要经历生老病死，老丁头把他们从没睁眼时抱回来，既当爹又当妈，过几年等狗老了，走不动了，有老年痴呆了，他又给它们当起儿子来，给它们送终。

第一条狗死后，老丁头在河埠上刨个洞，用被子包好把狗埋了，惹得村里一帮馋嘴的懒汉直咂嘴，丁大炮说狗埋了太可惜了，剥皮加点蒜头辣酱，聚餐喝几杯烧酒，我的个乖乖隆的咚，阳寿都长些，那是极品美味，解馋，埋了便宜了苍蝇儿子。

大黄两耳黑毛，全身油黄，虽然是土狗，却生得一副好身段，大腿上那块健硕的肉很扎眼，凹凸有致，比拳头还大，走起路上下滚动，像个秤砣一样结实。体重目测的话至少有四十多斤，农村土狗能有这体重，也算是养到极限了。听说老丁头就是自己不吃饭，也要掏钱去买点板鸭、猪头肉什么的给大黄吃，待遇赶上城里卷毛的洋狗了，村里男人笑话说他们挣钱养女人，老丁头挣钱养公狗，自己过得像条流浪狗，他家的狗过得却像个阔少，这什么世道，孬子。

大黄魁梧的身段像条红毛狼，没事就趴在老丁头脚边，伸出海带一般的大舌头，舔自己毛发。它毛皮贼亮，像是刷了桐油黄漆，每有村里青年换了发型，梳了个中分的汉奸头，都有人打趣地说你头发梳得这么贼亮，连苍蝇上去都要拄拐杖，八成是老丁头家的大黄帮你舔的吧。

大黄不喜欢叫，一叫必有战争，它喜欢昂着头，翘着屁股，尾巴微翘着左右摆动，昂首阔步走在老丁头前面，像一头汗血宝马。每经过一个村，大黄屁股后总免不了多出几只杂色的母土狗跟随，低着头，夹着尾巴，在它屁股后面嗅，都是它的粉丝，大黄看都不看，照样走它的台步，一脸不为所动的样子，不远处站着几只公狗，瞪圆了眼珠，一脸嫉妒的仇视，可又不敢靠近。

"老子自己吃了上顿没下顿，你却到处留情，没想到老来养了你这么只情种狗。"老丁头有时嫉妒但特别自豪地骂。

老丁头赶着几百只鸭，追赶着季节的脚步，有大黄在，他睡得很安稳，不用担心有人偷鸭，更不用担心黄鼠狼来偷吃鸭。他泡上一壶茶，坐进被子里，捧上书，掏出酒瓶，摸一叠包好的茶干，挑出一块，咀嚼一口，呡一小口酒，自嘲道：酒是粮食精，越喝越神经！

他特享受这种一块干子半斤酒的过程，人生如戏，戏如人生，自从秀秀回到村里教书，他觉得这辈子只有身边的狗和喝进肚子里的酒精懂他。

自从秀秀爹养了条大黄狗，隔壁冤头家也养了条黑狗，两个老家伙从人斗到狗了。

终于到了目的地，进了镇上最偏僻、最贫穷的学校，虽然她心里有思想准备，可还是被眼前的贫穷惊呆了。所谓的学校只是一排靠山腰低矮的木房，加一起也就一百来平方米，光线很差，却很宽敞。

秀秀能感觉这就是思念的酸痛，虽然玉宝没提出分手，但她能感觉到剃头担子一头冷一头热的温度对比，爱的伤害犹如割开肚皮，撒上了盐，再被岁月腌制风化，慢慢腐烂。

这次是绝望中让心灵做了次放逐，来农村最偏远的地方支教来了。

"欢迎新老师！秀秀老师，你的眼睛很亮，有点湘妹子的味道哦。"接待她的是学校的校长，说是校长，其实就是光杆司令，年纪比她还小，竟然是个学弟，而且长得一脸的稚嫩，竟然是个刚毕业不久的大学生，高高的个子俊朗的外表像个韩国影星，和周围干瘦的一帮孩子很不相称。这所学校只有一个老师，他是全能战士，什么科目都教，秀秀心里感觉真好笑，这一来咱最少也是个副校长啊！

"来时我看到路边开着很多野菊花，星星点点很漂亮，我特别崇拜菊花的坚韧，即使在最偏僻的土壤也能快乐地自由绽放。对我来说老师和菊花的使命是一样的，都是神圣的，即使在最贫瘠的地方，也能美丽的绽放。"秀秀甜甜地笑着发表就职演说，和这个叫曾晓东的校长热情握手，她能感觉到彼此手心的温暖，他比自己小，这算是青春的热度吗？

热烈的交谈中秀秀才知道，他们的理想竟然都是一样的，他家住在县城，前年自愿来到这个最偏远的学校任教，这所学校像个挣扎在饥饿边缘的孩子，总是吃不饱，每次强迫性地分配一两个刚毕业的教师过来，过不了两年，无论山里的孩子多么热情，山里人多么无私的款待，人家都会找各种各样的理由和关系，调走了。

"欢迎，欢迎，热烈欢迎！"一边的孩子们整齐地排队喊口号。

秀秀猛然惊喜，她的手一直被曾校长握在手里，手心都被握出汗来，让她很不好意思，慌乱中赶忙将手往回撤，两人四目相对，他的眼睛很好看，清澈、干净，让她浑身起了一层鸡皮疙瘩，因为这些年，她的心里只住着一个人影，而今这么刻意地去看另一个比她小很多的小男人，让她觉得自己好笑，算不算饥渴？

校门口摆放着一大水缸，要把它弄上山，那可要费点气力。

"这是你的房间，五星级的豪华包间哦。"秀秀被晓东领到教室旁边的一间小屋子里，提着包裹找到了自己住的地方，是个刚用木板隔成的小房间，钉得很仔细，墙上都用破旧的报纸重新贴了遍，和隔壁破旧通风的教室比，算是精致的贴墙纸装修了。

秀秀感觉是个家了，不大，但很温暖，最难得是特别的安静，有时就是下课，孩子们在一起都是小声地说笑，从来没有给她山里野孩子管不了的感觉。

眼看天色暗了，秀秀将"叽叽喳喳"帮忙的学生赶回家，抓过一破脸盆，直奔校门口那口大缸，走了一天的山路，真累，她想痛痛快快地烧水洗回澡。

"你要节省点用水，一个多月没下雨了，这所学校前几年荒废，山上原来修的蓄水池也毁坏了，没地方存水，缺水时这缸里水都是从山下挑上来的。"秀秀大桶小盆洗得正欢，却听见隔壁那个曾校长在亲切地说。

她猛然想起来这个屋子隔音效果不好，而且报纸再怎么张贴，也是有漏洞的，就是没有窟窿，也能看到人影的轮廓，在这大山里，孤男寡女的住一排破旧的老屋，尤其是女的还有点姿色在洗澡，可不能当刚认识的同事是圣人哦，她慌忙抱起衣服跑一边穿上。

晚上她被尿憋醒，在床上坚持了几个小时实在是不行了，摸索着下了床，还好，学校旁边的竹林边有间小房子，借着月光看清墙上挂了个小牌子，上面歪歪扭扭写着个"女"，大概是用锅底灰写上的。

第二天一大早，秀秀就找了只毛笔，将那牌子翻过来狠狠地写上了个"男"字，因为这是全校唯一的一间厕所，必须男女公用，以前这是女孩的专用，男学生都自发地去学校后面竹林里解决了，秀秀主要是怕晚上万一要是她和曾校长同时用厕所，撞车了怎么办。

刚来时，每次下课，男娃们都一窝蜂地往林子里跑，她起初以为是孩子们贪玩，后来才知道那里是他们的露天小便池。这以后他俩就默认了，只要那牌子哪面朝外，厕所就自动表明性别，这真是世界上最合理利用不浪费资源的厕所。

几天后秀秀才知道，难怪她洗澡用水对面墙里住的那家伙会说话，山上一个月没下雨，那口缸里的水都是孩子们挑上来的，水缸总是满的，因为有次缸里没有水，刚来的老师就气呼呼地走了，没有再回来，他教给他们知识，可山里人不能连水都让他们喝不上。

山里的孩子特别地好客，他们每天都要走十几里的山路，路边山沟里、坟头上偶尔开出一簇簇成熟的野果，指尖大小，红得争艳，孩子们一般都挑出最大最红的舍不得吃，用袋子装好，第一时间给她送过来，秀秀说声谢谢，他们反而不好意思，仿佛这是他们应该做的。

来这里，没有信，没有思念，秀秀觉得时间过得特别快，每天的蓝天、云彩、月色都特别地湛蓝、明亮，夜晚她喜欢静静地靠在木质的窗边看满天的星星，每天它们都保持一颗明亮的心，不变换、不变质。

有时隔壁偶尔传过来的吉他声让她很惆怅，心情会时而变得有些坏坏的，让她怀旧，想起那个不知道飞到哪里的人。

"你怎么大学毕业自愿到这里来，我从你吉他声里感觉到估计是被什么伤到了。"一夜秀秀失眠了，敲了两声木板隔的墙，和隔壁那个同样失眠的人聊起来。

那是他们的暗号，敲两声是聊天，三声是睡觉。

"还能是什么事，不都是那些分分合合的感情事，大学里谈得死去活来都是假的，注定见光死，一毕业分配，什么贫富、家境都要拿出来衡量。一到谈婚论嫁的时候，人家有时会带着老娘来问在市里有没有房，工作能不能调到市里女儿单位，家里种田的老爹和生病的老娘将来跟谁住，每一个条件都是一道横沟。她家市里的，家里有房和车，分配的单位好，我分配差，被甩那是必然的结果，就自愿来山里疗伤，教教孩子真的不错。"自嘲中的曾校长让秀秀觉得很有亲切感，有种成熟的韵味，都是受伤放逐的人，能体会彼此那种惺惺相惜的阵痛。

"是哦，常听说这样的故事，爷爷只用半斗米娶了奶奶，爹只用半头猪娶了妈妈，而爹妈还要用一辈子帮儿子娶了媳妇，媳妇娶进家门第一件事就是将公公婆婆赶回农村。"秀秀也很无奈地回答。

墙角一只蜗牛撅着屁股，沿着门板一点点往上爬，很慢，仿佛时间。

那夜的月亮有些害羞，时明时暗，对隔壁的那个学弟秀秀时而感觉他们已认识很多年，可以敞开心扉畅谈，时而感到陌生，根本不知道他来自哪里，要到哪里去，睡在这大山深处寂静的小木屋里，真是恍如一梦。

一晃一个学期已过了一大半，在这几个月里，秀秀忘却了时间，忘却了山外繁杂烦心事。老天爷有些反常，这几天又一直下雨了，仿佛是还前几个月欠的债，整个山都躲在云里，让秀秀感觉自己住在三仙观里，都快得道成仙了。

直到有一天，亲戚打来电话，说爹早上起床突然脑出血，晕倒在河边，正在镇上的医院急救，目前还在昏迷。秀秀接到电话，"哇"的一声尖叫就冲上下山的羊肠小道。这些天她忘却了家里还有个体弱的爹，为了能帮女儿挣点嫁妆钱，整天风里来雨里去地放鸭。她这个当女儿的不称职，更别谈孝顺，自己心情不好，可以一走了之，可是她知道爹再怎么打骂她，心窝窝里都是爱。

"我送你吧，这几天下暴雨发山洪，冲垮了山下的石桥，孩子放学都是我背过去的，你一个人回去怎么能过河哦。"曾校长让学生们自习，一路小跑追上了发疯一样跑下山的秀秀。

"我来这里两年多，今夏又大旱，可你一来，暴雨连天，孩子们说你是女娲娘娘。"爬上曾的后背，淌在过臀的浑浊山洪中，秀秀感觉他的步子很稳，让她有种从未有过的踏实感。这家伙身高至少一百八十厘米，应该比那个负心人高几厘米。身边时有拳头般大的鹅卵石翻滚而过，还有枯死的树木从上游直呼而下，让她本能地将曾抱得很紧，此场景像年少时那场天灾，危险的时候有个宽敞的怀抱供你避难，真的是种幸福。

到了医院，远远地看见病床上睡着干瘦的爹，眨着眼向医院的大门口张望，床下睡着那条大黄狗。秀秀鼻子一酸，"呜呜"地哭起来，扑进爹怀里像个叛逆的孩子懂事了，终于找到了回家的怀抱，好好哭一次。

这才几年，爹就突然老了，秀秀始终觉得爹的衰老和消瘦是从她毕业那年开始的，原指望女儿有个好归属往他脸上贴金，可没想到女儿从他身上拉肉。

"娃啊，不哭，爹是累的，没事，休息几天就好了，这位是——"秀秀爹双眼盯着曾老师，自打这个小伙子跟在女儿身后一进门，这老头子的眼就亮了，顿时来了精神，这种亮，秀秀很多年没有见过了。秀秀说是同事，和她一起在山上的小学里教书，她爹很开心，拍着手咯咯地笑得像个孩子。

"教书好，教书好，我娃在学校里谢谢你照顾，今天我心情高兴，咱们立刻出院，回家给你们杀只麻鸭，烧啤酒鸭吃，走，现在就走！"爹挣扎着支起身，秀秀强忍眼中泪，连连点头。

原来再有隔膜的父女之间，只隔了一层薄薄的纸，轻轻一捅，父爱即如暖风，吹走一个冬天的雾霾。

那天陪着爹回到满是霉味的家里，炊烟一升起，满屋子顿时就溢满了温馨。童年味十足的几个家常菜一上桌，气氛一下子就被调动起来，爹对这个第一次来家里做客的小曾显得特别在意，问长问短问个不停，还端出酒杯，一人一杯白酒喝了起来。

本来对曾老师还有戒备心的大黄，从秀秀眼中读懂了什么，吃饭的时候竟然一个劲往他腿上蹭，样子特别的温馨。

"奶——奶！你听我说——"

酒正喝到兴处时，突然后院传来高亢的亮嗓门声，隔壁家玉宝爹就是只公鸡投胎，每天会在特定的时候亮嗓子、打鸣。唱得不怎么样，嗓子中却蕴藏着满满的幸福指数，一听就让人浑身起鸡皮疙瘩。

秀秀爹一听胸就疼起来了，他始终怀疑这几年身体每况愈下就是因为每天听到这催命曲。只这一嗓子，就让秀秀烦躁、不安，本来躲到大山里教学半年，把该忘的人忘得差不多了，可是风筝飞得再高再远，被个人一拽线，她照样疼到心窝，还滴血。

"曾老师啊，再过一个来月就过年了，你们学校也放寒假了，腊月二十三你来我家做客，到时我杀过年猪，我叫亲戚过来帮忙，你过来给我搭把手吧。"老丁头给自己斟了个满杯，一饮而尽。

老丁头站到后院门口，突然提高了说话的嗓音，音调盖过了隔壁的京剧声。

"杀猪啊，我哪有那胆子啊!"小曾被吓了一跳，他拿粉笔写字可以，拿刀杀猪，别被猪咬了。

"家里这头老公猪天天吃了睡，睡醒了还叫，吵人，我早就想宰了它。杀猪有什么好怕，揪住耳朵，放血条子对着脖子，白刀子进去，红刀子出来，血飞溅一脸，那才叫爽，来，咱俩再喝一杯，先压压惊，到时你来帮忙，杀了那头公猪。"老丁头涨红了脸，脖子上青筋暴凸，大声地嚷嚷，像个舞台上的演说家，边说边还做着刀捅猪头的动作。

那几天屋外围墙边暂且没有传过玉宝爹高亢的京剧声。

秀秀想了想，原来骂街也是一件特别爽的艺术!

十七

　　村里谣传雨红怀孕了，没结婚就大肚子了，一个个见了大虎就赞扬他厉害，有本事，说得他很不好意思。

　　"丁小气家两个女儿又买新衣服啦！"听说雨露去城里买了件黑色的健美裤，一穿屁股勒得特好看，出门就有光棍流鼻血。每逢听到光棍们这样的私语，大虎都暗暗地窃喜，因为雨红那光滑如泥鳅般的躯体他每一寸肌肤都摸过，连她右乳上那颗米粒大的黑痣他都吻过很多次。

　　可能是对傻姑的关心不够，感觉她仿佛就在一夜间成了个大姑娘。村里早有光棍按捺不住传宗接代的诱惑，提前很多天就放风给自己壮胆，要去傻姑家提亲。有人挖苦他说傻姑孬成这样你都敢要啊，不怕她夜里戴着银光粉发环喊小花狗陪你一起睡啊！

　　"我才不怕，孬有什么，是女人灯关了不都一样啊，每个女人都有一勺子地，能生娃就行。"勇敢的光棍更有颗勇敢的心，一脸的不屑。他挑了个双日子提着四样头礼品，迈进了丁婆的家门。

　　"喜欢我家娃啊，是好事啊，儿女终身大事我做不了主，这样吧，你晚上下半夜来，我喊大塘里孩子她爸和你谈吧。"丁婆很客气，满口答应，张罗着来客晚上留下来吃饭，下半夜好谈婚事。

　　"哦，哦。"只几句话，就让那个提亲的汉子吓白了脸，丢下礼物，再没登傻姑的家门。

　　傻姑原来每天都带着她的第四任小花狗，村前村后晃悠，像片树叶落地无声，巡视她的疆土。自从公路修到张公山后，她常去山上闲逛，一次回来后，她欢喜地往家跑，像是捡到了宝贝，怀里竟然多了个玩具娃娃，毛茸茸的，料子一般，一看就地摊货，但眼睛却很亮，像是有灵性，而且好像有点智能，上了电池，一按底下的开关，竟然能很清晰地喊声"妈妈！"

　　村里人总是有点纳闷，这丫头没什么朋友，可总能得到些奇怪的礼物。

　　躁动、不安、郁闷、无助，那天的清晨特闷热，可大虎却有种莫名其妙的冷，冷到站在窗边，感觉就站在冰窟的洞口。这些天几乎是掐着手指过日子，和雨红的婚期一天天逼近，他总是睡不安稳。虽然只给雨红买了"三黄"中的一件，可她爹还是特别高兴，见村里的男人就说女儿的项链特别粗，是真的纯金的呢！

　　终于下大雨了，天沉闷得总觉得哪里不舒服，可雨一下，稀里哗啦的又感觉不清静，像是人喋喋不休地在耳边唠叨，很让人烦躁。

　　原来爱到最深处，人人都有第六感应。

　　刚捧上碗筷准备吃早饭，突然整个村子的人都往大塘边跑，他好奇地赶到出事处。像这样的闲事大虎一般不去凑热闹，他现在满脑子都是怎么挣钱，好结婚，为娃挣奶粉钱。听说修路的工程队需要小工，他想抽个时间去问问，只要不空手，一天挣多少都行。可那个清晨，总有人在背后推他，躯体里的生物钟仿佛就是在等这个特定的时刻。

　　"丁小气家大女儿在大塘边捶衣服，掉大塘里了，被水鬼拉下水啦！"村里光棍丁大炮扯开嗓门，一路小跑着从村头喊到村尾。他的嗓门特别大，是不插电的村头广播。

　　远远的，看见一个人影站在大塘埂上拖东西，听说是死人，哦，死人都是很沉的，都会暗中使坏。

　　隔着拥挤的人群，当看到雨红满身是水，穿着大虎给她买的那件黑色健美裤，翘着屁股趴在牛背上往外吐水时，大虎脑子滚过一声地动山摇的炸雷，分明就是有人扒开他的五脏六腑，扔了枚雷管在里面引爆。

"不——不行了，都——都淹漂上来了，还——还是准备后事吧。"学过些西医的村长一脸惋惜，他家儿子丁富贵怯生生地跟在他身后，涨红了脸不说话。

关于村长家族的故事，一直有个讲不清的传说，他们家族血脉里有一种遗传密码，荒唐得简直是可笑，但又实实在在的真实存在。村长在家排行老三，祖上没有留给他们大富大贵、聪明绝顶，倒是留给子孙三十岁后必定结巴的遗传，村长年轻气盛的时候，哪信这些邪门歪道的胡扯，一个大活人还犟不过自己的嘴？可事实超过任何雄辩，他大哥三十岁的时候，开始就莫名其妙地说话结巴，无论怎么刻意地克制也不行，等到二哥三十岁，也开始说话口吃。轮到他战战兢兢地到了三十岁时，一夜也成了结巴，无论怎么跺脚憋屈都不行，仿佛喉咙里卡了个枣核，不结巴说不出话。更奇怪的是，家族的遗传还有时段性，当他们超过五十岁的时候，又神奇地全都好了。村长现在结巴正当年，一句三顿，说话嘴里如含了个荷包蛋。他时常掐指算着还有多少天到五十岁，到那时就解放了。

只一句话，雨红的妈就一声杀牛般惨烈地叫唤，晕倒在地上，这场景十几年后再次重演，那次是她的小儿子，这次是她的大女儿。丁小气却什么也没说，阴沉着发黑的脸，爬上牛背，使劲的给一动不动的雨红按着肚子里的水。他每压一次，雨红那两个鼓鼓地前胸就被挤压一次，水湿的衣服根本包不住胸口，露出一圈圈雪白的肉。肉越露越多，聚集成翻滚的波浪，那两个雪白如豆腐的肉球渐渐相互靠拢，海绵一般抖动，挤出一股细流来，顺着中间深深地沟壑流淌。

雨红脖子上那串挂上还没几天的虎头金项链坠子，被压在沟壑里，窒息一般挣扎，不时探出头来好奇地看，最后任她爹摆布，毫无生气。

雨红微微凸起的小腹很光滑，那里面也应该有个小生命，陪他娘一起睡着了。她衣服有几处划破了，胳膊上衣服都撕破了，还留有几处血痕，那一定是水猴子虐待的铁证，村里的孩子远远地瞪着恐惧的眼珠不敢再走近半步，因为那伤痕上有水鬼留下的尸油。

"怎么这样呢，这只水猴子怎么专找丁小气一家的娃子拉啊，而且这次是一尸两命啊！"村里光棍们盯着雨红张开的衬衣口，咂着嘴，一脸愤怒加可惜。

雨露呆呆地站在牛旁边，盯着姐姐胸口泛金光的项链发呆，就在早上，她还趁姐姐睡着的时候，将她脖子上的项链摘下来，戴在自己脖子上对着镜子照了好一会，姐姐醒了差点和她翻脸，说着是大虎的定亲物，别人绝不准碰。

在那个清晨之前，大虎是个富有的千万富翁，在那个日落之后，他是个穷光蛋，二者之间只隔了一条牛背。

"天上的星星不说话，地上的娃娃想妈妈……"傻姑头戴着兔子型的发环，抱着她的布娃娃玩具，在大塘的河埂上边走边唱，借着夜色，荧光粉的光亮一闪一闪，上下翻动，像只小兔子，身后永远跟着一条小花狗。

一只黑如牛屎的小鸟盘旋着落在牛背上，这种奇怪的水鸟，喜欢临风筑窝，今天都蹲在牛背上缩着脖子发呆，精瘦无肉，瘦成一根鸡毛掸子。

"娃啊，松手吧，大妞死了"。天已经黑了，雨红从牛背上被她爹抬了下来，直挺挺地躺在地上一张门板上，大虎抱着雨红冰冷的身体怎么也不撒手，雨红爹抽泣着拉呆若木鸡的大虎起来。

"雨红，你没死，只是睡着了，你睁眼看看我是大虎，过几天我们就要结婚了啊"。大虎突然瞪圆了眼珠，像只得了疯牛病的牛发作了，抓着雨红蓬乱的头发猛烈地摇晃着，揪扯下一缕缕还粘着细草的头发。雨红爹看他情绪失控，慌忙叫过几个亲戚过来拉大虎。

"别拉我，放开我，放开我——啊——"，拉扯中大虎突然张口，死死地咬住了雨红露在外面的肩膀，真的像只小老虎，和着酸咸的浑浊泪水，牙齿直接刺破雨红冰冷的皮肤，切割肌肉纤维，直接咬到了肩膀骨头。雨红已经直棒棒的肩膀竟然还流出了一些暗红的血块，顺着大虎牙齿撕咬的伤口处，慢慢地往外滴。

几个男人揪住大虎头发，使劲地将他翻过身，反扭着胳膊往一边拉，可他死死咬着雨红的嘴就是不松口。

"嘎吱"一声，拉他的一个男人从路边捡起一根小木棍，硬塞进大虎嘴里，用力一撬，木棍戛然折断。

"你这东西，我家女儿还没过门，你就这么往死里咬啊，给老子松口！"雨红爹也哭了，气得哇哇叫，见女儿胳膊上的一块肉都快被这个疯小子咬下来了，急眼了，上去抡起手掌，照着大虎的面颊就是一巴掌。他当过兵，在林子里站过岗，和黑瞎子熊相遇他都没怕过，熊拍他一巴掌，他给熊一口吐沫外加一拳头，这一巴掌下去那力度，他自己也不知道到底有多大。

"啪"的一声响，半个村子都能听到，大虎翻着白眼，腿一蹬，直挺挺地轰然倒地，倒得打谷场黄烟翻滚，眼睛直勾勾地看着天空。

雨红胳膊伤口处的一块肉耷拉在一边，还没有完全被撕咬分离下来，伤口形状像张嘴，大大的，伤口边殷红的血块像是涂了口红，更像是在呐喊、哭泣。她挺着微凸的肚皮静静地躺在那里，一缕缕头发凌乱地粘在面颊上，挡住了半边面容，她闭着眼，带着几个月的身孕，睡着了，带走了大虎的全部。

女人是水，这个名字都是水做的女人，被水带走了，没有彩虹，只有哭泣。

远处大江上一阵狂风吹过，浪翻了天，呼呼地叫，这江面上的风浪就像是永世的哭声，一波撵着一波地囤积着情人的眼泪和悲伤。

"嘿嘿，肉露出来喽，露出来了喽，是我咬的！"只几秒钟，倒在地上的大虎腿猛地抽动了几次，木偶一般坐起来。

他嘴角的肌肉突然猛烈抽动了几下，被外力向面部两边拉到某个极限的点时，戛然停止抽搐，他嘿嘿地边拍掌边笑，迅速地爬上一棵高高的细树顶，坐在树上边叫边笑了起来。因为他知道，雨红爸要是再用力挤压点，就能看到雨红右边胸上那颗黑痣了，每次大虎摸那颗黑痣时，雨红都说那是他们的爱心痣。

"嘭，嘭。"那夜大虎一直站在村里最高的树上，每隔几分钟就抢起两个铁锤一般的拳头，猛烈地砸着胸口，如只发怒的大猩猩，一边锤打，一边绝望地流下滚烫的泪水。

他咒骂苍天，苍天沉着苍白的脸色，选择沉默；他脚踹大地，大地一声咳嗽，吐还他一身灰。

天空沉着寡妇脸，江面如长了毛一般往上升腾着雾气。但凡死人时，江面总是阴沉沉的风也惨呜呜地刮，整个江面"咔咔"地颤抖着，像一块快要破裂的大玻璃。

雨红死那年二十二岁，比大虎小两岁，一个黄花大闺女没经过他这个最爱她的男人的同意，带着他们的骨肉，在第二天的上午被她爹偷偷埋进了后山的土里，埋得那么匆忙、偏僻，家里已经买好的爆竹没有为她炸响，送给远方亲戚的请帖也已追回，她穿上了她娘亲手为她做的那件新婚衣服，梳好了辫子，扣紧了衣领，躺进了她娘用秋收的第一篮棉花，特意为她定制的几床崭新的新婚被褥上，被子很暖和，却怎么也不可能焐热。

这张被子，在启用的那天晚上她身边应该还睡个男人，可是这个刚刚挖好的窄窄的山沟里，只能容下她孤单的一个身影，连翻个身都不行，更睡不下她心爱的男人。

天蓝蓝，草青青，这个一笑就有对称彩虹的女人，从此再没有男人在她的天空打雷，她的天空从此将再没有云彩，她的彩虹随着躯体深埋进了土里，来年她的坟头上将开满山花，她将以另一种方式绽放，可是那时的她为谁而香？

一缕缕阳光从斑驳的树阴间折射进来，被打碎得七零八落，摇晃着，散乱地落在脚下，满地都是碎金。

雨露给姐姐磕了三个头，额头上，嘴唇上都沾上了新鲜的黄土，她跳进姐姐的新家，这个家没有厨房，没有客厅，只有卧室，却没有床，供一个孤独的背影沉睡，没有装潢，黄沙遮面后将永远没有灯火。

她弯腰将姐姐脖子上闪亮的项链摘了下来，戴在自己脖子上，金属贴到肉一刹那间疯狂的吸收热量，如个被冻坏的孩子，找到了温暖的怀抱，贪婪得吮吸。那般股凉，刺得她心寒。

她抬起头，一缕阳光刚好打在她脸上，将她眼角渗出的一滴滴泪珠染成金黄色，"噼噼啪啪"地往下落，在熟睡的雨红脸上摔成无数个碎片，再重新聚集，滑落进新被褥里。

铁锹扬沙，黄土遮面，雨红背对黄土，面掩黄土，左肩是黄土，右肩是黄土，她在青松下、野草里闭眼睡去了，如躲猫猫一般，藏进了大山的怀抱里，没再出来，隐身在黄土堆里，一点一滴溶进故乡的水土。

"叽叽，喳喳。"一股纸钱燃起的浓烟，熏得几只山雀打着飞旋，很不高兴地飞走了。

两座小土堆并肩而立在张公山的怀抱里，一高一低、一大一小，一个覆盖着崭新的黄土，一个已被翠绿的花花草草占领、点缀。世界就是这样的无奈，他们姐弟一样的命运，一样的归宿，小带兵再也享受不到他爹百般疼爱，雨红再也不用担心她爹用满是刺的野橘子枝抽打她。

原来得到爱是一种负担，失去爱更是一种揪心的痛。

世间有大爱，更有大悲！人生就是在这样的得与失中被反复捶打、侵蚀，变得千疮百孔。

浮萍漂泊，有水陪伴，可以水中生根，雨红一路漂泊，无处是岸。

天有阴晴，有四季更迭，可以冷暖人生，大虎四周黑暗，无处透风。

那天一上午，大虎都在敲雨红家门，可是都没人开门。下午他再去的时候，她家门口多了几个泥瓦匠，正在拆她家的门，一个穿着道士服装的人正在她家屋前屋后到处仔细地测量、查看，最后那个道士认定她家的门相不好，朝错了方向，挡了祖坟排水口，所以她家多水，两个娃子都淹死了，要修改，换个角度，不然她家二女儿也不一定保得住。

雨红爹铁青着脸，亲手将一面小铜镜镶嵌在改了门向的大门头，磕头、烧纸、再祭拜。

那面铜镜闪着金光，将一面拳头大的光束反射到雨红家门前的打谷场上，大虎一有空就躺在那束光圈边，沿着光束来的方向看去，能看到金光闪闪的另一个世界，那个世界里有他的雨红，挂着他们的定情物，一枚金光闪闪的项链，一路向他走来。

雨露在家，傍晚大虎进屋找遍她家每一处角落，都没有雨红的身影，只是雨露脖子上挂的那串闪光的项链让他感觉很熟悉，大虎仔细地端详着雨露的脸蛋，他能百分百确定眼前的这个小丫头不是他已经挺了大肚子要迎娶的老婆，他失望地摇摇头，寻了几圈，又疑惑地看着她脖子上的项链，若有所思，最后他急匆匆地去大塘埂上寻找了。

"你们有没有看见我家的媳妇雨红，一大早拎一篮子衣服去大塘边捶衣服，到现在还没回来。"从那天之后，整个村子的人走路都让着大虎，他见人就问，总是那么急匆匆，站着手脚都抖动，生怕错过了时间落下什么事。

雨露消瘦了很多，她一如既往地跟在大虎身后，默默地流着泪，晚上去大虎的山洞里帮他照顾娃娃鱼。已经完全长大的雨露和姐姐仿佛是一个模子刻出来的，连大虎这位未来的姐夫都分不清，有时对着阳光看她的背影，大虎有种感觉雨红没死的虚幻。

"丁小气家大女儿死得实在是太可惜了，还没正式结婚呢。"丁大炮一次午后咽嘴和一帮人谈心，话音刚落，就被躲在一边的大虎用砖头拍得大脑门子狗血飞溅。

"谁说我家雨红死了，她去捶衣服了，你敢惦记我家的雨红，我早就要送你的命了，就算是阎王惦记我都打得他老妈都不认识。"大虎一路叫骂着，拎着块已经拍断裂了的半截砖头，从村头一直找到村尾，他现在是个武疯子，稍有刺激就会上演全武行。

"不怕遇到龙，就怕遇到虫。"大虎整天嚷嚷着这句口头禅，没想到竟然成了村里那些好斗小伙子引用的名言。

"你家的雨红被大塘里的水鬼拉下去淹死了，别再发武疯子害人了。"丁大炮捂着流血的头，一路哇哇叫着逃走了。这家伙在山里红乡是狠角色出了名的，从来吃不得一点亏，这次遇到对手了，大虎是他的克星。

原来傻子躯体里生长出的爱情花，没有缠绵的情话，却一样有蔷薇、杜鹃、茉莉花的芬芳。

村里人都说张家二儿子疯了，致富小能人，一个已定亲快做爸爸的好男人，突然就疯了，从天堂掉到了地狱，变成极度有攻击性的恶魔。每天从早到晚，从晚到早，他都坐在大塘边的柳树上，眼睛一动不动地盯着水面。他在等那个要了雨红命的水鬼，要她给雨红偿命。村里那么多姑娘小子，为什么偏偏选他心爱的女人？

大虎已经想好了，抓到了要打它23个耳光，然后活活掐死，再吊在雨红的坟前鞭尸。

"虎仔，回家吃饭了！"一天他爹带着命令似的叫大虎回家，因为他一坐就是一整天，不动不眨眼，也不知道饿，嘴角总是挂着得意的冷笑。

其实每个人心里都有一个监狱，可以把憎恨的人关进去，咒骂、鞭打。

大虎的胸膛里关着一头野兽，饥饿、寒冷、酷热，对他的神经已失去了控制力，当他是个疯子时，浑然是两军对垒时的武士，手握稻草都是剑，人挡杀人，佛挡杀佛，身后只站着一个心爱的女人，却敢面对全世界做一千次的冲杀。

从那个清晨开始，大虎看任何东西两眼都会瞬间聚光，卖猪肉的说这是杀气，连村里的狗原来见他还敢翘尾巴、跟几步、狂吼几嗓子，来几次乡村好声音，引得一帮好事的小母狗为它们转身，现在全村的狗都去邻村逃荒避难去了，因为大虎曾当着它们的面，把村里狗恶霸秀秀家的大黄按倒在大塘里，肚子喝膨胀得像是怀了孕。

"爹，水鬼！那只水鬼就躲在那边的柳树根下，咱家的叉样你藏哪里了，我怎么找不到。明天晚上我就躲那，嗯，就躲那里，等这个该死的水鬼一探出头，我就一叉样要了它的命。"大虎牙根磨得"嘎吱嘎吱"响，眼睛始终没离开过水面，因为他知道，这些天水面下也有双眼睛一直在盯着他，无数个午后，那双黝黑的眼珠就在柳絮的阴影里，和他对视，眼珠如地上弹的玻璃弹珠，滴溜溜地乱转。

大虎搬起石头猛砸下去，水猴子翻身不见了，不大一会从远处探出小头，竖起中指，边挑衅、边鄙视他。

"你给我回家，你个武孬子。"那天爹当着全村人的面，一路拖拽着大虎回家了，后来他家的大门就多了一把大锁，但大虎爬上屋顶，眼睛还是没有离开那个水面。

老人说被水猴子拉下水的人，一年后就会化作一只勾引人的水猴子，大虎期待一年后，被那只水猴子拉下大塘，那是雨红来接他。

从那之后，每次下雨一看到天上的彩虹，大虎就坐大塘埂边笑，那是他的雨红想他了，想得都红了天。

十八

幸福来得太突然，以至于小美每天晚上回家都要细细回味，像头反刍、倒嚼的牛。

终于见到了楼下的老张头，根本没有传说中的恐怖，很普通的一个老头子，扔人群里立刻就淹没了，不过，这位大爷女人缘却异常的好，每天晚上他小店门口，简直就是老年文化宫，一帮老太太把他当成偶像，天天跟着他跳广场舞。

小美像是得了花痴症，把自己关在屋里，穿件紧身内衣，有空就对着镜子练，她喜欢一个人看着镜子中丰满的样子，她告诉阿峰说要将自己训练成舞霸，要和老张头PK！

这天阿峰晚上赶过去的时候，天已快黑了，远远地就见老张头家的小店前聚集了很多人，三五成行地整齐排列，走近一看，是一帮老太太，都穿着整齐，手拿折扇，随着广场舞的音乐，踩着鼓点踏着轻快的步子，一步一跳，一个鼓点一扭屁股，跳得别提多欢快。

老张头正站在人群最前排，头发上沾了些水，梳了个精神的背头，穿着一件紧身裤子，屁股勒得翘翘的，初看还真以为是个要参加比赛的跳国标舞选手。他手里牵着一个女孩的手，天色昏暗，看不清姑娘长相，但阿峰从那姑娘跳舞时胸口的饱满程度以及上下弹动的幅度、韧性和脚掌随音乐的弹速判断出来，那个扎着马尾辫子的身影绝对是个二十多岁的姑娘，这就叫青春，连背影里都有火热的温度，透着朝气。

"你的脚步流浪在天涯，我的思念随你到远方，如果今生不能与你结呀结成双，来世化蝶依偎你身旁……"音箱里传出浑厚的女中音，失恋一般倾诉人生，老张头刚刚还抱着姑娘跳着缓慢的节奏，可是音乐一变，他立刻如打了鸡血一般，撅着屁股，高举右臂，用指尖的力量捏着姑娘手指，猛地一抖手腕，姑娘顿时被上足了发条，旋转起来。他眯着眼睛，等姑娘转出他一臂的距离，顿时眼睛一亮，立刻一收臂，做了次完美的回拉，像个指挥官一样，姑娘立刻又一抖手腕向回旋转，活生生地被他反锁在怀里。

随着节奏，老张头全身上下都是戏，如舞台上的指挥家，踩着太空步，像是腾云驾雾缓缓而起，高潮时全身抽搐，连抽筋都抽得那么有节奏，那么有型，那么帅气，让人忍不住叫好。只见他双脚在地上轻轻地前后一点，顺着下一个重鼓点，右手一抖，做着走天涯的手势，姑娘已心领神会地从他怀里旋转着出去了，真的像个恋人一样飘向了远方，可在下一个四拍响起后，老张头用力一拽，捏着姑娘的左手，姑娘就又如陀螺一般舞动着泛红的大红裙子，回到老张头的怀抱里，伴着《走天涯》的音乐，真的像对化蝶起舞的恋人。

一帮老太太完全被他们的舞姿压了下去，有点嫉妒似地停下了舞步，假装口渴找水喝。尤其是队伍旁边一老太太看呆了，足足站了十来分钟没动步子，她手里牵着的遛狗绳动了好几次，老太太都没有反应过来，以至于那条小狗急了，翘起后腿，在她的裤脚上尿湿了好大一块，阿峰认得，是六楼那个大妈。

"再见啦！"一曲跳完，姑娘欣然一笑，拂去额头细汗，盈盈而别，转身甩动着马尾辫，款款而来。阿峰闭眼都能猜出来，跳舞的姑娘就是小美。

这个老张头，彻底改变了小区一帮大妈的生活规律，六楼大妈这些天好像也变了，将她家小洋狗关在家里，专门找人定制了一套红表演服，每天跟在人群后面，扭动着肥胖的屁股，一脸嫉妒地盯着老张头跳，盯着她心目中的男神。

"都说这老头是个专偷小女生内衣的变态，你陪他跳舞不怕？"小美一身是汗回到家，阿峰疑惑地问。

"你试过用心去看一个陌生人的眼睛吗？我试过，他的眼里满是对生活的热爱，虽然他生活艰难，小店生意也不好，但他活得很快乐，眼里满是幸福感，这是装不出来的。正常人的目光应该是太阳光，阴暗猥琐的人目光应该是月光，从他眼里我能感受到热度，一份淳朴和真诚，他绝不是什么变态。"小美相信自己的眼睛，虽然这双眼睛复明才几个月，她根本不相信谣言那些鬼话。

为了便于联系，阿峰特意用几个月的工资，给小美买了个手机，并请假带上她坐车直奔省城，去看看大都市的摩天大楼。

他们趴在天桥上看不喜的车流，看喧闹的人群，上下班如开闸放水，如蚁巢忙碌，从各个路口涌进主道，从天桥下川流而过，奔涌而去；他们坐在铁轨上感受远处奔跑而来的火车喘息，像斗牛一般，吓得尖叫着躲到远远的一边；他们托着下巴在公园里看贪吃的河马，和它对眼看谁更萌，学着它憨厚的样子，甩着尾巴相互排便便，宣泄愤怒。

"小美，你们跑哪里了，下午必须回家！"中午吃饭的时候，妈妈打来了电话，小美以为她会温暖地问候自己，可是那边妈妈略带责备的责问声让她有些陌生，不知道是怎么了，近来她们母女的火药味越来越重，自己已经大了，出来玩玩没什么过分啊，小美气呼呼地挂断了电话。

"我妈是不是受了什么刺激，自从我手术成功后，就跟我过不去，烦死了。"小美宣泄不满。

阿峰见小美沉着脸，牵着她有点冰凉的手去了游乐场。

终于坐上游乐场里的旋转木马，小美一直幻想木马上的爱情，如蝶比翼上下翻飞，也许是妈妈的质问影响了她的心情，一坐上去却是另一番滋味，两匹马代表两颗赤诚的心，只在擦肩而过的距离一直追逐，虽近在抬手的距离，却永远不能再靠近一点点。

"峰，我这是怎么了，已经圆梦了，该开心了，可心里总是感觉还有个疙瘩没解开，生活是流沙，我怎么也抓不住。"当木马停止转动的时候，小美哭了。

原来旋转木马就像是人生，开始有音乐，等到音乐结束了，木马也就停止旋转了。

人生的开始就是一段美妙悠扬的曲子，中间有着欢笑、泪水或是幸福，等到音乐终止的那刻，似乎又回到了原点，同样的落寞，一样的轮回，在起伏中旋转、感动、停下，然后再开始，似乎这就是人生，扑朔迷离！

"小美，你们在哪里，妈妈打车来省城了，来接你，你和我一起回去。"快天黑的时候，小美再次接到了妈妈的电话，只几句话，让她愤怒的情绪彻底爆发了，小美猛地摔了怀里刚买的挎包，满脸泪水，头也不回地就往街的对面跑去。

"笛笛，"大街上的汽笛声一起愤怒地抓狂尖叫，紧急刹车的声音很刺耳，拥挤的车流很快就拥堵了，喇叭声响彻一街。

阿峰追上去，慌忙一把拉住她，并打电话告诉小美妈妈他们具体的位置。

那天回家的路上，两个女人如同敌人，谁也不开口说一句话，阿峰从司机师傅那里要了根烟，狠狠地猛吸了几口，烟絮弥漫，麻醉躯体神经，他看着窗外疾驰而过的风景发呆，身后的小美看着他的轮廓也在发呆。

自从睁开眼看世界，小美总感觉两只眼睛里有叠影，有时迷迷糊糊，有时很清晰，穿着长裙，那是个女孩的身影，身材高挑，体型丰满，一定很漂亮。听说人死之前，最后看一眼的影像会留在瞳孔里，公安常用这种常识破案，自己的眼膜里常飘过一个女孩，那她一定是这对眼角膜主人所爱的人，他爱她的心虽然已经化着了土，可是眼角膜的细胞却有记忆，死死地记住了心爱的人，刻下了她的情影，反复播映。

车驶进了一条长长的隧道里，眼前顿时有几秒的黑，小美闭上了眼，仿佛回到了失明时的过去，两行滚烫的热泪从面颊翻滚而下，如火柴摩擦火柴梗，有种要燃成一堆火的愤怒。那时幻想的爱情多么唯美，面对现实时，人就是墙头的一株草。

人生就是一段隧道，有光明，有黑暗，但前进的方向应该是自己把握才对啊，可小美却感觉不到她的人生方向在哪里。

回到家，又闻到一股淡淡的鱼腥味，小美妈妈做了很多她喜欢吃的菜，可小美一筷子都没动。

"小美，你已经长大了，有些话妈妈直接跟你说吧，阿峰考上了大学，现在有稳定的工作，你虽然复明了，但你没有工作，妈妈给你看病，也花光了所有储蓄，你们在一起不合适。"小美妈妈堵住要进自己房间的小美。

"我们在一起合适不合适不是你说了算，阿峰如果喜欢我，就不会介意我没上过大学，不会介意我没工作，更不会去比什么贫穷富贵！妈妈，我长大了，有自己追求爱的权利了。这么些年家里常来男人，你以为我不知道吗？我眼瞎心不瞎，你守寡需要爱，这本来就不是什么丑事，爸爸那么爱你在那边更不会介意，只要你过得好没什么不可以，没必要怕别人说三道四。"小美回身瞪圆了属于自己的眼睛，在爱面前她寸步不让，浑身毛发竖起，如只斗鸡。

"不管怎么样，我就是不同意。"小美妈妈强势回应，两个女人那夜谁也不谦让谁，吵了半夜，生了一夜的气。

阿峰很争气，很快成了医院的顶梁柱，小美失明前和复明后的照片也被医院到处做广告，连偏僻的乡下都张贴了。广告效应很快就有了效益，有大批的患者慕名而来，不光只是治疗眼睛，更多的是点燃心灵，幻想能像小美一样一夜成蝶，这让小美找到了自己的存在感，更坚定了她追爱的信心。

这天小美应特教学校的邀请，去学校做义演，本来她以为会在教室里交流，可是一到学校她呆了，没想到学校将活动开展得很活跃，在教室外临时搭了个简易的舞台，台上不光摆满了各式的花，还摆上了她那台最喜欢的脚踏琴，舞台下黑压压地挤满了人，她一上舞台底下就立刻爆发出雷鸣般的掌声。

小美有点受宠若惊，很不好意思，以前她也是台底下的一员，没有融入社会，却一下子就融入了这个特殊的大家庭，一个个同学单纯得似乎都是同一种颜色，问候都是暖心窝的一个调。

现在转换角色，他们都用羡慕崇拜的目光看她，却让她顿时感觉拉开了距离，有时她刻意地走近他们，可是他们有意地后腿几步，永远走不近，就像旋转木马。

依然能闻到很多熟悉的味道，可用眼再去看时，却是一个个陌生的面孔。虽然他们长得都很丑，很多都有肢体残疾，可小美能感觉到他们那双灼热的眼睛，紧紧地盯着自己，里面有崇拜、瞻仰，可她不喜欢被人当花瓶一样地看。

抚摸键盘，屏住呼吸，打开心扉，台下顿时鸦雀无声，小美弹了首《化蝶》，手指拨动，风起琴响，如开闸放水，滋润台下一颗颗干涸的心，大地复春。

她那纤细的十指，在黑白的键盘间随着节拍，上下跳动，舒缓而又缠绵，带着淡淡的凄凉，那一起一伏的琴键，好像一字一句地诉说着梁山伯与祝英台化蝶后比翼双飞的幸福与快乐，又有不能在人间朝夕相处的酸楚和愤恨，人世间的恩怨太多，两个痴情人为人不能爱，只能化蝶，用默默的飞舞，不离不弃的相伴，誓言忠诚，祭奠爱情。

小美闭上眼睛，美妙乐曲宛如山涧溪水，从她指尖流出，她好像看见了一对彩蝶，翩翩起舞，在百花丛中追逐嬉戏，好不惬意。那翻飞的翅膀，时而闪离，时而交集的舞姿，把他们深深的感情淋漓尽致地狂泻着，展示着，震撼着，那些娇艳的花儿，使劲地绽开每一朵花瓣，迎接爱的王子带着王后的身影翻飞在她们的花蜜中，尽情享受化蝶后的人生。

"再来一曲。"一曲弹罢，台下掌声雷动，几位耳聋的同学仿佛听到什么，瞪圆了欣喜的眼睛，抢起巴掌使劲地拍。

那天小美成了绝对的主角，一连弹了很多首，她把心里所有的郁闷、期望都和琴作了倾诉。

结束的时候，台下涌上来很多她的粉丝，一个个争抢着要合影，小美一一满足，她没觉得自己是什么明星，只是运气好有这些可爱的同学，运气好有人捐了眼角膜，运气好长得漂亮点而已。

"咿呀呀。"一个矮个子男人推了辆轮椅车，轮椅上也坐了个人，他们一直站在人群外，直到人群快散的时候，才有机会挤进来，那个推轮椅的男人用手语比划着，想和小美合影。

他俩都戴着帽子，低着头，看不清脸，还没等小美说话，他们脖子已经紧张得见红了。小美闻到了那股淡淡的机油的味道，想起来了，矮个子的就是那个淘粪工，轮椅上的是个修鞋工，原来他们一直是自己的同班同学啊，一直就在擦肩的距离，难怪一直都能闻到那股机油味。

"听说你眼睛好了，要来我们学校慰问，我俩兴奋得这几天一直没睡着，他还一天洗三次澡呢，就是怕和你合影的时候有异味，你真漂亮，能有你这样的同学，是我们的福分。"修鞋工激动得用黑乎乎的手，在空荡的裤管上擦了又擦，想握手却又不敢伸出手。

那双手干裂得全是裂痕，如卫星近拍下的黄土高原山岭沟壑，上面还有很多小针眼，塌陷成一个个黑黝黝的小洞，小洞里有几许永远也洗不干净的机油，闪烁着油脂的光，那些全是修补鞋时扎的窟窿。可能是用香皂洗了很多次，手心的皮肤已经有些泛白了，但手背却依然黑如木炭。

淘粪工站在他轮椅后面，今天戴在手上的那一副雪白的手套很吸引眼球，手套旁边的标签都没有摘，不知道是不是特意去买的，和他黝黑的身体形成鲜明的对比，显得很滑稽，但他紧绷着脸，一脸严肃认真。

小美身高大概有一米七，人家说高挑的女孩气场就像磁场，能将爱慕她的人牢牢吸附无法挣脱，能将仰慕的人拒在三米之外不敢靠近半步。小美明显感觉到自己的气场让他们很紧张、慌乱。

她俯下身，张开怀抱，蹲在两个男人的中间，现在个子和他们一样高了，她抬起头，迎着脸，迎着镜头摆了好几个笑盈盈的造型。

小美和所有漂亮的女孩一样，都热衷于拍照，热衷于留下青春倩影。

"拍照啦，你们怎么总是低头啊，要抬头挺胸，微笑着留下我们友谊的合影！"小美见他们总是低着头，埋怨起来。

两个男人微微抬起头，强作微笑，"咔"的一声，相机将记忆定格。

原来就算是一个礼节性的拥抱，也能温暖男人一生。

小美应付完拍照后，安排人将那台她心爱的脚踏琴从舞台上搬下来，准备抬上车带回家。天已经黑了，小美走下木板订成的简易楼梯，她能感觉那两个男人一直站在台下的角落里，注视着她，这让她有些慌乱和不自在，不知道为什么，自从知道这两个男人是她的同学，她反而有点不自在，总有点怪怪的，就是说不上来。

"轰"的一声，突然她脚下一个不留神，她从一米来高的阶梯摔了下来。

小美脸朝地，以狗刨的姿势亲吻大地，摔了个满嘴灰尘，还好就在落地的时候，她用手臂撑了上肢，保护了她心爱的眼睛没有受多大冲击。她慌忙揉了揉眼睛，还好光明依旧。可是胸口狠狠地摔在了地上，前些天感冒发炎，胸口的炎症大概还没有痊愈，也许是因为和妈妈生闷气，心口总感觉憋了什么。小美感觉胸口一股钻心的疼痛，如被人打了一闷锤，眼前有几秒的黑，一口气憋在胸口，缓了好一会才喘上了气。

"没事，谢谢。"淘粪工一个箭步就冲上来，小美示意没事，弓着腰，上了回家的车。

"她眼睛能看见了，怎么感觉她没以前快乐了。"修鞋工疑惑地嘀咕，被淘粪工推走了，他们好像也被小美传染了，一脸沮丧。

原来心里是空的，就算看遍全世界所有风景也不快乐。

十九

回到学校后秀秀多了份牵挂，她抽空去镇上交了钱，要在家里给爹装部电话，虽然爹多半时间在外放鸭，但家里有电话她觉得心里踏实点。

下午工人安装好电话，爹还没有放鸭回来，眼看要过年了，她盘好头发在屋里打扫，扫去一年晦气，扫干净了好过年。正在忙碌时，突然门缝里一个黑影闪动，一条黑影摇晃着尾巴挤了出来，吓了秀秀一跳，原来是邻居老张头家养的那条看家狗黑妞，才几个月没见就突然长大。黑妞转动着黑黝黝的熊猫眼，样子很憨厚，在屋里转悠了一圈，秀秀特意盯着它的肚皮仔细看了眼，一排野草莓般的乳头整齐排列，丰满而有弹性，这是条青春小母狗呀！

黑妞在屋里寻了一圈，就又从门缝里使劲地往外挤，直至将门完全挤敞开。

远远地一群鸭沿着大塘埂排着整齐的队伍往家走，摇摆着胖乎乎的身体，一路"唧唧喳喳"，像是乡里开选举大会，散会后从礼堂里涌出的人流。

鸭群最前端走着大黄，它昂首阔步，带着它的士兵，巡视疆土。黑妞起初一脸无精打采，看见远处的大黄，立刻就欢喜起来，摇动着尾巴，一路狂奔着迎了上去。等到了大黄跟前，立刻就垂着耳朵，夹着尾巴在它身边转悠，样子很暧昧，一直将大黄迎到了秀秀家门口。

大黄原先还一脸的孤傲，等到了家才停下脚步，伸出大长舌头，在村里一帮狗面前，迎着黑妞的舌头，两个大舌头纠缠在一起，带着口水，反复摩擦，忘情地舌吻起来。

"这些天怪不得天天回村走这条路，你小子天天装得跟老子一样不食人间烟火，感情有私心啊。"秀秀爹走在鸭群的最后面，被大黄甜蜜的秀恩爱亲密举动搞得有点嫉妒，愤愤地骂。

大黄原本只是和黑妞摩擦身体，对个口型，可能是小别重逢了，也可能是被秀秀爹嫉妒的恶骂刺激了，兴奋地嗅着黑妞的屁股，嘴里发出"嘶嘶"的声响，最后竟然抬起前腿，一下子骑到黑妞屁股上了。四周围观的十来条狗本来还懒洋洋地踱步，装着不在意，可一看大黄这架势，一个个扯起嗓子"嗷嗷"地直叫唤，嫉妒加吆喝，抗议加骂街。大黄原先还是试探性地进攻，可有了观众喝彩，更来劲了，两腿强行按住躁动不安的黑妞后背，就要行凶。

"我靠，老丁头，你个老流氓，你家狗欺负我家黑妞了，你眼瞎啦！"玉宝爹本来在家睡觉，屋外狗叫连天，他慌忙下床出门，怕是有小偷。

"嘎嘎嘎。"一群鸭叽里呱啦的像牛蛙发情一样乱叫，边叫还边摆动屁股拉屎，吵得人都快脑出血，玉宝爹没找到小偷，倒看到隔壁家那条没教养的黄狗，天天耍酷、装深沉也就算了，今天竟然在欺负自家的母狗黑妞，是那种非礼性的欺负，这要是人，算强奸，必须坐牢。

秀秀爹一看这架势，有点不好意思起来，自觉理亏，赶忙用手中放鸭的长竹竿驱赶两条缠绵在一起的狗。也许是大黄太过于兴奋专情，也许是不愿意被打扰好事，竟然抱着黑妞分不开了，两条蛇一样的器官纠缠在一起，打了个死结，结成一个蝴蝶结、一个千张、解不开了。秀秀爹越赶它们越急躁，越解不开死疙瘩，两条狗打着圈圈越拽越紧，成了拔河比赛，疼得嗷嗷直叫唤，转悠着小眼祈求看着各自的主人。

"嘎嘎嘎"，一群鸭晃悠着胖乎乎的身体，将两条狗围在正中央，边围观还边旋转，像一群观众在起哄。舞台在摇晃着，观众在摇摆着，鸭叫唤得更起劲了。

"老丁头，你再让你家的狗耍流氓，老子，老子就打断你家野种狗腿。"玉宝爹急眼了，打狗还得看主人，这是在欺负自家闺女。他叫骂着冲进家门，感觉受到了莫大的羞辱，抓了把一人高的竹扫帚，几个箭步就冲到了两狗身边，抬手对着狗屁股结合部位就是一扫帚。

扫帚丝竹签一般，磨得尖尖的，粗细如牙签，有几根一下子就扎进了大黄和黑妞的皮毛里。两条狗全身一抖，一个跟踉倒在地上，打了个滚，爬起来时已经分开了。黑妞夹着尾巴，呜呜低沉地叫了几声，跑旁边躲了起来。大黄伤得最重，屁股上都是血，粘在黄色的皮毛上如面包蘸上了番茄酱。

"汪汪。"大黄第一次眼露凶光，匍匐下身子，露出獠牙，像条饥饿的被惹怒的狼，摆出攻击的姿势。老张头迟疑了一下，但立刻就迎了上去，将扫帚横在身前，额头上渗出细汗来。

秀秀爹慌忙冲到大黄面前，用手里的竹竿连续猛打了它几次，大黄一看是秀秀爹，眼里的凶光渐渐消退，原来竖得笔直的耳朵也耷拉下来，它夹着尾巴，在原地转了几圈，退到一边去了。

"老子早晚宰了你这条野狗下锅，黑妞，黑——妞，回家！"玉宝爹愤愤地骂，像个打输了架的妇女，找个出气筒，大声呵斥正在给大黄添屁股、大腿处伤口的黑妞。黑妞被吓坏了，嘚瑟着身子，迟疑了一下，抬头看了几眼盛气凌人的主人，又看看身边正疼得哆嗦的大黄，愣在那里。

"黑妞！"老张头提高了呵斥的声调，平时乖顺的黑妞竟然没有听他的命令，迟疑着不愿意过来，要知道黑妞是很通人性的，甚至能通过老张头的语言、行为判断出他的心思。有时老张头故意把脚上的鞋子脱了，丢到远处，喊一声"黑妞"，它就会马上飞跑过去，把鞋子叼回来。可是今天是怎么了，他气得都快脑浆迸裂了，女大不中留他知道，想不到他老张家养条狗竟然也变了狗心，而且还跟了个老丁头家的狗，这辈子他谁都能输，就是不能输老丁头。

"黑妞，黑妞！"老张头愤怒地又连叫了几声，黑妞还是那一副迷茫的样子在原地打转，躁动不安，迟疑着不愿意回家。老张头气得浑身哆嗦，上前几步，抡起手中的扫帚柄，使出浑身的力气，向黑妞打去。

"咔嚓"，一声清脆的断裂。黑妞刚刚还在发呆、走神，主人越来越焦虑的呼唤让它很不安，不时地用爪子挠鼻梁，两种气味的选择让它有点神经错乱，突然屁股后一个黑影伴着一股恶风吹过来，让它躲闪不及，打击的巨大冲击力让它一个趔趄，想挣扎着站起来，右后腿怎么也使不上劲了，耷拉着在地上拖动。黑妞连连痛苦地低吼，老张头像是疯了，轮起手腕粗的大扫帚柄追着受伤的黑妞和大黄打。

刚刚大黄被惹急了，还瞪圆了红眼睛，竖起耳朵像条狼一样，但当真面对已经发疯的老张头，却吓得夹着尾巴，转进一边的草丛里跑不见了，身后到处都是被惊扰乱飞的鸭。

晓东用几个月的工资给秀秀买了部手机，机壳的外身是大红的，秀秀特别喜欢，不知道为什么她特别喜欢火红色，她特别向往火烈鸟，幻想在血红的夕阳里，火烈鸟张开翅膀，展示美丽，驾驭蓝天白云，征服山川，那是怎样的一种自豪。

"我看你包里总是放着一部传呼机，外壳都磨掉了颜色，你怎么还用那东西啊，早淘汰了，传呼公司也早停止服务了，就算是有人打你传呼，也没有信号。"一次晓东纳闷地问，问能不能扔了，秀秀慌忙抢过去揣好。

"我一直当电子表用，扔了舍不得。"秀秀支开话题，将晓东送她的手机打开，问他一些功能怎么用。

秀秀几乎每天都打电话回家，爹近期将鸭围在后院，身体状况恢复很好，让她安心。这些天她迷上了韩剧，一看就收不了心，她喜欢每个韩剧里的男主角那憨厚却又很俊朗的外表，还有那傻呵呵地笑，让她有种久违的安全感。

晓东喜欢看书，每次秀秀说到剧情大结局的时候，晓东总是很认真地听，可是秀秀察觉到他眼睛时不时地瞟他心爱的书，这家伙上进心很强，常参加什么自学考试，反正秀秀现在对看书没兴趣。

她已经被时光机器打磨了所有的棱角，变得世俗，以前的精神食粮，现在完全填补不了她内心的孤独与空白。原来觉得世间冷暖全在书本里转化成流感，再将她传染，转化成快乐、忧伤，而现在她怕接触煽情的书，怕她脆弱的心理防线抵挡不了作家勾勒的情节煽动，将她熔化。

"这个星期六我想回城去看看爸爸妈妈，你可以陪我一起去吗？"一次晚饭后，隔着木质墙，当秀秀听到那边的晓东终于开口邀请她一起去看爸妈时，心里突然涌起一股热热的暖流，想哭，这些天他们虽然很少说话，可是只巴掌大的学校，天天就两个大人在一起，而且还是孤男寡女，有时候一个不经意的转身，都能翅膀触碰，四目激情地相撞，连在漆黑的被窝里的一个转身，蝴蝶效应传递很快，能察觉到隔墙那边一颗燥热的心也在翻滚。

他们都在暗暗较劲，看谁先捅破窗户纸，有次上厕所，秀秀故意在里面看漫画就是不出来，她知道外面大风中站着一个呆呆的男主角，憋得团团转，傻样就是在演韩剧。秀秀怀疑是自己韩剧看多了，才喜欢上这个比自己小好几岁的小学弟，而他喜欢上自己，可能是每天早上，她戴着耳机，一个人忘我地在教室后面的树林里跳着忧伤的舞曲，舞动的曲线让他发呆，他说是山里狐狸变的一只狐妖。秀秀不想让自己的身材变得臃肿，不想像个萝卜体型的农村妇女，她喜欢成为男人注目的焦点，喜欢被他们关注、包容。

星期六秀秀起得特别早，下山到镇上做了下头发，做了个拉直，这样显得年轻，剪个刘海人可爱些，这么些年她从来就没在自己的外表上花过什么心思，自然美才是最美，可是最近她对自己没信心 。

女人30是水豆腐，容易变质，这几年光阴流逝，她被自己埋没了青春，现在离这个年纪极限就差一岁了，女人年轻有高傲的资本，一旦过了那个年纪，心里空荡荡的，尤其对心爱的男人没任何底气。

进了曾的家门，秀秀有些紧张，妈妈死得早，她没感受到什么叫母爱，只在爹一棵大树下坚强地生长，风里来雨里去习惯了被冷落，从小在同龄人眼中，她最大的骄傲就是读书，唯有读书能让她自豪地在村里抬头走，像一朵冷艳绽放的花，让他们投来羡慕的目光。

"秀秀啊，你多大了啊，二十九岁啊，哦，比我家小曾大三岁，嗯，女大三，抱金砖，陪阿姨去菜市场买菜吧。"进屋见到曾的妈妈让秀秀很惊喜，很年轻的一个中年女性，保养得还好，不细看还以为只四十几岁，好像在什么厂里上班，还是个管账的会计，眼睛犀利，盯着秀秀上下打量，像是拍片子看到骨头里，让她浑身不自在。

吃过饭，他妈主动和秀秀唠家常，说是聊天，其实秀秀能明显感觉到他妈是在套她的话，像是在买东西比较质量一般，让她浑身不自在。好不容易等到天快黑了，秀秀说明天还要给孩子们发寒假成绩单，必须要赶回学校，拉着曾的手煎熬一般出了他的家门。

"你妈好像对我有意见啊，什么都问，连我上班这么多年存了多少钱都问，教师的工资你又不是不知道，刚够父女俩生活买药。"等公交车时，秀秀有点犹豫，心里忐忑，她很在意自己给曾妈的第一印象。

"我妈就这样，从小到大她什么都管，现在带个女孩回家吃饭，她当然兴奋了，管是好事，说明在乎你。"晓东几句话让车上的秀秀一路甜到了家，一直觉得自己还是个孤独的孩子，突然船靠岸定居，停止漂泊，原来家的感觉这么甜蜜。

这几天降温很厉害，天还没彻底地黑，路面就结了冰，车在崎岖的山路上开得像条冻僵的蛇机械地游动，秀秀依偎在曾的怀里，车颠簸得很厉害，不时遇到危险的路段吓得乘客大声尖叫，可秀秀蜷缩着身子，钻在她的爱情被窝里睡得特别香甜，她已经很久没有这种久违的踏实感了。

前排一妇女带着一个五岁左右的小女孩，也是去他们所在的乡镇，交谈中妇女说自己老公也是个老师，她们是去看望老公的。那小女孩眼睛很亮，扎着山羊辫子，穿着美羊羊的外套，显得特别可爱，秀秀幻想着，下半年要是能生个这么可爱的娃娃就好了。

回到学校，已经是晚上十点多了，四周一片白茫茫，入冬的第一场雪将整个大山漆成乳胶色，连上山的路都没放过，秀秀几乎是被曾扛着架上山的，飞旋的雪花在两边的悬崖绝壁中追逐、飞舞、穿梭，嫉妒一般钻进她单薄的衣服里，施暴一般吮吸她的体温。

住在四周银装素裹的小木屋里，视线所能搜索、触及的范围内都被白雪点缀，如住进童话里，秀秀感觉自己这朵封闭了多年的梅花，终于在这个夜晚打开心扉，吐露芬芳了。

"这场雪下得太突然，你还没带厚被子吧，今晚就住我这边吧，别冻着了，明天发完孩子们的成绩单，我们还要下山帮我爹杀猪呢。"秀秀说完这几句话，长出了口气，赶忙回身假装做事，她瞟了眼曾，却见他早就红了脸在那里支支吾吾，手不知道放哪里，简直就是个不用背台词就能入戏的韩剧小木瓜。

四周很静，从树林里散发出的这个时令特有的温馨气息弥漫了整个小屋，混杂着被窝里的另一种汗味，那是一种源于生命本身的最原始也是最自然的气息，让人嗅着有一种通体舒畅，飘飘欲仙的感觉。

秀秀在这种气息的熏陶下感到很舒坦，有一种骨骼、静脉都彻底放松尽力舒展的惬意。屋外天寒地冻，屋内两个人焐的被窝却燠热如夏。当曾试探性的用手去解秀秀的胸衣时，她侧过身拒绝了，摇摇头说没做好准备，这些年心就是深埋在地下的一颗种子，被封土冰封，等来春吧，来春这件衣服她自己来脱。

晓东没有说话，还是一如既往地害羞，不同的是抱得更紧。

秀秀一觉睡得很酣甜，早上一睁眼，学校里来领成绩单的学生早就到了，大雪已封山，可这些山里的娃子们就是下子弹，照样一个不落地准点来上学。她刚洗好脸、刷好牙，曾就将成绩单发放完毕，抓上秀秀就深一脚浅一脚地下山了。

"你爹为什么非要我今天去你家做客啊，杀猪要我帮忙，我可连鸡都不敢杀！"路上曾有点疑惑地问。

　　"人老了就怕过年孤单，你没发现你去我家他特别开心吗？"两人手牵手一路说笑着下了山，两边风景如画，佳人画中行，真是别样情趣。

　　上了公路，前面拐弯处熙熙攘攘地走来一群人，穿着红红绿绿的衣服，显得特别喜庆，中间簇拥着一对新人，新娘一身洁白，路边白雪映衬，纯洁如玉，今天大雪封路，看来新娘要步行去结婚了。

　　秀秀特别羡慕那一身洁白的婚纱，那是女人一生穿的最漂亮的一件服装，为了能陪衬得起婚纱，女人甘愿在这么寒冷的冬天，裸露上身，现出乳沟，就是为了对爱宣誓。她瞟了眼风中轻舞的新娘，面颊红润，身材高挑，体态丰满，是个标致的美人，肯定是城里的娃，山里泉水孕育不出这么娇嫩的脸蛋和皮肤。

　　"新娘是不是比我美，现在后悔还来得及。"一边的小曾不时地用眼瞅新娘，秀秀有些嫉妒了，试探性地问。

　　"因为有爱，你永远是最美的。"晓东不怎么会说假话，这话让她听着特别舒服。

　　刚刚一群人赶超过去的时候，有个男的一直扭头盯着秀秀看，秀秀惊喜地抬头去找，可那群人走得很匆忙，已经进村了。

　　"要是村里年纪大的单身汉今天结婚，娶到媳妇就好了，他们最可怜。"秀秀觉得他们才是最可怜的人，别看天天吹牛说一人吃饱全家不饿，可谁都知道他们那是嘴硬，是典型吃不到葡萄说葡萄酸。

　　到了家门口，秀秀爹带了几个亲戚正在打扫门前的积雪，已经扫得很干净了，隔壁玉宝家不知道怎么了，屋里、门口都挤满了人，爆竹声不断，直到这个时候秀秀才恍然大悟，今天是玉宝结婚，爹一个多月前就打招呼叫她领小曾回来吃饭，难怪在回村的路上偶遇迎亲队伍，她感觉有人扭头偷窥她，原来那人群中一双熟悉的眼睛是他，是那个给了她一万个承诺，却欠一个担当的人。

　　秀秀觉得对他的爱，已经全部随着马桶水一起冲走了。

　　"在这边，快过来。"老丁头手里拎着一袋子石灰粉，一大早门前还是雪白的一片，可隔壁家亲戚一来，全给踩成稀巴烂了，没有一点雪的颜色。她爹沿着自家墙向门前的打谷场辐射打石灰线，见秀秀领着晓东过来，大声地招呼他们赶紧过来帮忙。

几个亲戚已经将家里一头接近三百斤的黑猪抓住了，四角朝天地按倒在地。秀秀张望着寻找大黄，这个家伙不知道带着黑妞跑哪个草垛里熰被窝去了。

"哇哇哇"，那头平日里懒得走路都迈唱戏步的肥猪，被揪了耳朵怎么也不肯翻身，挣扎着水桶一般粗的腰，在地上打滚，像个撒娇的孩子，可一见秀秀爹回家手里拿着一把闪着银白光亮，足有半米长的放血条长刀时，立刻瞪起了眼珠，翘起头激烈地挣扎，并发出撕心裂肺的哀嚎。

"张玉宝，你愿意取胡如梦小姐为妻吗，愿意照顾她一辈子吗？"隔壁玉宝家几个愣头小亲戚正在捉弄一对新婚人，索要进门礼钱，堵住门不让他们进去。

"哇哇哇。"黑猪发疯地挣扎，绝望地嚎叫。

玉宝家客人正围坐在桌边，准备吃喜酒，被这头鬼哭的猪吵得纷纷放下碗筷，向这边张望。这结婚和猪嚎叫搅和在一起，总有点不和谐。

"丁老头，你这是什么意思啊，我家今天娶媳妇，一帮亲戚正在吃喜酒，你家今天杀猪我不反对，但要杀你就快点杀啊，别把个猪绑了拿把放血条吓它鬼叫，这样我家客人怎么吃喜酒啊！"玉宝爹气呼呼地跑到秀秀爹旁边埋怨，他这些年已经发福了，体型像个不倒翁，一跑就呼呼地喘气。

玉宝爹开始还很盛气凌人，可一走近秀秀爹身边，见冤家手里拿了把雪亮的放血条，瞪红了血红的眼睛盯着自己，吓得倒退几步，退到刚刚打的白石灰线后面去了，那是他们两家的地界线。

"我杀我自家的猪关你什么事啊，难不成给猪买个口罩戴上啊，你家院墙修得一楼多高，像鬼子碉堡，考虑别家感受了吗！你看这畜生，以前见到我夹尾巴跟屁股后面讨好要吃的，等长肥了见到我招呼都不打一声，还装老板，天天早上天没亮还学城里人唱歌，你个忘恩负义的，你叫啊，你叫啊，再叫老子就白刀子进去红刀子出来。"秀秀爹拿把明晃晃的刀敲打猪头，吓得这头就知道吃了睡的肥猪一个劲地翻滚、挣扎，屁股撅了几下，挣扎出一坨坨大便。

老张头气得脸色如上了色的猪肝，可今天儿子大喜，他又不能当着一帮城里亲家、亲戚面和隔壁的冤家干一仗，那正中了这老家伙的计了。

"大爹，来我家喝杯喜酒吧，远亲不如近邻哦，多双筷子热闹哦！"这时候玉宝新婚媳妇已经换了婚纱穿上了一身红的礼服，挽着一身西装的玉宝过来了，说话的声音很甜。

玉宝个子没变，可魁梧成熟了许多，一晃也有十来年没有回家了，轮廓还没怎么变，但让人陌生。他见到秀秀爹，低着头不说话。他身边的新娘却很大方，满脸堆笑，一口一个爷爷的叫，手里抓了一大把喜糖和一包香烟往秀秀爹怀里揣，声音甜得滴得滴蜜。

秀秀和这个叫如梦的姑娘对了次眼，双方好像都从对方的眼里读懂了点什么，又好像什么都没有搞明白，必须要死死地盯着，才能看清对方面目，看清那张陌生的面孔，将对方铭记。

"姑娘，喜糖、喜酒我不需要，人恶不欺邻，我就是为出口气，你们结婚去吧，我杀我的猪，曾老师过来给我搭把手。"秀秀爹见到这样贤惠的小媳妇，气顿时消了许多，抬手不打笑脸人。

曾老师一脸茫然地看着他们吵嘴，见秀秀爹叫他，慌忙跑过去。秀秀抬头主动去寻找那双熟悉的眼睛，人还那人，心已不再是那颗心，玉宝赶忙侧过头，目光主动躲闪，不敢和秀秀触碰，因为他欠着这个女人太多东西，还不起干脆就耍赖不还了。

就在他们新婚夫妇转身往家走的时候，秀秀从怀里掏出了那部已经完全掉色的传呼机，对着那个熟悉的背影狠狠地砸了过去，然后迅速转身帮爹杀猪去了。

也许是人群太嘈杂，也许那只怕得要死的猪叫声太过凄惨，吸引了大家的注意力，竟然没有人注意到秀秀用块火柴盒大小的传呼机砸了新郎，两家丝毫没有察觉到小插曲，照样招呼自家的客人。

扔出那东西，秀秀感觉轻松了很多，再不用每晚看着那黑匣子发呆一夜，孽缘扔了，肿瘤割了，结束了，就是自己重生的时候。

晓东按住猪头，只见秀秀爹阴沉着脸，挥舞手里足有半米长的砍刀，看准部位，手起刀落。

"噗嗤"一声，血顿时喷了出来，吓得玉宝赶忙将新媳妇护到身后，硬拉上被溅了一身猪血喋喋不休的爹回家陪客人了。

"哇哇哇"，那头猪全身如过了电，极速地颤抖，眼珠子瞪得比桃子都大，几只脚蹄在地上狂蹬，断气后地上一摊鲜血渐渐聚集，不一会就变成一大摊，灌满那只猪临死前用脚刨挖的几个洞。

"晓东啊，没见过农村杀猪吧，今天就让你见识一下我的刀功，看好了哦！"秀秀爹得意地蹲在地上，见猪不再挣扎，将手里的长刀换成了一把雪亮的剔骨刀，抓过一条小板凳坐下，用刀尖对着吃得鼓鼓的肚皮只轻轻一划拉，"扑哧"一声，撑得圆鼓鼓的肚皮就如拉链一般开了一道缝隙。

"啪"，一个气泡从肚子里冒出来，遇到空气慢慢变大，最后炸裂成一团吐着热气的气团，渐渐散开、消失。一股泛着乳白色的油脂和一节节盘绕成一团的肠子，一股脑儿从缝隙中挤出来，挤成一堆喧闹。一见那肠子，秀秀爹眼睛顿时一亮，如灯泡通了强电压一般，那把雪亮的小刀在他手里像是有了灵性，上下翻飞，穿云破雾。刚刚还包得紧紧的一肚子肠胃，像是打包好的刚收到的包裹，打开了塑条，被他签收，一一在他面前摊开。

秀秀爹切刀口的位置很有讲究，就在猪的肚脐眼下一指处，口子大小也就一拃，内脏掏点整理点，不沾脏。也就一个来小时，本来还鼓鼓的肚子，已被秀秀爹掏成了一口空麻袋。他身边的柳框里，猪内脏被一一掏出来，整齐地叠放在一起，像准备入柜的被子。由于猪死还没多久，大小肠还发散着热气，像煮熟的饺子。晓东不知道怎么形容秀秀爹的刀法，但他那把锋利的小刀没有对大小肠有丝毫损伤，因为现场闻不到一丝屎臭味。

"好！好刀功！"围观的亲戚发出一阵感叹。晓东挤在人群最前端，刚刚秀秀爹那一刀捅进猪脖子，场面着实把他吓得够呛，但好奇心还是战胜恐惧，秀秀爹像是在表演节目，周围的人都被征服了，都在看他专心致志地顺着猪每一条经脉，像拆解零部件一般将一头完整的猪一点点肢解，分离。

"临行喝妈一碗酒，呀，呀，呀——过瘾哪——"秀秀爹溅了满脸的猪血，他用手在脸上一抹，成了个红脸关公，提着那把刀，亮了一嗓子，摆了个架势，来了个亮相，的确是飒爽英姿。

"好！"秀秀家亲戚一个个被征服了，鼓起掌，一边的玉宝家一帮亲戚一脸茫然地看着这边，他们是来喝喜酒的，看这架势，隔壁家在抢戏。

秀秀扔了那个传呼机就躲进了家里，可还是忍不住从自家的窗户里往外窥探，她怕爹脾气暴，和人家打起来就不好了，还好没起什么冲突。

再次见到那个恨到骨里的人，看到晓东和他一比，她心里立刻就平衡了，现在的玉宝个子没晓东高，长得没晓东帅气，气质跟晓东没得比，她不知道自己怎么就深陷那么多年不能自拔。

原来所有的初恋都是盲目的，都是一叶障目！

听亲戚议论，秀秀才知道，玉宝退伍分配到一航空公司开民航客机了，这次还真娶了个空姐，脸蛋粉嫩的、个子高高的、屁股翘翘的，的确是个大美人，难怪他爹整天见人就吹嘘她家媳妇长得比画的还好看。

"看那前面黑洞洞，定是那贼巢穴，待俺赶上前去，杀他个干干净净——哎呀呀——"秀秀爹将猪庖丁解牛般大卸八块，借着猪肚子里还散发出的热乎乎的水气，他浑身燥热起来，挥舞着手里的长刀，在门前的空地上又亮了一嗓子，还走起了台步，气得那边正在喝酒、划拳的老冤家从家里探出头来，恶狠狠地瞪着今天特意找麻烦的冤家。

晚上秀秀忙了一桌子热乎乎的菜，今天看得出爹特别的高兴，还特意要求晓东陪他喝几杯，作为女儿，从来没陪他喝过哪怕是一顿酒，父女俩之间一直隔了条河，无法跨越，每次回来都是匆匆吃上几口，就进自己房间了，形同路人，而今有晓东在，家里一下子就温馨了许多。酒过三杯，爹刚刚好，晓东已经成红脸关公了，身体摇晃着快坐不住了。

隔壁的喜酒在喝得正酣，说笑声、划拳声一浪高过一浪，快要将秀秀家的老屋震塌。

"爹今天晚上去找几个老家伙打牌，你们就住在家里吧，别看隔壁家结婚爆竹响，等秀秀结婚了，爹买一汽车爆竹放，到时炸倒他家院墙。还有爹这些年的积蓄和放鸭存了五万块钱，等你们结婚了，或是准备在城里买房子，爹这钱算是秀秀的嫁妆。"秀秀爹丢下这句话，哼着小调出了家门。秀秀暗自感叹爹变了，以前她不管在哪里爹都看得特别紧，生怕女儿吃亏，现在主动留曾在自家过夜，自己主动出门，不在家打扰他们。

晓东其实也不小了，都二十六岁了，只是因为秀秀比他大，被关照多了让他很不自在，今晚和她爹拼酒，的确很过瘾，但乡村的酒便宜，都是勾兑的，一停下来，才发觉地动山摇，头疼得厉害，快要开裂，仿佛有个人拿个大锤子在脑子里锤石头。

秀秀把晓东扶到自己的床上休息，刚一转身就被他猛地跳起来扑倒在床上，隔壁喝喜酒的人刚刚散去，还能听到大宝爹驱赶闹洞房的亲戚，轰两小夫妻回房去休息关门的"嘎吱"声。

"轰，轰"，身边的墙上传过来轻微的撞击声。

当晓东将她压在身下时，秀秀满脑子都是记忆中的那间存放体育器材的小黑屋，身下睡的还是那张满是灰尘的海绵垫，女人的躯体依旧，只是男主角睡在一墙之隔的那张新床上，那个曾经在她春天的河床上播种，抛洒下无数小蝌蚪的男人，此刻正压着他的俘虏，催马扬鞭征战沙场，就如他们小时候坐在院子后面的土墙上，杀得昏天黑地。

四周漆黑一片，秀秀已浑身湿漉漉，可能是真喝多了，晓东手忙脚乱怎么也解不开秀秀的胸衣纽扣，那是抵御入侵的最后一块遮羞布，最后一道防线。

166

秀秀想象着他手忙脚乱的神情，她本能地装出点不那么愿意的反抗，半推半就，这样显得女娃身体金贵，当曾终于找到纽扣的解环，情绪被点燃得像只野兽一样粗鲁地撕下她的胸罩时，秀秀瞪圆了眼珠想专注地观察这个男人几乎要将她生吞下去的整个过程，可是四周一片漆黑，只能凭想象来享受他带来的行云流水、天高云淡再到天昏地暗、日月无光的冲击波，直至撕心裂体，灵魂出窍，世界不复存在。

"轰，轰"，隔壁的墙壁又传来一两声沉闷的撞击声，像寺庙里的撞钟一样摧残秀秀脆弱的心，她竭力控制自己的思维不去想那个正怀抱别的女人的男人，可是满脑子还是过山车一般闪过他的身影，甚至晓东一而再、再而三、直至达到极致冲击她的肉体的时候，她都幻想是玉宝驾着战斗机，在向她的躯体里俯冲、扫射，直至投下一枚重磅炸弹，将她炸得四分五裂。

原来机体里的细胞有记忆功能，有些东西永远删不了。

二十

自从阿六打了雅青后，村里男人都自觉了很多，不再聚一起赌钱了，阿六整天无精打采，坐在门前打着哈欠。他去雅青家请了无数次，还托人做中间人，说了很多赔礼的好话，写了保证书，可这个倔强的女人就是不开门，连女儿都不让他见，听说已经请人写了申请书，要到镇上和他办离婚手续。

"阿六，你没得救了，你马上就和我们一样成单身汉了，一人吃饱全家不饿，看你以后还笑话我们，学我们说话结巴了。"

"阿六，打女人算男人吗，打老婆的男人是太监是猪。"阿六每次到丁小气家的门前闲聊，都被村里男人轰走，要他去接雅青回来。

每次他被雅青闭门拒在门外回到村后，都独自坐在大塘的柳花树下，抽闷烟。

不知道是不是狂犬病要发作的前期症状，大虎开始怕光、怕吵、怕冷，情不自禁地流口水，时不时地还有要冲上去咬人的冲动，有时极度想攻击人，有时又感觉无论藏哪里都不安全，全世界都在谋划着要杀他。

他每天的标配着装：一件天蓝色的西装，那是雨红婚前买给他的，准备结婚那天穿，中山装上衣的口袋里永远插着一支笔，里面揣着一个笔记本，那个红本本也是年少时雨红送他的定情物。大虎不发疯的时候很文静，像村小学的知青老师。

村里男人特别不屑大虎那副打扮，骂他是假斯文，上衣口袋里放个红本本，人家国家领导人事多怕忘才要揣本本的，他一个神经病，有屁大的事可以记哦，八成是空页，从来没写过字呢。

雨露每天必做两件事，一是帮大虎梳理头发，一是给他冲碗热气腾腾的鸡蛋花，加几勺红糖，大虎爹觉得儿子能活过去年冬天，全凭丁家二女儿无微不至的照顾。一次等大虎睡着了，雨露取出他口袋里的本子，翻开竟然真写着歪歪扭扭的字，思维还很清晰，看来是他清醒时写的，可大虎清醒过吗？

大虎的日记

雨红，这些天总是睡不好，昨晚又梦见了你，梦到你躺在大塘埂底下的杂草丛里，喊冷，叫我送衣服，喊饿，叫我端碗粥送给你喝，可是我捧着碗、背着衣服在大塘埂上跌倒了，衣服被那条水鬼抢去了，洒在地上的粥也被那条水鬼抢喝了，我爬起来迷失了方向，找不到你在哪里，更找不到回村的路。

雨红，我们一起刻在张公山竹子上的誓言我想去找，可一出村，我不光没找到上张公山的路，连回家的路都找不到，不是傻姑领着我回家，我怕是饿死在路边。夜夜我都在想同一个问题，想你为什么招呼不打一声就走了，再也找不到，想得脑子里塞得满满的，涨得头快炸了。这半年总感觉走路身后有人跟着，不管白天黑夜，躲到哪里都有，我一回身她就背对着我，看不清面相，那人是你吗？是你我就不怕了！

……　……

太阳刚下山，一辆小车开进村里，只在雨露家的小店门口一停下，整个村子就沸腾了。

"卖媳妇啦，拍卖媳妇，快准备钱去现场买啊，迟了就没货啦！"丁大炮原本还在家蒙头大睡，一听有汽车进村，这世界也太稀奇了，竟然还有人在叫卖媳妇，他慌忙披上外套，一路嚷嚷着向丁小气家的小店奔去。

只一根烟的工夫，丁小气小店外已用几个小凳搭了个台阶，如同露天的微型演唱会，戏台上站着位姑娘，最多不超过十八岁，额头凌乱的头发遮住了面容，两只眼睛大大的，很亮，耳鬓细白的皮肤很细腻，手被反绑着靠在电线杆上。她梳着刘海发型，穿了一套天蓝色的运动校服，样子像个抱着课本赶着去上自习的高中学生，显得特别乖巧，茫然中夹着无助，怜爱中带着点可怜。

"呜呜"，姑娘嘴里塞着毛巾，摇摇头，但发不出声音，眼里像是有泪，只在眼窝里晃动，场景像是美女特务被鬼子抓住了要逼供。

丁小气家小店外吊着的路灯只有15瓦，以钟摆的频率和幅度摇晃着，昏黄的灯丝泛着光，像是没睡好，但光线已经足够了。

原来欣赏美丽并不需要太多的光亮，只要有个舞台就够了。

"嘻嘻，真俊，还是个学生吧！"舞台下站满了人，挤在最前面的是一帮馋得直流口水的光棍，眼巴巴地围着简陋的舞台打转，像一群鸭。

"这姑娘是我的了，长得真漂亮，刚好配上我的帅，我们是一对儿。"这当中当数在温州做了很多年皮鞋，刚结账回村准备讨媳妇的小麻子最兴奋，他挤到人群的最前排，眼珠死死地盯着舞台上的姑娘，浑身攒劲，两只手像是有仇，使劲地揉搓得快冒烟了，裤裆底下拉链处鼓起了一个大包。

每年过年回老家，他看到儿时的伙伴娶媳妇了，都会愤愤地骂：这世道是怎么了，人家一个棒棒糖都能骗个小丫头，天天去邻村捡猪屎都能带个小丫头私奔，我小麻子这么帅，都三十多岁了不信找不到对象，所以我要挣钱买个，买个十六岁的，羡慕死你们这些眼红的，到时看一眼，老子都收费！

今年回来的第一件事，小麻子竟然将从城里带回来的一束菊花，插到雨红已经长草的坟头上，他始终自信地认为，如果自己脸上少长几个疙瘩，少生几个麻子，雨红就是他的婆娘，不至于在底下受苦。

原来再丑的人心中都有暗恋的火花，每一朵花都可以传递哀伤。

"瞧一瞧，看一看啦，她是我从边境批发过来，自己准备当媳妇，你们瞧瞧这口雪白的牙、瞧瞧这乌黑的头发、瞧瞧这么俊的脸蛋，我赌钱欠一屁股债，现在我准备卖了，起步价五万，谁出价高就领回家焐被窝、当老婆，概不赊账！一手交钱，一手交货。"一位中年男人站在舞台中央，最多也就四十来岁，手里拿了根棍子，正耷拉着脸，显得很无奈，但叫卖的声音却很给力。

"哦，自家老婆也卖啊，怎么舍得哦。"中年男人宣布完价格，光棍堆里立刻就骚动起来，没钱的垂头丧气，有钱的跃跃欲试，富有的胸有成竹，穷光蛋的看着想哭。

雨露站在自家柜台后静静地看着，一脸的惊讶，原来婚姻还可以这样啊，一个如花的姑娘，前一刻可能还单纯得或鼓起腮帮，或噘着嘴，伸出两根手指，做着胜利的姿势自拍，这一刻可能是被拐骗到这个偏僻的大山里，像头牲口一样被叫卖，一群饥渴的老男人像狼群一样，流着口水将她包围，并不停地打转，随时准备冲上去撕咬。

他们手里紧握着一辈子积攒的一点点积蓄，原本是准备养老的，可这个男人只几句话，他们立刻就被动员了，如被传销洗脑了一般，禁不住欲望的诱惑，前赴后继，倾家荡产，奔赴战场，豪赌一生。

"我前几天刚卖了第一批鸭，我出五万一千。"人群中来得最晚，跑了一身汗，刚赶到的丁四爷家六儿子丁老六边跑边第一个喊价。

这家伙常年在江边搭个窝棚养毛蟹，头顶的草帽破得席草都烂掉了，耷拉着一跑忽闪忽闪的，像猪耳朵，他都舍不得买顶新的，晒得像上了锅底灰，如只黑乌龟。

竞拍刚一开始，就有人忍不住开价了，一锅水一路加温，沸腾了，像这样的鉴宝竞拍场面，村里人一辈子也没免费看到过这么好看的节目，拍价也一路飙升，只十来分钟，有人已经出价到六万了。

"好，好，机不可失，时不再来，钱这东西生不带来，死不带去，花了可以再挣，但这么俊的小老婆过了这个村，往后就没机会遇到这个店了，快快行动，谁价高谁今晚当新郎，以后夜夜当新郎啊。"人群中每有人加一次价，那男人的老鸭脸就欢喜地抖动一次。

雨露看这家伙叫卖的麻利样，哪像个落难的赌徒，分明就像电视里古代那个拉皮条的老板娘，浑身上下都是戏。给他一个手绢，喊一嗓子：楼上楼下的姑娘们，出来接客啦！那就更像了。

"我出六万五千零一百。"小麻子每次价喊的声音最大，每次有人超过了他的开价，他都隔几秒，先缓缓对方节奏，再象征性地追加一百块占据领先。

他僵硬着身体，紧揽着裤兜里的钱袋，浑身紧张得如一张弓，站在台下的人群最前面，随时准备冲上舞台抢人。

"我出六万八千加一头羊。"张公山下林场里养羊的张大山不知道什么时候赶到了丁家墩，这家伙不是本村的，不知道是消息灵通，还是鼻子嗅觉好，他个子不高，跑的样子像只企鹅，上气不接下气，跑得连哮喘都快犯了。

"有人开六万九千再加一头羊了，有没有人再肯出高价。"黑瘦男人连续叫了几声。

"我出七万，加、加，没的加了！"小麻子涨红了脸，猛地跳上舞台，紧紧地揽着鼓鼓的衣兜，这次他真的急了，这是他的极限，因为兜里就这么多钱。

"哇！"人群散发出一顿感叹。

这小子做皮鞋成大款回家递烟还是三块五角的，有这么多钱，可以在乡下建三间楼上楼下电灯电话的大宅院了。

"七万一声，七万二声，七万三声，无人加价了吧，真的没人再加价了吗？好，本次拍卖公证、有效，受到法律保护，一百年不变，成交！"瘦男人数了三声，见无人再加价，回身向小麻子拱了拱手，示意他付钱，并将身后的那个姑娘推给他。

"商场买东西都打折，能不能打8点8折，我一次性付账。"小麻子摸着钱袋，试探性地问。

"呀！别扯了，概不打折，也不赊账。"瘦男人一听到小麻子还跟他还价，立刻瞪圆了眼珠，跳了起来，如头牛，往回拉已经走过去的姑娘。

"那跟我签个合同吧，按个手印也行！"小麻子还是有点顾虑，试探着问。

"买卖婚姻能签合同吗？留下证据自己找死等警察抓啊，看你挺精明的人，怎么说的话这么傻夯夯，你到底买不买，不买我就卖给前面开价的老兄了！"瘦男人有点火了，招呼着拍卖要重新开始。

小麻子瞟了眼走过来的姑娘，狠狠地咽了口口水，一狠心，掏出一把叠放整齐的用塑料袋扎好的钱，塞给瘦男人，扑向面前的姑娘。

"帅，帅呆了。"小麻子满脸欢喜地大声叫嚷。

"啪"的一声，不知道是谁把灯拉灭了，拍卖现场顿时漆黑一片。

原来黑夜是欲望的同胞兄弟，欲望常和犯罪同床共枕。

等小麻子拉上灯，气得满脸的麻子如炒熟的芝麻夸张地乱跳，掉了一地，他刚买到手还没舍得摸的小媳妇，校服被撩开了到了肚脐眼上面，连内衣都被扯掉了，掉在地上，修长光洁的大腿上、屁股上、乳房上多出来几个大大小小的脏手印。

"哪个小歪屌摸的，这也是我媳妇，不出钱乱摸烂手。"瘦男人边点着钱边愤愤地骂着，丢下几张名片，说以后谁还想买媳妇就找他，看货论价，只要有钱就行，说完就头也不回地开车走了。

"有本事自己挣钱买啊，乘黑乱摸下黑手有没有有素质，这要是在大城市，叫性骚扰，我媳妇告你们可以宣判坐18年的大牢。"等人群散去，小麻子牵上那姑娘软软的手，嘴里还在喋喋不休地骂，进了小店要了包两块五角的烟，这小子刚有家就知道节省了。

雨露坐在小店的柜台前，一脸的羡慕，本来是一场闹剧，现在变成一场喜剧了，这家伙她从小就讨厌，哪里有女孩他就跑过去死皮赖脸套近乎，小时候大家都赌咒他掉大塘里淹死，听说那只水鬼嫌弃他太丑，不愿意理他，现在谁也猜不出他以这种方式结婚。

大虎被她拉过来当看客，笔直地坐在拐角一动不动，一脸的深沉，今晚他出奇的安静，像个思想家。

"怎么样，漂亮吧，比你虽然差点，但在村里那也是二小姐啊！"小麻子得意地点上一根劣质的香烟，猛吸一口，边吐眼圈边看着新媳妇细细地品味。

"你不怕是人贩子和她演双簧啊，这几年前后村都有买的，可一般半年内全跑光，到时你可就人财两空哦。"雨露打趣地问，这是事实，有市场就有需求，有需求就有买卖、欺骗、也有商机。

"这是什么话，你怀疑我的帅啊，我和她是真感情，是，是一见钟情，妹子你叫什么名字，明早我们就去县城领结婚证去！要是你没到十八岁，我就找办假证的先做个证，你们知道吗，假证也是合法夫妻。"小麻子有点急了，脸上的麻子又在蹦了。

"想一辈子拥有你的妹子吗？听我的，她肯定会一辈子死心塌地地跟着你。"大虎突然站起身，拍拍小麻子的肩，很正常地说。

"想啊，我要当葫芦娃的爹，我要她给我生7个葫芦娃。"小麻子满脸欢喜，很期待地点点头，虽然大虎已疯得不成人样，但就凭他能征服雨红跟她青梅竹马，两小无猜，在小麻子心里永远是高大上，大虎是村里大神级别的人物。

"拿上这个，回家打断她一条腿，保管她一年给你生一个娃，死心塌地跟你一辈子。"大虎抓起门边一根棒槌，扔给小麻子，冷冷地说，像个老专家。

只一句话，就让小麻子身后姑娘吓得一哆嗦，瞪圆了恐惧的眼睛，躲到小麻子身后，还刻意地用手抱了小麻子一下。

"我——靠，你是个神经病，我跟你讨论什么爱情！如果雨红没死，你舍得打断她一条腿？你真低俗、恶毒、不解风情，而且还不可理喻，暴力得不到爱情。别人是先恋爱后结婚，我们是先结婚后恋爱，我这么帅，已经征服她了，回头别嫉妒我们的爱。"小麻子一脸的愤怒，拉着姑娘的手，急匆匆地回家睡觉了。

"姐夫，如果能跟你一辈子，断一条腿算什么。"等所有人都散去，雨露湿润了双眼帮大虎梳理蓬乱的头发。

"嘿嘿，小麻子说雨红没死，他也知道雨红没死，没死。"刚刚还很安静坐着的大虎，突然跳起来，小麻子说雨红没死的话刺激了他，他木然地站起身，一把推开雨露，一路向大塘埂而去，去找他的雨红。

留下一脸悲伤的雨露呆呆站在柜台前，摸着胸口的项链发呆。

"想要你爱的人跟你一辈子就打断她一条腿。"雨露眼睛湿润地唠叨。

原来家暴也是一种真爱。

二十一

　　自从上次从一米多高的舞台上摔下来后，小美感觉胸口的炎症转移了，大概是近来常参加医院组织的宣传活动，小美感觉身体越来越累，像是生了锈的自行车，抬不起步子，直不起腰，身体不听使唤。

　　上次感冒好像还没有痊愈，这几天又开始低烧了，胸口燃着一团火，不熄不灭，伴随着几声断断续续的咳嗽，胸口又开始闷着疼。

　　原来不开心的时候，哪里都感觉不舒服。

　　阿峰因为来家里看望小美几次，她妈妈都没有给他好脸色，他很知趣，来得越来越少了，偶尔打几次电话倒还是那么关切。前几天去医院检查后，医生看她咳嗽厉害，建议她去拍胸透，小美坚决不肯，现在她特别恐惧躺到医院的仪器上，感觉人一旦上去，就会被肢解、被偷窥，毫无隐私。后来阿峰走进来，要给她检查胸口，吓得小美慌忙抱紧衣服，一路逃回了家。

　　医生给她开了些消炎药带回家，可是一直没什么效果。小美感觉身体变得很坏，虚得很，看来这次流感病毒特别的凶，她以前走路都恨不得一蹦三跳，可是这个冬天她特别地怕冷，感觉身体一离开床，就渐渐流失了温度，而且她感觉自己特别的懒，懒到吃饭、去楼下的厕所都没什么心情了。

　　生病后，小美渐渐理解了妈妈，听说妈妈以前在城里是个大户的女儿，能写一手好字，下放到偏远的乡村嫁给家徒四壁的爸爸，现在又守寡这么多年，照顾自己不愿再组家。作为女人，她深深体会那种空空的寂寞最要命，像个浮萍，没有家的感觉。终于有一次，小美主动对妈妈说："妈妈，你和他结婚吧，以前跟爸爸你肯定没穿过婚纱，可能爸爸连件新衣服都没有给你买过，现在你们有条件，我想看看一个女人穿婚纱是什么样，该有多幸福！"

这天在阿峰爸爸排挡里帮忙，小美见妈妈和阿峰爸爸在那里窃窃私语，就当着一屋子的学生面建议他们结婚。

"好，有感情就结婚！"一帮学生天天在这馆子里吃饭，彼此也很熟悉了，也早就看出点爱的火花，大声地起哄、撮合。

"好，那我就过几天正式求婚，以前小美小，而且眼睛看不见，怕她有意见，现在儿女们都大了，既然小美都赞成我们结婚，那我们也就没什么顾虑了，到时大家都来免费吃喜酒，就在这里摆喜桌，不醉不能走。"阿峰爸爸一脸的欢喜，一连开了好几瓶啤酒，一桌桌地敬着酒。

小美妈妈躲进了厨房里，烧菜去了，这个女人心里沉积着一片大海，全是这么些年积累的苦水，她只能慢慢等待，等女儿大了，能自理了，她好逆流而上，寻找心里那眼清泉，像条洄游的鱼，寻找青春的来时路。

阿峰爸爸是个性子特别急的人，说到做到，只一个月的时间，就将结婚的事全部安排到位，婚纱、结婚照、请帖，一样不少，酒席就安排在他的小店里，紧凑地摆上了六桌，除了几桌是家人、朋友、隔壁邻居，一半的来客是在校的学生。

虽然条件简陋，但阿峰爹是个特别细心的人，将气氛调配得特别温馨。

雨露特意从农村赶进了城，还随了礼钱，身后一如既往地带着她的姐夫大虎，这个曾经快要当新郎的男人，现在算是彻底的孬了，村里一大爷晚上给田灌水从村后的坟堆边走过，竟然看见有个黑影在坟堆前点了一堆火，嘴里边嘀咕着说听不懂的话边在吃什么东西，那位大爷壮胆走近了一看，竟然是大虎，他在烧烤贝壳肉。

这几年，大虎成了邻近几村饭后的谈资，雨露有种他体内住着两个人的幻觉，一个文艺，常趴在满是灰的打谷场上写日记，一脸天真童真，像个小学生；一个喋血，常半夜将红色的被单撕成燕尾服状，披在肩上，一个人在大塘埂上将一根扁担抡得呼呼生风，浑然是要出征的万军统帅。一次后村卖板鸭的贩子将挑篮放在小店门口叫卖，大虎正站在雨露家院子里对着那棵老榆树冥想，突然暴跳起来，大叫一声：冲啊！抄起扁担一个飞跃，跳出院墙一扁担就打烂了板鸭摊，还追出一里多路，打了那小贩三扁担，骂他是敌军奸细。

但雨露对大虎的好，让村里的光棍嫉妒得骂娘，每天一大早大虎定时去她家，吃上一碗热腾腾、甜丝丝的鸡蛋花才肯走。这个张老二，没傻时有雨红陪，想不到孬成这个样子，丁小气家二女儿甘愿做他保姆，这家伙是不是哪年大年三十晚上求到了张公山西九华的第一炷香，好事都让他一人占尽了。

原来孬子也有桃花运。

雨露进屋后和阿峰爹嘀咕了好一阵子，两人像是在说什么开心的事，都一脸的欢喜。大虎跟在她身后，像是被驯化了，一句话也不说，只顾埋头想心思。

"峰哥，听说你在市里大医院当主治医生，过几天我想带姐夫去你医院看看，拍个CT确定一下病情，拟定个医治的方案。"雨露见阿峰在一边埋头抽烟，将大虎带到他身边。

"好，到时我们电话联系，我给他找最好的医生。"阿峰点点头，他早听说从小玩到大的大虎疯了，今天第一次看到，看情景病得不轻，心病难医啊，具体的病情那要等拍了片子专家会诊才能确定。

饭店外，一个男人推着个轮椅，一大早就在店门外来回走动，张望着又不好意思进来。小美一看是班里的同学补鞋工和淘粪工，都戴着墨镜，小美迎出去招呼他们进来，两人都摇头。

"我们只是来看看，你是不是结婚了啊，店里这么热闹。"坐在轮椅上的补鞋工弱弱地问。

"哦，谢谢你们关心，是我妈结婚了，进来坐坐吧，喝杯喜酒。"小美恍然大悟，原来她们一大早赶来，还以为是自己结婚呢，这算不算粉丝追星，嘻嘻。

"不是你结婚啊，哦，我们不进去了，身上有异味，不能扫了客人喝酒的兴。"补鞋工一脸欢喜，招呼身后的淘粪工走了。

小美这天特别高兴，陪着妈妈在婚庆店里打扮了整个上午，原来化妆后能让女人至少年轻十岁，妈妈穿着洁白的婚纱，如只翩翩起舞的天鹅，她还没有发福变胖的躯体一穿上婚纱，简直变了个人，妈妈常说自己遗传了她，个子、体型，母女俩是很像。

"妈妈，结婚能让一个女人成熟、稳定、有满足和归属感，我也想结婚，可以吗？"在化妆室里等婚车，小美弱弱地问，每次一提到自己的事，她能明显感觉到妈妈的态度变化。

"可以，但——但有一个人你不可以，你是妈妈的心头肉，有些事你以后就知道了。"小美妈妈犹豫了一会，欲言又止，眼角有泪在晃动，她背过身看着窗外，全身颤动。

女人结婚那天，眼泪是必备的道具，一句话、一个眼神、一个道别的拥抱，都是催泪剂。

"不知道是不是十四岁被埋在土里，让我变得对未来没有信心，我把握不了未来，现在复明了，可是感觉眼睛看到的一切都是虚幻的，我已经27岁了，再不去爱我就老了，如果真是飞蛾的命，你就让我扑次火吧，至少我爱过，勇敢地去争取过，妈妈，你懂我吗？"小美觉得自己没有必要再去躲避什么，爱就爱了，怕也没人同情你。

"我懂，知儿莫过母，我还没老到痴呆，连女儿心里喜欢什么都装不知道，可是，事到如今妈也不想隐瞒你了，妈下放那几年刚来农村，吃不下苦，静不下心，常被骂，是他常照顾我。后来我们好上了，我还怀了孕，他有天出江去捕鱼为我补身子，没再回来，那时我肚子一天天大起来，等不及了，那时刚好你爸爸对我特别的好，也没嫌弃我怀孕，说会照顾我和肚子的孩子一辈子，我没办法就和你爸爸结婚了。一年后，他回来了，那次涨潮他被冲到下游很远的地方，被救起时记忆不怎么好，一年后才完全恢复回到了村里，可是我已经和你爸爸过上了安稳的日子。这么些年我和你爸爸一直将过去埋在心里，谁也不告诉，连阿峰父子也不知道，你过世的爸爸一直守承诺对你如亲骨肉一般疼爱，我犹豫了这么些年，就是感觉欠你爸爸太多，我放不下他。"小美妈妈终于下了决心，倒罐子一般一口气全部告诉了小美。

原来我们每个人心里都有个紧锁珍藏记忆的箱子，外面看上去落满灰尘、锈迹斑斑，打开却是一尘不染，因为每天都有人在擦拭岁月沉淀的灰尘。

"那人是谁。"小美急切地问。

"是，是阿峰的爸爸，妈妈阻止你们，因为你们是姐弟。"妈妈的一句话，让小美顿时感觉此生浑然无味，积攒了十几年的爱情海刚刚满溢，只在一瞬间就被烘烤干涸，爱情的大厦轰然倒塌成一片废墟，满眼尽是沙砾、碎片。

她紧咬嘴唇，没再说什么，感觉脖子被人勒上了绳索，直至眼前发黑，勉强没有晕倒。

中午吃饭的时候，小美第一次喝了酒，阿峰就坐在旁边，他们彼此打着照面，小美沉着冰冷的脸，看也不看他，他们已经是绝缘体。场面很热闹，学生们大声地嚷嚷，粗暴地抢喜欢吃的菜。

楼上楼下的一些大妈也来了，连开小店的老张头也喝得小脸红扑扑，像个老顽童。小惠大学刚毕业，回家收拾衣服，准备去上班，也来凑热闹，还给自己斟了满满一大杯酒。一帮学生很快就和邻居熟悉了，一切尽在酒杯中，穷人有穷人的乐趣，店虽小，但喝婚酒的气氛却很嗨，对面师范看大门的几个保安不时地向这边张望，一脸的羡慕。

"那个专偷小女孩内衣的老张头，我敬你酒，敬你酒是因为你舞跳得好，名声也响，想不到城东新开发的几个小区一帮老牌友也都知道你的名号，我服！"六楼大妈摇晃着身体，站起来，像个不倒翁，眼睛深情地盯着老张头。

"哈哈，你们都被我骗了，哪有什么变态哦，我上初中那会，疯狂地暗恋上了街面上那个巡街的警察哥哥，追他又不理我，一次想过火了，就报了假警，张爷爷就躺着中枪了，嘻嘻。"小惠也喝多了，几句话一下子就吹散了笼罩在小区上空十几年的雾霾。这小丫头要是在战乱年代，不是土匪就是枭雄，小小年纪就能干出让人目瞪口呆的事。

"谎老三天天喊狼来了，狼来了，骗农夫，别哪天真来了狼了，看谁救你。"小惠妈赶忙向各位邻居和老张头赔礼，生下这个女儿，她一辈子都没省过心。

老张头照样笑眯眯地喝酒，不悲不喜，他好像得了什么症，医生说只有几个月的时间，就是望天收的命，可他却活得坦然，十几年前，他就将人生规划成三个月一次轮回，被人误当变态那又算得了什么，每天阳光地活着，心里坦荡，什么样的言语也伤害不了。

"雨露，我今年省电大毕业，刚好分配到你们山里红乡的风力发电项目，负责技术指导，过几天就去你们村建设现场住了，到时我们可是姐妹。"小惠不一会就和雨露聊熟了，雨露从她身上仿佛看到了前几年自己的影子，敢为爱疯狂，这就叫青春。

"小美，别喝了！"阿峰告诫了她几次，手术后不能吃刺激性的东西，更不能喝酒，可是今天的小美豁出去了，每有人敬酒或回敬，她都一饮而尽，爽快得令大家吃惊。一边的阿峰气得一句话不说，铁青着脸，自己也在那一口一口地端杯喝闷酒。

"小美，别喝了，你感冒还没好，这酒烈！"阿俐很是心疼，给小美倒了杯热水。

小美晃悠着身体站起来还要去敬酒，她已经醉了，妈妈过来搀扶她，小美一抬手，粗暴地推开她。

"小美，你什么时候结婚啊，我和雨红定亲了，什么时候去我家喝我们喜酒啊？"也许是大家的气氛带动了一直麻木静坐的大虎，他突然坐起来，抓过一酒杯要和小美喝酒。

"大虎哥，我敬你一杯吧，我眼瞎时觉得我最可怜，可是我现在知道你最可怜，都订婚了雨红却死了，你的躯体虽在，但心已被雨红带走了，你爱上个死人，我的心也被带走了，我却爱上一个比死人更不能爱的大活人。"小美已经醉了，满面酒水，她摇摇晃晃，在演绎贵妃醉酒。

"小惠，还是你勇敢，喜欢就去追，连报假警都敢，因为青春，可以挥霍，姐姐不行，姐姐老了，姐姐前怕狼后怕虎，姐姐翻不过命运这座大山，注定的，是命……"小美继续卖醉。

"谁说雨红死了，她是去捶衣服了，我这就去大塘口找她。"大虎猛地摔了手里的酒杯，愤怒地大叫，面部扭曲成门画上的门神，他一路叫骂着冲出了阿峰爹的饭店，冲过对面的马路。

"我手拿菜刀砍电线，一路火花带闪电。"那个黑影一路叫骂着跑远了。

雨露正和阿峰爹在谈论什么饭店的事，见大虎咆哮着跑了出去，慌忙放下酒杯，跟了出去。

"张爹，请我跳支舞吧，就跳你独创的那种抽筋舞，浑身触电，电死一了百了。"小美今晚成了一个人的主角，主动邀请老张头跳舞，一帮老太太立刻报以热闹掌声，老张头欣然同意，几个学生很快撤了一张桌子，舞台立刻就有了。

老张头踮着脚上前，单膝弯曲，很绅士地做了次背请。音乐响起，一老一少轻柔地起舞，老张头随着节拍一脚高，一脚低，每走一步身体都很有规律的上下波动。他微仰着身子，目光睿智，手掌托着小美圆润的腰，拥着她柔软的身体，用手推着小美，牵引着美人儿，先是左腿正常迈步保持直线，右腿总是停顿着拖后，慢那么半拍，每走一步都是先抬腿，再膝关节向内伸展划个小圆后再向前挪一步。如果他每走三步就很有型地猛一回头，抛出一个空旷的犀利眼神，整个走路的过程都是充电——放电——再充电。

"以前我眼瞎时，每天都觉得很快乐，世界五彩缤纷无限美好，自从我能看到世界后，我一点都不快乐，都是烦心的事，爱也不能爱，恨也恨不了，妈妈，你告诉我，我该怎么办……"一曲结束，小美端着酒杯，看着雨露还在寻找的背影，放纵了自己一回，尽情哭笑。

杯中满满一杯干烈白酒，她对天一饮而尽，一股冰凉从咽喉滑落进肠胃，演化成一阵燥热，烧得胃生起了熊熊大火。

"啪"的一声，杯落碎满一地，满地亮晶晶闪动的玻璃碎片，如结了一层碎霜，她软软地倒地入睡，醉成泪人。

"我是观音瓶中露，你是佛前水晶珠，呵呵，早就注定了。"这是她第一次醉，醉得这么彻底，如个赌徒输得一无所有，痛痛快快地买了一次醉，宣泄了一次。她独自醉在师范大门的旁边，将身体蜷缩成一团小肉球，双臂抱着头，自己将自己包裹起来，宠爱着，呼呼睡去。

原来太爱一个人，本身就是一种罪过。只是有些人可以回头，有些人爱得太深了，却再也上不了岸。

远处的树阴底下，站着一个手推轮椅的黑影，黑影竟然也能轻声抽泣。

二十二

这个年玉宝爹过得既高兴又郁闷，高兴的是家里添了新人口，儿子这么多年第一次回家，还带了儿媳妇，媳妇嘴特别甜，把公公婆婆哄得团团转。空姐就是空姐，如梦不光个子高，在村子里走动明显感觉到和周围的风景格格不入，连说话的语调也不一样，每句话里都夹着块糖。她出门喜欢拖个旅行包，连上街买菜都带包，尤其是拖旅行包走在大塘埂上的样子，像是要登机。老张头给老婆下了死命令，不让媳妇做一点事，哪怕洗菜、沾冷水都不行，儿媳妇的工作是造人。媳妇如梦没事喜欢找婆婆唠嗑，问些隔壁秀秀读书和一些家长里短的小事，婆婆是个小鸡肠子，媳妇撒娇一问，她就全说了。

郁闷的是家里也少了一样东西，就是养的那条黑妞母狗，自从上次打断了它一条腿后，这家伙就彻底地和他老张家决裂了，有几次他远远地看见黑妞在大塘埂上艰难地走，等赶过去，这家伙鼻子灵验得很，早跑了，身边一直跟着隔壁家那条大黄。

最近一次看见黑妞是在玉宝结婚那晚，老张头喝多了去后院解急，看见黑妞一步一瘸，一步一画圈，一步一抽筋在墙角寻找碎骨头吃，胀得鼓鼓的肚皮像是吹足了气的气球，撑圆了肚皮。三条腿走路支撑不好平衡，晃晃悠悠的，醉八仙一般，不知道老丁头天天喂狗什么，竟然把个黑妞养成了一堆肉球，肚皮在地上拖动，两排黑乳头在肚皮上排列整齐，像是等待检阅。

"黑妞！"老张头吆喝一声，黑妞立刻摇摆着尾巴不见了。那夜老张头越想越气，白天当亲戚面，被隔壁那个老家伙羞辱得够呛，肺都气炸了，晚上又看到变心的狗，认了干爹忘了娘，竟然还怀了野种，这口气他怎么也咽不下。

"你老张家取了个空姐是露了脸，可养条狗却跟人家老丁家大黄跑了，儿不嫌母丑，狗不嫌家贫，你老张头一天到晚吹儿子开飞机敢和老外干，可你连个邻居都干不过，还吹屁牛。"这天他去丁小气家的小店吹牛，却被一帮老哥调侃了，刚好村长请他喝酒，两人一拍即合，大冷的天，正是吃狗肉的大好时节，黑妞本来就是老张头养大的，吃自家狗肉，说到哪里都是天经地义。

村长打电话，只一会，村里几个馋嘴的男人就赶去了他家，自从玉宝有出息了，老张头就成了村长家酒桌的常客。几个单身汉一进门，他们立刻就抄家伙直奔河埂上大黄的窝棚。

自从黑妞大了肚子，大黄整天就窝在窝棚，不愿意和老丁头出门放鸭，两只狗情侣没事就伸出大舌头，相互给对方舔皮毛，搞得老丁头不好意思回鸭棚。

那天下午，老丁头陪秀秀去了趟县城，去认识下未来亲家门。老张头阴沉着脸，左手握根粗木棍，右手拿了一截八号铁丝做成的铁圈，挥挥手，命人堵住后门，自己怒气冲冲地从鸭棚前门进了老丁头的草屋，直奔狗窝而去。

两条狗刚刚还在眯眼打盹，老张头刚上河埂，大黄就觉察到了危险，立刻竖起耳朵，用尾巴扫醒了黑妞，黑妞艰难地支撑起大肚子，老张头已经站在它们跟前了。

"汪，汪"，大黄俯下身，露出獠牙，前爪激烈地刮擦着地面，发出低沉的吼声，将黑妞护在身后。

"黑妞，跟我回去，不然今天你就是下酒菜！"老张头对着已经吓得钻进凉床底下的黑妞大吼。可是他越吼黑妞靠大黄越紧，这越让老张头暴躁。

"你还真当你是西施貂蝉啊，今天老子带人来就是吃狗肉的。"老张头愤愤地骂，举起左手的棍子就打，大黄一闪身，很灵巧地就躲了过去，老张头一连扑了几个空，越发恼羞成怒，招呼后门进来的几个人一起扑了上去。老张头乘大黄转身对付门外人的机会，一把抓住黑妞的尾巴，将它从凉床底下提溜了出来。

"呜呜"，黑妞低沉的吼叫，瞪了惊恐的眼睛，乞求地看着曾经的主人，可是老张头眼里已经全是杀气，他将右手的铁丝套子套住了黑妞的头，然后狠狠地将它扔到地上，用力地拉扯拖拽着。圆圈形的铁丝套头是个活动的结，老张头一抖手中的铁丝线，铁圈像装了自动按钮，通电了，立刻就收紧了，项圈一样紧紧地套住了黑妞的脖子，且越来越紧，像孙悟空的紧箍咒。只几秒钟铁丝就嵌进了肉里，丝丝入扣，老张头再一使劲，黑妞急促地呼吸了几口气，但脖子处被死死地掐住了，它鼓着腮帮子，瞪圆了眼珠，使劲地蹬着腿，展示着什么是真正的狗刨姿势。肚皮越来越大，像是一个气球被线从中间拴住了，鼓出了两个不成比例的大气泡，只要用针尖轻轻一点，气泡立刻就爆了。

老张头边骂边拖拽黑妞出了门，将手中的铁丝往横着的竹竿上一挂，黑妞立刻就腾空起来，成一条直线被吊了起来，撅着屁股拼命地挣扎。大概是快要生了，肚子太重下坠得很厉害，肚子里的狗宝宝强拉着肚皮，像个大铅球一般，将黑妞的身体拉扯得严重变形，像是挂在树藤上的一只大葫芦，葫芦屁股底下都挤出了几截狗屎。

老张头得意地等着黑妞咽下最后一口气，好剥皮晚上烧狗肉锅子，突然感觉耳边呼呼生风，那是一股恶风，一个黑影向他扑过来，他慌忙扔了手中的铁丝，将身子向侧面闪去，可脚下一落空，一个趔趄摔出屋外。是大黄，它一见黑妞被套住了头，挣扎着绝望的哀嚎，红了眼扑上去，样子已将老张头当仇人，要将他撕烂。见扑了个空，它迅速转身，步步往屋里紧逼。

"轰"的一声，黑妞从竹竿上摔下来，它支撑着三条腿，想站起来，可是河埂的斜坡太大，它踉踉跄跄地从河埂上滚了下去，掉进了极速流动的大河里，黑头在河水里上下挣扎了几下，就消失在远处大河拐弯的尽头。

屋里大黄脖子上鬃毛竖立，昂起头，一步步将老张头逼到墙角，这里是它的家，是它的地盘，它露出的獠牙泛着乳白色的光，只要一触碰到老张头的皮肤，立刻就会有血管爆裂。老张头手里空空，吓得脸色煞白，他最喜欢吃狗肉，越健壮的公狗越有嚼头，可是今天他感觉角色互换了，一只疯狗要嚼他的老骨头。

"上啊!"村长急得直跺脚，示意跟来的一帮人赶紧帮忙。

"我，我是来打老张头家黑妞的，不是打大黄，要是打了老丁头家狗，他回来不跟我拼命啊。"一单身汉手里提溜着根棒槌，一脸的为难。他满脸的肉疙瘩，大概是青春期不怎么喜欢洗脸，以至于三十好几的人，脸上还残留着两个大疙瘩，像成熟过了季节快要落地的草莓，散发着诱惑的黑，所以就得了个"大草莓"的外号。这家伙脖子上挂了根小手指粗的项链，黄灿灿地闪光，村里人好奇地问这狗链子是不是金的，他每次都一本正经地回答当然是真的，城里最大金店买的呢，可是私下村里人议论，有段时间这家伙到处收集五角的硬币，找前村的银匠打造的。

"我们不说，他知道谁打的啊，每年村里那么多狗，被骑摩托车的进村用毒针射杀偷走了，到时我就说是被偷了就是了，快点啊，磨蹭什么，明年的低保你们几个还想不想要了，一年三千多块钱白给你们啊，关键时候叫你们打条狗比杀人还难，一会吃狗肉包你们吃得像饿死鬼投胎。"村长一激动就骂人，一骂人就浑身犯癫疯一般，手舞足蹈，泡沫横飞。

大黄一个鱼跃，以猎豹的姿势扑出去，它弹跳惊人，足有一丈，身体划了一个抛物线，扑向它的猎物。就在它腾空到最高点的时候，空中飞过来一截铁丝套，不偏不倚，恰恰好套住了它的脖子。铁圈突然一紧，

"轰"的一声,大黄从最高处直接坠落而下,重重地摔在地上。"大草莓"冲上来,一拽手中的那根八号铁丝,细细铁圈迅速收网,死死扣进了大黄脖子,掐住了它的喉咙。大黄发疯地在地上打圈、翻滚,它想拧断套住脖子的那根铁丝套,可是它越挣扎、越旋转,铁丝套收得越紧,勒得越让它窒息。

"阎王叫你今晚死,你还能活到天明,今晚我就是送你上路的小鬼。""大草莓"面部扭曲,开成一朵狰狞的紫色花。

"拖到门外竹竿上,直接吊死,晚上红烧!"村长大声地命令,上去一把夺过铁丝线,奔到门边,一抖手,将铁丝往门头上一挂,最多不过短短的一分钟,大黄就口吐白沫,吐着长长的舌头,瞪红了血红的眼球,咽气了。

第二天上午,回家的老丁头终于找到了浑身是伤,趴在河岸下游一芦苇堆上的黑妞,拖上岸,能看到有硬块在乳白色的肚皮里蠕动,那是快要出生的小狗脑袋。

黑妞一睁眼就上吐下生,生了一对狗崽,一黑一白,都胖嘟嘟的,浑身是肉。村长告诉他昨晚村里有人偷狗,问他家有没有什么损失,老丁头强忍愤怒,他从村里几个小辈子闪烁的眼中早就猜出了八九不离十,老张头这个老冤家忒狠了,连张狗皮都没有给他留个念想。想想正在筹备秀秀的婚期,老丁头硬是将心头的一座火山强行一点点压了下去。

一晃就过年了,秀秀爹特意备了几份家里的土特产,大年初二,曾的爸妈如约而至。两家父母围着四方桌子商量,场面很融洽。前些日子秀秀去城里,拉着曾去几家新开的楼盘看了房型,他们计划年后买房。秀秀爹说了好几次,只要女儿看中了,我那五万块钱随时都能取出来,累了半辈子,就是留给孩子们干大事的。

秀秀拉上曾的手特意去村头村尾转悠了几圈,正式向村里的大嘴婆们炫耀下,她这个老姑娘今天男友的亲家来提亲啦,而且男友是个大学的毕业生,是个老师,长得比隔壁那个飞上天的家伙高大英俊多了。

"唉，村里女娃本来就少，我们看着她们长大，等长大了却全被山外的狼叼了去，现在只有看的份，老天爷真是不公平。"

"谁叫你不读书，肚子里没墨水，不是人家的菜。"身后传来村里男人失落的叹息声，一点点无奈，更多的是绝望。

路过阿六家门的时候，见他家门前停了辆警车，几个穿制服的人正在给阿六做笔录，难道阿六赌钱被抓了？

"我带你看看我们村的金毛狮王。"秀秀好奇地拉上晓东走近阿六家门。对于晓东来说，丁家墩每个男人，都是极品，都是一道风景，来了几次，他算是明白了农村什么叫"浑"，有怪怪的傻姑，超自信的小麻子，张口都是荤段子的一帮单身汉。

"我不会离婚的，雅青，现在你给我听好了，你嫌弃我懒，嫌弃我赌钱不顾家，现在我对着镇上来的这两位民警发誓，我阿六当初是怎么把你追到手的，我现在就怎么把你心重新追回来，我要用行动来证明，你把离婚的申请书撤了吧，我们重新开始，给我一个机会，就一次机会。"阿六正在屋里大声地对着电话和雅青表白，他握手机的手急速地颤抖着，整天抽烟熏得右手中指泛黄，如上了黄油，和握在手心银白色的翻盖手机很不搭调。

"不行，我不会再给你机会，今天只是送开庭通知书，要是开庭你不来，就等于你默认承认离婚，到时你不签字也等于离婚，女怕嫁错郎，我以前年纪小不懂事跟你，我认了，现在我绝不会再听你装可怜……"电话那边是雅青失控的哭诉声。

秀秀津津有味地聆听着，她很享受当个旁观者，以前她家和邻居一吵嘴，总有些女人从各个屋前墙后探头，指指点点地唠叨着，像是在看电影，现在她感觉看别人家吵嘴，也挺有味道的，她很享受这个过程。

原来是女人都是聆听高手。

晓东拉了下秀秀衣角，示意她去别处看看，他不喜欢看人家的家长里短，听多了要么是同情心泛滥，要么是麻木不仁。

"阿爹们好。"走到丁小气店旁边时，她特意进屋买了包口香糖，正好玉宝爹也在，屋里一帮老人正在讲鬼故事，常给死人穿寿衣的丁四爹正在主讲，说村里小眼死那年，我给他穿衣服，这个老家伙全身掰不动，抬胳膊、抬腿硬不听我的，身体硬得像块板，腿脚掰断了衣服都穿不上，我当时气得抓起他头毛，几耳光一打，浑身就软了，乖乖地听话。还有村里丁老四的老妈妈九十多岁得老年痴呆，总死不了，一次自己上吊死了，我给她穿寿衣时，这老奶奶也犟怪，死活不肯穿，我后来才想起了，老人上吊死，必须要儿子打几耳光，不然她到底下是厉鬼，会缠家人的，喊他儿子来狠狠地扇几耳光，死老家伙立刻就听话了。

秀秀牵着男友的手，一脸调皮地进屋喊了声，屋子里一帮老头立刻就没兴趣听鬼故事了，由听众变为记者，七嘴八舌地向玉宝爹提问。

"老张头，你说你儿子开飞机和老美在南海对峙过，又没开火怎么突然就受伤退伍了呢？"丁小气问。

"你媳妇到底个是什么空姐啊，以前你说得天花乱坠多漂亮，结婚那天我特意凑近了看了还可以，可是第二天一卸妆，我看怎么丑得要死啊，还没咱山里山芋根养的秀秀漂亮，不化妆不涂色，你就知道吹牛哦，真是猪八戒坐飞机丑上了天喽。"

"听你说你儿子结婚后还出国再次旅游结婚，那不是猪八戒坐飞机，丑出了国啊"。

"哪有啊，现在村里最漂亮的是丁大爷家的雨露哦，这是村里大伙集体口头投票评出来的，我哪有她们漂亮哦。"秀秀高兴得如只小麻雀一路跳跃着出了小店，人都有虚荣心，都喜欢听好话，尤其是听老爹们说自己漂亮，而且比那个什么狗屁空姐漂亮，她心里不知道有多高兴，每次看到玉宝爹那副得意样，她都恨不得找出小时候打鸟的弹弓，打瞎他一只狗眼，那只眼狗眼看人低。

她以前最讨厌暴力，想不到随着年纪的增长，脾气变得越来越暴躁，人家说30岁的女人是天生的吵嘴高手，现在她自己的脾气，连她自己都感觉陌生。

"今天怎么这么高兴。"晓东疑惑地问，他今天围了条天蓝色的围巾，穿了件外套，显得文质彬彬，特像韩剧里的男主角，有种忧郁的美。

"因为我终于要告别单身啦！"秀秀大声地嚷嚷，她就是要全村的人都听到，这么些年，她缺少的就是个身影，给她一个肩膀依靠的身影。

她拉上晓东的手，去村后面的祠堂烧了炷香，闭眼许了个愿，晓东看着她那一本正经的样子，问许的什么愿，秀秀闭口不答，其实他们心里都知道，秀秀求祖宗保佑和她一起跪在香案前的这个男人不变心，能一辈子陪她不离不弃。

天一直阴了好几天，今天终于想通了，痛痛快快地下了场细雨，密密麻麻如线，被东南西北刮得乱飞。祠堂正屋因为有专人看管，而且每晚都上了锁，这些年保护得很好，几乎没受到什么破坏，可是走进祠堂后院，那就是天壤之别了。门还是一样的门，院子还是一样的院子，品不出古色古香，倒有几分幽暗的寒意。一股霉味扑面而来，院子里像遭了贼，已经完全看不出原来的模样，这几年，随着复古浪潮越来越热，盗贼像蚂蚁运粮一样将所有能搬走的东西全都偷卖了。墙角被掏出了一个大洞，像是古墓的入口，三三两两只蜘蛛在墙角边、屋檐下忙碌着，织着大大小小的网，宣誓主权。

江南的天气是好哭的女人，雨水很多，湿气重，地上到处都是雨水，已经长出了一层翠绿色的青苔。走进院子，那口古井还在，张着要水喝的口型，对天讨要，井边满是落叶，像是长在男人嘴边邋遢的胡子。那块泡豆槽石板已经碎成了无数个碎块，豆腐块一般散落在院子的各个角落，这么好的老工具不算古董也是件有历史传承价值的手工品，说砸就砸了。

秀秀叹了口气，原来人在无知面前只剩下无奈。

出了丁家祠堂，远远地见大虎养殖的洞口有人影在闪动，秀秀拉上男友的手，走了上去。这个洞口很深，小时候秀秀只进来过几次，记忆中里面阴暗、潮湿、冷飕飕，让她怕。可这次一进去，里面很宽敞，灯、床、桌椅和生活用的物件都有，很干燥，也温馨，洞里被改装成了养殖场，听说洞里最深处养了几十条娃娃鱼，洞外的石缝里养了很多石蛙，为了防止石蛙跑出来，洞口的生活区用尼龙网隔开了。

"别动，嗯，乖，今天你特别乖，张口，吃了鸡蛋花给你洗头，洗好了再给你剪头发。"在一简陋的桌子前，雨露正背对着洞口手里端着碗热气腾腾的鸡蛋花，一勺一勺给人喂汤。借着灯光，秀秀认出头发乱糟糟的那个男人的轮廓，是大虎，那个读书成绩不怎么好，但心肠特别好的人，听爹说他疯了，为了从小就惹人疼的雨红疯了，疯得彻底，村里谣传雨露带他去省城最好的医生那里看病，每天吃十几粒药，都不见好转，已经疯得无法医治，可惜了，这样痴情的男人自己没有运气遇到。

原来这世界最奇缺的是真心爱你的那个人。

"是秀秀啊，你进来坐，来找我家雨红聊天的吧，你难得能回来哦，她去捶衣服了，一会就回来，你坐。"大虎哆嗦着给他们找凳子，他越正常越让人感觉心里酸酸的，因为他现在就在半梦半醒、半疯半傻之间，一点点风吹草动就能刺激他变成个武疯子。

雨露一看是村里的才女秀秀领个男人来看他们，很感激，看他们的亲密样子，应该是她男朋友。雨露比秀秀小五岁，刚好属于有一代代沟，她只知道秀秀原来和她家隔壁的开飞机的玉宝好过，不过现在两家老人经常吵嘴，关系好像闹得很僵，一次听说玉宝爹晚上喝多了，走过了他们两家门前打的白石灰线，那条石灰线像是两个国家的国界，越线对于两个斗气的老头子来说，就是宣战，是侵略，秀秀爹冲出来打了玉宝爹一扁担。

洞里的一张桌子上放了几张大白纸，上面画了些什么，秀秀参观完洞里的娃娃鱼，出来的时候好奇地拿起来看了几眼，顿时眼前一亮，那上面画了些草图，还标注了路线，上面清晰地标注了丁家墩的基本轮廓，从村后的张公山上的西九华庙开始，一条清晰的旅游景点标注图，分别是西九华庙、丁家祠堂、大风车、娃娃鱼洞、丁家笑泉、妻子树、丁家大塘、水风车、黑沙洲农家乐，在绕村而过的河面上，勾勒了几排竹筏，从丁家墩笑泉处开始，一直延伸到黑沙洲的一排农家屋前，这是一条竹筏漂流图。

"这谁画的啊，村子要开发，搞旅游吗?"秀秀好奇地问。

"嗯，是我和学旅游专业的阿俐一起策划的，我们村老祖宗留了很多好东西，这么多亮点，我想把村子的旅游资源和劳动力利用起来，现在旅游产业越来越热，只要有内涵，好玩，农家乐味道好，应该是条好路子，但资金是个问题，我正在筹备。另外今年丁氏修谱，正在筹资祠堂将重新修缮，办事处就设在西九华庙的山脚下。"雨露已经很麻利地将大虎剪好了寸头，也帮他刮好了胡子，姐夫精神了很多，她现在黑了很多，但笑得依然是那么动人，那么甜。

"哦，不错，咱这里要建设风能发电项目的确好，老人们说这一带一年只刮两次风，可每次都要刮半年呢！你们农家乐什么时候开业，记得通知我，我来给你们帮忙。"因为家里还有很多客人需要照顾，秀秀说了几句客套话，就拉上男友下山了。

"这个小姑娘读过大学吗，这么点大年纪，知道什么叫规划，什么叫资本运作吗？敢搞旅游路线和农家乐，太异想天开了吧。"回家的路上晓东有点嘲笑地说。

"我村就我一个上过师范，哪还有读大学的啊，小姑娘有梦想不好吗，我现在已经是大江里的鹅卵石了，已经被磨平了所有的棱角了，一点梦想都没了。"秀秀叹了口气，晓东有点看不起家乡人的话让她有点不高兴，但她不敢反驳，她怕再次被抛弃。

韶华如水，红颜易老。原来女人的傲气会随着年纪的增长，渐渐褪色、干瘪。

二十三

　　自从大虎被收电费的打了后，雨露就决定必须要带他去省城看病了，原以为他只是受了刺激，说不定哪天一觉睡醒了，就正常了，可趋势越来越严重。那天收电费的会计抄他家电表，嚷嚷着他家电费每季用的太少了，不正常，可能有人偷电。

　　"哎——吆，哪还有人偷电呢！"大虎瞪圆眼睛，和他理论，却被会计打了一耳光。

　　"哎——吆，怎么还打人呢?"大虎捂着红肿的脸嘟噜着跑进了自己房间，半天不敢出来，像个在外受了气的孩子。

　　那段时间，村里小孩子又多了一句口头禅、新潮的流行语，常有人在校门口或路口，阴阳怪气地说："哎——吆，你怎么打人呢！"

　　雨露发现大虎变了，变得胆小、懦弱，有时更像个孩子，这些天她的床铺上、被褥里会莫名其妙地多出几根大头钉，清晨起床的时候鞋托里会多出一个摆放好的捕鼠器，不用说这些全是大虎玩的恶作剧，是他自认为布置的最好的行为艺术，而且带着强烈的攻击性。镇上医生说这是精神分裂症的必然过程，开始天不怕，地不怕，几年后，就欺怂怕恶，打个比方，得这种病的人就像是狗遇到陌生人，你越怕他越叫得大声，他越会冲上来咬你，你不怕他，假装蹲下来捡石头，他立刻就吓得夹尾巴跑了。

　　为了赶上路过山里唯一一趟省城的汽车，这天雨露起得特别早，大虎爹天还没有亮就将儿子送过来了，雨露在灶台上忙碌，张罗早饭。大虎蹲在灶台底下负责添柴烧火，柴火烧得很旺，照得他黝黑的脸有点高原红，一根手指粗的木棍他试着折了几次都没能让它屈服。大虎将树枝抵在膝盖上，使出浑身的力气，以至于他全身颤抖。"咔嚓"一声，树枝在他手里很不甘心地折为两段，大虎满脸欣喜，哆嗦着将树枝塞进了炉灶里，脸上多了几滴亮晶晶的汗。

雨露照例为大虎和自己各冲好了一碗鸡蛋花，还特意为他煮了几个鸡蛋，大虎大概是饿坏了，"呼哧呼哧"地大口吞咽，大口喝汤。雨露突然发现大虎鬓角长出了一根白白的毛发，像专钓青鲢的粗鱼线，才疯几年，他就老了。那天鸡蛋花冲得特别软，以至于雨露下咽的时候，都呛得眼角被一层水雾弥漫了，看不清对面那个男人的模样。

原来鸡蛋花好吃，真情难咽。

阿峰这天一大早就在医院的大门口等候，雨露和他约好了，今天要带大虎来看医生。听说大虎这样疯疯癫癫已经有四年多了，一个好端端的男人，为爱疯狂了，着了魔一般嘴里整天唠叨着雨红的名字，他和村里斗大字都不认识的光棍一样，过得浑浑噩噩，虚度着青春。

站在拥挤的医院门口，不知道焦急的等待是一种什么样的过程，阿峰心里暗自自嘲，自己比大虎也好不到哪里去，他无缘无故找到了又一个妈，无缘无故多了个亲姐姐，却失去了真爱的权利，多了份当哥哥的责任，日子一下子过得平淡无味。

对面马路上一辆出租车上下来两个人，一个身影在如潮的人流中闪动，是那样的清晰和醒目，身穿的还是那件整天不离身的西装，那是他们准备结婚时，雨红在城里买给他的，已经在雨露无数次的揉搓后，脱去了部分原来的天蓝色。

"嘿嘿"，大虎嘴角那天真的笑和听不懂的话语，引来异样的目光。

"丁祖峰，我们在这里。"雨露紧紧地攥着大虎的手，看见远远的阿峰，惊喜地叫着。

阿峰一直特别佩服这个丁小气家的二女儿，精力充沛，一天到晚总是有使不完的劲，村里男人说他家两个女儿都是水做的，皮肤白得像水豆腐，可一个掉进大塘里融化了，一个被老家火辣的太阳风化成硬得都能磕掉牙的硬石头。现在的雨露将头发盘成一束，像个兵马俑里的秦兵战士。

"嘀嘀"，穿过马路的时候，大路上的车也仿佛是欺生，一见到大虎满脸痴呆的样子就使劲地按喇叭。大虎被吓得左顾右盼，眼里尽是恐慌，双手牢牢地抓住雨露，像个受了惊吓的孩子。

站在十字路口，来来往往的车流使劲地催促着他们，汽笛的尖叫声起伏，都恨不得一头撞过来，而雨露则恨不得抢起石头冲上去，将它们全部砸成哑巴。

"你们乱按喇叭干什么啊，吓着人啦。"连红绿灯都特别的刺眼，带上有色的眼镜，在最不适宜的时刻，让他们停在拥挤的十字路口，成为所有目光的焦点，雨露被激怒了，回身和一出租车司机大声的理论。

"妈妈，看，那边站了个傻子，脏死了。"一个放学的小孩，坐在妈妈的电动车后，惊奇地大声叫喊着。

终于到了医院了，走过一段长长的走廊，阿峰将大虎领进了一间挂有"精神科"的办公室，屋里坐着很多像他一样的人，都口角流着口水，被三五个家人摁在座位上，表情麻木，等待救世主为他们寻找失落的人生。

原来世上痛苦和不幸的不止大虎一人。

大虎在屋子拐角的长椅上哆嗦着坐下，大概是医院里弥漫的药味刺激了他，大虎习惯性地咳嗽一声，吐出一口浓痰。"啪"的一声，那口浓痰像个荷包蛋一样，响亮地摔在地上，展开成一大摊，冒着热气。

"你——你干什么啊！要注意卫生啊，别在我办公室里乱吐痰。"接待他的是个老女人，大概是职业的缘由，一见到有人不讲究卫生，暴躁地大声呵斥，有几个病人都吓哭了。

雨露自打第一眼看到这个老女医生就有股说不出的无名火，原以为医者父母心，应该是和蔼的，可这位50来岁的白衣天使，麻木的表情，比病人还要冷漠，看什么都不顺眼，上帝安排她来不是医人，而是鄙视弱者。绷着一张正在过更年期的脸，上辈子像是死了男人，再怎么问也没有一句话，仿佛所有人都欠她钱。

大虎被楼上楼下来来回回地领着，做了一天的检查，最后报告终于出来：精神分裂症！但雨露早就有是思想准备，最后快到下午下班的时候，老女人终于开药了，分别是奋乃静、利培酮、舍取林、西太普兰。

"医生，我姐夫这病是我爹一巴掌打的，我看你开的这几种药都是安眠成分很高的镇静药，是药物都有三分毒，你们拍了CT，他脑子里没什么淤血，能不能不吃药有什么物理疗法吗？"雨露看那药物说明书上写了很多注意事项，而且人一旦用药，就要天天吃，吃一辈子，那大虎这辈子就等于就废了。

"不吃药，想物理疗法，有啊，解铃还须系铃人，你回去叫你爹再在他头上狠狠地打一巴掌，说不定就打好了，就像过去用的电灯泡，瓦斯断了，晃晃线又搭上电，就亮了。不过你爹要是真有那本事，那我们医院开车去接他来坐我的位置，一巴掌就能治病，那要我们这些医生干什么啊。"那个开药的医生突然被雨露几句话刺激了，眼放绿光，一脸不屑，像只要决斗的鸡。

"你这是什么态度，是医生还是审问犯人，我看你天天给神经病看病，自己也是个神经病。"也许是近些天的压力太大，也许是天天没日没夜地照顾大虎，让雨露的神经一直处于压抑状态，她被这个冷漠加嘲讽的老医生彻底激怒了，大声地咆哮，一屋子的病人都被她吓着了，以为她们要打架，纷纷缩着身子往墙角躲。

"我就这态度，有本事你叫你爹来，也一巴掌把我打成精神分裂症啊，孬子不吃药能好，哼，那是装孬。"老女人估计是真到更年期了，尖厉的声音可以给恐怖片配音。她摆出一副要吵嘴的架势，看来很享受这种吵嘴的过程。

"回家，回家，我怕……"大虎也被吓着，拉着雨露的衣角小声地嘀咕。

"别吵了，她也是我同事，在精神科干一辈子，天天接触神经病，再精神的人也成神经了，药在这里，回去不吃也行，别吵了。"阿峰冲进来，慌忙将雨露拉了出来。

"这药我绝不会让姐夫吃，我就不信他一辈子都是疯子，不会醒来。"雨露将一大包药塞还给阿峰，气冲冲地拉着大虎，走出了那家医院。

其实一个人的服务态度，不代表一家医院；一个人的灵魂，不代表全人类；一片枯叶挡住了眼睛，不能否定整个春天的美丽；人间多的是爱、善良，要学会宽容，更要学会感恩。

一个烟雾弥漫的清晨，大虎趴在屋顶没有等到水鬼的出现，却真的看到了雨红从他门前走过。是她，那高挑的身材大虎一眼就能认出来，红色的健美裤勒得两半屁股翘得如踱步的公鸡。

大虎使出浑身的力气，弄弯了窗户钢筋，爬了出去。

"那水鬼被我吓怕了，把你放回来了吧，来，亲一个，就亲一个。"大虎猛追几步追到她家，赶上了正要进屋的雨红，一把就紧紧地抱住了她柔软的腰。可是雨红却没有像订婚时那样也把他抱得很紧，而是用力地推着大虎。

屋里坐着村长和他宝贝儿子丁富贵，桌上摆了些酒水礼品，还有个厚厚的红布包裹了厚厚一叠彩礼钱，他们来向雨露提亲了。

"雨——露，你——你回来了啊！"丁富贵今天特意打扮了一番，穿了件雪白的衬衫，今年流行打领带，他特意去城里买了套笔挺的西装，还请人帮忙打了条领带，笔直地坐在凳子上，脸憋得通红，看来是紧张。他在家族里也排行老三，就在去年，大爹、二爹家的两个儿子都到了三十岁，不出所料，他们将家族祖传结巴继续发扬光大，丁富贵今年二十九岁，三十岁这道门槛，他今天遇到雨露，算是第一次结巴预演了。

丁富贵一见雨露回家，立刻就赔笑给她倒水。

村长看着雨露心里暗暗得意，要是当年心肠狠点，拒收丁小气那几瓶酒几条烟，向乡里举报他怀二胎，这个未来的儿媳妇就有可能不能出世呢，英明之举，他暗暗佩服自己有眼光。

"大虎，你来正好，几年前你和爹来向我大女儿提亲，这几年遇到你爹说了几次，叫他把这一万块钱取回去，这老家伙说儿子疯了，要钱也没用，硬不要，现在你来正好，我丁家不能要这钱，你带回去吧。"她爹把一红布包塞进大虎衣兜里，都说丁小气是个捕黄鳝的笼子，只有人的口，没有出的洞，从来都是有进不出，想不到这钱他真不要。

"雨红没死，已经和我定好了日子，我要和她结婚，你们不能给她另开亲！"大虎咆哮着怒吼，一把将兜里的钱扔回去，扔了个天女散花，满屋子都飘钱。就在大家愣神的时候，他猛地抓起傻呆呆站着的雨露，就要夺门而走。

"你——你这家伙，整天装疯卖傻就算了，还——还吃了碗里护锅里的，雨露也是你抱的吗？"一边的丁富贵早就想好好教训下这个孬得不成样子的大虎了，今天终于找到借口，他抬起一脚，刚好踹在大虎腰上，踹了大虎一个跟跄。

"张家二孬子，我二女儿已经大了，你要是敢犯孬坏了我家二女儿的名声，我把你埋粪坑里烂了当肥料。"雨露的妈妈原本准备挑粪去菜地，见大虎在欺负她家唯一的女儿，气得端起粪瓢追出来，竟然泼了大虎这位孬女婿一身大粪。

大虎被赶跑的一瞬间，他回身疑惑地看了一眼，呆呆站在门口的雨红一脸红霞，阳光打在她脸上，染了色，好像有彩虹，那两个眸子里分明晃动着他的影子，这就更加让他确认了雨红没死的判断，因为第一次和雨红亲热的时候，她的脸也是那样的绯红。

"我的婚事我做主，这礼物和钱你叫他们带回去，妈妈，姐夫是个好人，没和姐姐拜堂成亲也是半个亲戚，是爸爸打疯了，你们怎么能拿粪瓢打人家啊，还泼粪，有没有点爱心啊。"雨露跑回家和妈妈大吵了一架，临走把桌上的一叠礼钱扔给了丁富贵父子。

"这小子简直不是人，姐姐去世后，就来调戏小姨子。"丁大炮远远地嚷嚷，一脸的愤怒，那样子像是大虎偷了公家的财产。

他最经典的事就是夜晚对着另一帮光棍吹牛：一年八月大旱天，我连续三天趴前村寡妇香秀家的厢房窗户，看她洗澡，第一天晚上我趴窗户看到她在洗胶鞋，第二天晚上我等半夜等到她房里有水声，一看她还在洗胶鞋，第三天等到下半夜，她还是在洗胶鞋，气得我当时就在窗外大骂，晚上不能洗点别的啊，大旱的季节天天晚上洗死鬼男人留下的胶鞋，什么意思嘛，有没有爱心！

"哈哈，嘿嘿，雨红没死，前几天我去她家还抱了她呢，她没死。"一连很多天，大虎在村里见人就一路边拍手边笑着叫这句话。直到村书记的儿子丁富贵受不了，竟然开着他那辆三轮车，到处抓他，要给他吃药，后来被大虎砸了车玻璃、放光了轮胎气，才吓得不敢惹他。

"要是丁富贵不去镇上带一箱子敌杀死给我，我就烧他的车，我要把那只水鬼毒上来。"大虎见人就放狠话，他对那只水鬼的仇恨已经到了极限。

自从大虎说了这话，村里就没人再敢从大塘里挑水煮饭了。

丁富贵放出话，大虎这个武疯子是村里的祸害，必须要送走，不然村里早晚要出人命，他私下里张罗人，要把大虎用车送到遥远的北方，那里冬天冷，生死在天，看他自己的造化了。雨露听到这样的消息后，也放出话，谁要是敢动姐夫，她就去举报，要他们去坐牢。

现在农村送孬子是默认的事实，很多村都经历这样的怪事，一夜之间村里多了很多外地的精神病或者孬子，都是外地用车乘夜装过来，像是上演谍战大戏，扔下车立刻就开车跑了，结果恶性循环，大家你送我处，我送你处，可怜的人就这么被送死在路上。

大虎是疯子，他能激发人类的潜能，村里连拄拐杖的八十岁老太太，见到他都能以百米赛跑的速度，瞬间逃走。

大虎是疯子，每当城里有男男女女的情侣去后山丁老地主家的明清大宅院参观时，当她们手挽手、搂搂抱抱地在他面前秀恩爱时，他嫉妒、他恨，那样更刺激大虎想他的雨红，想得他都瘦成皮包骨头，浑然和那头水鬼成了孪生兄弟。

大虎会一路小跑着奔到丁家大宅院里，披散着满头是虱子的头发，披着张红塑料袋，睡在阁楼上那张徽州大红漆古床上，因为这张古床不知道睡过多少大家闺秀、小妾。

当脚步声从前门、客堂、阁楼，参观到厢房，他能感觉就是雨红来了，一点点脱光要上他的床。当她们满怀期待地来昏暗的厢房里，充满古韵的红漆古床上真的睡了个人，穿越一般睡了个咧嘴露出满嘴生锈黄牙向她们笑的痴情汉，"啊"的一声夺路逃走时，大虎拍着手咯咯地笑，爬上屋顶，赤脚在几百年的虎头瓦片上跳舞、翻跟头，庆祝她们一路逃出村。

雨红坟上的草一岁一枯荣，可每年夏天的那天，大虎都会坐在她坟边陪她一天，一个人自言自语，从早说到晚，边说边拍手，一脸的泪水，那天，他愿意当个为爱而疯的人！这些年，实在太想她时，他就独自睡在丁家大宅院里的那张已经破旧的大红漆床上，闻着那木头红漆发霉的味道，一躺上去，就感觉穿越了，雨红就从村口的大塘里一步步走上来，一路笑盈盈地脱去水湿的衣服，躺到大床上，睡进他的怀里，也睡进他一生思念她的血液里。

二十四

雨露的名言是：我是一块生石灰，你越泼我冷水，我就越沸腾。

早在三年前，雨露就开始策划在村里建设农家乐的事了，开始还被当笑话，到处疯传，渐渐地竟然有些眉目了，村里谣传这丫头本事通天，镇上、县里的领导她全认识，而且还从上级申请到了专项资金，要把丁家墩做成西九华风景区的一个亮点。

首先改变模样的是丁家祠堂，近些年全国各地续谱成风，除了修缮祠堂外，主要是写上祖宗上几十代的名字和续写下几十代的辈分，牵着藤拽着瓜，丁氏一些在外挣了大钱的老板一碰头，带头捐赠了几笔钱，请几位长辈主持，很快修谱和修缮丁家祠堂工作就有条不紊地开展了。

阿峰的爸搬到了小美家住了，他把饭店兑了出去，自己的房子也卖了，整天往老家跑，小美听妈妈说，他急需用钱，正在和人合伙准备在老家开渔家饭店，这社会不怕千招会，就怕一招绝，以他的手艺，不管到哪里应该会有很多吃货跟随，生意应该不错。

小美妈妈开始有些担心，怕他步子迈大了，万一赔本了连个住的地方都没有，可是看着他整天忙得那么充实，小美妈反倒放心了。

这天一大早，老家村上的丫头雨露就来敲门，叫上阿峰的爸爸说是去县旅游局找个重要的领导，请他给批村上旅游开发的许可证。一直熬到下午，还不见阿峰爹回来，小美妈妈在家就坐不住了，她带上小美，一起坐车回老家丁家墩看看究竟。

"村里真的要做旅游啊，我们就坐竹漂去黑沙洲看看。"小美本来有点累，不想出门，但听妈妈说村里开发很热闹，她也想回家乡看看，这些天她真的成了只井底的青蛙了，无人倾诉，四面无光，整天活得浑浑噩噩。

在车站等车的时候，小美远远看见个背影好像很熟悉，等那人走近了一看，竟然是村里的阿六，这家伙一脸沮丧，正闷着头赶路，小美叫住了他。

"别提了，我和雅青吵架了，我不该不顾家，还打了她，她赌气非要和我离婚，原先以为她是吓唬我的，现在事情闹大了，她告到县法院了，法院几次传票送到我家里，再不去就犯法了，你和雅青是同学，能不能帮我说说好话，我真的再也不赌钱了，以后全听她的。"阿六抬头一看是小美，立刻眼前一亮，用油黄的手抓住小美，祈求她给说和。

"好，打老婆肯定是不对的，我回头打电话帮你们劝劝，但我没结婚，婚姻的事我也不清楚，总之，只要你真心爱她，她会原谅你的。"小美答应得很干脆，但心里终究没底，在爱情方面她是睁眼瞎，想得太天真，看得都是虚幻，哪还能给别人传经送道哦。

"谢谢!"阿六一脸感激，匆匆赶去法院了。

进了村，只一年多没回来，家乡变化这么大，记得那次同学聚会晚上在黑沙洲上野炊，那上面除了遍地芦苇荒滩，没什么可以开发的。

在进村的路口，她们就被一面墙做成的广告牌子吸引了，上面清晰地标注了从西九华到黑沙洲一条旅游线，粗略数了下，光亮点就有十来个，村边的那条河上，竟然还有竹漂，终点在黑沙洲上，江边停了几条大船，可以下船捉鱼、上船晚上住宿，最让她们吃惊的就是阿峰爸爸开的饭店，就在那几条大船上。

走在村口的水滩上，那几亩常年冒热气的山泉永远还是那个脾气，"咕咕噜噜"地冒个不停，千百年来形成的河道绕村而过，在临近村庄的时候被分流，一部分山泉被引入村里的大塘。房屋镶嵌水沟两旁，形如糖葫芦，一路散发着甘甜的幽香；一部分沿着环形的堤岸绕村而过，将丁家墩揽入怀中，远观村庄如熟睡的襁褓，安逸、宁静。

小美俯下身，捧一汪入口，清冽浸肺，细细品味，微带甘甜，顿能品味出一股别样的乡愁。

沿溪而上，路边稻田郁郁葱葱，田连阡陌，步入此境，顿觉一种难得的返璞归真。微风掠过，稻花纷飞，沾满衣襟，潺潺溪流温情脉脉，轻举碎步，款款而来，擦身而去，带着一袭稻花的幽香，一丝笑靥，让人情迷神乱。

"咕噜噜"，远远的先是听到笛音般空鸣的泉韵，循声望去，泉声从坳底石板路一丛密草深处隐约传来，踏过一片碧油油的草坪，拐过一蓬野生葡萄，再绕过一尊缠满紫藤的黑褐色的巨石，便进入了一片蝉鸣悠悠的山村小径，穿巷再行数步，至山脚下，一池"晶莹如玉，清冽凉指"的山泉便映入眼帘，面积足有三四亩。泉水自一长满水草的清潭涓涓而出，冒着气泡，如憋足了气般跳跃而出，于是，一眼清泉，就在这个时候和斯人如期而至。

山泉是乡村的眼睛，乡村是山泉的儿子，在她眼中世界不过是指点江山的沙盘。

也许是在城里居住久了，小美感觉和老家的山水有隔阂，显得有点陌生，她倚立泉边，寒气袭身，脱去鞋子，探入泉中，瞬间周身的每一处毛孔即被一股冰凉侵袭，冷得打了个颤，连血液也失去了温度，成了冷血动物。

泉眼四周，茂盛地生着一种开着黄色花朵的绿色植物，叶如菜场里出售的生菜，花蕾如菊，没在泉中，随波摇曳，却不见盛开，姿态曼妙可人。据介绍，这种水生植物只能在这泉水中生长，离开泉水就无法成活，且生长得很慢，但是此种水生植物在他处还并未见到过，一年四季均是一池翠绿，或许还是个未被记载的全新物种，与此池共生共息。曾经有村民就尝试过把此水生植物带回家养在池里，结果没几天就枯萎了，可谓忠贞不贰。

泉边几排竹子扎的小亭子很显眼，有几个人影在里面晃动，进屋一看，原来是丁大炮带几个村里的男人在里面休息，一见是同村的小美母女进来，他们忙招呼。

"你是我们村竹漂的第一批客人，今天带你们尝鲜，上来吧。"丁大炮看来是这里管事的，招呼她们母女上了条崭新的竹漂。

河宽也就三米左右，大概有半腰深，泉水的流速刚刚好，小美坐在绑在竹漂的椅子上，欣赏两岸的风景，船动两岸的风景变换台幕，高耸的张公山就坐在身后，渐渐被抛远，身边老家丁家墩古朴的建筑一栋栋在眼前闪过，青砖黑瓦，和马头墙遥相呼应，好一派徽州山水画。

侧面的崖壁上，一公路盘山而上，像条大蟒将大山缠绕，山顶矗立着一架正在缓缓转动的风力发电风扇，镇上追阿俐的姜干事说得没错，县里招商引资真的请来了一家上市公司，沿着张公山这一带山脉开发风力发电项目，原先村民有阻力，怕项目破坏环境，现在建成后青山绿水依在，反倒增加了一道独特的风景。

想想丁家墩侧临龙骨山，背靠张公山，足踏长江，很符合祖辈"面向大江，背靠大山，山神庇护"选龙脉宝地的风水习俗。张公山海拔800余米的山脊上，矗立着一架架巨大的大叶风车，听说安装在65米高的塔架上，直径长达41米，"呼呼"生风，随风起舞，而今风车已屹立山头，一字排开，与雄伟挺拔、绿树丛生、山花烂漫的张公山浑然一体。

"轰隆隆"，远处传来一辆辆载重汽车低沉的喘息声，近处风车"呼呼"生风，白色的风机塔，犹似擎天巨臂，以上九霄揽日月的宏大气势，让亘古宁静的乡村变成了一幅轰轰烈烈、充满豪情的建设场面。

丁家墩地形属中低山峡谷地貌，地形起伏较大，常年风速大，风期长，这恰好赋予了它得天独厚的风力开发条件。它坐落在山凹口，群山环绕，如个大口袋的出口，风被群山从各个山口驱赶一路呼啸而出。孩子们的民谣里有：张公山，老风口，小风大风天天有，小风刮歪树，大风飞石头。

船行了大约两千米，就到了黑沙洲的中心，那里的浅滩上停了三条大船，船全是木质的，外面全用桐油漆成铜黄色，阳光映照泛光，分上下两层，下层是厨房和餐厅，上层是旅馆，隔成了一个个小房间，里面电视、崭新的被褥、油漆通红的家具很诱人，雨露正带着村里一帮男人在开会。

"我们村的农家乐旅游线路前期建设已基本差不多了，最用钱的也就是这三条大船，不瞒大家，为了筹钱，我把爹的存折偷出来取光了，城里阿峰的爹也把城里的饭店关了，卖了房子，阿俐也卖了城里爹妈劳累一辈子积攒买下的房子，回老家支持我们，他们就是热爱家乡的这片热土，在座的各位也都是有钱的出钱有力的出力，这些天大家都急着要选个好日子，我们好开业。我考察了别的县市像我们这种类型的农家乐经营模式，我村现有的旅游资源算是比较好的，从长远来看，只要我们能满足来旅游的人玩好、住好、吃好，就一定能形成长期稳定的客源，但现在开业我总觉得还缺点什么最吸引游客的亮点，就是吸引游客必须来看的旅游冲动，我们打造亮点必须做到别人有我也有，但比他们精；我有的别人却没有，这叫闪光点、亮点。"船舱里，一四方桌子边围满了人，小美一看都认识，都在聚精会神地听雨露分析，雨露晒得很黑，长发盘在头顶看背影像个假小子，身后还是一如既往地坐着她的姐夫大虎。

小美向人群后面看去，竟然发现阿俐也坐在人群中，正聚精会神地听雨露说话，听说这家伙大学毕业不去城里上班，考了乡镇公务员，回老家陪一帮人策划旅游开发。

"我对自己烧鱼的绝活有信心，城里几家四星级饭店大厨想方设法地想偷学我的配方，这么些年都学不会，只要鱼料子好，是野生的家乡河鱼，加上我独家的配方，我煮的鱼汤能香二里地，吃好我敢打包票，来住的人肯定会喜欢。"阿峰爹坐在人群，他是这几条船上最大的厨，吃住方面他是领班。

"我们村所有的景点全部免费，乘竹漂也免费，等盈利了年底统一按出力多少分红。现在我们重点是商量什么时候开业的事，我想人家来山里玩，体验农家生活，我们所要做的重点就是将客人带到江边的船上来，带到黑沙洲上来体验抓小鱼、划小船、吹江风、吃江鱼的乐趣。菜就是农家菜，野荠菜、芹菜、春竹笋都是好料，但开业宣传的第一张宣传单特别重要。我一直在考虑我村大塘里那条水猴子是不是真的有，我弟弟淹死的时候我亲眼看到它就在大塘里，如果它还在大塘里，我们把它抓住，等宣传单一发出去，那村子就被炒热了。现在不管城里人还是农村的人，有几个亲眼见过水猴子是什么样？抓到它我们村就有了形象代言人，比任何明星做广告都有号召力。"雨露像个专业教授，在做细致的分析，她把所有的重点都放到怎么打响第一炮，做好开门红，竟然要把那个全村人憎恨的水猴子作为亮点，她爹对那条水猴子恨不得喝其血、吃其肉，想不到她家现在唯一的女儿，却要把水猴子当宝贝供奉起来了。

"我知道怎么抓到那条水鬼，听傻姑说她天天晚上半夜去她家米缸里数米，我要有人帮忙才能抓住它。"一听说有人要抓那条水鬼，大虎条件反射一般站起来，大声嚷嚷着出去了，样子又正常得像个思想家。

留下一船舱惊愕的人。

会正在开时，船下吵吵嚷嚷，原来是张村红人大兰兰的婆婆和村长一帮人说要找雨露算账。

"丁小气家二女儿，我听孙女说媳妇把这么多年做生意挣的钱全合伙跟你们村开饭店了，我不同意，她做生意挣的钱都是一句一句哭出来的，给你们瞎折腾，等于扔井里都不带响声，现在我要讨回去。"张奶奶怒气冲冲，终于找到仇人一般。她每天晚上念经能一口气念几个小时，看这架势，也是吵架高手。

"兰兰姐是自愿入我们村农家乐股的，会计都打了条子，账算得很清楚。她说钱存银行是死钱，支援家乡建设就算赔了也值得，她相信我为人，你有什么权力到这里代表她讨要本金？"雨露说得不紧不慢，句句咣当响。

"雨露，你们在村里规划建设，筹集资金搞农家乐我不反对，但在江边芦苇滩边修船开饭店经过村委会研究同意了吗？这片芦苇滩可是村里公共集体用地，不是你们几个小孩子在一起吃顿饭，心血来潮就可以玩的过家家。"村长和雨露的矛盾已经到了不可调和的地步，这些天这个不知道天高地厚的黄毛丫头，竟然完全不把他这个村支部书记放眼里，在村里另开炉灶。这丫头像是搞传销的，说话特别有鼓动性，做事又果敢，作风完全没有她爹的一点点影子，将村里男人分化成两股势力，原来还只是零星的，可短短几个月，就以燎原之势，几乎完全将他孤立了，现在他身边就剩下"大草莓"这几人追随了，今天听说雨露召集所有人在新船上开会，他实在憋不住了，赶过来要好好杀杀她的威风。

"既然你说这片芦苇地是村集体所有，今天在座的都是同一大队的人，几个村子有三分之二的农户入股了，按照少数服从多数，我们更有发言权和使用权。此外，我们农家乐饭店证照齐全，上级部门都发证同意了，难道非要晚上带几样烟酒向你汇报啊。张书记，你该醒醒了，不是你作威作福的年代了，你村村都有丈母娘的土皇帝好日子过去了，而且永远不会再来。"雨露一个还没结婚的丫头，吵起架来，丝毫不含糊，句句对症下药，直捅对方心窝窝。

村长本来还盛气凌人，可只一个回合下来，嘴就如被塞上了水瓶盖，囫囵着吱不出声，连脸都红了。这丫头竟然连他村村都有丈母娘的花边新闻都知道，再吵下去，她怕是什么烂舌根的事都敢说。也难怪，她家小店，每晚就是丁家墩一套《新闻联播》，大到国外恐怖分子袭击，小到村里母猪配种，什么芝麻大的小事都逃不过村里一帮闲事老嘴。这丫头从小就站柜台，偷听的杂事也够他喝一壶。

村书记告诫自己该走了，但还是挪不动步子，当着这么多村里人面，就这么走，那以后怎么在村里混。

"雨露，今年村里选举，我们选你当村长。"船上几个吃低保的单身汉带头表态，他们早就受够了，年年为了能报个低保名额，他们就差喊村长

"爹"了。每次上面有人下来检查，村长都提前反复打招呼，这也不准说，那也不准讲，恨不得将他们毒成哑巴，这几年，国家每年到底发多少低保金，他们从来都没弄明白，反正低保证被收上去了，年底村长给多少就是多少。

就在昨晚，村长还找到他们，说年底上面有精准扶贫项目，要是他们带头撤资，就包他们几个名单上报，说不定能帮他们申报危房改造资金，到时他们那几间破屋国家免费帮修缮呢！一喝多了单身汉骂道："给金山银山，老子也不要那钱了，老子再不想当你身边的一条狗！"

"选她，你们也不看看她几斤几两，我老张当村长20多年，不说能上天入地，盐巴比她吃的饭还多，笑话，我怕她！"村长被激怒了，几个单身汉竟然敢反水，还要选举别人，这还得了，是赤裸裸的挑衅，今天要不给点颜色看看，以后还不反了天。

村长装模作样地抓住旁边的"大草莓"胳膊，嚷嚷着叫他别拉自己，他要冲上船好好教训这几个忘恩负义的东西，可是"大草莓"根本就没拉过他。

"那你就好好在家自乐吧，有些事我本不想提前说，这些天我去县里跑项目，也听到了点小消息，村里老人反映你账务有问题的案子已经递上去了，你有找我们麻烦的时间，建议你还是回家，怎么做好假账，看看你这尊二十多年道行的泥菩萨，能不能趟过面前这条翻滚的大江吧。"雨露冷笑着调侃。

一听到要被调查，村长的脸色顿时骤变，这个小丫头鼻子难道是狗吗？这么灵验，他太小看这丫头了！村长哪还有心思吵架了，转身带着几个人，一脸犹豫地走了。他悔得肠子都绿了，当年要是不贪小便宜，向乡里汇报她爹超生，这小丫头睁眼都没机会，哪还有今天造他反这档烦心的事。

二十五

"爹，刚刚去院子里浇花，看到隔壁家刚出生的两只小狗狗好可爱，我特别喜欢花色的那只，肉肉的，我到院墙外唤过来一只，想摸摸，却被他家那条癞狗给咬破了手指，你看还流血了呢。乡下野狗都脏得要死，听说连屎都吃，还不打针，有狂犬病怎么办哦，那我怎么怀孕啊！"这天一大早，如梦一路尖叫着跑回家，捏着流血的手指，嚷嚷着说被狗咬了，吓得早上化妆贴上的假睫毛都不知道掉哪里去了。

这下子老张头家炸开了锅，儿媳妇正在积极准备"造人"，是张家未来一年重点工程，胜过任何国家大事，竟然被狗咬了，而且还是条刚生了崽的母狗，母狗护崽，牙毒超过砒霜，这还得了。老张头暴跳如雷，提着根木棍，没找到老丁头，去他家后院找了一圈，黑妞早带着一双儿女跑不见了。那天老张头特意包了辆专车，将媳妇送到县城打狂犬病疫苗，回来的路上，越想越气，这钱花得冤枉，自家狗不光背叛他，还咬自家人，老张家脸被一条狗丢尽了。人为脸，树要皮，这口气必须出。

他打电话给村长，那边这些天正憋着一肚子火，无处发泄，一听老张家媳妇被狗咬了，愤怒异常，说要打电话报警，按规定疯狗必须处理，乘着老丁头在城里女儿亲家，他嚷嚷着晚上就安排人打狗，吃狗肉锅子。

自从黑妞生下两只狗崽的那天早上，暴雨一直下到天黑，而后才转化成密密细雨，细如针，密如线，下了一个星期都没歇口气，天地间只剩下雨和雨声。

说来奇怪，两只小狗，黄皮毛的是只公狗，黑皮毛的是只母狗，刚好一个遗传大黄，一个遗传黑妞。小家伙长得肉嘟嘟的，像球，老丁头一进门，两个小家伙就立刻放弃它们心爱的玩具黑妞乳头，从它肚皮底下滚到老丁头脚下，咀嚼他的裤脚。它们眼睛已经睁开了，黑黝黝地盯着看，萌呆了，老丁头抱怀里玩可以，但如有陌生人上河埂，黑妞立刻就露出一脸狰狞，样子要和人拼命，时刻都处在战斗状态。

"大草莓"小心翼翼地划着双桨，船上挤着村长和老张头一帮人。小船两头尖尖，如裹脚女人的小脚，在河中摇晃。村长脸色凝重，握着一支长杆气枪，自从"大草莓"从外地偷偷带回这只气枪，山里红乡的野味就迎来了宣判日，以丁家墩为中心，方圆几十里辐射成一个圆，蓝天被划定了一块无形的禁飞区，近几年百谷鸟、喜鹊、黑头乌鸦都将开春的窝建在几十里之外的山里了，在这一杆狙击步枪的瞄准之外。

枪管上插着一支针管，淡绿色的一管液体在针管里晃动，像绿豆汤。他们悄无声息地慢慢接近了老丁头家的鸭棚。举目四望，河水被煮熟成一碗八宝粥，什么料子都有，四周的景色都被涂鸦成一样苍白的颜色，全是黑白的镜头，天地如山水画，黑的是天，白的是地。

"嘎嘎嘎。"岸上的鸭突然受了惊吓，提前响起了警报。这里是它们的地盘，它们吃饱了没事干，有朋自远方来，几百只鸭争先恐后地向餐桌一般大小的窝棚挤，挤成一堆知了的喧闹。

"汪。"黑妞猛地从睡眠中惊醒，支撑着站起来，后腿竟然不瘸了。它将身体紧贴着雨布角，只向外那么微微一探头，屋外那根黑乎乎的枪管一下子就锁定了它，那支针管如被装上了精确制导，"啪"的一声闷响，针管不偏不倚，刚刚好射在它的脖子上。黑妞眨巴了下眼睛，还没怎么反应过来，本能地挣扎着还想叫第二声，可是四条腿好像被打断了，它瘫软着口吐白沫倒在门口。

"张书记，准，实在是准，那些偷狗的都是三脚猫功夫，跟你枪法没的比哦！你这条忘恩负义的狗东西，这身皮毛还不错，剥了正好做件贴身护胸。"老张头第一个跑上岸，猛踢了还没有咽下最后一口气的黑妞一脚，厌恶地骂。

黑妞闭着眼，眼角挤出了一堆米粒大的眼屎，泛白的肚皮上下起伏，肚皮上一枚枚黝黑的乳头如小蘑菇一般生长着，开出紫葡萄一样大小的花，因为被过度吮吸，失去了水分，显得很干瘪，如花蕊缺水，耷拉着等待下一次绽放。

"汪汪。"黑妞怀里的两只小狗醒了，弱弱地叫了两声，抱着头又睡着了。

"好，我来拖上船，到村里剥皮。"就在老张头以为黑妞死了，拎着它的尾巴拖下河埂的时候，黑妞竟然猛地睁开眼，如漆黑中的灯泡突然通了电，眼里烧着火，竟张口铁钳一般死死地咬住了老张头的手腕，满嘴的尖牙已经全部嵌进了他的手臂里，咬到了骨头。鲜血像是水管爆裂，立刻就从圆润的手臂里飞溅出来，溅了各位船员一身。

"老张头，你的手流了很多血！""大草莓"大声尖叫，慌忙跑过去，用手掰黑妞的嘴，可是这条母狗真的发疯了，血红的眼珠死死地盯着老张头一动不动，已经将他牢牢地锁定。"大草莓"越掰，它撕咬的力度越大，快要把老张头整条手腕的肉都撕扯下来了。

"妈的，这毒狗药水是假的还是药量不够，怎么毒不死它！"村长揪着狗头猛拽几次，黑妞执着地咬着老张头的胳膊就是不松口，他急了，猛抬起脚，照着黑妞鼓鼓的满是奶水的肚子就是一脚。

"砰"的一声闷响，如气球爆裂，黑妞刚刚还涨成羊皮筏的肚子，瞬间就干瘪成一口空袋子，像是小时候玩的脚踹矿泉水游戏，一股浑浊的体液从它屁股处猛地喷射出来，向四面八方炸开，如臭鼬放屁，烟雾弥漫，漫天异物，这枚夹杂着狗屎的烟幕弹，炸得所有人全身都是一身臭屎味。

"嗯。"黑妞没有叫，只是沉闷地哼了一声，干瘪的肚皮拉扯着脸皮，将嘴活生生地拉扯成90度，夸张的嘴巴最大限度地张着，仿佛能吞下全世界。黑妞满嘴里都是鲜血，因为面额的脸皮被拉扯过度，整张嘴里的利齿全部裸露在外，全身像是触电一般急促地抽搐着，瞳孔胀得快要从眼眶里滚落下来，但它还是死死地锁定老张头，带着刮骨留痕的恨。也就是几秒钟的时间，黑妞全身神经性的颤抖了几次，最后头一歪，死了。这次就算它再有九条命也不可能醒来，因为五脏六腑全部碎裂，连肠子都从屁股处喷射了出来，如绳子滚落很远，冒着热气，如爆竹一般盘在地上。

"嘿嘿，死了最好，今晚大家吃狗肉锅子啊，我来剥皮。""大草莓"飞溅了狗屎的脸乐开了花，他抓住黑妞尾巴，一使劲就给挂到了树杈上，命人去鸭棚里找刀，他要剥皮，这么冷的天，吃狗肉刚好御寒。一听说有狗肉吃，人群立刻就骚动起来，原以为真有狂犬病呢，如今像秃鹰发现了死尸，一窝蜂地向黑妞聚集，欢喜得围成一群，咂着嘴，空气中仿佛飘过来狗肉伴烧酒的香味。

"一点高升，五魁首啊，六六大顺！"

"我输了，我喝，人生能有几次醉，今晚我不醉谁卖醉！"

那夜在"大草莓"家的厨房里，一群人围着一口大锅，地动山摇地喊着行酒令口号，锅里正在煮着什么，翻滚着汤汁，空气中到处迷漫着一股胡椒粉烧肉的香。这种刺激味蕾的狗肉香，至少能传一里路，老天闻着闻着，连雨也懒得下了。

"大草莓"划拳的声音和夏天打的炸雷有着一样高的八度，慷慨激昂，荡气回肠，有着满满的生活幸福指数。在这狂欢的雨夜，再没有什么比在家中架一口大锅，抓一把胡椒粉，切几片老姜，扔几粒河埂上摘的野生壮阳枸杞，割一缕野芹菜，烧一锅香喷喷的狗肉，喝一口辣得冒火的烧酒，一帮人围在篝火旁集体狂欢更惬意，更能治疗漫漫长夜独守空房的伤口。

"狗肉壮阳的，你们多吃啊！"老张头处理好胳膊伤口，招呼大家尽情喝，酒钱算自己的。

"阳壮得再多也没地方存放，孤家寡人一个。""大草莓"已经有点醉了，借着头顶的白炽灯，他有点微秃的头顶发着光，呼呼地冒白气，像个煮熟的大包子。他特意挑了个大块的肉，塞嘴里使劲地咀嚼，那是黑妞的肚皮肉，肉上还长了个手指粗的疙瘩，他剥皮的时候特意将肚皮上黑妞喂狗崽子的乳头连皮带肉一同割下。

老丁头不光会养鸭，养狗也很在行，狗肉一条比一条有嚼头，肌肉纤维在牙尖翻滚再被切割分离、下咽，一气呵成。下咽的时候，"大草莓"特意闭上眼，仔细回味，慢慢享受这种过程，脑子里还在反复对比一个月前吃的大黄和现在的黑妞肉，大黄肉作料好，火候足，肉劲道；黑妞肉细，大锅爆炒的火旺，油放的足，虽然匆忙了点没配齐作料，但肉更鲜，尤其是这喂娃的乳头，大小和自己脸上的肉疙瘩差不多，颜色也一样，粗糙且有弹性，嚼头十足，舌头反复翻搅，牙尖反复挤压，虽然没有奶水，但有股淡淡的奶香味。

"大草莓"仿佛吮吸到了奶水味，他将乳头含在嘴里，如咀嚼口香糖一般津津有味，最后一狠心，伴着口水，咽了下去，乳头边存留的几根肚皮毛，在经过咽喉的时候，挠得咽喉痒痒的，有种说不出的舒坦。

"牛肉咽着快活，狗肉辣着快活！真香啊！人生千万，哪及一顿饱饭哦。""大草莓"咂着嘴，沉醉回味，甩头赞叹。

老张头今晚狗肉吃得特别多，每咬一口，他心里就骂一次，这是对黑妞的报复。他晃悠着身子走进大草莓家后院，找茅房解急。屋后一棵小榆树歪支着身子，看热闹一般，将"丫"字形的两根细手腕粗的枝条伸展到了老张头跟前，树枝上好像还挂着两件衣服。这娃真懒，下雨也不收衣服。老张头无奈地摇头，解裤子释放，眼角的余光感觉那两件衣服滴着雨水，竟然是红红的，他抬头瞪圆了眼珠仔细一看，挂在眼前的衣服竟然是两张狗皮，一黄一黑，风拨弄着它打着旋，一会将黑色的皮毛一面展示给老张头看，让他回忆起那是他曾经养过的狗，一会又将已被剥离干净血淋淋的另一面转给他看，锅里肉已煮成奇香，而挂在树上的狗皮还在滴血如泪。

　　一黑一黄，两个身影在风中游荡、翻滚、拥抱、分离，天做背景，树做点缀，将黑黄的画面装裱成一张老照片，照片中有静有动，有悲有喜。一阵风掠过，在院子里打着回旋，没找到出口，遇到榆树被抬升，撩动着老张头的衣袖，静止的画面被惊醒，挂在枝条上的那两张帆布一样的东西旋转着晃动，如旧时客栈门前挂着的招牌，只撑着一层薄薄的皮毛，被十字形的竹签撑成了风筝型，在夜风的拨弄中，风铃一般轻轻飘动，一黄一黑，翻飞追逐。

　　天空云团晃动，老天刚刚打了个盹，重又"稀里哗啦"地下起了小雨。

　　一晃又过了一年，这一年秀秀过得最踏实，最开心，平淡是福，日子让她满足，爹去晓东家串了几次门，双方父母已经深度讨论他们的婚事了，过完新年准备订婚。她现在彻底粘上了小学弟，几天不见如隔三秋，过年和晓东走了几家亲戚，收了些红包，一场人生的剧本已经写好，男女主角已定，就差一场婚礼的对白和一套新房了。

　　"我妈想我们自己先首付买套房子，我这里还缺点钱，你那有积蓄吗？我们可以自己在县城先买套房子，我不想和父母住一起。"年前，一次晓东突然问秀秀有没有存钱。

　　"我爹那有五万，我这没存什么钱。"秀秀摇摇头，她已经很节省了，可还是月月光。晓东显得有点失望，没再说什么。

　　一晃新学期又开学了，秀秀偷懒迟到了一天去学校，她想晓东肯定早就赶到学校了，一大早正忙着给孩子们发书本呢。快中午的时候，秀秀上了山，进了那一排熟悉的瓦片房。一帮孩子正挤在隔壁晓东住的房间里"唧唧喳喳"地说话，样子很兴奋，秀秀暗笑晓东越来越讨孩子喜欢了，要不了多久他就能当爸。

　　"丁老师，我是新来这里支教的，以后请多关照！"秀秀正准备进自己屋子，晓东住的房间里走出来一中年瘦高个子男子，微笑着问候，秀秀蒙了，一时反应不过来，只支支吾吾地应付。

"曾校长啊，他考上省国税局的公务员了，今年过年的时候去体检的，工作关系已经转到省里了，听说前些天就去上班了，怎么，你还不知道啊，现在这里是你负责，上山来我一直没你电话，就自己先给孩子发书本了。"新来的男老师几句话，秀秀感觉天旋地转，心脏收缩，大脑缺氧，眼一黑，她的世界又一次坍塌了。

拨打晓东的手机，语音提示那边已经关机。

只坚持了两天，秀秀就实在忍受不了心里的缺氧窒息，大脑像是出了故障，总是发出错误的指令，她感觉现在自己就是只蜘蛛，每天吐丝是在勒自己的脖子，脑子总是缺氧，不动也累得喘气，总有各种各样的虚幻。

她请假直接打车去了趟县城晓东的家，敲门入室，一样的家，主人却换了。

"这家人啊，房子卖给我了，他们儿子很优秀考去省里，国税局公务员哎，年薪几十万，大年初四就搬走了，听说已经在省里买了房子，姑娘你是他家亲戚吗？是不是来拜年的？"房主大娘很热情，秀秀紧咬嘴唇憋红了脸，强忍眼眶，装作镇静地问有没有原房主的电话。大娘摇头说这家人走得很匆忙，房子卖得急，价格上自己还占了便宜呢。

"啊——"走下那栋小楼，秀秀一头扎进街旁边的一公共厕所，里面漆黑昏暗，脏得无处落脚，她张大嘴巴，大口拼命呼吸，将绝望释放。

原来男人都是喋血动物，想不到这个连鸡都不敢杀的男人，杀起女人来，连眼眨都不眨一下，自己给他一个女儿身，他连个背影都懒得跟自己打照面。

那天一大早，她独自一人蹲在厕所里，蹲了多长时间她没看表，腿脚已经麻木，完全动弹不得。

"姑娘，你还好没走啊，我想起来了，由于我们买房急，还欠这家1万块钱，老板娘催要了几次了，过几天女房主要来取钱，到时你有什么事自己找她吧，我看你年纪轻轻的，别想不开啊！"不知道什么时候，屋外有人急匆匆地奔进来，四下里张望，看到秀秀还在，长出了口气，是楼上那位大娘，跑得气喘吁吁，正在找秀秀。

"谢谢！"秀秀晃悠挣扎站起来，走出了昏暗的厕所。

秀秀就近找了家便宜的旅馆住了下来，打电话给镇教办负责人请假几天，那边是她的师范同学王俊峰的声音，毕业十来年了，他的声音没怎么变，对她的关怀还是那么温情，急切地问是什么原因。

王俊峰已经是镇教育系统的负责人了，秀秀生硬地回答身体不好需要请假，就挂了，她现在讨厌所有男人，只要一听到男人的声音就作呕得想吐。

只短短的几天，秀秀就感觉自己有点神经质了，有时住在清冷的宾馆里，睡在冰冷得怎么也焐不热的床上，她会活生生地从梦中被冻醒，冻成一块直挺挺的冰雕，怎么挣扎也无济于事，如只被钓出冰窟窿扔在冰面上快死的鱼，除了张嘴拼命地瞪眼、呼吸，只能等死，什么也做不了，眼睛直勾勾地瞪着天花板一整天，看一群老鼠来来回回地打闹、搬家。

旅馆的窗户很小，小到秀秀感觉呼吸困难，让她这条鱼缺氧，只能将头探到窗户边拼命呼吸。世界真现实，一座城市就是一栋高楼，有钱的住上层，空气好，风景好；打工族住下层，抬头能看到彩虹和初升的太阳，那是他们拼搏的动力，低头看到的是楼下满地垃圾；穷人住地下室，阴暗、潮湿，挤在隔成蜂巢般形状的房间里，和老鼠为伴，呼吸着浑浊的空气，连阳光都是二手的。

"哦，你来了啊，钱我已经准备好了，你把我打的欠条给我吧。"一天早上，对面胡同里传来楼上大娘特意提高嗓门的说话声，秀秀瞬间被打了一针亢奋剂，胡乱地穿好衣服，头发也没有梳，奔出门外。

当晓东妈妈点完楼上大娘给的欠款，转过那熟悉的身影，面对披头散发像个女疯子的秀秀时，脸色瞬间就变了。她来讨欠债，这个女人来讨感情债。

一家简陋的快餐店里，两个女人对面而坐，秀秀不说话，紧咬嘴唇，盯着眼前这位曾经熟悉得已经喊了无数次妈的女人，一脸的陌生，原来感觉这个女人很年轻，可带着鄙视情绪再细看时，却是个厌恶的满脸折皱的老女人。

"晓东他考上的时候，单位催得紧，要求立刻去报道，并要送到上海培训学习三个月，没来得及和你打招呼，别生气啊！"晓东妈一脸赔笑，秀秀以前总觉得这个女人很和蔼，自己缺少母爱，自打见到这女人起，她就感觉有种被宠爱的感觉，可是现在却有种被这女人卖了而自己帮她数钱的感觉。

秀秀苦笑，她不相信晓东会这么狠心，来镇上办理关系调动的时候能忙到打个招呼都没有时间，背后都是因为有这个当家的女人。

"秀秀啊，你聪明、优秀、漂亮，又孝顺，以后谁娶到你是福分。"晓东妈继续满脸赔笑，像在哄孩子，始终不温不火，话语中有退有进，滴水不漏，真情演绎。

"你的意思是我和晓东结束了，你能做得了他的主吗？难道就是因为他考进省城我们就不般配了，感情不是买卖，我要亲口听他说。"秀秀被这一句寒暄的客套刺激了，猛地站起来。

"去你们镇上调动的时候，我是陪儿子一起去的，他办完事就立刻回城收拾衣服走了，我原来以为他会去你家看看你，可是这孩子我知道，他不是很喜欢你，知子莫过于妈，你不是他喜欢的类型。你们年轻人现在最讲究感觉了，既然没感情那何必勉强呢。"也许是秀秀的失态刺激了她，晓东妈阴沉着脸，脸上的热度瞬间就从盛夏过渡到严冬，态度突然强硬起来，嘟噜着好像还在骂脏话，起身拿起衣服和挎包，就要出门。她一把推开挡路的秀秀，恶狠狠地瞪着秀秀，如果需要，她绝不拒绝和秀秀在这家空荡荡的快餐店打一架。

"你以为是过家家吗，你儿子能说放就放，因为他是个男人，可以拍拍屁股走人，可我肚子里的孩子已经快两个月了，我能拍拍屁股当灰尘一样拍掉，能当屁一样放掉，能说完就完吗？你儿子不认也可以，到时我生下来扔他们单位门口，看是丢我的脸还是丢你们这家绝情人的脸。"秀秀绝望地摔门而去，身后那个女人原本还装得很镇静，扭过头根本不想听秀秀多说一句话，可一听到秀秀说怀孕了，而且还要把孩子生下来带到儿子单位去闹，吓得慌忙跟出去，一路追上绝望的秀秀，竭力地安慰，生为女人，她知道一个怀孕的女人什么事都能干得出来。

原来怀孕的女人既是天使，也是魔鬼。

二十六

　　傻姑说每个水鬼都是贪玩的孩子，她们喜欢坐人家米缸上数米，却不识数。听到这消息，大虎兴奋异常，苦于一直没有帮手，他一个人对付不了那只水猴子。选了个特别闷热的夜晚，他脖子上挂着家里那顶半人高的鸡罩，背上一缸米出发了。

　　身后紧跟着一个黑影，那是雨露，他们相约实施他的复仇计划。这些年，大虎和那只水猴子已经是老朋友了，经历了多次正面交锋，大虎磨得雪亮的柴刀好几次贴着那只水猴子的头皮而过，就是没能要了它的命。

　　"嘎吱吱"水磨坊的风车一如既往地哼唱，一个人自斟自饮，举一杯甘泉敬着皎白的月亮，再倒进下游的大河里。

　　"小花，上楼睡觉了。"一直等到下半夜，傻姑唤上她的小花狗，上水磨坊的二楼熟睡。

　　大虎踮手踮脚走到大塘的石铺边，把那口大米缸在水磨坊外安放好，将半袋雪白的大米轻轻地倒了进去，一股属于早稻米特有的清香被夜晚的微风搅拌，烟雾一般，一点点弥漫开来。

　　大虎弓着腰，探着身，一个回身，拎着竹制的鸡罩闪到屋角，他动作轻盈，半弓着身子趴在墙面上，像只壁虎，眼睛死死地盯着大塘的水面。

　　借着月色，雨露发现大虎难怪这么悄无声息，竟然是赤着脚。她紧跟几步，贴近大虎的身体，一股男人特有的热源，贴着一层衣服传过来，让她全身感觉被加热了。

头顶的月亮在云层里穿行，时而抛给他们一些光亮，像是在换衣服。

雨露闻到大虎身上有股淡淡的鱼腥味，有点刺鼻，这些天一直在忙村里农家乐的事，没给他梳理头发了，没想到他乱糟糟的一头蓬乱头发，都能扎个辫子了，就他这种打扮，往城里十字街一睡，不用将腿和胳膊扭变形，肯定有人给钱。

这个男人专注的时候轮廓分明，很有型，甚至还残留着那么一点点睿智，嘴角的胡须杂乱地生长，根根坚硬得如芦苇桩扎手，消瘦的肩膀像沙漠里的骆驼，凹凸都起了驼峰，如果姐姐没有死，他们早该一个当爸一个当妈，而今却一个沦落到成乞丐的样子，一个在大山里沉睡，已化着了土，随着山里的溪水融进家乡的土地。

也许是雨露想感受大虎身上的温度，贴得太紧，大虎回过身耸着鼻子，在雨露身上仔细地嗅了嗅，大虎皱了皱眉头，他闻到了雨露身上有股女儿香。因为黑沙洲上的长腿黑斑纹蚊子咬人特别毒，天天晚上给她送"红包"，雨露每天晚上洗澡时都放些花露水。

雨露正在疑惑，大虎从上衣的口袋掏出一条死鲫鱼，也不知道那条死鱼他在兜里放了几天，已经有点腥臭了。大虎将鱼在手心里戳了戳，一股倒胃口的腥臭立刻就从泛白的鱼肚子里被挤压出来，胶白的液体沾满了他的手。大虎很认真地将满是变味的乳胶液体在雨露脸上涂抹，从额头、鼻梁、嘴唇一点点擦到脖子，连耳鬓都涂抹均匀，雨露虽抗拒，但还是咬牙坚持，刚刚还散发清香的身子被他涂抹得臭味熏人，可是当大虎温暖的手心在她的脸上游走，一点点的抚摸到她的嘴唇、脖子时，她心跳加快，血液急速翻动，全身开始燥热起来，脑子里竟然出现了年少时跟踪姐姐他们抱一起亲热的画面，那时她只是个看客，完全不能体会姐姐为什么那么有气无力地呻吟，像个病得要死的病人，而今她被这个割舍不下的男人捧在手心，也醉了，融化成一堆没有骨头的烂泥。

雨露脖子上的项链泛着光，大虎呆呆地抚摸，仔细地辨认，细细地拿捏，面色变得沉重，好像在高速地回忆着什么，可是他的高速公路上雾霾太大，他根本看不到青春时的风景，寻不到来时的记忆。

这条项链雨露爹娘多次要求还给老王家二儿子，女儿还没嫁人，挂个项链不成样子，雨露说什么也不给，她说着是姐姐送的，一提到雨红，两个老人心就软了。

金项链在她脖子上泛金光，听人说如果心中无爱，女人戴金金会发黑，如果心中有爱，女人戴金金会越戴越亮，自打雨露戴上这条项链，胸口感觉挂了个小太阳，整天暖烘烘的，吊坠小老虎的头像越来越亮，越来越萌，好像还长胖了。

不知道是米粒的香味诱人，还是那条水鬼每晚都会上岸把傻姑的家当家，半小时的工夫，水面上一个涟漪一跳，慢慢向四周散开，远处的水面上，一条正在树荫里吃露水的大草鱼被吓着了，猛地一甩大头，闪进了岸边的石缝里。

慢慢扩散的涟漪中心，一个小黑点慢慢探出头来，大小最多也就一斤重的香瓜，一头光亮的毛发闪着光，紧紧地贴在那个黑小脑袋上，光亮得像是打了蜡。雨露屏住呼吸，注目观望，那个小黑影从大塘的魅影中走了上来，先在大塘的石铺上坐了下来，用嘴撕咬着手指甲，撕咬完手指甲又撕咬脚指甲，而后才走向那个诱惑的米缸，那家伙也赤着脚，走路悄无声息，每走一步都留下一朵梅花一样图案的湿脚印。

借着月色的光亮，雨露第一次看清这个要了她姐姐和弟弟命的仇人，样子比村里的土狗大不了多少，细胳膊细腿，一双眼睛滴溜溜乱转，像扔在碗里的玻璃弹珠。小脑袋像是摇头的电风扇，四下里到处打探，鼻子呼呼地喘着粗气，像是在嗅着空气的味道，不时地停下脚步，向他们隐身的墙角张望，迟疑地走走停停。

"嘿嘿。"也许是米香太诱人，它一路犹豫着，最后还是走到了米缸边，伸进细长的小手，抓起一把米，看来这是它最喜欢的玩具，忘我的一粒粒数起来。

一粒米一个灵魂，一粒米一个故事，一粒米一颗种子。

大虎弓着背，猫着腰，绕到那个黑影背后，看准机会，一个箭步冲上去，举起鸡罩，将这个恨到骨子里的黑影扣在竹条编制的鸡罩里，新仇旧恨，该是了断的时候了。

"轰轰。"这家伙力气大得很，瞬间就反应了过来，猛烈地在里面跳跃、翻滚，看到落入仇敌大虎的手里，如感觉到了末日的来临。

"吱吱。"它龇牙咧嘴地怪叫着，瞪着愤怒的小眼睛，小手指甲从鸡罩的缝隙中伸出来，一次次地想掐大虎，无奈现在成了压在棺材板下的一个死鬼，再怎么也蹦不出大虎的手掌心。

"哈哈，雨红，你睁眼看看，我抓住它了，终于抓住它了！"大虎对天长啸，蓬乱的头发已看不出原来中分的发型，只一团糟的伴着他的身体在头顶跳舞，像只抽筋的刺猬。他从腰间抽出早准备好的柴刀，准备在它黑乎乎的小脑壳上敲个天窗，一击致命。

"你不能伤了它，这是村里的活宝贝，村里还指望它为农家乐做广告代言呢。"雨露一看大虎要杀了这只宝贝疙瘩水猴子，吓得慌忙一把抱住大虎胳膊，夺他的柴刀。

"放开我，你放开我！"大虎回身瞪圆了眼珠，像只发疯的牛，六亲不认，倔犟且浑身充满暴力，雨露死命夺刀真惹急了他，他一抬手臂，雨露踉跄着就飞了出去，摔倒在地。

大虎红了眼睛，他摆脱雨露的纠缠转过身，提着刀，决心要破了那只水猴子的肚皮，可是刚刚还装了小鬼的鸡罩已经侧倒在一边，里面已经空空，那只水猴子乘乱跑了，大虎瞬间就呆若木鸡。

"啊，放开我！"突然身后的雨露捂着头尖叫，拼命地挣扎，她就站在柳花树下，辫子不知什么时候被反吊起来，一个黑影蹲在树杈上，死死地揪住了她的头发，她越挣扎缠绕越紧，树枝的弹性和黑影的揪力让她身体腾空，双脚已经离地，在那里大声地咳嗽，踉跄得都快窒息了。

大虎奔过去，用肩膀将她沉重的身体托起来，举起柴刀，手起刀落，

"咔嚓"一声，雨露长长的发辫连同树枝，被他砍成两截，一头挂在了树枝上，耷拉着来回摆动，像悬挂在午门的人头。

两人跌倒在地上，来了个狗刨，雨露有了新发型，齐耳的头发像个民国学生。

"我，我的项链被她扯下去了！"坐在地上的雨露摸着空荡荡的胸口，少了一样最珍贵的东西，姐姐传递爱的接力棒被那只死猴子抢去了。

"扑通"一声，水鬼睁圆了愤怒的眼睛，一个鱼跃，从柳花树上跳进了大塘的魅影中。

"你这个混蛋，混蛋水猴子，啊——"大虎绝望地怒吼，抡起手中的柴刀，顺着它溅起的波澜狠狠地扔下去，他知道，今夜错过了要这家伙命最好的机会。

那夜大虎坐在大塘的石铺上一直叫骂到天明，咒骂那只水鬼，要那只死猴子还回来他送给心爱女人的定情物，还回他的项链，水猴子还给他一夜沉默。

二十七

因为感觉特别累，小美决定在船上住些日子，傍晚她一个人沿着竹漂的路线，逆流而上从黑沙洲的江滩上，一路向村子走去，寻觅童年的记忆。

脱去鞋袜，清凉的山泉缓缓而来，匆匆而去，水深过膝，脚下的鹅卵石随波如鱼从脚边游过，两岸随处生长的杂树枝叶茂盛，郁郁葱葱，碧绿如黛。村子里的房屋沿山涧两侧而建，隐于古柏之间，犹如一幅出自名家的国画，栩栩如生，引人入胜。

远处炊烟一升起，山间的雾气就弥漫进乡村，远山近水忽明忽暗相互点缀，山川小溪或环绕村庄、或鱼贯而出，在黑瓦白墙间游弋。行至大塘埂上，猛然间眼角的余光发觉四周顿时暗淡了许多，抬头观望，村内那一棵古柳花树巍然屹立眼前，小美惊诧怎么走到了这里，撞入了她的怀抱，这棵树上有她太多的童年记忆，让她想起了阿峰，那时自己才刚刚记事，年年花开时，岁岁遇故人，而今妻子树依然屹立在这里，自己的爱又在哪里。

小美赤脚盘腿置身于柳荫之下，"今月曾经照古人"的时空怅叹悠然而生，攀上树梢间，盘膝坐在古树粗壮的枝条上，能参悟到这个等待男人归来的妻子树静坐几百年的禅意。调整呼吸，悠然吐纳，顿觉胸中清气充沛，俗念全无，浑然感觉思维与古树接通了，能感受到彼此心里都有阵痛。

时间在古树的图腾里留下印迹，叶子随着四季不断更替色调，一个年轮就是见证相思的一次轮回，留下一轮烙印，感觉几百年的光阴仿佛就在这树间喧哗流动，纵然叶子有枯有荣，传颂的爱情经过民间口传的润色、再加工，越来越凄美。

生于斯，长于斯，小美闭上眼睛，张开双臂，站在高高的树枝上，大塘水面上的微风缓缓徐来，吹拂心灵颤动，她闭眼用心感受，痴想几百年前偶然残存下来的某一颗柳花籽被风吹落大地，在石缝与洪流间穿行，带着爱情的使命扎根于此，年年吐绿，直至超越世俗和时空，留给后人丰富的遐想和悲凉的哀思。

一束荧光粉的亮光从远处的大塘埂上忽闪忽闪地走过来，跳跃在夜色中，大塘的夜色被点缀。

"小黑，下来吃饭了，别站姐姐旁边吓着姐姐了。"荧光粉闪烁到柳花树下停住了，是傻姑，对着树上的两个黑影呼唤。

小美猛然间惊醒，仿佛逆游了几个世纪，她和这个柳花树血脉相通了，相互倾诉不幸，可是带着荧光粉的傻姑静悄悄地站在她脚下，猛然一嗓子唤醒了她，将她从穿行的时空隧道里拉回了现实。

她眼睛的余光感觉有一个小黑影就坐在她的身边，陪伴她一起在打禅静坐，不知道和她呆坐在这个树杈上多久，闪动着放绿光的眼睛，还呼呼地喘着粗气，一股刺鼻的鱼腥气扑面而来，让她肠胃立刻就过敏了一般，在激烈地翻腾。

"扑通"一声，小美踉跄了几步，晃悠着身子在柳花树上走了几步，掉进了大塘里。一股冰凉的冷从四面八方向她扑来，顿时将她淹没，无数个冰凉的怀抱将她抱紧，吮吸她的体温，就像十四岁那年的那场泥石流，眼睛、耳朵身体每一处开裂的地方都有人往里面灌铅，让她感觉身体越发沉重，手臂生了锈一般，足有几千斤重。

这棵树她年少时跳过无数次，可从来没这么感觉冷心窝般的怕，她能感觉那个黑肉球也落进了大塘里，就游弋在她的前后左右，带着扑鼻的鱼腥味，欢快地将她摁进大塘的淤泥，耳边都能听到"唧唧"的叫声。那个黑影纤细的手指甲已经扣进小美的肉里，只轻轻一划拉，就有千万条伤口在流血，刚才在岸上原本瘦小的还如只公鸡，可到了大塘里，全身的绒毛立刻就被舒展开，充气玩偶一般，成了个庞然大物，两个小眼珠像充足了电的灯泡，往外发光。

小美激烈挣扎，拼命拍打，想探出头来呼吸一口冰冷的空气，可是每次喉咙下咽的都是浑浊地搅拌着青草叶的塘水，灌咽的过程很粗暴，像是有人从她的喉咙处插进了一根消防管，阀门被开到最大，往她的肚子里猛灌。她的脚脖子被一只小手紧紧地抓住了，铁钎一般，小美越挣扎它拉扯得越用力。

渐渐地，小美挣扎的节奏开始变得缓慢，划水、蹬脚的动作都变成了慢节奏，开始是慢三，后来是慢四，再后来是定格。她瞪圆的瞳孔胀裂得越来越大，越来越大，像颗已经成熟了快要爆裂的大石榴，只要轻轻一触碰，就瞬间爆裂成一团石榴红。飞翔中小美的辫子散开了，在水里折扇般打开，演变成千万条线束，像个水母，又像是把撑开的黑油脂伞，将她的身体包容成一颗赤条条的蛹。她张开四肢，以放逐的姿势，竭力尽可能地将手臂打开、伸展，以十字架的姿势在水中定格，被制成了一朵绽放的标本。

"小黑，别和姐姐闹了，上来吃饭。"傻姑在岸上冷冷地呼唤了一声，大塘立刻就停止了喧闹，归于平静。

死神的手放开了，小美慢慢上浮，一点点复活，她猛烈地咳嗽几声，咳出一小团青草来。那夜她艰难地爬上岸，坐在大塘的青石台阶上大口、大口地喘了十几分钟气，生与死和她也就一个转身的距离。

她的上衣已经在挣扎中掉在大塘里，内衣也被撕扯碎了，纽扣耷拉在胸前，借着月光，小美发现自己祖露在外的胸很丰满，像两座山峰，尖尖的，巍然挺拔，乳白的肌肤中泛着血管，对称的恰到好处，两峰之间不用任何挤压自然形成的沟壑深至山谷，发梢凝聚的水珠顺着山谷流淌、冲刷，水珠滚落的触动有种过电的刺激感。

自从感觉长大后，她很少审视自己的身体，觉得有点不好意思，以前还是瞎子的时候，洗澡妈妈帮她擦背时她都双手捂着胸口，妈妈一摸她的乳房她都有种怪怪的悸动，妈每捏一次感觉胸口就是海绵，脑海里就会被挤出一点点刺激她全身松软软的酸水。

大概十六岁的时候，一天晚上妈妈送给她几套胸衣，问她喜欢什么颜色，小美说天蓝色，像家里的江水颜色。胸衣扣住胸口，顿时感觉自己长大了，是个大人了。妈妈不知道是不是偷量了她的胸围，买的尺度、大小刚刚好，不知道什么时候偷偷长得很丰满的乳房，被两块布包裹着再用背带反扣到后背、扣紧，有种被捆绑的、约束的快感，一戴上去，心里的自信立刻就膨胀起来，妈妈特意买了件紧身的上衣让女儿搭配，一个懵懂小丫头长大了，亭亭玉立，浑然天成，浑身都散发出一种青春的美，那夜她失眠了。

人类的进化真是奇怪，男人有强壮的肌肉线条，坚韧刚毅，女人有婀娜的曲线，松软且弹性十足，男女相互对岸而立，饥渴地欣赏着对岸的风景，千百万年从未有谁产生过审美疲劳。

今天，小美瞬间体会到了那种酸溜溜的感觉，这种感觉她作为女人好像天生骨子里就能生产，只是需要药引子来刺激、引导，水珠的滑动，像是有谁在胸口用嘴伸出舌头，贴着绒毛从脖子处一直抚摸、亲吻至胸口，游动至乳沟，再一点点向乳尖迈动，以至于全身的汗毛都竖起，全都在那一刻用心感受那种细微的微电流。

"呀——"一阵微风吹过，小美打了个冷战，只几秒钟的过电后，她就被胸口隐约的一阵阵胀痛占去了大脑的快感，感觉有人用针对着她的胸口用力扎进去，疼到钻心窝。这是怎么了，自从前些日子感冒咳嗽后，总感觉胸口憋着块痰，吐不出、咽不下，隐约作痛，老天爷给她漂亮的脸蛋却夺去了她的眼睛，让她忍受十来年的失明之痛，给了她丰满的身材却在她胸口拉下了一枚大头针，让她只感受了几秒的快感就被刺痛、苦闷占据大脑神经。

小美一手捂住一只胸，赶紧往江边的黑沙洲船上赶，她怕自己的胸被那只水鬼的指甲扣破了，那指甲可是沾了尸油会感染的。

二十八

西九华的高速公路已经修了好几年，到处都是热火朝天的建设场面，路边的工棚里睡着全国各地来的打工客，成了方言的闲散聚集地。

秀秀刚上了公路，回身看见村子里一帮男人匆匆地往这边走，她慌忙躲到路边的竹林里，她现在最怕的就是遇到熟人。竹林边的工棚里，几个工人正在门前打哈欠，有的刷牙，有的提饭盒准备出门打饭。远处几个身影从村口出来只一个念想的工夫，村里男人就跑到了一个工棚的大门口。

"就是这个工棚，昨晚我看见傻姑被一个老男人带进去了，这家伙吃了豹子胆了，敢勾引我们村姑娘，敢老牛吃嫩草，傻子也是草，我们都舍不得吃呢。"一单身汉义愤填膺，嚷嚷着骂，抬脚就将工棚的门踹开了。

几人一拥而进，不一会就从屋里揪出一个四十多岁满脸黝黑的矮个子男人，男人只穿短裤，一脸的惊吓，看来是刚从床上揪下来的。傻姑也出来了，怀里抱着那个永远陪着她的玩具娃娃，一脸的疑惑。她穿着一件粉红色的睡衣，胸口是一卡通美少女刺绣，料子已经起毛，肯定是地摊货，但站在一帮男人中间，也是一朵盛开的红莲。

"你们为什么打他啊，他对我很好的？"傻姑将男人护在身后，疑惑地质问。

远远的，村里一个矮小的黑影一路端着小脚，晃悠着纸片一样的身子跑出来，等近了大家看清是丁婆。

"丁婆婆，你老人家来正好，傻姑常来这里过夜，我一直怀疑他，我们帮你把勾引你女儿的这个男人抓到了，这个老家伙来这里打工已有四年多了，不能当爷爷也能当叔叔，在老家怕是儿女都上高中了，还勾引小姑娘，这是强奸，今天一定要抓到乡里判刑。"那个单身汉不依不饶，耳光如雨打芭蕉，将那男人扇得啪啪响。

"三强能，你出生时满嘴异物，猛打屁股都哭不出来，是我用手给你扣出来的，二能巴子，你出生时脐带勒脖子不通气，是我嘴对嘴给你吹活的，现在一个个长能耐了，敢教训我家女儿了。你们都给我放手，这男人年纪大、可能结婚了又怎么样，只要对傻姑好，傻姑过得开心比什么都好。"丁婆抡起拐杖，将一帮刚刚还准备上战场杀人的男人赶得乱飞，一窝蜂跑回村了。

丁婆婆摸摸傻姑头，用一双几乎能看透凡世的浑浊老眼，看着那个哆嗦的男人，欲言又止，拄着拐杖，叹了口气，艰难地回村了。那个外地男人大概受了过度的惊吓，直到傻姑从屋里拿出一件大衣给他披上，才缓过神来，摸出一根烟，一屁股坐到小板凳上，埋头猛吸。

"我漂亮吗？"傻姑已经从刚才的惊吓中完全解脱，穿着吊带睡衣，跳跃着在路边乱花丛中采花，她挑了朵最艳的野蔷薇插在右边的耳夹中，挑了朵七彩的喇叭花插在左边的耳夹中，蹲到吸烟男人面前欢喜地问。

"嘀嘀"，远处缓缓驶来一辆去省城的汽车，秀秀慌忙从竹林里跑出来，汽车戛然而止，车门缓缓而开，秀秀低着头，抬脚就要上车。

"妈——妈！"蹲在地上的傻姑抱在怀里的那个玩具娃娃突然开口，清脆的童音明澈而响亮，天籁而悠长。小家伙脸蛋凸起，肉嘟嘟的，小巧的嘴巴微微上翘着，很是淘气一般还被涂上了一点微红。

"呀！"秀秀身子猛地颤抖，一个趔趄差点从已经启动的汽车上跌下去。

刚刚开春，省城车站很拥挤，出门打工的人流又要像候鸟一样，在家只做短暂的停留，就留下窝里的老小，一千个挂念，一万个不情愿，飞去远方觅食、生存去了。

来接她的还是那个她最不愿意看到的面孔，脸上越赔着笑，越显得假惺惺。晓东妈直接迎到大巴的门口，接到秀秀后，拦了辆的士直奔省立医院。来这家医院全都由秀秀做主，而且秀秀点名要聘请上海的专家来给她动手术，别人不会心疼自己，她要学会自己爱自己，不怕花钱，反正越花这老女人的钱，秀秀越觉得解恨，这是他无情的儿子必须要付出的代价。

现在花与不花，花多花少，钱都是人家的，与自己无关。

医院门口依旧是人山人海，妇产科的门诊前，很多女人挺着大肚子，在三五个家人的簇拥下，一脸幸福的来检查，有几人是来引产的呢？这其中只有秀秀紧绷着脸，她们高兴是因为来造人的，是个称职的伟大母亲，而自己是来杀人的，还有帮凶，还是孩子的奶奶。

"烤山芋啰。"大门边一烤山芋的大娘在大声地叫卖着刚烤好的山芋，吆喝声在喧闹、杂乱的都市夹缝中穿行，浑身都透着土气，显得很不协调，秀秀鼻子一酸，想起了妈妈。

小时候，妈妈每次做饭的时候，都会往灶灰里扔个山芋，等到下午饿了的时候掏出来，就是这个味，夹着一种焦烟的香，弥漫整个童年的梦。

秀秀要了一个，热热的，如个宝宝穿了件一辈子都没洗过的皮大衣。抓在手心，斗去尘灰，剥去烧焦的外皮，露出淡黄的肉，散发着幽香，她轻咬一口细细品味。

滚烫的山芋肉在舌尖咀嚼、翻滚、扩散，最近一段时间，电视上正在热播一部《舌尖上的中国》，短时间内便引爆全国观众的胃口，她带来的不仅是美食，那种儿时的味道、故乡的味道更能冲击心灵。每逢看到夹杂着乡愁的美食被主播缓慢的语速引导，秀秀仿佛就回到了童年，尝到了妈妈做的那一样样可口的小点心，有次秀秀看到入情，直至眼泪与口水齐流。

每个孩子都记不起母亲乳汁的味道，但一定深刻铭记母亲烧的小菜的味道，那是故乡的味道，只有用故乡的山水和母亲起茧摘菜的老手，才能调味出那舌尖上的童年。

"姑娘，好吃吗？这山芋是在山里自己种的。"大娘一脸憨厚，亲切地问，让秀秀感觉到世界上还是有温情的。

"快点哦，约了专家，迟了就看不上了。"刚有点胃口的秀秀被晓东妈催促的话倒了胃口，还不情愿地将山芋包好放到了挎包里。

晓东妈提前就找到了熟人，直接不用站队就领着秀秀进了专家的房间，专家又是个六十来岁的老女人，秀秀现在对这类老女人有些抗拒，真搞不懂干这类活的为什么都是老女人，难道只有女人才有这么狠的心肠，只有女人才能这么从容的左手慈祥地抚摸自己的孩子，右手用刀眼都不眨一下去杀别人的孩子。

"你们去预交三万元费用吧，准备上手术台。"一阵开单检查，而后老专家就叫晓东妈赶紧去交钱，听说光专家费就要一万。

一听到要交三万，晓东妈妈老脸抖了抖，看着曾妈一脸的心疼，秀秀解气。她要的就是这样的效果，现在医院越大，越是吸血的魔鬼，穷人活着养不起家，病了更是看不起。

医疗、教育、住房、养老，穷人头上顶着四座山，哪一座大山不够穷人扛一辈子，哪一座大山不能将穷人压成柿饼。

"现在医院放在第一位的不是救人，而是交钱！"晓东妈的挎包来时还是鼓鼓的，一趟收费台一跑，就干瘪得如流产的女人肚皮，她一脸愤怒地边走边小声地骂。

快上手术台，一小护士夹个文件夹，要病人家属签字，手术过程中谁也不敢担保没什么意外。

"快签字吧，你可是亲奶奶哦，亲手到处求人、请专家，花高价要你孙子的命，什么都有轮回的，你不怕吗？"秀秀冷冷地笑，说的话一字一个冰疙瘩，示意护士请墙角站的那位"富婆"签字。

晓东妈气得鼓嘴在墙角一句话不说，抓起笔要签字时，听到可能手术还有危险，签字要担责任，顿了顿缩回了手不愿签了。

"你们到底谁签字?"小护士一看这家妈的表情,一脸鄙视,大声嚷嚷要是不签,那专家号就白挂了,而且下次站队也轮不到她。

晓东妈一听,咬咬牙,签了字。

一番常规性的体检后,秀秀被推进了手术台,门外几个护士在一边窃窃私语,又提着几张纸,找晓东妈妈签字。

"上了手术台,生死由命,反正也不是我的女儿。"晓东妈小声地嘀咕,索性豁出去了,看也不看就签,来者不拒。

秀秀有些困惑又要签字干什么,但又懒得去问,来这里打胎的,风尘女子、未成年小姑娘、未婚妈妈,都被男人吸干汁液,成了只空奶瓶,伤成冷漠人,谁还在意别人的眼光。

哪个男人不是刽子手,哪个女人一生不能写一本天书。

旁边柜台上摆满了一大堆发着寒光的不锈钢银盘,里面一些闪亮亮的器械静静地摆在那里,让她忍不住心悸,感觉头皮麻麻的,虽然这样的场景,她很早以前在读书的时候就经历过,也算是老运动员了,可那时是初生牛犊,因为心里有爱,豁出去了反倒不怕,心里念叨着反正以后要怀孕生娃,先预演算彩排、实习,到时从容些,而今心里空荡荡的,感觉什么都没有,什么都抓不住。

原来老兵更怕血。

难怪人越老越迷信,越老越怕,经历多了,阴影就多了,怕命运的轮回。

耳边好像传来过年爹杀猪时那头可怜肥猪的哀嚎声,一个女人沦落到这种地步,总是对着自己肚子里的孩子下手,而生为妈妈,护不住,生不下,养不起,一次次总是无能为力,秀秀感觉自己就是屠夫。

既孕育了他,又要杀他,世界就是这么残忍。

娃啊,你爹欠我一个承诺,我欠你一条命。

原来这个世界每个人都可以变成杀人犯。

"姑娘,多大了啊,老家是哪里的啊?"上海专家走到手术台后,问长问短地净问些废话，秀秀很烦，敷衍着应付。其实她能感觉到，这位已经六十多岁老专家的爱心，她是想分散秀秀的注意力，她这是敬业，是为了缓解她的紧张，可是秀秀现在最不相信的就是亲情。

提臀、抬腿、劈腿，这些动作如果是让她上舞台，去用肢体展示，她会笑盈盈做得很自信、做得很美，可是现在她翘着臀部，被一个老女人戴着老花镜来观摩自己，用沾了碘酒的窥阴器将身体支开一个大洞，拿个刨子像挖煤一样在开挖她的身体时，秀秀感觉有股莫名的屈辱，但她不得不强忍，竭力压制自己的情绪，她怕哪怕是眼角的一滴眼泪，就能让自己瞬间崩溃，然后倒成一堆糊不上墙的烂泥，最后一根稻草就是这么压死人的。

身边站了好几位穿白大褂的小护士，可能是刚实习，也可能是刚上班不久，一个个扭着头，不敢看，其中还有个更小的，梳的刘海发型让秀秀感觉像十几年前的自己，耳鬓的绒毛泛黄的，俊秀的轮廓显示有种刚刚长大的美，她手里拿着两袋满满的血浆，绷着脸，在那里替秀秀紧张。

小姑娘就是小姑娘，没见过什么世面哦，经历算是一种阅历还是一种财富，秀秀纳闷护士为什么拿几袋血浆。

就在秀秀烦躁的胡思乱想时，猛地感觉下体的最深处被拨开了一个洞，"啪"的一声响得很清脆，而后是一股热流顺着大腿两侧倾泻而下，开始像是打针的那种疼，秀秀咬咬牙，以为疼麻木了会好点，可是这次的疼像是燃烧的线束一样，从下肢经脉某个点开始，先是被点燃，瞬间就泛着星火，带着灼热的温度，沿着经脉，游走向她躯体的每个细胞，而且还伴随着撕心裂肺的疼痛，像是有人用剪刀剪开下体，再用双手手撕她的躯体，直至有人抓住她的经脉，像拽绳子一样一扯、一拉，抽出每一条经脉，直到将她抽成一个蜷缩的球，放光所有的怨气，最后只剩下一张空空的皮囊。

"啊——轻点啊——"秀秀张口震动空气，头顶的小灯晃了晃，挣扎着没有掉下来，像只蜘蛛一样，重又爬回它的岗位。这里哪是什么手术台，分明就是一口深井，埋葬她的枯井，四周阴暗潮湿，她无法逃脱，哪怕是一根打水的缆绳都没有。

秀秀感觉洞口的疼痛渐渐演化成涨裂，身体又像是加满气的气球，瞬间就将她刚刚还感觉干瘪的身体加满气压，将全身的血液驱赶成奔腾状态，下体飞溅的缺口瞬间打破了血液流动的平静，演化成一场集体越狱逃亡的奔流，一股股热流从下体翻滚而出，欢呼着，奔涌着，喧闹成一团爆裂的火。

她身体决堤了，洪荒之流翻滚而出。

她瞪圆了眼珠，身下的白色床单瞬间就被染色，原先还是一小股的细流，顺着床单流到乳白色的地板上，渐渐聚集成一汪、一滩殷红，像是打翻的番茄酱，一股刺鼻的怪味爬上床单，扑面而来，扒开她紧闭的嘴唇，转入躯体，直到她倒了胃口，肠胃翻江倒海，"哇哇"地吐了一地淡黄的还没有完全消化的烤山芋。

顿时屋里弥漫着五谷杂味，胃液将烤山芋腌制成另一种刺鼻的味，那个小护士捂着嘴，作呕几次，强忍没有吐出来。

"快！快拿止血钳，给她紧急输血！"上海专家用满是血红的手扶了扶金丝边眼镜，老女人大喊。本来还静悄悄的手术间里一下子忙碌起来，还傻呆呆看的几个小护士，瞬间就被上足了发条，各忙其职，止血钳夹住了崩裂的缺口，血浆袋挂了起来，插进了秀秀泛白的胳膊里。

"命，命啊，死了最好，给肚子的娃娃一个交代。"秀秀喃喃自语，苦笑看着天花板，想起了妈妈也是这么流干血，生下弟弟走了，她走得那么伟大，走得爹感觉欠她一辈子的情，可自己这么走了，那个已经喊了妈的老女人不会掉泪，更不会同情，还可能是欢喜，除了根，留下的只是个烂名声，可以供村里男女咀嚼很多年。

从医生护士的零星碎语中，秀秀才知道自己这次是宫外孕，小家伙找不到家，妈妈关闭大门不让他串门，他只能在妈妈狭小的躯体外某个不适宜生长的地方生了根，机体其他部位强烈反对，集体对外，一心要将他置于死地，而今一动，惹得他成了只愤怒的小鸟，竭力向妈开火了，咬断了她的血脉，大出血了，呵呵，报应啊。

秀秀渐渐感觉眼皮越来越沉重，像是挂了几百斤重的石板，压得她的脖子都"嘎吱"响，颈椎都快断了，将她压成一块茶干。秀秀闭上眼准备好好睡下，可是每当她一闭眼，上海那个老专家就命人趴在耳边大声地问话，还扒开她的眼皮，非把她叫答应，打扰她一个又一个美梦。

整个下午，秀秀就这样反反复复和自己的睡眠战斗，奇怪的是现在的自己一点也不感觉到疼，而是感觉从胸口以下已经完全没有了知觉，整个身体特别轻松。

睁着眼看头顶的天花板已经消失，演变成一片湛蓝的天空，天空有时还有灿烂的阳光，阳光下一架银白色的飞机在翱翔，从云霄俯冲而下，在空中画着爱心桃的形状，向她示爱，最后冲下来接近她。

"血终于止住了，命算是保住了，可怜这姑娘了，吃了这么大的亏，身边连个亲人都没有。子宫内壁损伤很大，输卵管也受了很大伤害，不知道以后还能不能怀孕了。"不知什么时候，老医生终于长出了口气，小声地嘀咕，疲惫不堪。

"不要，你们，你们对我做什么了，我以后可能不能怀孕了？"睡梦中的秀秀正准备登上俯冲下来接她的飞机，突然被耳边这句议论的话惊醒，猛地睁开眼，翘起身，绝望地大叫，像头猎豹。

四周涌上来的护士死死地将她按倒，一针镇静剂打入血管，秀秀圆睁的双目渐渐失去了光泽，一点点关闭再次睡去，这次真的睡着了。

一连十来天，秀秀躺在医院四楼靠窗的病床上看着窗外发呆，每天那个看一眼就让她厌恶的女人除了送点稀饭、汤粥来不让秀秀饿死，就很少能看见她，秀秀原先绝食，毫无胃口，可是就在她醒来的第三天，俊峰打来电话，说爹脑梗死病又犯了，他去将老人家接到镇医院住院疗养，并告诉爹说秀秀是去省城进修去了，大概两个星期就回来。

一想到孤苦伶仃的爹，秀秀就忍不住鼻子酸，这样的人生履历她瘦弱的肩膀真的担负不起，自己为年轻时的叛逆付出的代价实在太大，才落得现在这种田地，还连累爹跟着牵挂，不能安度晚年。

之前如果有人问她后不后悔，她会回答一万次，不后悔！可是现在，她真的后悔了，不是在意坏了、烂了名声，而是从心里彻底的疲倦了，绝望了，因为这两个负心男人在她高傲、冷艳的心里倒了一瓶墨水，从里染到外，从头倒到脚跟，再怎么也洗不清、漂不白。

"护士，请帮我到楼下买些烤山芋行吗？"一次饿了，休息时秀秀弱弱地求那位最小的护士帮忙。只一会工夫，就有人敲门，那位大娘张望着进来了，手里包着一团升腾着热气的奇香。

"大娘，你送上来的啊，楼下摊位没人照看怎么行啊。"秀秀支起身，艰难地取包掏钱。

"姑娘，不要钱，伤筋动骨一百天，要好好疗养哦，不然有月子病。楼下摊位不用看的，都是自家种的拿就拿点吃吧，咱农村人不稀罕那东西，要拿也是城里人拿。"大娘将暖暖的山芋和钱都塞进秀秀怀里。

快出院的时候，秀秀打电话给俊峰，问他有没有时间来省城一趟，来接她。电话那头答应得很干脆，有时间来接。放下电话，秀秀突然觉得这么些年自己活得竟然连一个朋友都没有，翻来数去，还是这个老男人能招之即来，虽然是冷饭，但炒热了却是温暖的，能填饱肠胃。

这天一大早，秀秀能下地走路了，她坚持出院，身边的晓东妈妈一听，立刻脸上堆笑，屁颠屁颠地跑去柜台结账了。一切办理妥当，秀秀披衣下床，梳好头发，准备出院。

晓东妈妈从包里掏出一信封，里面装了些钱，封面上写着两千元，硬塞进秀秀的挎包里，说是回去自己调养下身体。本来已经麻木的秀秀身体渐渐颤抖起来，抬起头看看这些天都没正眼瞧过这个不知道是可怜自己还是为儿子还情债的老女人，秀秀连说话都懒得张口，出院给两千块钱算什么意思，为她胆小、薄情、私利的儿子还良心债，还是封口费。

"卖大饼啦，卖烤山芋啦。"楼下吆喝声一片。

秀秀掏出钱，对着一脸堆笑的晓东妈妈扬了扬，顺手从开着的四楼窗户扔了出去，楼下立刻就喧闹起来，如公园里金鱼抢食，欢呼声、叫骂声、打斗声集体上演，像小时候家乡新房子建好后，早上上梁，房主站在房梁上，唱："爆竹一放喜洋洋啊，我们到贵府抢喜糖啊！"底下人异口同声地喊："好啊！"然后房主向人群抛洒糖果。

哄抢是动物的本性，电视画面无数次地播放，国道旁、铁路边，侧翻的货车、火车被蚁群一般的路人哄抢的画面，面对别人的不幸，国人往往表现得是比默然更恐惧的占有欲，没有去帮扶、救助，反而携老带少，将人性演化成一场集体狂欢。

"姑娘，你的钱掉下来了，我就帮你抢了这么点，人太挤，手都被他们踩破了，你刚动了手术吧，注意别乱动，先收下这点钱吧。"楼下那位烤山芋的大娘一见秀秀出了医院大门，就跟上来，说看见秀秀在窗边钱不小心掉下来了，人群抢得太拥挤，她被挤跌倒了几次才捡到五百块钱，她硬把手里踩满了脚印和泥土的五百块钱塞给秀秀。

"不用了，你收着吧，谢谢你，大娘。"秀秀将钱推回去，大娘的手黑乎乎的，却特别热乎。

"吆，孩子，你手好冰哦，赶紧回家吧，煮点热汤喝，最好是野生的鲫鱼，补伤口的。"烤山芋的大娘握着秀秀冰凉的手，执意不要，还在竭力推辞。

这世界，真有那么一点点带着热度的真情，就是丢在几百万人栖息的大染缸里，捞出来也不褪色，带着烤山芋的乡土气息，散着一份由内而外的热，透着一份真。

"大娘，你烤的山芋味道和我妈妈一个味，我——我可以叫你一声，——妈妈吗？"秀秀紧紧地抓着大娘黑乎乎的手，盯着那位大娘喘着粗气为她抢回来的五百块钱，几度哽咽，泣不成声。

老天爷就是这么混蛋，在你最绝望的时候，总会有最真挚的毫不相干的亲情冷不丁抱紧你，焐热你，让你不得不感动，而且还被感动得稀里哗啦，甘心情愿，丝毫不准怀疑。

老天爷就是这么王八蛋，偏偏要一颗石头心在荒漠里有一瞬间的开花吐绿，而后又要她继续面对骄阳，被残暴地折磨，慢慢枯萎。

"好啊，我一把年纪本来就能当你妈啊，来，妈这还有烤好的山芋，包几个带着路上吃，动手术身子虚，回家要炖些土鸡汤喝哦，光吃这个可不行。"大娘满脸欢喜，麻利地包了好几个烤好的大山芋，塞进秀秀挎包。

"妈——妈——谢谢妈，谢谢妈，谢谢我的妈妈，妈，你在那边听到了吗，我在这边认了个干妈，她烤的山芋和你烤的一个味，她给女儿的爱和你的也是一个味道，妈——妈，秀秀想你，秀秀想去那边看你……"秀秀接过山芋，猛地张开双臂，扑进对面那个陌生却很安全的怀里，这个抱柴火的怀里有干草味，尘土味，甚至还有牛屎味，但却特别暖和。她像个刚死了男人的寡妇一般，放声痛哭起来，哭得撕心裂肺，哭得五官挪位，面部扭曲成一张狰狞的面具，一张掉了色的吓人的脸谱。

"又一个失足女人啊，可惜了，多哭哭好，女人眼睛水是杀菌的。"旁边一个只抢一张百元纸钞的小贩叠好钱，揣进屁股兜里，吃了亏一般愤愤地调侃。

"就是，这世界现在流行认干爹干妈，太随便了。"一穿得西装革履上班族，拎着包，愤怒地骂。

"妈，我走了。"秀秀就那样紧紧地抱着新认的妈，哭了几分钟，这几分钟，她感觉哭尽了一生，哭哑了喉咙，哭干了肠胃，哭倒了张公山，哭死了自己。

新妈后背上两摊水印，像是两个大补丁，形状像家乡的稻田，秀秀抬起衣袖，轻轻地擦了擦，几滴还没有被吸附的泪水沾到了她的手臂，立刻转进了皮肤里不见了，一股冰凉让她打了个寒战。她转过身，擦干泪水，顺手将那五百块钱塞进妈胸口的大补丁口袋里，妈执意不要，秀秀固执地非塞进去，并大声说是个缺良心人的，如果那个缺良心的人不敢向你要，妈你就自己留着吧，说罢就走出了医院，走出了这家几乎将她一生毁灭的医院，登上医院外开车来接她俊峰的车。

就在车启动的瞬间，秀秀从怀里掏出那部陪了她几年的大红翻盖手机，摇下车窗玻璃，探出半个身子出去，抓着那部手机，向站在医院大门晓东妈妈狠狠地扔了过去。红色的手机在空中翻滚，翻盖被打开了，如只刚刚出生还没有长出翅膀的小火烈鸟，像模像样地扇动着翅膀，可是根本飞不起来，只能在空中翻滚着下坠。

"啪"的一声，手机在坚硬的医院楼梯上翻了个跟头，瞬间就被肢解，摔成六七个部件，跳跃着向四面八方的人群里钻去，寻不见一点残缺的躯体。人群开始是一阵惊讶，以为是又扔钱了，准备扑过去挣钱，可几秒钟的观望后，一脸的失望，匆匆地脚步重新响起，医院门口又恢复喧闹。

"女儿，回家好好调养，妈就在这家医院门前卖烤山芋，想哭就来找妈。"医院高楼下，那位卖山芋大娘用力地挥着手，大声呼喊，嗓音盖过了一阵阵尖锐的汽笛声。

车缓缓启动，秀秀回身看着医院门口并肩而站的两个身影，一个是晓东的妈妈，她曾经欢喜地叫了妈的女人；一个是卖山芋的大娘，她刚刚认的一个新妈。

同是女人，同样都叫了妈，一个刻薄无情，胸口是个冰窖；一个纯朴憨厚，胸口有颗滚烫的没有污染的山芋心。

二十九

村里人都知道，大虎差点杀死了那只水鬼，差点杀死了村里的活宝贝，可是听说那只水鬼可能还有帮手，竟然能把雨露的头发在树枝上打个死结。

消息越传越玄乎，说那只水猴子会武功，虽然只有土行僧那么高，却比李小龙还厉害，能飞檐走壁，潜水遁土，还练得一身刀枪不入的真功夫。

因为没能杀了它，大虎整天都很沮丧，但他出门总是刀不离手，随时警惕，任何一堵墙后看不见的拐角，一片树叶的背后，一只蜗牛贝壳里，都可能藏有水鬼的一双眼睛。

"我叫你天天犯孬！"一天大虎饿急了回家吃饭，爹竟然自己动手，用八号铁丝做了个铁链，将他捆了起来，还用小腿粗的木头棍子，狠狠地抽打他，可是直到他爹把那根粗棍子打断，大虎趴在窗前的眼睛还是没眨下，一直还盯着远处那个水面，嘴角挂着鬼魅的冷笑。

"嘿嘿，打得好，打得好。"大虎拍手称赞，心里一直在酝酿下一个复仇计划，仿佛他爹打的根本不是他，而是那个可憎的水鬼。

"啪"的一声，棍子断了，大虎爹脸色越来越难看，越打越怕，最后扔了断木棍，给他解了链子，以后再也没绑他。

那夜很清冷，大虎坐在大塘边的柳花树上打盹，树下两个人影正在拉扯惊醒了他。

"你跟我也半年了，不是今晚看到你在吃药让我逮个正着，我打死都不相信你一直在吃避孕药，为什么要吃这药，你不想给我生娃，我这么帅，你不想跟我一辈子。"原来是小麻子正在拉他的小媳妇。

他媳妇胳膊上挎着包，里面鼓鼓的，看来是要出村，被小麻子截住了。只半年的工夫，这个不知是哪个山沟沟里被转卖来的女人，皮肤变得雪白，像夏天的第一支雪花藕，出门倒盆水都有光棍偷窥。

小麻子人长得不怎么样，疼人倒是老手，也不出去打工了，见人就说在家造人。哪里人多就带上他的小媳妇往哪里赶，庙会带着他的小老婆，什么衣服好看、花哨买什么，嘴角的口头禅就是"不怕花钱"，浑然就是个大款。逛街两人的手还握得紧紧，他说那叫恩爱，可村里光棍说小麻子是怕她逃跑。

一次逛庙会，一乞讨的小孩硬拽住他的裤脚，嚷嚷着老板给点吧，小麻子挣扎了几次都没有抽身，他蹲下来，对着那个脏兮兮地小孩耳边小声地说："其实，我比你还穷！"

"光棍有酒喝啊，光棍有烟抽啊——"小麻子一出门遇到村里的单身汉就唱这首自创的主打歌，不知道是自豪还是调侃他们，歌声里全是满满的幸福指数。

"我拉拉手就能叫媳妇高潮，拉拉手就叫媳妇怀孕，你行吗？"有的单身汉看不惯，说他几句，没想到小麻子火了，竖起中指，挑衅对方。

太阳稍微大点，人家戴草帽，他们出门打把透明的小红伞，小麻子说那把伞是防紫外线的，紫外线你们知道吗，你们真是贱癌晚期，就是太阳有毒，我家媳妇皮肤多嫩你们知道吗？必须要防毒，这把伞好几百呢。小麻子还特意给姑娘买了个红色的蝴蝶发夹，戴在辫子上，真的像只飞累了憩息的蝴蝶，衬托着那把红色的透明伞，显得特别洋气又单纯可爱。

"你们村女娃结婚都戴三黄，我也要戴三黄。"一次媳妇嚷嚷着要进城买首饰，小麻子一听气得直咬牙根，这肯定是哪个烂嘴的在媳妇耳根边嚼舌头，不然媳妇不可能那么拜金，他现在穷得别说"三黄"，就是"三银"也买不起。

"我还小不想早生娃，我想家了，回家看看爹娘就回来。"姑娘避开小麻子主动迎上来的目光，将一板12粒已经吃了一半的避孕药扔进了大塘里。

"早跟你说过了，你真爱她就打断她一条腿，当活宝贝养了半年，她不还是要偷偷地跑啊。"大虎从树上跳下来，拍拍一脸失落的小麻子，很老到的样子。

"嗯，大虎哥哥说得对，我媳妇我有权执行家法，打断个腿至少我得到个人，划得来，划得来。"小麻子像是被点化了，连连点头，一脸感激，在地上到处张望，看有没有大点的石头。

"别找了，我这有柴刀，你说吧，是打左腿还是右腿，我帮你打，先拿她试试手，让大塘里的水鬼看看我以后就这样要她的命。"大虎边说边从腰后抽出了磨得雪亮的柴刀，对着头顶的树杈砍去，"咔嚓"一声，一截树枝应声落地。

"我，我，我没真吃避孕药，那药是我在村上捡的，已经过期了，我估计怀孕了，想出去看医生。"姑娘看到大虎从树上跳下来就怯生生的怕，这家伙在村上什么事都干得出来，谁都知道他刀不离身，像个屠夫，是专为杀什么水鬼准备的，可今晚他要用那刀砍断她一条腿！这村男人都是神经病，这个满脸都是麻子的男人奇丑无比，天天接吻非要开灯，不知从哪里得来的自信，见人就说人家迷恋他的帅，真是恶心到家。

"你怀孕了啊，真的吗，我丁麻子要当爸爸了啊，大虎，你给我站远点，别碰着了我儿子，你看你那一头孬头毛，也该洗洗剪剪睡了，媳妇，别怕，走，我们回家，我给你炖枣子汤喝。"小麻子刚刚还是一脸的愤怒，一万个感激，决心必须要打断媳妇一条腿，可一听说没领结婚证的媳妇可能怀孕了，顿时乐开了花，慌忙站到大虎面前，一万个鄙视，一把粗暴地推开他，牵上手吓得哆嗦的媳妇，一路欢喜地回家了。

"啦——啦，葫芦娃，葫芦娃，金刚葫芦娃，啦啦，我要做七个葫芦娃的爸……"小麻子一路歌唱。

"他媳妇怀孕了，怀孕了，我家的雨红也怀孕了啊，我去找她。"大虎嘴里唠叨着扔了柴刀，转身下了大塘埂。

那晚午夜，黑如墨，大虎很轻松地就摸进了雨红的房间，因为这里他太熟悉了，闭着眼睛都能走进去。一闻到她女儿红的香就让大虎亢奋，而且他知道雨红爸妈今天不在家，去远房亲戚那吃喜酒去了，现在估计还没回来，这是难得的机会。

雨红正侧身躺在床上听收音机，大概睡着了，因为大虎伸手解她的胸衣时，她没有像以前他们偷欢时象征性的反抗，这就更让大虎确定了她就是雨红。只是大虎的手摸到她的右胸时，她的身子在颤抖，如只上足了发条的小闹钟，随时准备到点闹响，而且一只手把他的手抓得如抓小偷般越来越紧，生怕大虎逃走。

终于脱完了雨红的上衣，大虎长出了一口气，手在润滑却有些微汗的躯体上游走，肌肤还是那么凹凸有致，可是当大虎摸到那个特定的地方，却少了一样比命还值钱的东西，那个黑痣呢，我们的爱情痣呢？

"雨红你不会变心了吧，你把我们的爱心痣藏哪里了，弄丢了？"大虎埋头到处翻找，疑惑地问。

"啪"，大虎亮了手电，瞪圆了血红的眼珠，用力将侧躺的雨红翻过来，在她胸口仔细地查找，他想在雨红的乳房右下处，一定能找到那个火柴头大小的黑痣，那是他们偷欢的按钮，可是大虎瞪圆了眼珠也没有翻找到。

"啪！"一声清脆的耳光声，大虎的脸上顿时感觉有炭火在烧，能感觉指纹印夹着炭火的温暖在毛孔间游走。这种被打耳光的感觉他好像有点记忆，只是好像被她爹打的，那次打得他耳膜都破了，还流了血，这次被雨红打了，怎么也这么疼，她现在打人都学会了，下手也和她爹一样，这么狠。

大虎捂着腮帮子，一脸的茫然，他眨巴着眼睛，看清了面前站着的竟然是雨露，是雨红的妹妹。她用衣服捂着身子，满脸的委屈、愤怒。

"我明明看见刚才床上躺的是雨红。"大虎吓得夺门而逃。

当大虎逃出那间小屋的时候，却见雨红家的窗台上趴了个黑影，弓着腰，驼着背，见被一脸愤怒的大虎发现，吓得跳下窗台，一路发疯的向大塘埂上奔跑。

"水鬼，别跑，你还敢上岸到雨红家偷看啊！"大虎咆哮着，抓起雨露家屋角的一把叉样，如皇陵里瞬间复活的兵马俑，眼里烧着复仇的火焰，赤着脚卷起一路风尘，一路咆哮着追了过去。

村里人被惊醒，农家的灯光睁开了昏暗的睡眼，一个个披衣服跑出来看究竟。就见大虎发疯似的叫喊着，举着把闪亮的叉样，正在追赶一黑影。

那个黑影狂奔在大塘埂上，已经到了丁婆的水磨坊边，大虎离他还有二十多米的距离，这个距离快要超出了他叉样的范围，大虎有些绝望了，只要那个黑影闪进丁婆家的屋后，那里是一片树林，就会消失，他又将和它擦肩而过，错过复仇的机会。

突然丁婆的水磨坊房门口几个亮光一闪，一串光亮忽闪忽闪的上下抖动了几次，而后那串光亮迎着那个黑影向大虎这边走来。

"小花，上，这个黑影不是大塘里的小黑，晚上经常趴雨露家窗户，小花，咬他。"是傻姑，她截住了那个黑影，永远戴着那顶荧光粉发环，像个守护大塘的精灵。

"汪——汪。"大虎一直以为跟在傻姑身后的那只小花狗夜晚是只猫，可那夜在得到傻姑的命令后，它瞬间就眼露凶光，身上的毛发竖立起来，肩骨凸出，嘴里发出"呼呼"的咆哮声，像头小猎豹，锋利的利爪刨得大塘埂上黄土飞扬，它奔跑着扑向被堵在大塘埂中央的那个黑影。

那个黑影定住了，见前面有扑上来的凶狗，身后有追上来的大虎，左边是满是野橘子枝的刺藤，连只猫都钻不过去，右边是大塘，他一个鱼跃跳，选择跳进了大塘里。

就在那个黑影快要跳进大塘里，大虎猛地投出手里的叉样，像个运动员投掷标枪一样，将所有力量和仇恨从脚趾尖一路传递、聚集力量，腰腹肌深拉、背阔肌挤压、肩胛骨扩张，所有的力量集中到大臂处，做了一个完美的"鞭打"动作，最后用指尖抽送，掷出了复仇的种子，那把叉样划着完美的抛物线，如被装了精确的制导定位，在黑乎乎地大塘口，准确的击中了那个快要跃进大塘里的黑影。

"扑通"一声，大塘顿时归于平静，可整个村子早灯火通明，沸腾了。

那个鬼影就这样消失在大塘的魅影里，大虎跳下去，摸遍每一根水草、每一株柳絮、每个洞口，可任他再怎么叫骂，都没有回音，水面上有一点血红，大虎发誓那肯定是水鬼流的血。

"是有个黑影偷看，这些天晚上就坐在我家窗前的那棵树上，我能肯定那个黑影不是水猴子。"当赶回家的丁小气要过来打大虎调戏她家二女儿时，雨露横在他面前，竭力地护着大虎，她知道爹那一巴掌的力量，能要了现在瘦弱的大虎命。

那夜村里人都没有睡，村里又多了一个鬼。

"张老三你看看你家孬二儿子干的好事，这东西不除，村上早晚有人让他毒死。"第二天一大早，当看到满大塘漂上来的死鱼，丁家墩人实在受不了，都指着大虎爹骂。

就在昨晚，大虎放光了村长丁富贵家三轮车的两桶柴油，还偷光了他家仓库里存的所有柴油，全倒进了大塘里。

"昨天晚上，那只水鬼被我用柴油逼上来了，嘿嘿，他就躲在柳花树下，被我一叉样差点叉死。下半夜，它爬了上来，被我一路追到丁家祠堂后面的山上了，以后娃子们可以游泳钓鱼，大塘里再也没水鬼了。"大虎当着全村人的面，冷笑着大声宣布，像个得胜的将军。

"这东西要是淹死就好了，省得害乡亲！竟然把一塘的鱼都毒死了，这可是全村的过年鱼啊！给我打，打死不要偿命。"大虎爹愤怒到了极点，他对儿子的忍耐已经到了极限，虎毒不食子，可是再不清理门户，他爹早晚也疯了。

"给我把各个路口堵住，别让他跑了。"村长一路叫骂着，领着几位队长直追大虎而去。

大虎慌忙抓起一把叉样，转身就跑上了村口大塘埂上，只要他出村逃进黑沙洲芦苇地里，就没人敢追他了，那片芦苇滩几千亩，茂密得很，当年新四军七师曾在这里和日本鬼子打过游击，鬼子都不敢进去，找个人如同大海捞针。

可是就在他快上大塘埂的时候，丁大炮挡住了他逃跑的路线，这个平时懒得日上三竿才起来的老男人，这次却异常地勇敢，光着膀子，两只眼睛瞪得像山核桃，歪着脖子，脸上的青筋爆裂，鼻子呼呼冒热气，摆出一副不怕死的态势。

大虎红了眼睛，本能驱使这次一定要逃，身后追来的十几个人真会要了他的命。

"冲啊——"两军相遇勇者胜，大虎喊了一嗓子给自己打气，硬着头皮向丁大炮冲锋，他从小就怕这个老单身汉，这家伙一身横肉，一顿能吃3斤红烧肉，像个杀猪的，一次全村人在山里砍柴，遇到只野猪，村里人用扁担打，唯独他不，张开双手扑向野猪，硬是把猪头抱住，野猪浑身的毛如刺，他胸口也长了茂密的胸毛，一点不怕蛰，抱住了就不撒手，硬活生生把野猪给掐死了。

大虎上次用砖头把丁大炮拍得狗血喷头，流了很多的血，差点要了这老家伙的命，那是武疯子病犯了，这次看这架势，丁大炮有大虎爹那句打死不偿命的金牌，没有了后顾之忧，真要报私仇了。

先下手为强，大虎冲上去，抬手就给丁大炮一叉样，丁大炮一闪上身，敏捷得如电影里少林寺老和尚，像是会功夫，竟然躲得很轻巧。这个老家伙下身没有动，看准大虎进攻时一叉样扑了个空，身体的侧面暴露了出来，他抬起右脚，对着大虎握叉样的双手就是一脚侧踢。

"咔嚓"一声，大虎握在手心那把手腕粗的木质叉样断成两截，变成了二节棍，大虎跟跄着后腿了几步，没有摔倒，感觉胸口沉闷，像是被人重重地踹了一脚，一股热流从胸口翻滚着涌上来，在咽喉处打旋，差点喷出来。这家伙脚力实在是太大了，不光踢断了叉样，连脊梁骨头都震得咔嚓响。

丁大炮的进攻是连续性的，他涨红了脸，显得特别兴奋，整个大塘埂上全是人，都在看他表演。已经有十几年没有露一手了，想当年一提到他丁大炮的名字，那在这一带江湖上也要给三分薄面，那时放电影，他一人拳打集镇上十几个流氓，脚踢山后张家墩四兄弟，全身挂彩也不下火线，硬是打出了名声，出去小一辈前呼后拥，人人都敬畏地喊声"炮爷"。十里八乡的姑娘任他挑，要不是那时好吃懒惰，嫌结婚养个女人麻烦，他家娃子怕是早上初中了。

就在大虎还在压制胸口的那团热火不让它喷出来的时候，头顶暗光一闪，他眼角的余光觉察到了危险，不好，他慌忙向旁边本能地一扭头，可还是迟了那么一点点，迎面呼呼而来的风夹扎着沙土，带着黑乎乎的一片云。

迎着太阳光飞来的是块砖头，原先还是巴掌大的一个黑方块，眨眼间就变成一块门板那么大，铺天盖地而来，大虎侧着脑袋，竭力躲闪，还是逃不出那块砖头布下的天罗地网，被死死得罩在那团黑云里。

"轰"的一声闷响，不是炸雷胜过炸雷，不偏不倚，正中脑门，拍的力度大到大虎眼窝里到处冒火星，像是过年放的过山雷，"噼噼啪啪"地在脑门里到处炸响。

"哦——哦！"大塘边的人群中发出一阵惊恐的呼声，一个个屏住呼吸，这场人鬼大战看得让人胆战心惊。

"你真是上茅房打电灯，照屎（死)！"丁大炮恶狠狠地骂。

雨露一路慌慌张张地跑上大塘埂，可是就如所有的电影剧本里写的那样，都是枪匪被抓住了警察才冲进来，所有的勇士决斗结束了，相爱的女主角才赶到，雨露赶到大虎身边，听到那一砖头砸得天崩地裂的响声，本能地闭上了双眼。

完了，这个男人没有疯死，现在被砸死了。

也许是那块砖头烧制的质量不太好，在接触大虎脑门的一刹那就开裂成无数个小碎块，向四周崩裂、飞溅，一股黄沙在大虎蜂窝发型上升腾、弥漫，远远地看像是有佛光。

"轰隆隆"，一股强烈的冲击波从左耳钻进来，在大脑里急速翻滚，震得地动山摇，呼啸着从右耳滚出去，像是开过的一列高速动车。

"嘎吱"一声，头骨开裂的声音像是干柴崩裂，脆骨开裂的缝隙像是焊接的质量不够好，开始往外冒气，让大虎感觉脑门子成了渔网，到处都在漏水。他晃晃悠悠、跟跟跄跄没有倒下，抬头疑惑地看了眼天空，天空在极速地旋转，天上有无数个太阳，像是亮着无数个一万瓦的白炽灯，对着他晃动，到处都是刺眼的光亮，让他睁不开眼。

明明没有下雨，可是额头已经全湿了，几个雨点顺着眉角流进眼窝里，瞬间就将他的视线染成红色，大虎疑惑地用手一摸脸，全是鲜红的血。血液鼓着泡沫，热得滚烫，夹着一点点腥气。这种腥味他熟悉，小时候杀过年猪，他的任务就是等爹用刀子捅入猪的脖子，他端个脸盆蹲在猪脖子旁边接"咕噜咕噜"往外冒的猪血。

朦胧中大虎看到身边跑过来一个熟悉的身影，看那个脸蛋，那上下抖动的体型，难道是雨红，不，雨红已经死了，那是她的妹妹雨露。

"这个孬大虎，天生就是属黄瓜，欠拍。"人群有人恶狠狠地骂。

"帅！"远处的小麻子本能地喊了一声，大塘埂上丁大炮弓着步，扬着手臂，全力一击的姿势征服了他，造型简直帅到了家。

朝霞将丁大炮的全身打成金黄色，他光着头、赤着上身，浑身发光，浑然是十八铜人阵里的武僧。

只一秒钟，大虎的眼前就由一片红变成了一片空白，他直挺挺地倒在了柳花树的怀抱里，溅起一阵黄烟，他嘴角抽动了几下，竟然笑了笑，还叹了口气，也许是太累了，他昏死过去。

那天村长一直在找他的儿子，直到在丁家祠堂边的山泉里，找到儿子丁富贵漂在水面上，挺着大肚子，像个怀了8个月孕的大肚婆，屁股上还叉着一把生锈的叉样。

"嘿——嘿，大——大塘有——鬼，是雨红来找我了，那天早上，是我欺负捶衣的雨红，她——乱跑掉大塘里了，被水鬼拖走了，嘿——嘿！"半夜大塘埂上的柳花树上，有人在边笑边拍手，竟然是丁富贵在哭，见人就说大塘里有水鬼。

他今年刚好30岁，祖辈很守信用，丝毫没有偏心，生物钟不偏不倚，一切都按设定好的办，到点就将他调成结巴模式，即使是孬了，也丝毫没有打折扣。

"孬子村村有，年年死不完！"一单身汉一脸厌恶地骂。

等大虎醒来的时候，已经是晚上了。

雨露一直守在他身边，也不说话，先给大虎消了毒，然后拿个绷带给大虎包扎头部的伤口，一圈一圈包扎得那么仔细，样子像个慈祥的母亲。

"虎子，好几天没吃饭了，吃口吧。"大虎爹端过来一碗热腾腾的鸡蛋花，是雨露为他冲的，试探性地问儿子饿不饿。

"好。"大虎应声去接，只一句话，就让他爹老泪纵横，像个娃子一样，一屁股坐在门槛上，哭了起来。

有些泪，并不是白发人送黑发人才流得酸楚。

大虎伸手去接，他被自己的手吓着了，黑乎乎地像个掏煤工，正在给她剪头发的雨露扳正了他的身体，示意他不准乱动，大虎默默地盯着面前的镜子，镜子里她一本正经，聚精会神地给自己剪着头发，乱的、脏的、白的，全都一根根的挑出来，反复筛检。

也许是加了太多的红糖，一碗鸡蛋花，大虎喝了很久，太甜，牙疼，太软，心疼。

大概是感觉到了大虎在盯着镜子中的自己，雨露侧过身，留给他一个侧面轮廓，大虎感觉到雨露眼角的湿润，她在刻意的压制自己的情绪，尽量装得自然、平静一些，可是，人的眼睛是最难掩饰的部位，不会撒谎，掩饰不住内心的悸动。

"好像记得你脖子上挂过那串项链，你脖子上太阳晒过的肤色也有挂过的痕迹，那串项链哪里去了？"大虎仔细辨认镜子渐渐清晰的自己，回忆在一点点的下载、存储、恢复，痛苦也在一点点占据心灵。

"那夜抓那只水猴子时，被它抢去了。"理好发，雨露还是不让大虎动，很认真地给他刮胡子。

"哦，雨红死了，明天你带我去她的坟前上香好吗，这么些年，我都不知道她埋在哪里，我想陪陪她说说话。"大虎呆呆地坐着，喃喃自语，像个迷失家的孩子，一脸茫然。

清醒也是一种绝望的痛苦，疯时眼睛所能看到的任何地方都是大路，可是明天的路在哪里？

感觉像是做了个奇怪的梦，梦里他失去了最爱的人，从鬼门关走了一趟，连阎王都骂他是傻子，他爱的人已经死了，不会再回来了，现在被砖头拍醒了，该去找人生了。

三十

　　小惠真的被分配到丁家墩建设工地上班，她的工作是给风车选址，规划高压线并网路线等，他们的活动工房就建在西九华山脚下。小丫头是个工作狂，没事就跟着管事的主任后面满山跑，只二个月就晒得黝黑，后来小惠干脆将马尾辫一剪，剪成了一很男人的发型，这个假小子整天跟男人后面跋山涉水，一点都没觉得累。

　　分管山里红乡风力发电项目的主管姓陈，是个只需充电半小时，就能马不停蹄地做一天事的工作狂人，四十来岁，是个欧巴，他话不多，却是个吃货，每隔几天就带小惠和一帮技术人员到雨露的船上改善伙食。小惠妈第一次来看女儿的时候，惊讶得几乎认不出了，不是因为小惠变黑了，而是她竟然吃荤了，而且吃相丑陋，活像个饿了几天的农民工。

　　小美这些天就住在大船上，她爱上了这里，讨厌去医院，讨厌去参加一个个什么宣传会，像个木偶一样被摆布。看着大家一天到晚的忙得团团转，反倒特别羡慕。可是那次从树枝上掉进大塘里，与死神擦肩而过，可能是受了凉、或是受了惊吓，让她落下了胸口痛的毛病，开始吃不好睡不好，发低烧。

　　"我家的小美哎——别吓着哎，有什么东西缠她给点米吃你就走哎……"一个清晨，小美还在迷糊地睡觉，船头传来妈妈亲切的喊魂声，已经有十几年了，再次经历这种古老的仪式，让她既好奇又感觉好笑，小时候每逢在外玩疯了回家受了凉，妈妈都这么喊，可是奇怪的是第二天她就精神抖擞，犹如真给她灌了碗心灵鸡汤。

妈妈端着一盆新米，边重复着喊魂边向江里撒米，样子诚恳又憔悴，去年她经历了二婚，二婚能给一个女人带来第二春，她脸上竟然起了几道红晕，听说那是只有二十几岁的小女人才可能有的，而这些天她面色苍白，常去大塘口的那颗柳花树下烧香、祈祷。

"小美，洗澡了。"这些天妈妈觉察到了小美的异样，对女儿的态度也好了很多，阿峰听说她身体不好，特意请假回老家去看望，检查后说是手术后身体机能的排外反应，所以要多休息，多补充营养。可私下里却在打招呼，要约个时间带她到市医院好好检查一次。

小美没有理她，看着窗外的江水发呆，她始终觉得这双眼睛不属于自己，总有个女孩影子在眼前晃动，一晃就让她思念一个人。

"小美。"妈妈再次叫她，可她不想去，她现在憎恨去医院、憎恨洗澡，今天的房间里，她总觉得有些异样，总觉得有一双眼睛在看，可是已经有很多天没有洗澡了，身上的异味让她感觉可能像个野孩子，野孩子？让她的心里升起一股甜蜜。

妈妈今天有些特别，关了灯，还将浴缸里放满了水，还加了很多的沐浴露，溶起的泡沫，让她感觉身体被温暖包容，但她还是感觉不踏实。同样大小的衣服，却好像大了很多，连辫子都找不到游动的感觉，肩上突起的锁骨隔着毛巾都扎手，胸口疼痛的肉团，像枯萎藤条上的瓜，严重营养不良，随时都会掉下来，还好妈妈给放了《吻别》的歌，让她的情绪稳定了下来。

"妈妈给你擦洗好吗？"妈妈试探性地问。

小美没有吱声，思绪还在回忆半年前还很丰满的身体，那时潜进浴缸里，妈妈总说是条美人鱼，美人鱼是什么东西？大概就是有松软乳房的美丽女主角吧。她没有回到现实中，只是妈妈那双颤抖的手摸到她的乳房时，她有点嘀咕，是不是自己变瘦了，才使得妈妈的手变得很大。妈妈以前帮她洗澡，都是全身慢慢地擦洗，最后才洗一下胸口，可今天是怎么了，还没有涂香皂，怎么就把手按在胸口上，起初是轻轻地抚摸，后来竟然用力地揉捏，像是在翻找东西。

今天关了灯，她感觉又回到了以前眼瞎的时候。

"妈妈，你今天的手好大啊！"小美疑惑地问，今天妈妈的手大了、宽了，好像还有老茧，显得很粗糙，揉捏得有点疼。

"是吗？手还会变吗？傻丫头，别动。"妈妈有些慌张，哽咽着回答，把泡沫搂高了，遮住她的下身。

小美好像听到澡间里有浓重的呼吸声，还能闻到一股野孩子的酸汗味，可她不敢说，她觉得是自己思念他的幻觉。因为现在不能去爱，所以她感觉爱的标准已经处于混乱状态，整天纠缠她，吸她的血液，将她吸成一堆干尸。

这些天她一闭眼就做一个同样的梦，梦里她被扔进一个黑乎乎的山洞里，她四处逃亡，可是就是找不到光明的出口，又回到了黑暗相伴的过去，那次是被沙子埋在废墟，大不了瞎眼，这次她被伦理道德彻底掩埋了，要烂心，永不翻身。

有时她特别羡慕雨露，敢爱敢恨，每次发疯的大虎去她家找雨红，她爹被惹烦了要打大虎，雨露总是冲上去用身体护住这个可怜的男人，并大声质问她爹，有本事一巴掌再把他这个女儿也打疯算了。村上很多男人暗地里追她，雨露放出话了，她已经替代姐姐，把心嫁给了这个还是疯子的男人，她等得起，说得村里男人一听就想哭，以前他们嫉妒大虎有女人爱，有为爱疯狂的理由，现在没有任何理由，就是嫉妒。

妈妈终于走了，轻轻地带了门，让小美感到孤独，不知从什么时候起，她怕孤独了，总想有人说说话，才不至于被胸口的疼痛占去整个大脑的精力，有时摸着自己的胸口，她总是怀疑那只水猴子真的将一枚鱼刺塞进了她的乳房里，不然怎么疼得没完没了。

又是一个清晨，好像没有什么不一样的地方，只是妈妈这些天不上班，说在船上改孩子作业，也可以帮饭店打些杂，却总是在她的身边，有时还莫名其妙地哭。妈妈去年刚结婚，今年应该去度度蜜月，可是因为她生病了，家里总是快乐不起来，雾霾满屋。

她感觉大脑被分划成两个街区，一半是伦理道德，一半是背叛的思念，有些东西不是说放就能放的，有些人不是说不爱就不爱的。

又打开了那台心爱的收音机，还在谈论那个永恒不变的话题：如今神经病不叫神经病了，叫执念；谈恋爱不叫谈恋爱了，叫生死劫。

现在小美终于知道为什么自己有时候脾气不好了！因为她控制不了体内的洪荒之力。小美恨他，却实实在在想他，又不想去医院，上次受了太大的惊吓，让她一想起医院就有些怕，但好在身边总能闻到野孩子味，让她觉察到他就在身边。

妈妈端来一杯热茶，可小美不想喝，妈妈却坚持，小美拗不过，她也不想惹妈妈不开心，一杯热茶下去，就有点昏昏欲睡，这些天总是这样，感觉窗口的江风比城里的大多了，要站好一会才不至于被它刮倒。

江面上来来往往的船只扯着嗓子、喘着粗气，跑得很匆忙，原来这世界不光只有人累。

昏睡中好像有个宽大的肩膀背上了她，走出了家门，她觉得是梦。

小美做了一个梦，被他牵着手，欢快地笑着，一路奔跑，从村口的山泉一路而来，穿过大塘埂，一路奔向翻滚的大江，全身都是酸汗味，像个野孩子，一不小心摔倒了，胸口的石头摔碎了。

小美笑醒了，却感觉手臂上有一股凉流注进体内，一点一滴，让她感觉身体的某个部位被开了个洞，冷冷的一股冷流在血液里流动。身体没有一点气力、没有温度，如冷血动物，她想起身去看看窗户是不是开着，可是摸摸墙让她感到陌生，这是在哪里？

"妈妈，妈妈！"她大声地叫喊。

"小美，你醒了。"是妈妈的声音。

"妈妈，我这是在哪里，我要回家。"

"小美，你在我上班的这家医院。"是阿峰那浑厚的声音。小美又听了他熟悉的声音，让她变得安静了，她根本不敢抬起头去看他一眼，感觉欠了还不起的债。

这个弟弟她从来就没认过，更没有开口叫过一声，妈妈给她一个秘密，她却塌了内心世界，掉进了伦理的沼泽地里，整天地挣扎，喘一口气都那么无力、绝望。

从梦里醒来的时候，小美感觉浑身不自在，总觉得像是被小偷光顾了，偷了某个东西。

她下意识地去摸摸胸口，可是却没摸到属于自己的骄傲，她立刻睁开眼，瞪圆了眼珠，有些不相信的又去摸摸另一边，也没有，这是怎么了，难道是梦还没有醒？原本饱满的胸不见了，平滑得如江堤。

"妈妈，妈妈，我，我这是怎么了，我的东西呢？"小美咆哮地质问，抓狂的在床上乱蹦。

"小美，你生病了，检查后已经扩散很严重，必须切除，现在手术很成功，你静静疗养吧，很快就好了。"阿峰就在一边陪同，他消瘦了很多，额骨凸起，脸色也蜡黄，满脸倦意。

"我是个女人，割了我还是女人吗？你们怎么不经过我的同意就擅自做主，还不如干脆拿刀杀了我了事，还是你主刀的吗？"小美跳起来，不顾还插在手臂上的吊针，抢起巴掌，"啪"的一声，恶狠狠地给了阿峰一个响亮的耳光。

"啪"的一声，挂在头顶的吊瓶被小美挥起的手臂打翻在地，在地上打了几个滚，虽是塑料的吊瓶，也摔成干瘪，但没有碎。

这一巴掌力度只有他们俩知道，阿峰脸上立刻就印上了五个红红地指痕印，长长地很漂亮，如比肩生长的蔷薇花蕾，红艳艳，等待开放。小美看都不看，觉得打得还不够狠，他欠自己的何止是这一巴掌。她从来没想象过自己有天会像个泼妇一样，抢起巴掌去打人。

原来每个女人都有耍泼的潜力。

阿峰呆呆而立，表情木然，小美那一巴掌打在脸上，他竟然毫无反应，像尊蜡像，继续保持他原本的忧虑。

小美摆出一副要吵嘴的样子，可是病房里异常安静，妈妈弯腰去收拾地上的杂乱，还是那么小心翼翼，轻手轻脚，生怕惊动了她。小美绝望了，她想有人和她大吵一架，好好发泄一下，想找个理由，一头撞死算了，可是全屋子的人都把她当个婴儿，都在让着她。

小美躺下身，把身体转进被窝里，转进另一个黑暗的角落里，一连好几天，就是不想睁眼看以前羡慕的世界。

三十一

家秀秀是不想回了，村里的闲言碎语能把她骨头当零食嚼烂，原先的学校她更是不想去，静不下心，在那里就是坐牢，秀秀不想把仅剩的青春再在那里消磨。

俊峰开着车在高速公路上飞驰，车里的音乐开得很小，很轻柔，但怎么也消退不了车内凝重的气氛。俊峰已经人到中年，真是岁月不饶人，原先那个在师范舞蹈队领舞的俊俏小伙子被磨去了轮廓，打上了深深的年轮烙印，正在大步向中年迈进，他耳鬓已有几根白发，额头脱发严重，也许是刻意挑选的，他将脑后的几根头发留长，然后反梳到额头处，遮住了光亮的秃顶。

景色在倒车镜上变幻、消退，秀秀看镜子中自己的面容，早已褪去了光泽，原先在师范院校里那个靓丽、高傲、冷艳的领舞精灵已经老了，被岁月折磨得毁容，心都被硫酸浸泡，成了一具绝望的行尸走肉，游走世间。

"你爹身体不好，需要在医院里查看、静养，你在偏远的学校上班照顾他也不方便，这样吧，回去我帮你将工作关系调到镇上的小学，另外在镇上的医院旁边给你租个房子吧，你也需要好好调养。"俊峰人虽已变得臃肿，但心还是一如读书时那般热情，问的虽然是客套话，但秀秀觉得还是很温暖的，人在冰天雪地里冰冻，就算是只有一根稻草为你燃烧，也有温度，更有感动。

"谢谢！我要报考教师进城考试，我想趁照顾爹的这段时间好好看书，我爹就是被我气生病的，他就是气我任性，想我留在城里教书，给他挣个面子，不受邻居欺负，我现在这个年纪刚刚好，再过几年连进城考试都过了年纪了，等考上了就没人敢嫌弃我了，就不会被一个个私利的男人抛弃，到时把爹接城里去，绝不在村里多待一天。"秀秀苦笑，有所感悟地对着窗外发呆。

十几年的光阴，她走啊走，风景无数，伤痕累累，停下来一看，茫然发现又回到了起点，只是这一圈耗尽了她所有的铅华。

"好，进城考试也有名额限定的，我给你留一个进城考试的名额吧，我去接你爹的时候，看见你们村正在旅游开发建设，路线策划以及硬件建设场面都挺大的，听说只是村里一些人自发投资建设的，我看绝不可能那么简单，你看黑沙洲上建的那几条当住宿用的船，起点就很高，每条船至少一百多万，村里哪来这么多钱？人随着年纪的增长，对家乡的眷恋会越来越大，你为什么这么讨厌待在家里？"俊峰点点头，答应秀秀进城考试的要求，但提到丁家墩，他还是有很多疑惑。岁月已经将他打磨成一个成熟、稳重的男人，窗外一阵风将他额头的那缕头发吹乱，露出一块空地，毫发不剩，油亮亮的，见证了他的阅历，毕业短短的十几年，他就从一中学教师提升为镇中心校校长，自然有他的能力，这次是刚从别的乡镇调过来。

去镇医院看望爹之前，秀秀特意为俊峰买了顶帽子和一条围巾，两件衣服一穿上，遮住了他的秃顶，俊峰就是啤酒肚子大了点，以前舞蹈队练过的体型还算没怎么变形，脸型还算俊朗，这么一打扮至少年轻5岁。

秀秀知道爹对自己带的朋友都特别在意，尤其是男的，和晓东婚事泡汤对爹的打击特别大，他都登门认女婿了，可还是被抛弃了，这次犯病肯定和他心里窝火有关系，他这辈子最受不了别人指指点点，尤其人家一说他心肝女儿，他立刻就会瞪眼跟人家急，娘死后他没有再婚，就是怕后妈对孩子不好，老了却没能享福。

进了医院，爹躺在病床上，干瘪得如只泄气的睡袋，一见秀秀进来，挣扎着要坐起来，翘了几次还是没有坐起来。秀秀小跑几步，扑进爹的怀里。爹抬手抚摸秀秀的头发，抽动几下满是胡楂的嘴，怎么也发不出声。

爹真的老了，老到她偶尔打电话回家，必须要竭尽全力地大声叫喊，他才能听出是女儿的声音。家里养的几条狗，也都被偷了，这世界什么都缺，就是不缺小偷。除了上次主动要求去城里看几次未来的亲家，他怎么也不愿意出家门，人越老越像个孩子，世界再美好，也没家温暖。

父爱如山，可是老天赋予人生命、情感，同样安排下了生老病死的轮回，安排下那份割舍不去的挂念。仿佛就在昨天，一晃间，自己已过了而立之年，记忆中还觉得自己很小，是个扎着小辫子的孩子，可是每次回家，面对苍老的爹，才感叹时光的飞逝，每次转身离去，总有点说不出的酸涩，都怕是最后一次的离别。

一上午，秀秀都趴在爹的怀里呜呜地哭，像个在外受了委屈回家倾诉的孩子。临走爹抓住俊峰的手，和秀秀的手叠放在一起，嘴抽动几次，落下几滴浑浊的残泪，他已经不能说话了，这次因为脑溢血，晕倒在家门口，不是抢救及时早没命了，醒过来变得反应迟钝，丧失语言。

十指接触的时候，秀秀感觉有些暖意，可她不敢抬头去看爹的眼睛，她怕再一次辜负苍老的爹，有些事女人可以扛得起、伤得起、大不了躲远远的，可是爹能躲到哪里去，这里是他的家，针眼大的事都躲不过闲杂人的眼睛，在她们嘴里再被放大。秀秀更不敢看俊峰，她怕身后这个曾经很熟悉却又很陌生的男人随时都会瞬间消失，飞回他自己的窝，变幻得比天上的乌云还快，她对男人变得极度没有信任感，他还是个有家、有女儿的人，他只是在这里工作，根不在自己这里，根在城里。

一晃又是一个冬，这几个月秀秀过得很平静，她静下心来看书、考试、等待成绩公布、再去面试，爹身体时好时坏，但始终不能开口说话，每次她一个人去看望爹时，老人家总有点失望，向门外张望，秀秀知道他想见自己身边有个男人照顾，只要那个男人对她好，贫穷富贵、高矮胖瘦、有无家庭，什么都不是问题，就是她领着村里任何一个对她好的单身汉来，他也不在意。

为了安定爹的情绪，有时候秀秀会特意拉上俊峰一起去，进屋的时候还会装得很亲热，偶尔抱着俊峰的胳膊，还故意撒下娇，让她感觉别扭。有几次俊峰像是受到了鼓舞，看望她爹后已是天黑，陪秀秀一起去她租的出租房，他想留下来不走，还要抱她，秀秀执意不肯，被抛弃的痛已经深入骨髓，只要一有男人的怀抱入侵，机体立刻就拉响防空警报，刺激她变得暴躁、不安、甚至有想咬人的冲动，只能逃亡。

初吻时，男人的嘴唇是台榨油机，均匀搅拌，越吮吸越有麻油味芸香，而今，男人的嘴唇却是吸血鬼的利嘴，不止是尖牙利齿，最怕他们喋血的心。

又是一年腊月二十三，家家户户飘香，提前熏烤新年这顿大餐，可秀秀害怕过年，因为别人家热闹，她家清冷。

天下起了大雪，一片白茫茫，医院打来电话说爹早上面色红润，还能"吱吱呀呀"地比划着说几句话了，秀秀一听感觉头皮发麻，不知道是好事还是坏事。

每晚的手机都开着，她最怕听到睡梦中手机的铃声，没有消息就是最好的消息，可是不开机，她又怕医院那边有事找不到她。每当一接到医院的电话，她都不敢去接听。不知道这是不是一种角色变换，自己在外读书时，爹是不是也这样担心在外的女儿。

大过年的，医院里上班的没几人，爹竟然能自己站起来走路，站在门边张望。一见秀秀挽着俊峰的手臂走来，立刻就晃悠着走出医院大门。秀秀奔过去，将爹搀上了床。那天爹特别高兴，而且胃口很好，吃了整整一个送灶粑粑。秀秀已经很久没有这种家的温暖了，依靠在俊峰的肩膀边显得特别的温顺、乖巧。

"娃，娃啊！大爷求你一件事，你是真心对我家闺女吗？"眼看天又要黑了，秀秀爹打起精神，竟然能零星地说几句话了，他突然抓住俊峰的手，眼睛直勾勾地盯着他问。

俊峰很认真点点头，猛地打了个寒战，因为秀秀爹手实在是太冰冷了，热度的差异让他有点怕，感觉手插在冰块里，他说话的声音很小，像蚊子嗡嗡地叫，可是俊峰却字字听得真切。

"那你发誓，照顾我女儿一辈子！"秀秀爹眼珠子瞪得像个灯笼，冰冷的手如老虎钳，没想到这老头手臂力量大得很，夹得俊峰都感觉有点疼。

"我，我发誓，真心爱你女儿，爱你女儿一辈子！"俊峰话不多，但说这句话的时候，还是将一边低头不语的秀秀拉入怀中。

"好，好，真心的就好。"秀秀爹听到俊峰的誓言，如释重负，拍着手在床上自言自语，像个孩子。

那夜俊峰送秀秀回到那间狭小的出租屋后，秀秀没有再赶他走，屋外大雪封路，他回不了县城那个家了，对于他来说今晚是天时、地利，人和是秀秀给的，所有的伦理道德对于秀秀来说都变成了苍狗浮云，都抵挡不了屋外呼呼北风的肆虐。

她这个已经30多岁的半老女人缺爱，缺安全感，她总感觉自从长大，有爱的冲动开始，这一路走来都在走钢丝，都在一直找平衡，总以为牵手成功可以有个港湾供自己休憩、避风雨，可是男人给你一个枕头，不代表给你一颗心，给你一个怀抱，不代表就能温暖你一生，给你一个肩膀依靠，那也可能是暂时的租借，他们盯紧的只是你的肉体，到头来脚下踩的还是几厘米粗的钢丝，虽然没有断过摔死过，可随时都感觉会掉进万丈深渊。

读书时俊峰对自己千般追求，万般疼爱，那时因为有信念，花蕊关闭，外来任何季节的风都转动不了她爱的花瓣，点亮不了她内心的灯火，而今还是这个男人，多了份成熟少了分俊朗，一样的气味，不一样的年纪，爱的纯洁度秀秀不想去鉴别，她这只小蜜蜂已过了春天可以随处寻蜜的季节，再美好的青春也架不住任意的挥霍，而今寒冬已快将她冻成冰雕，她需要个窝，需要爱来温暖冰凉的心，哪怕是一根火柴，在漆黑的子夜为她划亮，像卖火柴的小女孩有个短暂的可以幻想的梦，她也感动得流泪。

脱去衣服时，俊峰有些迟钝地问要不要采取安全措施，别又怀孕了，秀秀摇摇头，心里苦水翻滚，暗暗骂自己要是能再怀上孩子就好了，以前自己的肚皮是片肥沃的土壤，一点点遗漏的种子都能长成参天大树，开花结果，而今那里因为缺爱，已经严重沙漠化，没有一点新绿，变成一片死海，现在自己是只不能下蛋的铁公鸡。

又是一场机械的活塞运动，秀秀本能地对这种亲热有抵触，但看到俊峰赤条条地扑上来，像头饿到极点的野兽撕咬她的身体时，她又有种自豪感，说明还没有老。

都说男人是火，女人是水、是柴，柴能让火变烈，火能让水沸腾，秀秀湿漉漉的躯体只被俊峰烘烤几分钟，就燃成一堆炽热的火焰，两人烧成一团翻滚的岩浆。

清晨醒来，一股淡淡地腥味扑鼻而来，秀秀掀开被子，昨晚那股乳白色液体已经结成渣，像是下雪前飘落的霜，可秀秀看却像是大片大片的头皮屑落在床上，令人恶心。

"以后来这房间就直接进来吧，这是专为你配的一把钥匙。"临走的时候，秀秀给了他一把钥匙，那是专门为这个已婚男人配的。

从昨晚开始，这个男人已经打开了她的身体，他是她新配的一把钥匙！

三十二

又是一年庙会，张公山顶的西九华寺庙一大早就将"大悲咒"的颂歌音量开到最大，方圆十几里都被佛音缭绕。

山下人头攒动，烧完香拜完佛，一些青年男女被山下一面墙做成的旅游广告牌吸引，陆陆续续地沿着村里规划好的旅游路线而来，有开车的、骑车的、坐竹漂的，最后都汇集到大江边的那几条大船上，一边欣赏着两岸的江南美景，一边喝着啤酒吃着阿峰爹烹制的特色江鱼，品味山水乡情。

"这鱼真好吃，那种奇异的香总觉得从小就在哪里闻过，就藏在脑子里的某个角落里，一品味就勾引起回忆，可是就是想不起来。"大虎也坐在人群里大吃大喝，这是他疯后吃的最踏实最香的一顿。清醒也是一种痛苦，每天面对村里男人嫉妒的眼光，没人能体会他内心的酸楚与挣扎，除了拼命干活，他不想让脑壳停下来去想别的烦心事。

"多吃点，你身体虚，这鱼味道好吧，峰爹可是我们村农家乐的活宝贝，能不能留得住客人住宿，就看峰爹的独家烧鱼配方了。"雨露吃完后，约上大虎，下了大船，要他陪自己到黑沙洲的浅滩上走走，这是她的习惯，喜欢一个人在村子的各个角落里走动。

野草沟壑、草长莺飞，卷起裤脚，在退了水的芦苇中寻觅，鱼虾跳跃，白鹭扑腾一声惊飞，总有别样的收获。

远远的一个人戴着大草帽，背个笼子，扛着泥鳅网，也在芦苇丛中忙碌，走近一看是小麻子。

"我媳妇怀孕了，胃口不怎么好，我特意借了个泥鳅网，到江边来捕些鱼，怎么大虎你神经病好了，不找那只水猴子麻烦了啊，全村人都看得出来，雨露喜欢你，凑合着过吧，女人灯关了不都一样啊，该长的都有，别死脑筋了，我还是花钱买的老婆呢。"小麻子永远是那么自信，自从有了老婆后，很少离开家门，偶尔出去买东西，都会嘱咐家里的亲戚锁好门，看好媳妇。

他脸上的幸福指数总是满满的，遇到已不再神经的大虎喋喋不休，浑然是个爱情专家了。

"两个月前就听你说你小媳妇怀孕了，可我看那肚子还是干瘪，别是假怀孕骗你个孬子吧。"一单身汉嫉妒地说。

"晕死，我媳妇和我一条心，怎么可能会说谎，你们没结过婚，不懂爱情。"小麻子给了那个单身汉一个白眼，一脸不屑。在他眼里，没结婚的男人没资格和他谈婚姻。

雨露就跟在大虎身后，正掏出一笔记本，在上面写写画画，口无遮拦的小麻子一番话倒让她不好意思起来，偷偷看了眼大虎，他还是面无表情，他疯时雨露能猜出他满脑子都在酝酿复仇、都是在思念姐姐，而今这个男人正常了，整天猛抽烟，却对外关闭了窗口，让人看不懂。

微风摇曳，一望无际的芦苇被惊动，摇动着腰身，飞舞着抛洒出一朵朵芦苇花，乳白色的花絮飞旋着扑向江面，放飞梦想，像下雪了。

"小麻子，小麻子，你媳妇跑了，我看见她上了村里一男人的汽车，那男人好像就是那晚卖她的那个瘦男人，就从村口跑了，快上来追啊，迟了你的七万就泡汤了。"远远的，村尾有人大声地向这边叫喊。

只一嗓子，整个黑沙洲就沸腾了，一些还在干活、吃饭、闲聊的村里男人像是战争总动员接到命令一般，立刻放下手头所有活，跟着发疯一般奔上岸的小麻子向村里跑去，其中当数那些没成家的单身汉最积极，一个个脖子青筋暴动，愤怒到了极点，场面像是多年前村放电影时的集体打架。

"这个小野雏鸡，这次抓到她，我小麻子一定要执行家法，打，打断她一条腿，不打断她一条腿，我，我就不叫帅哥，敢跑！"小麻子冲在人群的最前面，边跑边给家里各地的亲戚打电话，嘱咐他们堵住各个路口。

他脸上的麻子平时是淡黄色，还有几个是灰土色，可现在全变成黑芝麻，随着他拼命奔跑的节奏上下翻滚，在面部肌肉的强烈挤压下极速爆炒，那张脸，整个一盘油炸香芝麻。

"你去我家提亲的一万块钱已经放好几年了，你也老大不小了，娶媳妇要钱，哪天去我家取回来吧。"见身边一帮人全都跑村里帮忙找人，没有了电灯泡，雨露试探性地问。

"那是我迎娶雨红的聘礼，她虽然没有正式进我的家门，可是我早当她是我媳妇了，也当你爹是亲爹，钱算我给你爹娘养老的一份孝心吧。"大虎叹口气，继续闷头走路。

"那最好，我爹早当你是女婿了，那钱被他存起来了，他的存折我偷偷给取光了，现在村里建农家乐，你出了钱也算你一股，哈哈。"雨露本来很紧张，她真怕大虎去她家要彩礼钱，只要这钱他不去取，这男人还是她家的女婿。

黑沙洲到处都是沙土地，抓一把轻轻一揉捏，就变成扬沙，却特别的肥沃，洲心浅滩的高处，长着一簇簇的翠绿艾草，远远地就能闻到飘香，密集处一人多高，家族式的生长，像个竹林，艾草叶形如猪耳朵，耷拉着随风摆动，散发着一股江南鱼米之乡特有的蕴香。

大虎一路向洲心走去，风轻云淡，翠色连天，陌上艾草绿如织。眼前一处生长最鲜嫩的艾草好像是刚刚才被人割倒，就摊晒在一边，散发着幽幽的清香，大虎闭上眼睛，细细用舌尖品味这种独特的清香，袅袅弥漫，持续甚久，中午好像刚刚吃过？

"哦，原来秘密就在这里啊！这堆艾草是阿峰爹刚刚割倒晾晒的，他烧的鱼独特配方我知道了，端午节村里采摘下艾草鲜嫩的叶片，细细捣烂，与糯米粉和在一起，做出糯香甜软的艾蒿粑粑，青如翠玉。中午吃鱼的时候，轻咬一口，绵软软，香喷喷，悠远绵长，我一直都在寻觅这种味，就是这种艾草的清香味。"大虎突然恍然大悟。

"你真聪明，他每隔几天就提个镰刀到芦苇堆里寻找，我怎么就没想到呢，艾草真是个好东西，小时候，我有次全身长满红色的小斑点，奇痒难忍，妈妈每天用采摘晾干的陈年艾叶熬了水，给我擦洗，没几天我身上的小红点就全部消失了。村里妇女生娃，听说只要用艾草一熏澡，立刻就有奶水，真是神奇，想不到峰爹把它用到烧鱼做调料了。"雨露用崇拜的目光盯着大虎，自打她记事起，这个对姐姐死心塌地的大男孩就是她梦的主角，有种相见恨晚的感觉，她恨年纪比他差了半个生肖，而且一直生活在姐姐的阴影里，没有阳光，爹给她取个名字叫雨露，可是有姐姐在，她从来就没有被春天的雨水甘露过一次。

既生瑜，何生亮？爹娘生了个姐姐，就不应该再超计划生育生她，雨后彩虹，注定美丽，活在天空；雨后甘露，注定接受她的施舍，活在地上。

这个曾经疯得不成人样子的男人也许没什么好，但他的痴情让她感动，因为有姐姐在，她将这份暗恋隐藏在灵魂的最深处，埋藏得太深，连身边最亲的人也不知道，许多年以前，一次侧面看大虎年少时的轮廓很有型，她就这么简单地暗恋上他了，同时也埋下了一枚绝望的种子。

原来她从不相信世界上真的有一见钟情，觉得那只是无聊的作家们自我抬升文学境界的一种虚构，嘘的噱头罢了，可是，命运像是惩罚她一般，给了她一次净化心灵的机会，教会她真爱的滋味，虽然这么些年来这个疯男人带给她的只是思念的苦痛，但她感谢上天，不疯不魔，人生有疯才精彩。

疯男人才是世上最憨厚、最痴情的男人，他们不离不弃，更不会变心。

江南的夜色来得特别快，刚刚天边还亮着微白的肚皮，江面上只飘过几只捕鱼的小船，头顶的天就黑了，羊肠小道模糊在芦苇丛中，他俩凭着记忆，顺着只能落脚的小路，深一脚浅一脚地往岸边的大船走去。

"沙沙"，不远处几根芦苇在晃动，可能是山雀在落巢，起初他们没在意，可是那个响声好像还伴着跟跄的踩水声，是个人，往这边走，大虎拉住雨露，闪到一边的芦苇沟旁。

等那人走近了才看清，是个姑娘，全身都已水湿，可能是走得太匆忙，连件外套都没穿，入秋的夜风吹得她瑟瑟发抖，胳膊上被划了几道口子，好像还在流着血。

三人打了个照面，撞了个满怀，大虎看清了是小麻子正在发疯寻找的小媳妇，那姑娘一看是大虎，吓得面如土色，刚刚还大口地喘气，可能是太累了，一下子瘫软在水沟里。

"我，我在读书，是被骗卖进你们村的，我要回家，你们放了我吧。"姑娘结巴着求饶，村里男人见到她都会饥渴地多看几眼，唯独这个疯了的大虎，从来就没正眼瞧过她，整天嚷嚷着要小麻子打断她一条腿。

现在，各个路口都被手拿木棍小麻子的亲戚堵住了，她被逼得没有办法，只能绕村往江边的芦苇丛里逃，没想到迷路了落到这个男人手里。如果说小麻子嚷嚷着要打断她一条腿，她不信他会下得了手，可眼前的这个神经病打断个腿对他算不了什么。

"姑娘，顺着这条小路一直往前走吧，过了那座山，就是一条大马路，别回头，如果你和那个叫卖你的男人是演双簧，专门骗山里娶不上媳妇的老男人的钱，他们那钱是养老钱，是卖血钱，是牙缝里一分一分抠出来的，出去我希望你收手吧，出来骗早晚要还的。如果你真的是被他骗了卖进我们村的，我以丁家墩人的名义向你赔不是，我们村人对不住你，你才这么点大，出去好好疗养伤口，重新开始好好生活。这里是一点钱，你坐车应急用吧，回家也要路费。"大虎闪开身，脱下外套给姑娘披上，并叫雨露把兜里几百块钱全部掏出来，塞进姑娘冰冷的手，用手指着一条上山的芦苇小道。

"谢——谢疯哥哥，疯哥哥，你叫什么名字，回头我把钱寄给你。"姑娘起初不相信，等确信大虎是真的放她走后，蜷缩着肩膀，哽咽着匆匆奔上了上山的小路，这个曾经最让她怕的男人，竟然在最危难的时候放她走，还给了她逃命的钱。

大虎摆摆手，没有说话，示意她赶紧走。

借着远处大船上的灯光，那件小麻子亲手为这个买来的小姑娘挑选的蝴蝶发夹，上下翻飞在被夜色笼罩的芦苇丛中，带着一点微红，散发着一点点的艳，消失在茫茫芦苇花中。

小麻子曾说过，女人必须是穿大红的衣服才好看，就像男人必须要帅才更有噱头，他为女人买红衣服、红伞、红鞋子、红发夹，寓意日子红红火火。女人必须要像蝴蝶那样有鲜艳的颜色才美丽，飞舞在万花丛中，相互点缀，才是个精灵，而今，他亲手挑选的一支蝴蝶发夹，带着一点点野性，被放归自然，匆匆飞出大山，不知道她下一次的旅程是自由地翩翩起舞，还是再一次装着可怜，被关进笼子，挂上标签，再一次地拍卖。

三十三

又是一个滴滴答答落雨的日子，小美也不知道昏迷了几天，她迷糊着听到窗外雨水的倾诉声，是它们唤醒了她，她感觉已经到另一个世界去了，那里没有街道，没有墙，不需要用导盲棍去试探，所有的地方都是空荡荡的，可以任意地漂泊，想去哪里就去哪里，可雨水告诉她那里没有人和你吻别，所以她回来了。

这天的小美精神焕发，满面红润，她睁开眼睛的第一件事就是要求妈妈将最漂亮的衣服翻出来，将所有认识的朋友和亲戚都叫来船上做客，她有件重要的事要当众宣布。只一上午，家里就来满了客人，小美仔细将自己打扮了一番，新衣服一穿，依然是个瘦美人。

"妈，秀秀呢，她没来吗？"小美在人群中仔细地搜寻，却没见到秀秀的身影，有些不高兴地问。为什么总是差她，这世界这么大，可是儿时的伙伴掐指数来数去，还是只有那么几个人，每次真的都那么忙吗？

"她说有点事，回头有空来看你。"妈妈应付着回答。

阿俐早早地就来了，一直问长问短，她一有空就跑村子里来，和雨露策划建设农家乐的事，也将城里爹妈劳累一辈子积蓄买的一套房子卖了，参了一些股。

她也已经二十八岁了，提亲的人一拨一拨，可听妈妈说阿俐从来就没瞧上过谁。村里男人现在被几个二十几岁的姑娘领导，也许是男女搭配干活不累，一帮人在一起，整天有说不完的话。

村里那些原先懒得每天日上三竿才起床的单身汉们，而今每天天没亮就自发地赶到黑沙洲的大船边，搬石头、扛木料、砍竹子、扎竹漂，他们怕来迟了，过年村里分红没他们的份，就算分不到钱，等农家乐开业了，村里天天有人来住宿、旅游，只要有把力气，卖些家乡的土特产也能挣到钱。

雨露说像他们这个年纪，在城里还是宝贝呢，现在城里很多女人离婚，就是想找个忠厚老实的男人再嫁，只要他们能挣到钱、不懒，娶个城里过秋的"二稻子"女人，那绝不是癞蛤蟆吃天鹅肉。

每天他们融洽的说话气氛让小美嫉妒，她多想自己能有把力气，去他们干活的工地搭把手，哪怕是在人群中走走也好啊，可是她只能等中午江风小的时候，在船上来回走走，远远地看着他们忙乎，等风稍微大点，就必须下到船舱，她的身体如生锈一般受不了潮湿的江风。

也许是现在自己生病了，瘦了，憔悴了，小美对自己越来越没有信心，她感觉阿俐长大了真的比自己漂亮，连笑都那么自信，头发乌黑地像是打了油，连脸蛋都红得那么诱惑，像个苹果。

原先每逢自己和阿峰在一起的时候，阿俐都自觉地躲一边，论身高，阿俐没自己高挑；论体型，阿俐没自己圆润丰满；论脸蛋，阿俐没自己俊秀，可是女人真的有"二春"吗？她自从考上了家乡的公务员，出门都带"保镖"了，那个镇上的姜干事整天和她形影不离，阿俐累了他屁颠屁颠地送毛巾、跑去买冰棍，甘愿做她的佣人。

这次回了家乡，扎根丁家墩的土壤，阿俐不知道汲取了什么养分，在已经过了青春期后竟然真的第二次绽放，原先只是黑沙洲浅滩里的一根芦苇花，而今却是站在墙头香艳的一簇野蔷薇，嫣红一片，倾倒一村。

阿峰依然是那么冷峻，他特意请了一个月假，还搬来村里住，一部分是照顾小美，另一部分是帮村里人干些活，每天一起床，他就躲在人群后面，扛个铁锤下船去了，也不过来问候她，嘴里永远咬着一根燃着的烟，装深沉一般，闷在那里一根接一根地抽着。他眉目被烟雾熏得淡黄，小美想象着哪天给他额头上安个抽油烟机，还有他仿佛和一根根烟蒂有仇，烟屁股在嘴里反复咀嚼，直到将它们咬成变型的口香糖才吐了。

"这么些天一直在做梦，梦里我结婚了，穿上了婚纱，虽然梦里也看不清新郎是谁，但我很开心，阿俐，阿峰，你们过来，我们玩个游戏吧。"中午吃饭的时候，趁着村里人都在，小美叫过阿峰和阿俐，一起坐到船底的沙发上。

"阿俐，小时候我们俩一起上山砍柴累了抢阿峰背回村，都是用猜拳来决定的，现在我们都大了，我也知道你和我一样一直都爱着阿峰，我想结婚想得等不及了，现在给我们一个公平的机会，猜拳来决定吧，赢的一方结婚，谁也别反悔哦。"小美大声地宣布，惊得一屋子的人都顿时安静下来，现在的小美谁也不敢得罪，谁都知道今天的聚首意味着什么，他们真的不知道小美满脑子想些什么。

小美妈妈刚想说什么，却被小美一脸的认真样子吓得不敢说话，都说女儿大了心思不在妈，可她知道女儿这辈子注定比她更命苦。

雨露紧挨着大虎坐，小美一提到结婚，她瞟了眼黑瘦的大虎，他鼻子动了动，眼角挤了几次，虽然面无表情，可雨露能感受到他内心翻江倒海的暗流。

"不行，婚姻哪能是儿戏，再说猜拳赢来的爱人，会真心爱你啊！"阿俐迟疑了一会，犹豫起来，脸红到脖子，瞟了眼身边还是沉默如块石头的阿峰。

"管他呢，就当是游戏吧，如果运气好，就算是没感情的假结婚，女人穿上婚纱也是最美丽的时刻，来吧，我数一、二、三，我们一起出拳，赢的人当新娘。"小美认真的时候，浑然回到了儿时，竟有种天真的美。

"我碎子心娘！好啊，猜拳结婚，我也要参加。"阿俐身后的姜干事高兴得拍着手，就要往人群前面挤，阿俐回过身，狠狠地瞪了他一眼，吓得姜干事扶了扶眼镜，没再说话。

沙发边围了一些村里的单身汉，从他们的面部表情可以看出，那个羡慕、嫉妒、恨啊，可是他们知道，这不是他们的菜，门都没有，只能眼巴巴地看着。

"说实话吧，我们都老大不小了，女人这辈子最架不住的就是时光流逝，人生本来就是一场游戏，这样也好，对彼此公平点，小时候我们彼此谦让，长大了我什么都输你，猜拳就猜拳，愿赌服输，我也对得起我这么多年的等待。"阿俐迟疑了下，叹了口气，抬头看了眼天花板，一脸的伤感，她竟然完全接受小美的建议，举起了手。

其实最懂她内心的还是小美，女人在女人面前，花花肠子是透明的。

剪刀、石头、布，三样的手形，她们一路从童年猜到成年，举起的还是同一个手臂，落下的却是岁月的沧桑，剪刀能剪断世俗的情网，锤子却怎么也锤不开已经冰冷成铁疙瘩的心。

原来再单纯的游戏，掺杂了世俗的牵绊，也变得混沌。

这样的童年游戏，两个女人用变换手型，来赌个男人，初看好笑，其实是可怜，越简单的赌博，越有落差，越悲情。

阿俐还是按以前和小美猜拳的节奏，出了个"剪刀"，对面的小美却一直紧盯着她落下的手，一直在判断着她的手型，她比阿俐慢了半拍，亮出了自己的底牌，是张"网"。

"哈哈，虽然，但是，可但是，但可是，嘻嘻，你赢了哦！"小美拍手欢喜地庆祝。

"不算，你赖皮出拳太慢了，重来！"两拳相遇，输赢已定，阿俐感觉吃了亏，大声嚷嚷。

"我有病，慢半拍正常哦，阿峰，她是你的人了，我要吃你们喜酒，看你们婚纱照哦！"小美大声宣布结果，如个见证婚姻的证婚人，一把将阿俐轻轻推入一边正在抽烟的男人怀里。

"你们多大的人了，还玩这么无聊的游戏，我，我谁也不娶！"一直沉寂在烟雾中的阿峰突然爆发，跳起来，刚要咆哮，一见小美又跟跄着挣扎要站起来，看样子她又要拖起巴掌想打他了，那瘦弱的身体看来是打上瘾了，阿峰又坐回了沙发。

"你嚷嚷什么啊，好像吃亏了，有本事就治好我的病啊，治不好难道就不能由着我任性一回啊，你跟个快死的人斤斤计较还能有多大出息。"小美顿了顿，摇摇头苦笑着自言自语。

"经过几次化疗后，我知道我的身体已被掏空了，身体里有个黑洞，天天流沙坍塌，你们也别再隐瞒我了，我没多少日子了，听说人死时心里多装点东西，灵魂到那边重些，不会到处乱飘，如果你们真的爱我，就让我有生之年看看你们结婚时穿婚纱是什么样子吧。另外，我已经想了很多次了，我死后把这双眼角膜捐了吧，我现在最漂亮的也就是这双眼睛了，这对眼睛里有个女孩的影子一直在晃动，那是一个男孩在思念一个女孩，将她刻在眼球的细胞里，我知道我只是个爱心接力者，现在我要将他交接给下一个有爱心的人。阿峰，麻烦你就在你所在的医院帮我宣传吧，这家医院以前宣传我重生，现在宣传我死，呵呵，我想在我临死前，看看接受我眼角膜的人，嘱咐他们一定要好好爱惜，一定要接好这一棒。嗯，捐了也好，到那边去情愿再做个瞎子，有些事不如不知道，有些人不如不看……"小美站起来，抖了抖身体，抖下好几根枯黄的长发，她感觉浑然卸重，丢下一屋子的客人，嘀咕着走进自己的房间，轻轻地关上了门，走进了她黑暗的小屋里，留给他们一个瘦弱的背影。

"我碎子心娘！丁伶俐，你真答应了，这算什么，猜拳结婚，你们动画片看多了，用爱的力量相互征服啊，在玩过家家酒啊！"镇上的姜干事本来还以为她们在做游戏，闹着玩，可这架势他总算看明白了，是个病人在临死前刻意地凑合一对新人，这算什么事，他冲到阿俐面前大声质问，想不到平时很文静的一个男人，扛根小木料都走路歪歪的，为情爆发，竟然像头发怒的小猎豹。

阿俐流着泪，扭头给他一个沉默的背影。

"我碎子心娘！你们，你们村全是疯子，一群疯子在一起开农家乐，哈哈，有意思，有意思……"那个姜文秘突然大笑着，踉跄着身子，转身摔门上了船头，一路叫喊着下了江边的大船，给人感觉，又多了一个疯子。

看来他这次说的不是口头禅，心是真碎了。

三十四

应小美的强烈要求，她想在有生之年看看他们幸福的一对，阿峰和阿俐都屈服了，选了个好日子，就在黑沙洲的大船上举行了一场简易的婚礼，没有主持，但观众很多，也很热情，阿俐穿着一身洁白的婚纱，身边站着她爱的男人，她这一生就这么托付了。

整场婚礼阿俐都很投入，自从猜拳赢到了新郎，她就表现得很坦然，丝毫没把那当游戏，特意要求阿峰陪他去城里买了"三黄"首饰，那是乡下女人结婚的必备。

本来阿俐设想去旅游结婚，小美不同意，家乡环境这么好，去人家那里旅游结婚干什么，再者她想看看阿俐穿婚纱的样子。

"噼噼啪啪"，一串爆竹炸响，阿俐紧紧地抱着阿峰的胳膊入席，她依偎在男人肩膀上，笑的甜度让人嫉妒。

场面异常热闹，几条船上都摆上了喜桌，村里男人几乎都到了，这些天为了农家乐建设，他们都累坏了，借这个机会好好喝顿，连秀秀爹和玉宝爹这对老冤家都不请自来，他们也想和年轻人凑热闹。

一帮人围坐在甲板上的大餐桌上，吹着清新的江风，喝着家乡甘甜的辣酒，像以前生产队吃大锅饭聚餐一般，呼天喊地地在一起划拳、吹牛。两个老家伙像是回到了童年，竟然坐到了一个桌子，一杯接一杯地喝得比新婚的阿峰和阿俐还亲热。

这个年过得和屋顶的积雪融化得一样快，太阳一出来转眼孩子就上学了，除了又增加了一岁，耳根的鬓角处又发现几根白发，秀秀没觉得有什么不同。只是爹的身体硬朗了许多，村上有家年后吃喜酒，他硬是坚持出院赶回去参加酒宴，临走时穿的那件土黄布上衣很扎眼。

"今天有空吗，陪我去逛街，我想给爹买件像样的衣服。"秀秀心情特别的好，挑了个星期天，准备去县城买些衣服、做个头发，打电话给俊峰问他有没有时间陪自己，那边迟疑了一下，还是答应了，秀秀知道他心理的顾虑，怕在街上遇到家里的母老虎，毕竟，县城不比乡下，那里是母老虎的地盘。

原来有家的男人根在家里，眼睛却盯着外面。

女人做次头发就如孔雀换了次羽毛，改变发型后秀秀从俊峰饥渴的眼神中就感觉自己妩媚了很多，卷曲的发条包裹脸蛋，有种被包容的感觉，紧身裤勒得臀部翘翘的。女人是最能感知春天的动物，从秀秀故意露出肚脐眼窥探春色就知道，春天已经来了，女人们可以褪去厚重的冬衣，露出肌肤沐浴阳光了。

"从今天起，我要做个卖肉的，哈哈！"秀秀展示肌肤，大声嚷嚷，昂首挺胸走在繁华的大街上，从回头率来看绝对还算个美女。身后的俊峰帮她提着大包小包，包里有今天秀秀特意为她爹买的一件蓝色外套，配上爹一米七的身高，一定很伟岸。俊峰离两三米跟着，不时地四处张望。

"哎，这边！"对面广场上一中年妇女提着包牵着个小女孩，向这边走来，俊峰猛地定住身，喊住秀秀，侧身闪进了一边的胡同里。

"让我去看看呗，我要去故意和她偶遇，和她邂逅，故意撞个满怀，要和你家半老徐娘比比姿色，现在流行原配防火、防盗、防小三啊，看她能否认出我是小三。"秀秀很想跑回去看清他家的母老虎长什么样，却被俊峰硬拉进了胡同。

现在提到小三这个称呼，竟然让秀秀有股莫名的自豪和兴奋感，小三是什么啊，小三是青春的代名词，是敢于挑战传统旧俗的时代巾帼须眉，是无数中老年男人为之前仆后继、抛妻弃子、跪倒在石榴裙下的时代精灵。不是每个人都有当小三的潜质，不是每个年纪都有当小三的资质，她这朵秋后的小花，算是沾了小三的光了。

中午俩人正埋头吃饭的时候，村上一个电话就让秀秀头炸了锅，一路奔跑着打车回家。爹在村里喝喜酒，为吃狗肉的事和玉宝的爹杠上了，吹胡子瞪眼的差点打起来，两个老头拼酒，结果两个老头都拼倒昏迷了，已经送去镇医院急救了。

秀秀花了一个多小时，抱着刚给爹买的那件崭新的外套，急匆匆赶到镇医院的时候，爹已经身体冰冷，直挺挺地躺在那里，永久地闭上了眼，他个子很高，医院的铁架子病床偏小，他的两只脚伸出床尾的椽杆，破旧的袜子破了几个洞，露出大脚趾，冻成紫黑色，身上还是穿着那件褪色的黄布上衣。

秀秀抱着新衣服，呆呆地站在床边，这么些年从来都没帮爹买过一件新衣服，而今买了新衣服，却是阴阳相隔，天各一方。

那夜秀秀让俊峰回家，她想在家里独自为爹守灵，帮爹洗脸、梳头、穿衣，守着爹有说不完的话。遗像已经挂了起来，那是用爹的身份证头像做的，家里找不到一张像样点的照片。

头顶的灯很昏暗，一只大概是刚刚苏醒的蜘蛛从房檐上吊丝下来，在她面前晃悠，和她对了个眼，又原路吊了回去。

四周空荡荡，家里太小，几乎没有什么值钱的物件，为了能供她读书，这么些年，爹没舍得买一件家电，村里的老房子几乎都拆了重建，唯独自家的老屋还歪着身子，每年多几根撑墙的木料，因为有爹在坚持没倒。

大红漆刷的新棺材还散发着松油的香味，让她闻着一点都感觉不到饿。妈去世得早，自己懂事却很晚，因为有爹的疼爱，已经三十多岁了还一直当自己是个孩子，可是现在爹真的老了倒下了，不再疼爱地抚摸她的时候，她才感觉这辈子欠爹的怎么也没机会去还了，爹一手把她培养成人，而今她还是孑然一身，怎么让他放心地去。

人都是这样，都是要等到亲情失去后，再忏悔爱给得太少。

"老头子，你可不能死啊！"土墙的隔壁，那家好像也传来哭声，秀秀不想去知道那个老头死没死，好了上辈子，斗了下辈子，不知道谁赢了，京剧唱得再怎么响亮，也是伪装出来的自豪，泥沟沟里爬出来的穷苦人，谁还有底气笑话别人。

身边的泥巴墙，一身伤口，多处是洞口，脱落的老皮散落一地，散发着霉味。隔着这堵泥巴墙，总有不一样的风景，以前是自己考上了，玉宝在那边自卑，后来是玉宝结婚了，自己在这边嫉妒，而今两个老头斗死了，结束了，安静了，而他们斗的根源在哪里，盼富贵，贬贫穷，在这一双儿女这里。

"今天婚礼上的阿俐真的漂亮，不愧是镇上的干部，走路都那么得体，喝交杯酒只用舌尖呡一小口呢。"几个单身汉喝得醉歪歪，从门前议论着走过。

今天原来是阿峰和阿俐结婚啊，爹喝的是他们的喜酒？秀秀愕然，儿时的伙伴有喜事，已经没人再通知她了，她已经渐渐和她们疏远，越来越陌生。又一个比自己小的儿时伙伴结婚了，自己的家又在哪里？

秀秀突然狂躁到了极点，她受够了，在床底下找出一把铁锹，这是爹务农的工具，奔到后院，亮了手电，对着老土墙就是一脚。"轰"的一声，还剩一小截的老墙碰瓷一般一碰即倒，倒成一堆糊不上墙的烂泥，这匹战马倒下了。秀秀看也不看，死了最好，被风吹走，被土掩埋也行，爱怎样就怎样。

玉宝家好像有动静，有人出来张望，秀秀扔了铁锹，猛地关上了后门，震得她家的老墙晃晃悠悠，坚持没倒。

"一个老女人，神气什么！"那边传过来如梦的谩骂声。

秀秀猛地回过身，她想冲出去揪着那女人的头发，就像农村里的泼妇一样陪她打次架，可是她还是强忍着胸口那团怒火，有些东西，她实在学不会。

"我刚刚去张村找到了大兰兰，重金请她们母子来给爹送行，已经安排好了，她们极乐世界乐队明天就过来，做儿女的一定要把爹的丧事办得红红火火，才对得起他老人家的养育之恩。"不知道什么时候，隔壁院墙那边传过来如梦的说话声，听不出丝毫悲伤的情绪，倒像个电影导演在调配现场。

秀秀冷不丁想起小兰兰来，前些年她在自己班上读小学，对自己特别尊敬，说有事只要吱语一声，肯定帮忙，想不到今天用上了。秀秀拨打了上次去张村墙上留的电话号码，竟然真的接通了，是小兰兰，秀秀弱弱地问能不能帮自己爹哭次，那边犹豫了一下，但很快就爽快地答应了。秀秀是自己老师，一辈子都是老师，人一辈子就一个亲爹，去世了，老师求到学生头上，说什么也全力支持，她说这就推了老张头家的活。

当晚，天刚黑，屋外就进来三个人，一男两女，男的是乐队鼓手，叫黄队，女的年纪大点的个子很高，但脸色略显干枯，不用问肯定是大兰兰了，那个小姑娘，也就二十来岁模样，长得清秀，但眼睛滴溜溜转，秀秀认识她，是长大了的小兰兰。秀秀赶紧搬了条板凳给他们让座，三人进屋显得特别神秘，将秀秀拉到墙角，竟然是连夜来和她商量对策的。

"昨晚我们拒绝老张头家的活，想不到她家媳妇还挺厉害的，打了我们几位同行的电话，要请他们过来给爹哭丧，可是同行一听说大兰兰在隔壁搭台献唱，两家要打对台戏，一个个吓得不敢接这活。今晚她竟然重金请来了市里专业的庐剧戏班子，市庐剧团一般都是村里修谱或老人做寿才出演的，这些年我们抢了他们不少生意，同行是冤家，这次却一反常态，非要和我们死磕到底。根据眼线反馈情报，这些年兰兰名气越来越大，原来农村老头老太太都是他们的戏迷，现在很多观众流失到我们这边来了，这次四大名角都要齐聚演绎，全巢出动，就是要借你们两家结怨的舞台，和我们一决高下。"黄队四十来岁，黝黑如木炭，看来他是这个乐队的大脑加管家。

　　一番话说得秀秀目瞪口呆，三百六十行，行行都争状元，想不到连个哭丧的活，都要争得你死我活，还像《谍中谍》电影里那样，对方阵营里竟然还有他们卧底。

　　"丁老师，今晚我们偷偷先来，就是要弄清你爹的家庭关系，几个兄妹，喜好什么，细节越细越好，这是第一手材料，明天我和妈哭的台词晚上必须连夜写下来，再铭记于心，不然哪能张口就哭。现在这些听哭的老头老太太都是行家，他们听哭比听戏台词要求更高，要是哭错了一句，人家是要上来掀桌子的。"小兰兰手里拿着个笔记本，在做详细的记录。

　　"据最新情报，他们明天的曲目是庐剧中最经典、最悲情、最催泪的《张万郎休丁香》和《张万郎讨饭》，这部经典庐剧圈粉丝无数，每次演绎都是哭声一片，他们把压箱底的功夫都拿出来了，看来明天必定是一场定地盘的献唱。一会你们母女背完台词后，一定要休息好，所有幕后策划的事全都交给我，我特意给你们煮好了绿豆汤，明天胜败就看你们的了，秀秀你只管照顾客人"。黄队皮肤黝黑，但秀秀能感觉到，是个做事特别细心的人。

　　第二天一大早，隔壁门前汽车轰鸣，一帮专业工人进场，开始搭戏台。也不知道三里红乡人是通过什么渠道得到丁家墩今天有场豪情对抗，上演巅峰对决，镇电视台一般晚上六点播放庐剧，今天对这些民生之外的信息仿佛有格外的嗅觉，也特别与时俱进，一大早就打出了字幕，字幕后面竟然还有某土特产小吃的广告。

　　上午九点多的时候，村上一下子就热闹了起来，河埂上、大塘口、公路上，都是流动的人，从村子的各个入口涌入。大人牵着小孩，小孩牵着老人，老人拎着小板凳，还没到中午，黑压压地就已经坐满了两家的打谷场，场面一下子就轻轻松松超过了一年两次的西九华庙会。丁小气家的方便面竟然卖断货了，一些老人一辈子都不吃方便面，可是为了赶今天的大场面，他们有的天没亮就出门，到中午的时候还没吃饭呢，凑合着先填饱肚子，下午好看大戏，这辈子肯定难有下次机会了。

大兰兰早早地就带着女儿过来了，在房间里化妆，脸上打上了很厚的胭脂，眼睛上划了黑色的眼线，膝盖和胳膊都绑上了护肘护膝，秀秀很疑惑，看这架势是要打架吗？

"妈妈刚出道的时候，没有化妆，一次哭的时候人家客人硬说她没流泪，不给钱，为方便人家看得清楚，有感染力，后来我妈就养成了每次出演必须化很浓厚妆习惯了。还有哭时要在地上打滚，地上瓶盖、碎玻璃瓶多，带护具为了保护身体。"小兰兰倒是很健谈，仿佛能看穿别人所有的心思。

"三百六十行，行行都是讨饭的活，干我们这行，户主给不给钱、给多给少都随缘。一次下大雨，我给一老人送行，一摸到水晶棺就浑身发麻，全身抽搐，吓得我腿发软，眼发黑，差点晕倒，后来才知道是天气潮湿水晶棺电线漏电。不是为生计所迫，谁会干这行。人家走路都绕我们走，说阴气太重，渐渐地我也习惯了，人生不过是一场修行。"大兰兰边化妆边喃喃自语，她是一部天书，这一带任何人遇到她都要退避三尺，绕道而行，这就是气场，常接触死人，身上阴气重，人还没来，人家已经怕了。

快中午的时候，两边的舞台都搭建好，秀秀家这边相对简陋，一支乐队，几个乐器一台电子琴，一套大音响几个微型话筒，就到位了。隔壁家舞台那可是相当专业，足有三米高，台阶、台布、条幅、化妆室、乐队室，一样不缺，四大名角早早地就到了，提前吃了午饭，在化妆室上妆，偶尔台下有一些老太太等得有点急，偷着绕到舞台后面，想近距离一睹偶像尊荣，大碗们都提前亮一嗓子满足她们的窥探欲。

原来世人要的都是这样，死人的场面，活人的脸面。

"专业就是不一样！"人群后面，两家都雇人各架了一台摄像机，一帮老人看呆了，这个早没白起，只见过年轻人结婚摄像，这老人死了也要直播、留念想啊。打谷场上坐着各自的粉丝，人数对半开，不相上下，还没开打，老人们嗑瓜子的嗑瓜子，谈麻将的谈麻将，都在耐心等待两场大戏粉墨登场。

唱戏啦！唱戏啦！

大姑娘嫂子往家接

茅缸里屎长

米缸里米跌

草堆头矮了一大截

小媳妇妆化得认不得

……

丁大炮诗兴大发，竟然编了首打油诗唱，没想到一下子就红了，全村小孩都在唱。

中午十二点一过，战斗真正打响，极乐世界乐队鼓手黄队大手一挥，鼓槌一落，一首《老父亲》的曲子悠然响起，一股哀伤顿时弥漫，中四的节奏，缓慢而忧伤，小号清脆，大号浑浊，如秀秀爹放鸭的步子缓缓而来。那边舞台上几位乐手嘴角挂着一丝轻谩，他们上台端坐，微调呼吸，小锣一敲，大锣立刻跟进，二胡紧跟着而出，整个人群立刻就骚动起来。

"别乱跑了，戏开始了！"台下有老爹在打调皮的孙子。

"咚锵，咚锵，咚咚锵……"

"呀，呀，呀，小女子年芳十八，深锁庭院度年华……"一白衣女子迈步掀帘而出，迈着碎花小步，粉带遮面，去赶红颜。整个人群立刻鸦雀无声，大气不敢出。只见她轻轻一甩三尺水袖，低垂娥眉，便是风情万种，万般柔情，一个转身回眸，将媚眼抛下舞台。台下坐满痴情老爹老妈，已一同进入了角色，本来浑浊的一双双老眼，顿时清亮了起来，他们满面红光，精神抖擞，像是从五四青年节走迷失直接过来的，半梦半戏，穿越古今，已将自己垂暮之年的人生一同融进了小小的戏台。

当张万郎春风满面提笔在手，一封休书修了贤妻丁香的时候，台下已经有老头凄惨的哀嚎，顿足捶胸，破口大骂张万郎是薄情郎。当丁香哭断肝肠，求夫君莫被眼前的荣华富贵眯眼，忘了发妻恩情，台下传来老太太敲打拐杖的咒骂声，仿佛她们已化身成了丁香。

丁香对张万郎的爱与留念随着锣鼓声，被一点点倾诉，那一张含玉小嘴，唱腔绵长而竭力，凄婉而动人，哀怨而悲切，如诉如泣，动情处，或把喉咙喊裂，或流几滴怨缘的泪，多么令人痛彻心扉的痴情女，多么令人扼腕嫉恨的绝情郎。

"噼噼啪啪"，一阵爆竹声惊醒了沉迷入戏的人群，隔壁家有亲戚上门了，只见大兰兰披麻戴孝，从里屋一个猛扑冲出门外，跌倒在那人膝下，屈声抽泣起来：

阿——爹——唉（盘腿而坐）

你怎么——一声不响的——走呢

留下秀秀——一个人怎么过——呢

阿——爹——唉（高举双手）

秀秀十岁没了娘

你一人辛辛苦苦将我抚养

没打过我一巴掌没给我找个后娘

放鸭钱留给女儿买房

没舍得给自己添过一件新衣裳（吐一口吐沫）

怎么你说走就走

叫我一个人——怎么过呢（抹一把鼻涕）

……

大兰兰开始只是抿着嘴低声抽泣，将一腔悲痛强压在咽喉，哭得殷殷切切，有声无泪，如盛夏午后的天空，闷热无云，但有风。渐渐地，这种震动一点点被挑拨、被加强、被爆炒，成翻滚、跳跃的态势，渐渐集聚成匀速的哀嚎，天空乌云翻滚，电闪雷鸣，一汪清水在她眼眶里一点点膨胀，渐渐溢满，再到冲破江堤，直至演化成一场有声有泪、声泪俱下的撕心裂肺的嚎哭，俨然一场山洪。

大兰兰哭唱的感动指数一直被评为满分五颗星，哭声里有喜、怒、哀、乐、惊、恐、悲，哭声里有各式各样的乐曲，有鼓、古筝、唢呐、小号、笛子、二胡和长箫，反正你能想到什么就有什么，像一锅炖到恰到好处的鸳鸯火锅，荤素搭配，调和得恰到好处，辣中有味，味中有辣，辣味重重，要什么味有什么味。每到一句结束下一句开始的时候，调子也不一样，倾诉时低沉，伤痛时沙哑，高潮时尖锐，绝望时呐喊。哭声昂扬磅礴，委婉动人，拖着长长的音调，很有韵律，更有很强的节奏感，游走在唱歌与哭泣之间，有时破空而去，在快要哭断气的时候，突然又绝尘而来。

"真是什么人吃什么饭，大兰兰天生就是吃死人饭的，哭得真比唱得好听。"

"是啊，我现在怕死得要命，她越哭我越怕死，这不是哭，这是勾魂曲，我架不住了，呜呜……"几个老人边抹泪边拎小板凳往大兰兰那边走。

"阿——爹——唉"，大兰兰已经完全入戏了，狂风暴雨、电闪雷鸣，她用哭倒万里长城的决心，展示着拍桌子、跺脚、掐胳膊、翻白眼、踩烟屁股、脸抽筋、犯羊痫风等一系列肢体动作，细节处理到连捏的兰花指都那么美，那么到位，仿佛手里捏的是爹离去的衣袖。

她抓不住逝去的亲人，就用哭声送亲人一程。

试问世间哪个男儿心肠硬，能架得住这样真切动人的哀嚎；哪个女儿的千花肠软，能经得住这样曲调凄婉的挽留。

她集万千大悲于一声，将哭泣念成诵经，唱成挽歌，慰藉亡灵，简直就是一个人的话剧大戏，导演、演员，她全包都不觉得过瘾。

世间冷暖有千种，哭有百态，可是没有哪个小女子能将哭演绎得如此愁绪悲情、大义凛然、肝肠寸断，哭成大江大海，哭得雾霾漫天，哭得黄河先泛滥后断流。哭已被大兰兰升华成了一种艺术，哭到了一种境界，像个雨婆婆一样，一转身就能泪如雨下。她可以一边哭唱一边跟人拉家常，拉家常的时候是正常人的腔调，柴米油盐酱醋茶，价目全都是牢记在心，一瞬间却又转变为哭丧的旋律，牛马鬼神，全被她骂了个遍，世间生灵轮回全由她掌控。偶尔哭唱的间隙段，穿插着那么一两句变换语速的说教，不光跟戏里的哭唱很相像，更像年轻人喜欢的街舞绕口令说唱，有着强烈的动感节奏。

"给点啰，我已经三天没吃饭啰，哪个好心人给点饭喽。"那边的舞台上，男主角已经像所有的地方戏剧情一样，开始是公子落难，小姐不光偷钱相助，还宽衣解带相陪，公子富贵后抛弃贤妻，最后的结局必然是公子讨饭，这不，张万郎开始沿街讨饭了。

"唉，这饭里怎么有粒沙子啊，哪个缺德用沙子骗瞎子哦，咦——不对，咬软软的不像是沙子，是金子！还我金子哦，还我金子哦！"台上张万郎鬼泣狼嚎般的喊要声揪心裂肺，台下有几位大娘哭喊着，苍老的面容已被感动得扭曲，看不清原来的面目，哭成了一捆干稻草了，拎着小板凳跑那边去了。

"谢——张村三爹打赏二百元，谢客——"黄队高声喊着，声调像电视里财主做寿赏下人的礼钱。只见秀秀家这边人群中一位大爷走到秀秀爹灵堂的香案前，手里握着两张皱巴巴的百元大钞，抽搐着老脸，硬塞给大兰兰。

"谢——李三弯村二奶奶李氏打赏八百元，谢客——"黄队声音洪亮、高亢，喊的打赏声浑厚有力，夯夯回音。人群中不时骚动起来，今天算是见了大世面了，竟然还有人送钱，叫打赏，而且一赏就是八百元，今年小麦才五毛钱一斤，棉花才两块多点呢。

"哎呀，大意了，大意了，传话下去，我们这边无论如何不能乱，该怎么唱还是怎么唱。"对面戏台显然没有料到还有这么一手，眼看着人群一点点向隔壁家门口流动，几个管事的急得在幕后直跺脚。

"噼噼啪啪"，又一阵爆竹声响起，秀秀一看，又一位陌生的大爹红着眼圈来了，她纳闷家里一下子多了很多亲戚，穷亲戚不认门，怎么爹一去世都来认穷亲戚啊。放完爆竹，大爹安慰了秀秀几声，想闪一边躲躲漫天的爆竹灰，突然大兰兰一个趔趄扑倒在他脚下，抓着他的裤脚，一字一泪、一字一顿、一句一调，如绵绵细雨一般，放声抽泣起来：

爹——爹哎

秀——秀不孝

没听你的话早成个亲

没给你生个孙子喊爷爷一声

爹爹哎，你不要走

爹——爹哎

你不要走——

……

那个大爹哭丧着脸，紧紧地抓住自己的裤子，不然就被大兰兰扯掉了，欲走不能，就那么活生生地被钉在香案前，被大兰兰当成了哭丧的工具，成了一个活生生的死人。大兰兰瘫软在地，抱膝哀嚎，顿足捶胸，声声催泪，句句揪心。在她眼里，这个要走的老爹已经被附体了，就是秀秀的爹，她哭尽儿女泪，绝不放手。

孟姜女哭倒了长城，林黛玉哭葬了桃红，织女哭断了华章，大兰兰不疯不魔，入戏太深，快哭死了自己。

"我——我还没死呢，你别这么揪着我衣服哭啊，怪吓人的，我怕！"那个大爹一脸哭丧，惨白着老脸，不知道如何是好。

"哇——爹——爹哎！"本来秀秀还呆呆地坐在爹的棺材边，昨夜她已经哭干了所有的泪水，哭得睁眼都疼，可是，大兰兰揪住那位大爹那么真情一哭，拽着死不放手，一下子刺激了她，让她恍然入戏，猛地扑出去，一把死死地抱着那老爹的大腿，哭得山峡泄洪、长江决堤。

小兰兰原本准备得很充分，其中有场她戏份很重的戏，可能是从来没见过这么大的场面，也可能是秀秀老师一下子失控，也加入了嚎哭的大军，让这个从小连死人都不怕的小丫头，今天也有些发怵，竟然活生生地愣在原地，黄队推了她几次，她竟然都毫无反应，这个小丫头第一次怯场了。

"我的个爹爹哎——"那边的如梦不知道是被感化了，还是想和秀秀比比哭功，也一头扑在公公的遗像前，哭成了个小泪人。

"我——我的个天哎！"场面一下子失控了，场下几位大娘晃悠着身子，紫黑着脸，哆嗦着纸板一样的身子，栽倒在地，她们被这样的场面轮流刺激，最终抽筋了，昏死过去。

那天的太阳特别沉重，老人们还没顾得上去趟茅房，太阳就已经沉到山那边去了。尽管意犹未尽，但老人们还是不得不摸黑往家赶，人群渐渐散去，交战双方都长出了一口气，喝水的喝水，总结的总结，整理的整理，总算消停了下来。地上到处是一块块打结的湿痕，有的还没有完全被吸附。外行的看热闹，内行的看门道，双方打了个平手。

回家的乡间小路上，老人们七嘴八舌地谈论着。现在人人都是观众，人人都是记者，人人都是裁判，老爹们已经将一个个大奖颁发了。最佳女哭奖当仁不让地给了大兰兰，她唱腔铿锵有力、荡气回肠、百转千回，能让人世生死轮回；最佳团体奖是四大花旦，名家就是名家，一颦一笑，尽显专业和富贵；最佳女配角是秀秀，她那由内而外的一嗓子"爹爹啊"，喊得石破天惊逗秋雨、敢叫日月留亲爹，哭功苍劲有力，力而不破，是真正的真情流露，台词不多，出演也就短短几分钟，却将整个剧情推至极致，让观众犹如在蒸桑拿，听得滂沱落泪，煎熬得他们浑身汗湿，活血通便，催泪无数，瞬间圈粉，这丫头具备吃这行饭的潜质，只要稍加雕琢，就是一块美玉；最差表现奖是老张头家的儿媳妇如梦，人家说老婆哭丈夫呼天喊地，儿子哭老爹真心真意，儿媳哭公爹假情假意，就是这个道理，她假惺惺地趴在棺材板上，看都不敢看公公一眼，只盲目地跟进重复喊一句"我的个爹爹哎"，音调偏低，没有冲击力，肢体扑跪动作生硬，略显浮夸、不专业，台词没有创新，安于表里，没有走心，相当于电视上的假唱，是糊弄观众的玩意儿，真是辜负了老张头生前对她的百般宠爱。

大兰兰走进里屋，盛了碗绿豆汤喝，喘着气闭目调气，她浑身乏力，感觉这场哭戏让她至少减阳寿一年，太耗精力了，仿佛哭干了身体里所有机油，一松下来，浑身干巴巴地，嘎吱吱地响，呼吸喉咙都疼。

"累了吧，辛苦你了。"黄队进屋关心地问候，这个离异的男人每次都是大兰兰最忠实的听众，他已经向大兰兰求了好几次婚，可是这个女人心里还有个疙瘩没有解开，今天她哭得这么酣畅淋漓，他想再试试。

"这几年，我的身体早好了，但心还没好，再给点时间，好吗？你辛苦了。"大兰兰眼角还在流泪，这次是为她自己流的，这个靠流泪吃饭的女人，眼睛都快哭瞎了。

十个哭丧九个瞎，她将钱入了丁家墩农家乐的股，就是留份养老钱。

"这是你们的报酬，肯定少了，别怪？"秀秀从悲伤中慢慢缓过来，掏出一叠准备好的钱，塞给黄队。

"丁老师，你是小兰兰老师，这次是不收费的，行行都有竞争，主要是赌一口气，我们也下了很大的工夫，为了活跃气氛，你们家多了那么多亲戚都是花钱雇来的，那些打赏的老爹也雇的，现在双方打个平手也好，都是讨江湖图个填饱肚子，都是穷苦人家相互照应吧。"黄队将钱硬退给了秀秀，她现在一个人，往后要钱的地方多着呢，如果经济有困难，只要开口，大家一起救济帮扶下没问题。

秀秀侧过身，将半边滚热的脸埋进光线黑暗的里屋，那半张脸上有感动的痕迹，这世界连亲戚都可以雇，为了钱，死人也有人认亲戚，到底什么是真的？可是，眼前这个黑瘦的男人，这个整天跟死人打交道的男人，却活生生地又感动了她一次，她不想接触这种温暖，这些毫不相关的人冷不丁抛出的温情杀伤力太大，温度太高，她捧在手心烫手，抱在怀里烫心，记心里融化身子。因为被伤害惯了，她机体里的血液已经没有温度，当被真情温暖后，她本能地抗拒，甚至有种想躲远远地将自己掩藏起来的逃跑欲。

三天后，秀秀在一群亲戚的陪伴中，将爹送进了县城火化，承载着父爱的躯体，被推进了火炉，一股浓烟从火葬场高耸的烟囱里腾起，只短短的半小时，就尘归尘土归土，一个小盒子成了他的新家，一段旅程结束，另一段轮回开始。

只短短的三天，秀秀瘦了十几斤，前几天刚做的头发，几天没有整理，俨然成了个蓬乱的鸡窝，满是灰尘。削尖的面容苍白、疲惫，太阳一照显得煞白。她已经整整三天没有合眼，抬头看火葬场砖砌的烟囱，感觉一直在摇晃，随时都有倒下来的可能。

秀秀将骨灰盒抱在怀里，准备登车，接到了县教育局打来的电话，告诉她县里招考的成绩公布了，要求她去确认签字。一阵风吹拂她的面容，预示春天来临，这算不算是件好事，如果好消息能提前几天来临，或许爹就知道了，爹就会陪她一起搬来城里住，更不会去喝那该死的什么结婚喜酒，爹说不定就会原谅她的任性，就会在村里老爹的面前一边悠闲地喝着茶，一边大声地夸自己的女儿了。

秀秀招呼亲戚先坐车回去，把爹的墓地挖好，自己先去县教育局签字，一会就坐车赶回去，送爹上山。走的时候，秀秀执意将爹的骨灰盒带在身边，她想多陪爹一会，抱在怀里让爹感受到女儿的温度，听听女儿的心跳。

站在教育局的大门口，签完字，秀秀感觉这十几年就是在自己折腾自己，刚毕业的时候，自己舞蹈跳得特别好，还在省里拿了奖，学校缺舞蹈老师，竭力让她留校任教，那时她意气风发，感觉外面的世界到处都是蓝天白云，她一只翠鸟不能在深院里虚度，要出去展示美丽。

只短短的十年，现在师范已经撤并，她转了个圈，又报考了师范院校改建的附中，挤得头破血流，回到这所依然熟悉的学校，只是以前那个高傲的小女孩变了，在外被人拔光了亮丽的羽毛，而今像只麻雀一样灰溜溜地飞回来，再也不敢独自站枝头高傲地歌唱了。

到师范附中报道，站在大门前，秀秀发呆许久，一样的门楼、一样的杉树、幽静的操场、古朴的教学楼、高大的院墙，归来的学子已被世俗的大河磨光了棱角，变得润滑、随波逐流。

学校旁边的公园依然那么幽静，三三两两的情侣依偎在她和一个负心人曾经拥抱亲吻的香樟树下，大白天就旁若无人地接吻，像磁铁的S极遇到了N极，这让秀秀想起初恋。当秀秀联想到自己肚子的时候，她不由自主地打了个寒战，对啊，这两月的月经没有来了，近来变故的事情太多，她都忘却了身为女人的原始规律，不会是又怀孕了吧，医生不是说自己不能怀孕了吗，为了这事她还时常做梦，梦里她捡到了别家的孩子，为了能当回妈硬是不还。

原来她一提到怀孕就浑身过电，如被宣判要去法场，而今她却有种莫名的欣喜，读书时她憎恨小生命，鄙视他们，一心要将他们置于死地，而今她喜欢肉肉的孩子，必须要经历那样的养育、分娩，才算是个真正的女人，这世上任何女人都不想当只不能下蛋的铁公鸡。

秀秀走进一家大药房，买了根测孕棒，躲进路边的公厕，一试探，结果又一次验证了她的判断，本来医生已经宣判了她的死刑，她都计划好了这辈子上半辈子当个小三，下半辈子要孤独的守空房，膝下不会再有孩子，她荒凉的沙漠地里不会再有春天，不可能再长出一丝翠绿，可是现实就是现实，种子就是能在她割得千疮百孔的躯体里顽强的生根发芽，他们就是只打不死、割不掉的小强。

做女人的原始本能让她既迷茫又怕，站在拥挤的十字路口，她不知道这次该何去何从，因为她实在没有勇气再残忍的对待自己，对待又一个顽强的小生命。

所谓梦魇，就是你试过各种方式去忘却却依然不断有噩梦伴随；所谓心结，就是你总想去揭开，却最终发现疙瘩越来越多、越勒越紧。

命运，就是这么一个玄妙的东西，不过是玩偶罢了，你把握不了，更无法去猜测。

亲戚打来电话，说爹的墓地挖好了，让她赶紧回去入土为安。秀秀猛地惊醒，思绪赶紧和繁杂的现实接轨，将爹的骨灰小心地放进挎包，急匆匆地赶上回家的公共汽车。

三十五

"我真傻，要知道她会跑，打断她一条腿就好了。"小麻子终究没能用他超自信的帅，征服那个七万买来的小媳妇，那几天，他劫下了从山里开出来的每一辆车，查遍了每一个陌生的面孔，问遍了每一位老乡，也没有找到他已经怀孕的媳妇。

"嘿嘿，我媳妇也怀孕了，去娘家串门去了，过几天就回来给我生娃。"小麻子整天唠叨，村里人说这叫孬子传代，以前是大虎唠叨老婆怀孕，现在传给精得淌油的小麻子了。

小富贵彻底变成了傻子，他爹带他去各个大城市医治，背回一大包药也不见好转，最后在家给他儿子熬中药汤喝。村里人说他那是自作自受，罪有应得，那么一个水灵灵的雨红被他欺负掉大塘里淹死了，他被老天爷责罚变成孬子是轻了的，该扔大塘里闷死偿命。

雨露对大虎不离不弃的照顾让全村人感动，更被这个姑娘表现出来的领导才能所折服，都鼓足了劲跟着她干，想不到年后选举的时候，雨露小小年纪竟然当了村长了，这小丫毫不谦让，露出一种舍我取谁的霸气。

"不瞒你们说，我拍砖的技术那是从小就练过的，我以前当过几年木匠，眼睛就是尺，大虎被老丈人扇耳光的部位我用肉眼仔细地测量过，头骨错位的裂缝我都能精确把握，我那一砖头拍下去的那力度、精度、准确度可都是反复计算过的，要不然怎么可能一砖就把省城大医院都看不好的孬子给拍好了。也不知道村里哪些人多嘴好事，到处给我做广告，唉，真是烦死人呢，还给我起外号叫拍孬大师，这些天就有几位外村人领娃来求我，还带了烟酒，非要请我用祖传的砖头，帮他们把孬儿子的病给拍下，砸死不偿命，你说我能随意出手吗？拍大虎那块砖头我已经收藏了，等他们结婚那天，我用红布包好了，到时我当贺礼送他们小夫妻。"丁大炮没事就喜欢到丁小气家蹭饭，这是饭前必须要当着丁小气面宣读的台词。他满脸自豪，反复演示拍砖的动作，胳膊划过的弧线，砖头抓在手心的位置，击中头部的部位，差一点点都不行哦。

"好，好，城里有人专治百病，专治疑难杂症，你丁大炮用砖治疗孬子，厉害，厉害。"丁小气每次都陪他喝个够，他那一巴掌把未来女婿打成疯子，成了全村的祸害是小事，他心里有愧疚，雨红有个这么爱她的男人是她的福分，当爹的怎么能那么打一个娃娃。

如今丁大炮一巴掌帮他打好了女婿，心里的愧疚淡了许多，给他点酒喝算什么，喝一辈子都成，而且看着这些天大虎服服帖帖地跟在二女儿身后那乖巧样，看来这丫头真兑现了她的豪言壮语，领个上门女婿回家。这个二丫头不光胆子大，敢私下里偷他的存折，把他的养老钱取个精光，想不到驯服男人来也是行家里手，还真有两下子，比她爹强多了，嘿嘿。

"这算什么，只有大家齐心，村里农家乐挣钱了，以后咱就在我小店门前，开个相亲大会，你们有胳膊有腿，有把子力气，等有钱，外地过期的、走偏道的、二稻子重发芽的老女人都抢着嫁进来，咱这里山好、水好，她们到哪里找这样的好山、好水、好男人嫁啊，所以你们只要是为村里公家事干活累了，可以随时来我这里吃口热饭，喝口辣酒。"不知道从什么时候起，丁小气不再小气了，只要有人去他家小店聊天、做客，到中午他都主动管饭，还上好菜、好酒，吃多了弄得村里一帮皮厚的单身汉们都有点不意思，要知道他们的皮厚度都快赶上黑沙洲上饲养的扬子鳄皮了。

不过，要在这里开相亲大会，那要是真的，这辈子算是没白活了，就算累死他们也愿意。

自从丁小气放出话，等村里农家乐挣钱了，分红了，要开相亲大会，村里男人都不怎么去他家闲聊了，全跑各个点干活去了，而且一个个还学会了打扮，邋遢的胡子刮了，寸头理得很有精神，他们说村里农家乐虽然没有正式开业，已经陆陆续续地有些散客自发地进村游玩了，他们代表村里的形象，在城里这叫公关，很重要的哦。再说，散客里也有一些单身女性，他们竭力的表现是为了能赶在相亲大会前先摆脱单身。

嘿嘿

红衣服

花衣裳

媳妇一件一件穿身上

今天她在娘家做小衣

明天回来生儿郎

……

那个小麻子真是可怜，过年后，他也不去外地打工了，每逢看到穿红衣服的小媳妇从他家门口经过的时候，小麻子都会嘿嘿地笑着唱，然后跑回家，坐到床上，找出他花二百块钱找城里办假证做的两本结婚证，翻开摆好，然后一件件的翻叠那些买给媳妇的红外套、花衣服，嘴里唠叨着后悔没有听大虎的话，打断她一条腿就好。

那些衣服他从来都不舍得洗，一件件被叠放得很整齐，每件衣服上都有一个女人的体香，散发着一股味，他怕一洗就忘了那个女人的味道。

有时也会犯神经，突然冲回家，摸出小时候做的那把玩具手枪，追着人家姑娘，嚷嚷着人家是骗子，非要把人家毙了。

冲动是魔鬼，冲动有惩罚。"幸好我没冲动和小麻子拼血本，真要是买了那媳妇，那现在坐在家哭的就是我了。"村里养鸭的丁老三逢人就庆幸地说，赞叹自己的高智商。现在他在黑沙洲芦苇滩里养黑鹅，专供船上的游客吃。

这天一大早，大家刚上船准备分配活，远远地见进村的田埂上一个身影，一路哭喊着跑进了村，是个女人，头发散乱，还赤着脚，好像是雅青的声音，她回娘家已有好几年了，阿六请了无数次都没回来，今天怎么一早发疯地往村里跑，雨露慌忙赶过去。

"你一大早去我家把女儿抱走，到底什么意思，法院已经判了，女儿随妈妈过，她现在是我女儿，你没权利抱她，还给我。"雅青跑回了那三间瓦房，跑回了她曾经的家。

"谁说我们离婚了，我没签字，女儿随我姓，要我离婚，除非我死了。"阿六站在门口，大声咆哮，怀里抱着已经惊吓过度的女儿。这几年，阿六已经落魄得和疯时的大虎差不多，胡子邋遢，眼窝深陷，全身脏兮兮的，怕是好几个月没洗澡了。

"离不离是你的事，反正我受够了，你把女儿还过我。"看女儿哇哇的哭喊，雅青的母性被激发了，冲上去扳开阿六的手臂就夺女儿。雨露一路小跑着赶到阿六家，她怕阿六再次动手打人，慌忙冲到二人中间，将他们拉开。

"我们结婚这么些年，就算是一天夫妻也是有感情的，为什么你就不能给我一次改过的机会。"阿六放下女儿，一屁股坐在地上，突然一把鼻涕一把泪地哭得像个孩子。

"机会我早就给了无数次，不赌钱会死吗？你每次输光，被逼得出去打工，等有钱了不又继续赌钱吗，你是个男人吗？你哪天像个真正过日子的样子？你除了赌钱、打我，还能干什么？"雅青仰起头一脸的倔强，眼里是无尽的绝望，已经彻底看透了这个曾经生死相爱的男人。

"好，我发誓从今以后不再赌钱，雅青，你看好了，我证明给你看……"阿六扔下女儿，一个回身，冲进了厨房，一屋子的人都呆住了，不知道他要干什么。就在大家愣神的时候，阿六从厨房里冲了出来，手里竟然握着一把生锈的菜刀。

"啊，你——你干什么？"雅青看见阿六摸了把刀出来，本能地想往后退，并用胳膊抱住头，她真的怕了这个男人，可是她脚下生根，双脚灌铅，就是挪不动地方。等阿六冲过来，举起菜刀剁下来时，她本能地一闭眼，这辈子真的毁在这个男人手里了，离了婚也跑不掉。

"轰"的一声，阿六脖子青筋崩裂如青藤，几步就走到了雅青旁边，当着一脸愕然的雅青面，将自己右手的中指按在四方桌子边沿，举起菜刀，一咬牙，猛地一刀就剁了下去。

刀剁桌子的声音很沉闷，几滴细血飞溅到脸庞，雅青脑子里急速地搜索着哪里流血了，哪里被剁了，皮开肉绽，可是身体好像都很正常，没有哪里有疼的警钟，她睁开眼睛，顿时被眼前的血腥惊得哇哇叫，吓得放下女儿，冲上去一把抱住了阿六。

"爸爸，你怎么自己砍自己手指啊，妈妈，爸爸流血啦！"女儿惊恐地尖叫，女孩已经长到十来岁了，天天动画片看得满脸童真，哪见过这么血腥的场面，而且还是爸爸，举刀剁下了他自己的手指。

那根通体发黄的手指细长得如条泥鳅，蜷缩着抖了几次，张嘴吐泡沫，拼命呼吸，还在神经反射一阵阵收缩、蠕动，虽表皮被熏得黄油油的，流出的血却很殷红。像条壁虎的尾巴，掉到了蚂蚁窝里，被一群蚂蚁攻击，正在竭力地拼死挣扎着翻滚。

"你不是讨厌我赌钱吗，现在我砍断了一根手指，发誓不再赌你相信吧，要是你还不信，我把这只手剩下的手指也全剁了，雅青，求你别离开我。"阿六恶狠狠地瞪着按在桌子上的手掌，已经剁红了眼。

"我信你，你先把刀放下吧！"雅青一把抱住他，大声叫喊着信他，别再糟践自己了。

阿六扔了刀，突然冲上去，一把将那根还流血的"香肠"抓在手心，紧走几步，奔出门外，一路小跑着到了大塘边，抡起左手臂，张开了满弓，将那根断手指给扔进了大塘里。

雅青一路追过来，想叫住他，去医院还能接上的，可是那根手指已经翻滚着飞向了大塘的水面，一个前滚翻旋转360度，再直体下，笔直入水，没有溅起丝毫水花，直接成了那条水鬼的剔牙午餐。

村里的农家乐已经建设得差不多了，这天一大早，雨露约上大虎，要他陪自己去县里见个重要的客户。

"你准备这么多纸质资料干什么啊？"路上，大虎翻看雨露准备的一大沓厚厚的资料，纳闷地问，这些资料都是村里各个景点的图片和详细文字说明，做得很精致，照片拍得也很有水准，看来花了一些功夫。

"我们村旅游建设最花钱的就是那几条船，集资的钱最多也只是一半的资本，另一半你知道怎么来的吗？呵呵，带你见个人你就知道了，没他我们怎么可能开得这么顺利，现在就去他那里，把材料备个案，然后做好宣传画册，抓住那只水猴子，选个好日子，咱村农家乐开业，一定会一炮而红。"雨露说得很有道理，大虎这些天也在考虑村里哪来那么多钱，肯定有人支持，想不到雨露这丫头鬼精得很，竟然还能拉到赞助。

也许是女人的天性，一进城她没先急着去见客人，而是拉上大虎去逛街了，天天在野外风吹雨打，扎在村里男人堆里，她也成了个假小子，今天女人的天性被解放，狂购加狂打扮。

也许是春天来了，阳光变得暖洋洋，刺激了雨露肌肤的曝光度，也许是她今天有意在大虎面前，展示下她早就超越她姐姐的身材，只是身边这个男人以前疯了没发现，今天就让他近距离开开眼。

原来女人天生都有表现欲，都是驯兽师。

路过一女人内衣店时，雨露硬拉着有些尴尬的大虎进了店，并高调地从里到外都换了新装备，还故意挑了一套粉色蕾丝边的内衣和胸罩，摆在大虎面前要他提供参考意见，弄得他很不好意思。

在一个女人店里，一个农村模样的老男人，被一个妖艳的女人挑逗，要他对一套粉红的内衣提意见，场面很滑稽，店里几个小女孩服务员装着没看见，侧身偷偷地笑。

"你的胸太丰满了，身材真好，真让人羡慕，你没化过妆吧，自然美最美，是任何化妆品都雕饰不出来的。"服务员是个小姑娘，给她量了尺寸，一脸羡慕地大声嚷嚷着去找大号的C罩让客人再试试。

"大自然是最好的化妆师，女人自信来自心里，不是外表哦。"黑色的衬衫，里面搭配着粉红的内衣，隐约看到一点粉红和肉色，显得秀色可餐，过膝的短牛仔裤很紧身，贴身包裹得很严实，却勾勒出她翘翘的臀部，很诱人。

雨露掐腰噘嘴，左腿后翘，摆了个V字型造形，像个十几岁的小初中生，等她收了脸立刻又有种庄严的诱惑，雨露站在镜子前转了个身，高耸的胸部上下颤动，她很满意，并要大虎提点参考意见，大虎红着脸支支吾吾，说不出话。

"帮我把背后的纽扣扣上。"也许是雨露太过于兴奋，也许是她的胸太过于饱满，刚刚买的内衣在她的几个转身试穿后，背带扣子竟然脱落了，她侧身对着大虎，抬起手臂，故意叫他给扣上。

大虎瞪大了眼睛，不知道这个丫头到底要干什么，店里这么多服务员，哪有大白天叫个男人做这事的，他吓得连连摇头。

"发现你打扮后还是很漂亮的。"当雨露换好了行头，木讷的大虎看着小丫头雨露，竟然忍不住赞叹了一声，话说出口，他就有点后悔，感觉有点怪怪的。

"今天出门，要是有人说我不漂亮，我反手就给他一巴掌，我本来就貌若天仙、亭亭玉立、千娇百媚、窈窕淑女、秀丽庄重、国色天香、艳若桃李、温柔可人、活泼可爱、楚楚动人、秀色可餐、婀娜多姿、清新单纯、面若桃花、天生丽质、生来尤物、水灵秀气、美丽动人、樱桃小口、仙女下凡、仪态万千、倾国倾城、赛貂蝉超西施，怎能用区区一个漂亮来形容，谁要是得到我的爱，等于中了五百万的大奖了呢。"雨露被这么一夸，竟然像个孔夫子，摇头摆尾地自我陶醉起来，将所有的赞美全都集于自己一身，皮真厚。

大虎被她一顿口若悬河的吆喝给弄糊涂了，选择沉默，这丫头语文学得奇差，成语倒是记得不少。

"说吧，怎么样才能让你忘了我姐，打动你接受我。"出了女人店，走在大街上，雨露非要大虎牵着她的手，并故意在熙熙攘攘的人群里穿梭。这个木讷的男人简直有点愚昧，这些天，她一直在等大虎开口，好给她一个表白的机会，可是这个男人情商几乎为零，他心里比谁都清楚，可是整天就知道做事、装孬，一闲下来就进入回忆模式，满眼都是忧郁。

雨露是个急性子，这么熬她估计熬不过这个男人，看这架势阿俐要不了几个月就会挂怀，她可不想自己的青春被这个老男人耗光，最终她受不了。

男人追女人隔了千山万水，但男人往往能追到喜欢的女人，因为男人不怕翻山越岭；女人追男人只隔了一层纸，但女人却很少追到喜欢的男人，因为女人怕伤了手指头。

"我的心随你姐姐走了，送她的项链也被水猴子抢走了，连留个念想都没有。"大虎叹了口气，低头看脚下杂乱的步伐发呆。

"就这事啊，你等着我要活捉了那只水猴子，到时你就倒插门来我家做上门女婿，咱们一言为定，反悔是——是猪！"雨露丢下一句话，还没等大虎回应，她就欢快地在大街上跑没影了。

几个好事的男人往这边张望，开始还以为是小女生东西被抢了，当看到是一个穿着外露的姑娘，迈着大步，舞动着青春，甩着挎包一脸欢喜地奔跑在大街上，在调戏一个男人时，都羡慕地看着大虎。

那天下午雨露带大虎见了个客人，晚上回村她就不见了。整夜大虎都心神不定，去大塘口到处找了一遍，也没有发现她的身影，直到下半夜回到山洞睡觉时，才发现洞里养的最大的一条娃娃鱼不见了。

第二天一大早，村里异常吵闹，连睡在一里多外山洞里的大虎都睡不安稳，感觉比庙会还热闹。他慌忙跑下山，却见整个村子已围得水泄不通，很多都是陌生的面孔，都是从几十里外的村子赶过来的。

大虎感觉头仿佛又被人打了一闷棍，晃悠了几下坚持没倒下，雨红躺在大塘埂上那一幕又放电影般在脑子里重播，难道雨露出事了！他拼了命地扒开人群，挤进村子中央，挤到雨露家的小店大门前。

"这就是水猴子啊，怎么才这么点大啊，毛皮真好，贼亮"。

"丁家墩淹死那么多人，都是它拉下水的啊，真可怕，怎么还不投胎哦"。

人群将丁小气家的小店包围得里三圈外三圈，都在七嘴八舌的议论、观望，她家门前的鸡笼里坐着一个黑影，大概是累了，那家伙抱着头不动，显得很沮丧，在那里无聊地玩着细长的手指，用两个食指对接着，做着手枪的手势，样子像正在热播的一个动画片里那只憨厚的懒羊羊，竟然有点萌。

这就是那只水猴子，离开水，它完全没有了暴戾，显得很温顺。

大虎不想再多看那只水鬼一眼，当一生的仇人真的有天摆在你面前任你宰割时，你却没有了杀戮的恨。鸡笼里有条死去的娃娃鱼，他突然明白了，昨晚雨露用它钓到了这只馋嘴的水猴子。

真是人色死，畜生嘴馋亡，千古不变的真理！

大虎四下里张望，没见到雨露，她娘说女儿一夜未归，早上拎了个要命鬼回家，一身是伤，满身是血，正在里屋换衣服。

这丫头从小就没管教好，她爹有点过于溺爱，长大真的翻了天，抓个要了她姐姐、弟弟命的水鬼回家，还笑。她敢与天斗，算命先生说她家多水，改门相，二女儿以后要离水塘三尺，可她偏偏不信，照样去洗澡；敢与地斗，黑沙洲一年一次冲积，是个千年的芦苇荒滩，她造船搞什么住宿、吃饭，看样子还真能挣到钱；现在与鬼斗，一夜不回家，跑大塘里把折腾了村里几代人的水鬼抓上来，不知道要干什么。

大虎推门进入雨露的闺房，一进来，他就闻到一半是雨红的味道。雨露背对着他，已换好了衣服，手臂、脖子贴了好几张创可贴，像小时候玩过家家酒受伤娃娃。她穿上了那件牛仔短裤，一见大虎进来，竟然抓起一把柴刀挡在胸前，仿佛是怕被他欺负。

"这是我姐姐的项链，就挂在那只水猴子脖子上，现在我从它那里抢回来，已经不再是你送我姐姐的定亲物了，算你送我的结婚聘礼，什么时候跟我爹提亲，男子汉说出的话就是泼出的水，答应的事就该一诺千金，要用一辈子来证明。"雨露脖子上挂上了那枚熟悉的项链，依然闪着金光，她步步紧逼。

"我已经准备好了，过几天就去温州厂里做工，你看我现在瘦得人不像人，鬼不像鬼，你要是开口结婚，十里八乡当晚就有人挤满屋外的打谷场，你饶了我吧，我心里容不下别的女人了。"不知道为什么，一进这间房间，他满脑子都是雨红，周围呼吸的全是她的气息，这么些年了，挥不去，一闭眼她就挺着个大肚子从大塘口的柳花树下一路笑盈盈地走来。现在面对她的妹妹，他实在转换不了角色，接受不了，大虎转身要走开。

原来爱恋是蜂蜜，只在特定的季节里酝酿芬芳。

"你站住！你这头说话不算数的猪！"雨露突然紧追几步，横在大虎面前，紧咬着嘴唇竭力地克制着情绪，不让它张开爆发震动空气吓到屋外的客人，粉红的脸憋着气，瘪着嘴，直至脸蛋红红的一团肉像是被电了一般，急速地颤抖。

她右手高举着柴刀，瞪圆了眼珠，死死地盯着走过来的大虎，就要砍。

大虎闭上了眼，一横心，擦着她颤抖的肩，咬牙继续往外走。

"好，你说的，想要心爱的人跟你一辈子，就打断她一条腿！我就打断一条腿，看你个心疼，心个是肉长的，你这头没良心的猪！"雨露疯狂地吼起来，高举的柴刀猛的劈了下来，不是劈她身旁的大虎，而是向着她自己的一条腿狠狠地砍去。

大虎本来还是一脸的凌然，像个壮士去刑场，浑然一脸严峻、不在乎，可是当雨露挥舞的柴刀背带着绝望，恶狠狠地砍向她自己的腿时，他愕然了，呆住了，一瞬间变得无所适从，被这个丫头强悍的气场和为爱疯狂的举动镇住了。

他爱过、疯狂过，知道深陷爱的沼泽不能自拔的人没有几人正常，为爱疯狂的人是最可爱的人，也是最可怜的，他们举目无亲，身处荒漠，绝望、孤独、冰冷、无助，活在半梦半醒之间，尝尽心酸，穿梭在虚幻和现实之中，受尽冷嘲热讽。

他们时而能跨越时空，将爱人从虚幻中唤出拥入怀中，时而悲伤地坐在爱人坟头绝望地哭泣。他们不是演员，却是最好的演员，演绎最真挚最纯美的爱。

他们的时钟是颠倒的，不是夜行人，他们却能在最寂静的夜晚选择和爱人交换心灵；他们的世界是黑白的，不是画家，他们却能用最原始的黑白两种色调，勾兑出最红火的青春，描绘出最壮观的爱情画卷，世间的万物只是他们相拥的背景道具，招之即来，挥之即去。

在他们虚幻的世界里，爱情即是沙盘，他们抓沙撒画，大海、长江、黄河，只要她喜欢，去哪里只是一瞬间，而后风吹无痕，第二天又是一个全新的开始，没有人注意他们为爱守候的专注，没有人能看到他们为爱厮杀的惨烈场面。

什么是真爱，为爱疯狂过的人才是爱情的真正大师，他们专注的沉思表情，胜过世上任何一尊雕像。

这个小姑娘怀揣爱的信念，在幽暗的大塘埂上，独自一人，不知道昨晚和那只水猴子经历了怎样的一场恶斗，没人知道她怕不怕，但全村人都知道，这丫头是真心的，人间大爱，不过如此罢了。这个前几天还在他面前摆 V 字手势的小姑娘，骨子里倔强得像头小牛，用初生牛犊的决心，守着一句滑稽的口头禅，想要心爱的人跟你一辈子就打断她一条腿，为爱疯狂地在自己身上试刀。

原来在真爱面前，我们人人都是疯子；原来在真情面前，我们人人都是爱情的傻子。

大虎慌乱地去抱雨露的手臂，可是还是晚了点。

"咔"的一声，骨头断得很干脆，雨露腿一软，失去重心，身子一歪，晃了晃，踉跄了几步还是没有倒下，激烈的疼痛和怨气让她的躯体失去了少女肌肤原本拥有的弹性，变得硬邦邦的，如一块路边散落的石尊。

"你这是何苦呢，你姐姐性格软弱，打不还手，你性格怎么这么刚烈，不带这么玩的，我夹在中间，为你姐姐疯死我还落个好名声，可你这么虐待自己，村里男人口水也把我淹死，我不走了，行了吧……"大虎叹了口气，强忍泪水，一把紧紧地将雨露搂在怀里。

世间大爱，也有无奈。

当听到大虎答应留下来时，刚刚还硬邦邦地雨露身体瞬间瘫软成一堆棉絮，浑身流汗，浸透衣服，瘫软在他怀里。

渐渐地雨露的身体开始颤抖，起初只是一点点地震动，像列火车在十几公里外就将震动沿着铁轨传播，一点点加强，由远而近，由弱变强，最后在大虎的怀里颤抖成风中一张飞舞的纸片，直至像是要被撕碎了一般。她张开双臂，死死地抱着了大虎，像是溺水的人抓住了最后一根稻草，越抱越紧。她将头埋进这个男人的怀里，抽泣成正午后一场雷暴雨。

"咣当"一声，雨露右手的柴刀落地，男人只一句话，她打开城门投降，刚刚还杀红了眼睛，要拼个鱼死网破，要杀个六亲不认，而今已是阶下囚。

一对新人，在黑糊糊的房间里，拥成一尊雕塑。

大虎感觉脖子处安装了水龙头，被人打开了，全身都有雨水的冲刷，那是女人的专利，是专门溶化男人的强硫酸，再坚强心硬的男人，在女人的泪水面前都会举手投降，英雄难过美人关，先辈们已经反复验证了无数次，大虎虽是个老男人，但也不例外。

"啊——咬死你这头猪！"突然大虎感觉右肩膀处有股激烈的疼痛，开始他还以为是雨露抱紧的手指抠的，侧头一看，雨露像头母豹子一般，闭着眼，恶狠狠地扑在他的肩膀上，亮出獠牙，将两排牙齿狠狠地咬进他的肉里，撕咬得那么解恨，仿佛对这个男人有刻骨的恨。

肉"嘎吱吱"地响，这个吸血鬼妹妹，一路追寻姐姐的记忆，学会了她表达爱的方式，传承了她的暴戾，用最原始的方式，宣誓对这个男人的占有。

动物标志气味，宣誓领地和配偶。雨露在用她姐姐一样的撕咬方式，在她的男人身上彰刻留痕，宣誓主权。

原来世间还有一种爱叫：咬死你这头猪！

三十六

　　妈妈把一勺粥喂到她嘴里，小美很吃力地咽下，可肚子里像是饱了，不接受又吐了出来，弄得她绷紧的脸皮被凸起的颚骨支得痛。

　　"贫家净扫地，贫女净梳头，妈妈，给我梳下头好吗？好些天没有梳头了，弄得像个野孩子了吧？今天我要去医院看看接受我眼角膜的人，以后他们就代表我来看世界了。"小美强打起精神，她坚持自己穿衣服，并且多穿了几件内衣，好让干瘪的胸口显得饱满些。

　　"好，妈妈也很想给你梳头！"小美妈妈几度哽咽。

　　小美被妈妈弄得有些伤感，很艰难地支起身，可妈妈再怎么梳理，空荡荡的头上只能梳一个小辫子，以前那可是爬满头的啊，像怀抱那样把头包容，让她觉得头上开了很多的花朵。

　　"妈妈，我的头发呢？"小美恐惧地问，她感觉妈妈一碰就有一大把头发从头皮上脱去，感觉头颅像是被开水烫过，一碰就有头发掉进黑暗的另一个世界，再怎么也抓不回来。

　　"慢慢疗养吧，你年轻还会长出来的，你看，妈妈昨天特意去给你买了顶假发，披肩的，很漂亮吧。"妈妈给小美戴了顶披肩假发，两边垂到胸口，像个学生，小美苍白的脸显得有点微红了。

　　小美没想到又坐上了她那辆心爱的轮椅，原本以为这辈子眼睛好了，腰杆就直了，路也宽了，再不用坐轮椅了，原来命运就是旋转的木马，转一圈又回到原点，看了风景，却失去了一辈子。

医院永远是那样令人压抑，陪同的家人焦虑，病人一脸茫然，都在等待万能的救世主医生为他们驱魔，可是世间没有万能的人，永远有苦命的痴情人。

阿峰推着小美的轮椅车，走在医院长长的走廊里，四周很昏暗，有一种莫名的压抑。医院里病人不多，陪同的家人却很多，都在走廊里打着地铺，有的忧愁干坐在地上，有的呼呼大睡。

阿俐紧紧跟随，他们这些天都一直陪伴在小美身边。

小美向四周看了看，还是没看到秀秀的身影，她叹了口气，想问又觉得没必要了，从小玩到大，都了解彼此的性格，她是个喜欢安静的女孩，比自己大一岁，好像折腾了这么多年，还是孑然一身，自己是个身子快死了的人，她估计是个心死的人。

不见就不见吧，人生交朋友，可能就是骑自行车行进的旅行，一趟路能载的重量是固定的，走一路认识一路朋友，也必须要丢弃一些老友吧，不然人生就会"爆胎"哦，呵呵。

"咿呀呀"，他们走到走廊的尽头停下，屋里有人在欢快的说话，但听不清。

透过门缝，小美仔细听着那欢快的说笑声，在这压抑的医院病房里，能听到这样开心的笑声，让她感觉就是沙漠里遇到一眼清泉般让人不可抗拒。

"他们俩就是接受你眼角膜的病人，你确定真的要进去和他们谈谈吗？"阿峰将车在病房门口停下来，透过门缝指指里面睡在病床上的两个男人，他们一个矮个子，长得很壮实，另一个裤管空空的耷拉在床边，是个截了肢的残疾人。

"是你们俩？我的同学啊！怎么你们的眼睛一直是瞎子？"小美推开门，进了屋，吃惊地问。

"小，小美，你怎么在这里，自从上次你来我们学校演出，因为我们缠你签名害得你摔倒后，我们就从你住的三楼搬家了，怕打扰你！"修鞋工原本正边聊天边给几张旧皮鞋纳鞋底，俩人一见是小美进来，立刻就紧张得在床上慌乱磨蹭，都低下头，并用帽子压住了额头。

小美见修鞋工床边的塑料袋子很旧，泛着黄色，印有某毛线厂的广告，好像在哪里见过，记得她眼角膜手术成功后，妈妈也带回家这么个颜色的塑料袋子，里面还有些面值很小的钱，妈妈说是医院捐款用的袋子，她当时就纳闷，医院怎么用这么旧的袋子装钱啊。

原来钱是他们捐赠的，小美突然明白了什么，浑身猛打了几个寒战，她支起身，哆嗦着站了起来，走到床边，抬起两只颤抖的手，分别摘下了他们的头罩。

呈现在眼前的是两个男人沧桑的、丑陋的脸，一个皮肤很粗糙，老如树皮，干裂开缝得见红，能见丝丝血肉，夹着浓重的机油味；一个黝黑得如块铁疙瘩，有很多星星点点的肉麻子散在额头，嵌进肉里生根发芽，再生出珍珠大小的肉疙瘩，夹着点酸涩涩的臭味。

两个男人一个是左眼，一个是右眼，都是黝黑黑、空洞洞，像个小老鼠洞一般深陷进去，留给注视的人一个深邃的黑洞。

"我，我的眼角膜是你们给的！"小美倒退几步，瞪圆了双眼，她什么都明白了，眼前的这两个男人一直就是活在她背后的影子里，他们打扫厕所、清理路障、甚至为她捐眼角膜，用眼睛将一个女孩穿裙子的影像刻在细胞里，这是怎样的一种大爱，而那个一直舞动在她眼角膜里的女孩身影，漂亮得让自己嫉妒，那就是自己。

造物主造人，为什么要分出三六九等，让他们在人世间苦命地挣扎，尝尽冷暖，活得卑微，却又偏偏赋予他们超出常人的善良和执着，鞭挞世界。

原来幸福离自己如此之近，而自己却在整天抱怨。

今天的捐赠眼角膜仪式，小美原本准备了很多话，要向接受她眼角膜的人交代，让他们配得起这对承载着爱的记忆的眼角膜去完成下一场接力，可是真爱需要言语交代吗，看着面前这两个丑陋的男人，小美已经哭成了泪人，她不知道该躲到哪个男人的怀里好好哭次，可是她真的想有个怀抱供自己好好发泄，哭死算了，现在那个怀抱就在眼前，可是她不知道该扑向谁。

"小美，你怎么了，别哭了，这次峰医生说医院可以免费帮我们按个眼角膜，可他没有告诉我们是你要还我们眼角膜，如果知道是你给，我们打死也不会要的。其实我们有一只眼睛就够了，人身上只要有一个肾、一只眼睛、一个耳朵、一只手、一条腿就够了，很多东西是备份的，多了是浪费。小美，你别哭啊，你怎么了，生病了啊，哪里不舒服要换我们俩都有，别看我们人丑，但身体的部位学校老师说什么都是好的，都能提供给你，只要看到你在舞台上弹琴、跳舞，我们就知足了。"修鞋工挣扎着想从床上下来，可是他没有腿，搀扶不了小美，另一张床上的淘粪工慌忙起身去扶他。

很多的时候，这两个男人是合体来完成一件事的，比如去爱小美。

原来人身上很多的器官是有备份的，可是心只要一颗，永远不会为谁备份。

"这里坏了，切除了，女人的乳房，你们有吗?"小美用手指了指干瘪的胸口，摇了摇头，摇下一阵酸雨。

两个男人一阵愕然!

"我死后，一半骨灰留给我妈妈尽点孝道，可以帮我埋在家乡的山里，我住在大船上那些天，出去转悠，就是为自己选好了墓地，看中黑沙洲上那个刚按了大风车的山崖，风景好，视线好，关键能看见家乡的山水。雨露她们带领村里人搞旅游开发，我从来就没帮过什么忙，一直觉得愧疚，死后我就用心保佑她们吧。另一半你们帮我撒到家乡的大江里吧，我始终觉得那里才是我真正的家，这辈子没机会去旅游，瞎眼时觉得世界太大，可以任意想象，复明后觉得世界太小，小得我喘不过气。不知道外面的世界到底有多大，死了就让江水带我去各处看看，最后玩累了，再流进大海魂飞魄散，不再指望投胎做人。"小美摸摸自己干瘪的胸口，苦笑着凝视着眼前这两个和她一样苦命的男人，嘱咐他们一定要记住自己说的每一句话。

有的人一辈子不缺女人，却缺爱，有的人一辈子没能得到过一个女人的爱，可他们心里却满是爱。

"我拿什么拯救你，我的爱人。"雨露突然想起了这么一句歌词，在心里默默念唱。她和大虎就站在小美的背后，他们昨晚就赶来了，和小美说了一夜的家常。

"我，我们……"修鞋工连连摇头，他们摸摸胸口，真没有。

"我都三十岁了，老女人了，想找个人拍个婚纱照，只是拍照哦，别的什么也不能，你们愿意吗？现在你们猜拳，赢的人就当我的新郎吧，看你们谁的运气好了。命运对我不公平，对你们也不公平，人人都要学会认命。"小美擦干了泪水，抿嘴笑了笑，房间里气氛太压抑了，让她感觉喘不过气，她不想场面这么哀伤。

两个男人原本是作为病人被推进病房的，可是现在角色转换，小美竟然要在他们中间选人照结婚照，惊得他们张大了嘴，好一会反应不过来。

也许他们去路边地摊算过命，虽然是花了钱，可算命的也不敢说他们能娶到媳妇，掐指一算他们肯定是单身的命，可是那个广场舞跳得亮瞎所有人眼睛的女同学竟然主动要和他们结婚！

一个整天和大粪相伴，全身臭烘烘的肉疙瘩男人；一个以破鞋当枕头，全身脏兮兮的瘸腿男人，真的要有个人和特教班的骄傲小美结婚？这个消息他们要是在特教班的同学那里一嚷嚷，肯定被群殴，那是对小美名誉的侮辱，是对他们神一般的美女同学的践踏，连老师都不会相信他们。

小美讲好了规则，她像个裁判一般，站在两个男人的床中间，大声地喊着一、二、三，这是她第一次对自己的爱做主。

可是两个男人却很木讷，他们还没有从惊吓中缓过神来，出拳的速度、频率都是一样的，每次出拳都在等待对方，两个手臂，同样的手形，一样谦让的心，一连出了四五次，他们每次出的拳都是一样的，分不出输赢。

这样的场景，在大船上前些日子刚刚上演过，那时是阿俐和小美，猜拳为了赢一个男人，现在又是同样的情节，主角是两个男人，猜拳赢一个女人，一样的情节，不一样的输赢。

"你们再这样谦让，我谁都不给机会，这是最后一次，如果你们再慢吞吞，我就带到那边和黄土结婚吧。"小美生气了，她不喜欢男人婆婆妈妈的。

"一、二、三！"小美再一次数完，她数得很慢，但语气坚定。

石头碰剪刀，淘粪工用石头为自己挣到了一个他做梦都不敢去想的女人，当天下午，他站到小美身边，抬起头，搂着一直瞻仰的那个女孩，迎着相机的焦点幸福地笑，再也不用担心人家骂他是个偷窥的流氓，不用担心人家嫌弃他一身再怎么也洗不干净的臭味。

迎面打来的聚光灯雪亮的、很刺眼，将他脸上的肉疙瘩全部毫无保留地聚焦，可他不怕，他头抬得很高，将空洞的眼睛和一脸的麻子疙瘩展示给所有人，他期待更多的人来看他和小美拍结婚照，期待他们用嫉妒的眼睛瞧自己身边的女人。

修鞋工一直在一边看，他们每拍下一个镜头，他都跟着镜头一起摆着认真的表情，和镜头一起定格，仿佛身边也站了个漂亮的小美。

这是小美第一次化妆，她闭上眼，任嫣红的口红游走在唇片上，轻轻滑动，像是谁的舌尖在两唇之间搅动，没有温度，却很有感觉，无数次梦里幻想有个人能吻次自己，这个三十岁的老处女孤寂地坐在梳妆台前，戴上假发，将一颗心封存进躯体里，打上蜡，贴上了封条。

这个冷艳的女人最后绽放一次，不为别人，生为女人，只为对得起自己。

化妆后的小美很美，眼睛变大了，嘴巴却变小了，很陌生，对于一个女人来说，第一次穿上婚纱肯定是认真的，可是再漠然的表情能掩盖内心翻滚的触动吗？小美不时地变换着服装，穿越着四季，时而一身洁白如天鹅，提着长裙，奔跑在台幕做成的大草原上；时而一身火红如火烈鸟，张开双臂，飞翔在台幕做成的湖面上。

她知道身后的风景都是假的，只有她自己是真的。

她知道她这块人生的电池已经完全耗尽，无人能给她充电，她这支红烛，在风中摇曳，刚绽放即是残年，麻木地苟活，即将燃尽最后一缕青丝。

门口的风吹乱了她的假发，吹掉了她的睫毛，吹淡了她的口红，吹冷了她的笑容，吹得她这朵女人花，摇曳风中，随风凋零。

三十七

公交车一路喘息着开过来，带着尖锐的刹车声停好，车上已经几乎满坐，还好最后排剩一个座位，秀秀将挎包放在膝盖上，紧紧抱在怀里，坐了上去。

"你整天就说开会，忙，也不管女儿、不要家了。"前排坐了位中年妇女，正在"叽叽喳喳"的打电话，带了个5岁左右的小女孩。秀秀觉得眼熟，上次和晓东回乡，好像遇到过这对母女。

小女孩很可爱，依偎在妈妈怀里用亮晶晶的眼睛打量着秀秀，眼睛大得像动画片里的卡通少女，还"咯咯"地笑，露出两个对称的雪白的小虎牙。

秀秀摸摸自己的肚子，要是不残忍地去医院，自己第一个孩子怕是十几岁了，可能还是个女儿呢，那是不是遗传了自己高挑的身材，现在俨然是个小美女了。

"你爸爸变了，家里成了厕所，回来匆匆，出门也匆匆。"身边那个妇女打完电话，对着小女孩发牢骚，说孩子爸爸最近越来越忙，总有开不完的会，出不完的差，几乎就不要家了。

"真的啊，那我是不是便便啊，被爸爸冲了啊。"小姑娘亮着眼，"咯咯"地笑，胸口的外套上印着一只卡通画美羊羊，显得特别可爱。

秀秀想，有的婚姻让女人变成傻子，有的婚姻让女人变成孩子，这个女人到底是傻子还是孩子，她家的男人真的对她不好吗？男人在外打拼挣钱养家，女人在家守空房，都没有错，错的是社会生存成本太高了。

"阿姨，你看我像不像美羊羊？"大概是感觉秀秀有种亲切感，小姑娘回身天真地问她。

"像，特别地像。"秀秀笑着回应，羡慕她们拥有个温馨的家，男人在外忙死，女人在家吵死，这大概就是婚姻生活吧，男人是面粉，女人是盐水，揉啊揉，揉成一团谁也别想脱身的面团，将就着吃吧，呵呵。

她掏出手机打通了俊峰的电话，那边答应得很干脆要陪她一起送爹上山，秀秀很欣慰，顿了顿想告诉他自己怀孕的事，可还是张不开口。

"妈，前些天我陪爸爸到乡下看望奶奶，中午我在爸爸的办公室里玩电脑游戏，爸爸说出去有事，我想买零食就跟出去想向爸爸要钱，看见他去镇上大桥对面的一间旧房子里了，因为那附近跑出来一条大黄狗，我吓得没敢去敲门就回爸爸办公室了。"小女孩怀里抱着一大桶包装的爆米花，依偎在妈妈怀里，正在"呼哧呼哧"地大口咀嚼。

"他去大桥对面干什么，那边没学校也不是什么教学点啊？"女孩妈妈疑惑地自言自语。

"最近我发现爸爸屁股上的钥匙环上多了一把新钥匙，他就是用那把新钥匙打开那老房子门的。"小姑娘边噼噼啪啪的说，边爬上座椅，一个回身和身后的秀秀来了个对视，天真的脸蛋让人恨不得都上去掐一把。

大桥边的旧房子，一把新钥匙？

秀秀就坐在这对母女的身后，听得真切，吓得浑身一哆嗦，她的出租屋就在镇上的大桥对面，钥匙是最近自己亲手给他配的，原来这个可爱的小女孩的爸就是俊峰！同时她也感觉到对面的妇女气得发抖，老公近期频繁地加班，这个女人可能早就觉察出了异样，只是没有捉奸在床而已。

秀秀特意哈腰探身偷偷地瞄了眼前排的妇女，穿着随意，长相一般，面庞已经有一些皱纹，耳边也有几根白发，头发胡乱地扎成一束，扔在脑后，一看就是个典型的家庭主妇，身体已经开始有发福臃肿的趋势，肚子赘肉微微凸起，像是扣了个炒锅，是那种站在街角顿时被淹没，爬上舞台立刻发泼型妇女。

"你爸爸刚刚打电话说晚上不回家，我们下午去看望奶奶，等到晚上八点的时候，你带我去那个老屋子，到时叫上爷爷奶奶，去找你爸爸！小三！哼，看你是小三还是打不死的小强！"妇女压低了声音，竭力掩饰内心的愤怒，攥着手心的手机，抿着嘴盯着车顶，牙根咬得"嘎吱"响。

车厢里挤满了人，如塞满沙丁鱼的罐头，路颠簸得乘客有节奏地摇晃，摇得车厢内空气污浊，秀秀感觉这个女人情绪随时有可能抓狂。

"别看我只是一只羊，羊儿的力量难以想象，喜羊羊，美羊羊……"一边的女儿丝毫没有察觉妈妈的异样，照样抱着一桶爆米花大口地咀嚼，微微翘起的嘴很可爱，都能挂上去一只水瓢了。

秀秀抱着装有爹骨灰的挎包，赶上山，亲戚早将爹的墓地挖好了，俊峰也赶了过去，站在一边帮忙。一个只有一平方米的土坑，成了老人家的归宿，生时没住过大房子，死后也只有巴掌大的一块地。

秀秀捧出挎包里的骨灰盒，放了进去，她卷起衣袖，将蓬乱的头发挽起，顺势扎起来，显得很干练。快要中午了，当头的太阳很烈，秀秀抬头看看天，张罗所有亲戚一起挖土、砌砖，只用了半个小时就将爹的新坟堆得高高的。坟堆的方向就朝着丁家墩，蜿蜒的大江和茂盛的黑沙洲就在脚下，村里那几条大船上升起了炊烟，船边有很多晃动的人影，都在忙碌。

坟堆的侧面就是集镇，爹只要转个头就能清晰地看到镇上女儿租住的那间小屋。她麻利地抓过草纸，烧纸、放爆竹、磕头，嘴中念念有词，所有亲戚都面面相觑，不知道她和爹在小声地嘀咕什么。

俊峰站在一边，侧面看着秀秀被太阳晒成艳红的面孔，像座丰碑，昨天见到秀秀还一脸悲情，完全还没有从丧失父爱的痛苦中走出来，而今一埋葬爹，她换了个人，一脸的刚毅，像电视中的花木兰，随时准备上战场，一身男儿气。

中午秀秀张罗亲戚下山去家里的破屋里吃饭，饭后亲戚寒碜地安慰了她几句，就散了，家里顿时就冷清了。屋里空空的，就剩下俊峰，秀秀突然感觉家很大，大到感觉住在无边的荒漠里，四周都是无边的沙海，举目无亲，她有点被抛弃的怕。

他们就这样静静地坐着，一下午秀秀一动不动，像是在感受老屋的气息，俊峰以为她睡着了，走过去一看，她的眼睛却是睁得溜圆，样子吓了他一跳，看来她是太累了，放松不下来。

天快要黑的时候，秀秀洗了个澡，将辫子用发夹缠好，挑了双运动鞋，约上俊峰陪她再次上山去看爹爹，在爹的新坟前，秀秀拉上俊峰双双给爹磕了三个头。

西边残阳已有大半落下了山，剩下另一半挂在两山凹口处，上吊一般，时不时地挣扎着想探出一点点头来，想呼吸一口，可是老天没有给它任何机会，死死按进黑暗世界的另一边。

"爹，今晚有雨，女儿要为下辈子战斗一次，你老人家好好睡吧，今年下半年，女儿就带个孙子来给你上香。"秀秀看了看表，已经快七点了，她回身给爹上了最后一锹土，嘴里嘟噜着，然后回身紧紧地抱住俊峰的胳膊，依偎在他的怀里，匆匆下山了。

"天这么晴朗，哪里有雨哦。"俊峰紧紧抱着她，抬头看着天空，已有星斗闪动眼睛，天空无云，不知道秀秀为何说老天爷今晚有雨。

其实，这个世界每个人都是自己的老天爷，都可以在自己的世界里，为自己人工降一场暴雨，秀秀今晚的格言是：我的生活我做主，我的婚姻我战斗。

原来失恋的女孩是逃兵，想结婚的女人是战士。

秀秀已不再是个女孩，虽没有结婚，但她感觉自己已经经历了地狱的历练，成了烈火金刚，什么妖魔鬼怪都不怕，也不在乎什么名声，就算被骂是狐狸精、被揪光头发，那又怎么样，狐狸精自古就有，头发揪光了可以再长。

秀秀给自己定了个目标，今晚要么生，要么去死！前面冲来一帮人，她身后只睡着一个刚入土的爹，但为了肚子里的孩子，要么打败那个黄脸婆，赢得这个过期的但是肚子里孩子爸爸的男人，要么就从大江的崖壁上跳下去，让江水把这具躯体洗涤漂白干净，再和爹埋一起。

现在手机微信上流行抢红包，秀秀今晚要抢男人！

三十八

丁大炮现在有了个专项工作，雨露在傻姑家的后院挖了个足有一间屋子大密封的池塘，用钢筋焊接死了，是专门用来关那只水猴子的，水房子只留一个拳头大的小窗口方便塞些鱼虾进去喂食。雨露反复叮嘱丁大炮，以水猴子怕光为借口，告诫进这间屋子所有游客不准拍照，现在越猎奇越有人好奇、越追捧，村里农家乐开业，就是要做足水猴子的文章，好好利用他们的猎奇心理，越不让他们拍照，他们口头越传播，这就是最好的广告。

要不了半月，大家微信上将都是水鬼的新闻和链接，没有图片，他们就会越渴望来一睹为快。

原来好奇心和冲动一样，都能刺激欲望。

雨露已经私下里安排人，偷偷去外地买几只人工养殖的水獭，公母都买，大塘里这只水猴子也不知道多少岁了，更不知道公母，一只落单在这里，孤苦伶仃怪可怜的，和村里人斗了这么些年它也没离开，说明它爱大塘，把这当成自己的家，雨露要给它找个伴，再放回大塘成双成对的更有故事，说不定能赶在自己前面先当爹妈。

春色已浓，丁家墩到处披红，这天是他们村农家乐正式开业的日子，一个露天舞台搭在丁小气家小店的门口，台下人头攒动，很多都是外乡来的，听说还有一些特意从城里带着孩子来，就是为了一睹水猴子的风采。

"轰隆隆",随着一阵喧闹的滚地龙山炮声响起,整个村子沸腾了,舞台上雨露胸佩大红花,支着一条受伤的腿,正在致感谢词,旁边一些"长枪短炮"将镜头对着她,一顿聚光灯闪烁,让人有些眼花。

不光有县电视台的记者,一些还是市、县摄影家协会的,专门被聘请来为丁家墩拍摄,做出文化亮点。雨露说要举办一场摄影大赛,第一名奖金一万元。

舞台外停满了小车,听说是县里的领导,特意来剪彩,致开幕贺词。丁小气站在小店的柜台前,忙得满额头都是细汗,这下他家的小店真能赶上城里的十字街热闹了。

江边黑沙洲大船上的炊烟已经升起,一股奇异的鱼香慢慢升腾,和着爆竹烟的硫黄味,熏染着整个丁家墩。

汹涌的江面也被开春的劲风吹醒,翻滚着泛黄的江水,一路头也不回地向前狂奔,一只只开捕江刀的小舟穿梭在江面上,如一片片枫叶随波摇动,忙着捕捞。

大江的一处拐弯,两个崖壁分江而立,如如来的两只手掌将大江夹在手心,仿佛正在打坐。在一处崖壁上,矗立着一架风力发电机,在风扇下,有一座尖尖的小土堆,那是小美的新家。

土堆的旁边建起了三间新石头房,最中间的房间里,摆放着一架擦得闪亮的脚踏琴,衣架上挂着一套雪白的婚纱,衣架顶端挂着假发,屋前已经铺上了细沙路,屋后的山地也被开垦了,做成菜地,两个男人辞去了工作,决定把这里当最好的家,以后就住在山上。

"呼呼",巨大的风车矗立在新坟的头顶,摇动着风扇,为她驱赶江面升腾而起的湿气,叶片洁白优雅,和湛蓝的天空交相辉映,形成一道纯美亮丽的风景线,宛如童话。

如果说丁家墩的山水是一幅画,那么这一架架形如巨型落地电风扇的大风车,就是这幅美丽童话画面中的点睛之笔,山水风光、湿地风情、飞鸟翔集、风车飞旋,丁家墩一样不缺。每当新雨初霁,云束山腰,登峰俯瞰，云海荡漾，风车如画，煞是美丽，小美隐于山水之间，睡在风车之下，家乡的所有风景她都尽收眼底，安歇后她要看个够。

另一面崖壁的边缘处，站着个男人，那是阿峰，手里捧着个盒子，身后站个着女人，那是阿俐，没人知道他们昨夜是什么时候爬上那扇陡峭的山峰，他们就那样站着在等日出。

对面崖壁，也有两个男人，他们脸上都有一个空空的黑洞，本来有个女孩捐赠了眼角膜，可是他们还给了那个女孩，好让那个女孩到那边不再苦命地面对黑暗。

站着的男人身高不过四尺，脸色苍白，显得体格虚弱，捧着灰色的大理石盒子，坐在轮椅上的男人瘦成一道闪电，鸡胸，还外加驼背，捧着一张三人的合影照，合影上有个可爱的姑娘蹲在两个男人的中间，将两个男人搂在怀里，笑得是那样灿烂。她的眼睛亮得如初春的露珠，饱满的胸口上衬衣自然地向两边分开，微微露出一点点沟壑的轮廓，雪白的脖子下，一件天蓝色的内衣包裹着一对鼓鼓的青春的躁动，撑着衬衣，勾勒出一条凹凸的曲线，修长的腿自然地折叠成两段，支撑着一段丰腴的躯体，她搂两个男人的手指是那般的纤细，纤细到一碰钢琴就能有音乐流淌，那是一幅流淌着青春的合影照。

原来人生没有彩排，一切都是现场直播。

"咿呀呀——"突然，大风车坐落的崖壁上那个矮个子男人绝望地叫着，脸上的肌肉像是被电击一般急速地跳动，致使面部扭曲成一副僵硬的丑陋的面具，几个肉疙瘩因为过度拥挤，挤出了几滴殷红的血，顺着干裂的额头滚动，流进了那个空洞的眼窝里，一点点溢满，那里原本是装泪的，现在装满哭泣。

一声绝望的吼叫后，他将手里的盒子抛向初春的晨风中，一股烟一样的粉末在风中一抖身，再被风托起、打开，一点点分化、弥漫，慢慢扩散，脚下的大江使劲地翻滚着，驱赶着风，疯狂地争抢着、吸附着空中飞散的灰尘，如个烟鬼。

"啊——"对面崖壁上那个男人也发出一声悲痛的呐喊，沙哑的回声中夹着几许绝望，撕心裂肺的呐喊中有对老天的咒骂，他将手中那个盒子抛向了大江，风一拥而上，肆无忌惮地哄抢，灰尘四处飘落。

崖壁下，江面上，正在忙着捕鱼的小舟停了下来，船上的渔夫抬起头，一缕缕七彩的阳光从两个崖壁的空隙中折射下来，暖暖的，如放电影一般，将江面打成金黄。

"南无、喝罗恒那、啰罗夜耶、南无……南无、喝罗恒那、啰罗夜耶、南无……"西九华寺庙的佛音准时迎着清晨第一缕晨光唱起，"大悲咒"的音律缓慢而悠长，群山之间，禅院深锁，古柏苍翠，曲径悠长，轻轻的梵唱，声音绕梁。

三千青丝，缘起缘灭，悠悠佛音，让心灵空灵，让六根明净，抚平心灵伤痛。

阳光中夹着点点灰一样的东西随风飘落，漂在江面上，一两条贪吃的江刀跃出水面，翘着嘴争抢着吃食。江水一个翻滚，夹着尘世的灰尘，丢下崖壁上那几具呆若木鸡一般的躯体，一路绝情而去。

"咻……"一声细长的哨子声，江水停止了奔流，江风停止了呼吸，大江顿时安静。

"小时候，妈妈对我讲，大海就是我故乡……"满脸疙瘩的男人坐在崖壁上，将两手的食指插进嘴里，指尖交叉、对接，心灵相通。他闭上唯一的一只眼，浑然走上了一座万人的大舞台，台下坐满听众，一起摇摆着陪他的哨声重回故乡。

一阵悠扬的口哨声恍若天籁倏然而至，从崖壁上飘向大江，哨声清醇婉转，在四壁回荡，那么空灵、那么纯净，仿佛带着野花的芬芳，掠过江河、山川、田野，从悠远静谧的竹林深处，从柳絮翻飞的芦苇花丛中，梦幻般飘然而至……

原来口哨通心灵，哨哨滴血。

"还记得年少时的梦吗？像朵永远不凋零的花……走吧，走吧……"

对面崖壁上，阿峰也坐在悬崖断壁间，拨弄着吉他和弦，轻轻地唱着这首陪伴他们一起成长的歌谣，声音不大，被周围的杂音和大悲咒的佛音覆盖，但肯定有人在聆听。琴声低吟，似有些哀怨，琴声呜咽，似有些伤悲，琴声清冷，还似有些凄凉。

原来吉他根根弦，弦弦扎心肠。

花香千里总有艳，花容天涯总有衰。春尽花谢，下一场缘情不知谁来问津，斯人自随流水去，逝在春天里谁得我心。

有的人，遇见一次就是一生。有的人，离开一次即是永别。

而今，山盟虽在，情已成空。

一个如水的女孩就这么去了，如同黑板上写的娟秀的字，轻轻一擦，风中只剩下一点点尘灰；一个折翼的天使，折断翅膀，跌落凡尘，她逃不出世俗，飞不回天庭，虽爱得凄美，却死得凄凉。

岁月如流年，红尘如陌路，世间谁能渡得过这情欲苦海，谁又能看得破这滚滚红尘，这个如梦一般的女孩，如生在大棚里的蔬菜，注定悲情，生在泪眼婆娑中，死在痛彻谁人心。

其实人生有太多的悲情和无奈，没有多少爱可以重来？

三十九

那年的春节，秀秀第一次自己写了副对联，上联是：父亲去世；下联是：永垂不朽。横批：思父！

江滩一边的羊肠山路上，走下来一对男女，初春已是暖风习习，可这两人却都戴着墨镜，还围着围巾，将脸围了个结实。秀秀牵着俊峰的手，绕道从村后的大山下到江面，她知道村口人多嘴杂，怕他们发现她为爱战斗而留下的满脸伤痕，想从村尾的河埂上绕回家，外面几个家他们都不能回了，还是爹留的家最安全。

他们今天去县里刚领了结婚证，结婚照贴得很紧，显得很恩爱，红本本加了钢印，将他们两人死死地盖在一起，特别的漂亮，秀秀揣在怀里，感觉这证就是她这条船靠岸的缆绳，终于有港湾可以休息了。

江边的风很大，不时地掀开他们脖子上的围巾，露出清晰的伤口，那是抓痕，俊峰默默地跟在秀秀身后，显得很沉重，一脸疲惫，像是很多天没有睡觉，疲惫到极点。

远远的，村子里有一群人簇拥着向江滩走来，也许是太多的心事压抑，秀秀挽着俊峰的手低头往村里赶，没注意对面来的一拨人，等他们反应过来，那帮人已经有说有笑的和他们面对面了，躲是来不及了，秀秀示意俊峰，两人将围巾拉了拉，完全遮着了受伤的脸，伪装成来吃饭的游客。

"不错，服务好、卫生好，有亮点，看来县旅游局这次帮你们做贷款，我全力支持你们是对的，现在就是要做好保护，保护好家乡的山水，做到可持续发展，这些可是绿色银行哦。"领头一微胖的男子正和雨露说话，那男子走路呼呼生风，像是部队在走正步，衣着也很干练，黑衬衫塞在裤腰里，虽然绷得有点紧，显得有点发胖，但很精神。

不知道为什么，秀秀有种莫名其妙的烦躁感，为了有个像样的家，为了肚子里的孩子有个爸，前些天她一人大战俊峰家媳妇、丈母娘，她浑身伤痕累累反倒一点都不怕，越战越勇，因为没有退路了，而现在她却怕见村里任何人，自小就感觉和丁家墩格格不入，没有归宿感，现在全村办农家乐，她没有去帮忙搬过一砖一瓦、更没有资助过一分钱，秀秀感觉心里有愧，偷偷从村尾跑回来，却还是和她们不期而遇。

就在秀秀低头和对面而来的一帮人擦身而过的时候，走在最前面那个干练的男人裤腰上挂的一个黑盒子一亮，反射出一道暗光，秀秀用余光去打量了一下，那是个火柴盒大小的黑盒子，盒子黑色的屏幕上有数字在闪动，显示着时间，像是个电子表。

那个黑盒子那么熟悉，秀秀迅速在脑子里搜索，那是个传呼机！这个挂传呼机的男人竟然是他，是陪她长大，送她爱情电波却从来没有打过的玉宝！自从结婚那天见他一次，他回部队就再没回来，留下那个空姐在家守空房，而今他将那枚已经摔坏的老掉牙的传呼机修好了，竟然还挂腰上当表用！

这个传呼机上辈子不欠费，每天充满电，天天被宠爱，也在为爱守候，可是从来都没有响过一次；下辈子老了，不中用了，欠费了，被抛弃了，却还被人藏在心里当宝贝，被小心翼翼地珍藏，百般宠爱，却守寡一生。这世界难道都是错过了季节才知道春天的美丽，错过了风景才追悔铅华的美好。

队伍的最后面跟着两个人，一个挺着个大肚子，梳着个大长辫子，另一个个子很高，干瘦，像条竹节虫，秀秀一看慌忙将围巾再次往上拉了拉，他们是雅青和阿六，没想到他们离婚了还能复婚，听说当年阿六用几根棒棒糖就俘虏了雅青，跟他私奔，想不到婚姻破裂后，阿六竟然用一根手指，再次将失去的爱换了回来。今天的阿六哈腰跟在雅青后面，刚从张村雅青娘家回来，手里提着一个大水壶，背上还帮雅青背了一个小红包，显得很好笑，但他脸却笑得跟中了大奖似的，两人一路欢笑着走来。

"不忘初心，我从部队转业回来，被分配到县旅游局当局长，我做梦都想为家乡的建设出点力，雨露找到我说要创业，成立合作社、要做创业贷款，我全力支持，现在社会只要勤快、不懒，肯定有饭吃挣到钱。下一步，等我们村农家乐挣到钱了，我要在城里给村里光棍举办一场老男人相亲会，现在电视上不是流行征婚节目《非诚勿扰》吗，我们的主题就是《有诚就扰》，就是要逐步消灭村里的光棍。"那个男人大步如飞，额头细汗，满脸欣喜地向江边停靠的那几条大船跑去，像个孩子。

"不忘初心，方得始终。"秀秀收住脚步，转身看着一帮人匆匆远去的背影，嘴里反复念叨着。

这一转身，30来年的历程一一走马看花一般从眼前飞过，埋葬雨红她没有去，那时在县城读书，她觉得读书比送儿时的伙伴更重要；小美做复明手术她没去，觉得她眼睛好不好关自己什么事，为她向单位请假犯不着；阿峰和阿俐结婚她没有去，她嫉妒伙伴穿婚纱在自己面前炫耀；小美抛撒骨灰她没有去，她嫉妒有两个陌生的男人为她守灵；父亲去世一帮儿时的伙伴没有一人参加，他在世时孤苦伶仃，走时清冷，这是谁做人的失败。

请人带哭那更是活着不孝，死了胡闹。

人就是黑暗中的一只萤火虫，都要发光才能感受到彼此的存在，这么些年自己到底在村里人中闪过亮吗？原来自己一直是只贝壳，在自己的世界里独舞，对朋友、亲人漠不关心，风景再怎么美好，那也是孤芳自赏，没有掌声，没有蜜蜂来替你授粉，永远结不出果实。

自从爹去世前，总觉得一村人都欠自己的，一个回身才发现，到底是谁欠谁的情，谁还谁的债。

"你到底回不回家了，我累了，烦不烦！"身后的俊峰粗暴地咆哮，为了这个女人，他抛妻弃子，前妻已经大闹县教育局，辛辛苦苦奋斗了这么多年，就是为了混那张纸，可是，他镇教办主任的头衔要不了几天，就会被另一纸批文罢免。

"爸爸，你就是灰太狼，妈妈就是红太郎，我是小灰灰。"女儿在他耳边说得最温馨的话常在耳边回响，在她心里，爸爸是最疼妈妈的好爸爸，可是每个男人心里都有扇暗门，那里是培育欲望的温床，现实世界里到处都是红线，可是男人的世界里，他们的战马可以任意驰骋，不撞倒南墙誓不回头，可是这世界谁真正撞倒过南墙。

人生就是一场游戏，一场赌博，你玩得越大，付出的代价就越大，失去的永远都别想拿回来，对家庭和孩子的伤害一辈子去做牛做马都弥补不了那个伤口，更不会给你弥补初心的机会，不忘也得学会去忘。

女人从真正长大那一刻起，就是从流血开始。不忘初恋的心，也有保质期，有些事该忘的就要忘，有些情，该断的就要断，人永远都要往前看，转身你会发现，风景不一定有那最初的美丽。

"哎哟，我肚子疼了，疼死了，不行了，阿六，快，快扶我躺下，我要生了，就在这里生了……"突然雅青一阵急促地大叫，一边的阿六拔腿就往大船那边跑，可雅青支着腰，已经站不住了，他慌忙又折返跑了回去，脱下外套，铺在地上，小心翼翼地搀扶着雅青躺下。

雅青就躺在江边，为了缓解疼痛，让身体冷却，她将两只小腿都伸进了江里，一摊嫣红的血顺着雅青的大腿，流进泛黄的江水里，染红一片。

"啊，阿六，过来让我咬口，啊——我要生啦……"雅青浑身是汗，大声喊叫。

"哇——哇"，一个新生儿呱呱落地。

……

俊峰已经走远了，秀秀原本呆呆地站立，雅青突然躺到地上，杀猪一般大喊大叫着，只一二三的工夫，就生下了个肉肉的孩子，江滩上那一摊鲜血刺得她睁不开眼，她受了惊吓一般撒腿就往家跑去，脚下一个划拉，一个趔趄跌倒在地，肚子一阵刺心的疼痛，大腿西侧感觉有股热流在涌动，报复性的没完没了了。秀秀慌忙捂着肚子蹲在地上，年轻时，肚子里的小家伙是只打不死的小强，生命力比只流浪狗还强，现在却是只营养不良的秋瓜，随时都可能掉下来。脚腕也有股刺痛，她挣扎着想站起来，可是一只脚根本使不上力，只能蹲下去，脱了鞋袜，查看伤情。

对面走过来一个小女孩和一个中年男人，秀秀认识，小女孩是风力发电项目技术员小惠，中年男人是总工程师陈总。

"欧巴，我脚都起泡了，你就不能关心下小女生，走慢点啊！"小惠一路"叽叽喳喳"，如麻雀，磨蹭着喊走不动了。最后干脆扔了背包，一屁股坐到离秀秀也就十来米的一大石头上，怎么也不起来了。

小惠气呼呼地脱了鞋袜，见两只脚上都有好几个红肿的血泡，比她上初中时脸上起的青春痘大多了，立刻吓得直叫唤，仿佛被蚂蟥附了身。陈总呵呵地笑，盯着小惠泛黄的耳垂看，附下身，伸手将小惠耳垂上一耳坠摘了下来，拉直，掏出打火机烧着坠丝。

"大叔！用针戳啊，你轻点哦！"小惠哆嗦着身子，看着发红的坠丝发怵。陈总笑而不答，蹲在小惠脚边，摘了手套，一手轻轻地握着小惠脚腕，从脚尖到脚腕来回抚摸，并用指节丈量着掐捏她脚后跟两处穴位，好让她放松点。小惠全身酸痛，感觉跟腱处绷紧的几根神经渐渐松软了，面前的这位大叔一手托起她脚掌，迎着台灯一般的阳光，看得很专注，像是在欣赏一件艺术品。

陈总用左手轻轻的托着她的脚，眯眼专心致志地欣赏，伸出右手轻轻地捏着她脚板上那几个血泡，用拇指和中指将一血泡捏在指尖，轻轻一揉、一捏、一搓、一拽，满脸陶醉，动作是那么轻盈，仿佛被他抓在手里的不是脚，而是一对怀春的女孩儿乳房。他一只手在把弄，另一只手捏着兰花指，在揉捏脚板上泛着红晕的"乳头"，握在他手心的脚成了一个寿桃，他轻轻地揉搓着寿桃尖那一隆起的微红，指纹和脚纹衔接的纹路可能恰恰吻合，粘连在一起有了黏性。

就这样，他把玩着，用针挑逗着，舍不得挑破。

"欧巴，中老年男人三大幸事就是升官、发财、死老婆，听说你刚和老婆离婚了啊?"小惠涨红了脸，长出了一口气，这口气她憋了足足有一分多钟，是怕得不敢呼吸。大叔终于狠下心，用烧红的针尖轻轻一点一个血泡凹凸部位，血泡就如乳头被催了奶一般，一股乳白色的液体就从乳尖一点点渗透出来了，伴着一丝血丝，像女儿家的第一次落红。

小惠起初是紧闭着眼的，可这位大叔脱了干活戴的手套，用温暖的手抚摸她脚腕的时候，肌肤与肌肤接触的力度没让她放松，反倒让她心头一紧，脚脖子处有种过了电的感受，闪动着火花从腿部一路燃烧进脑门，这种感觉说不出什么味，怪怪的。也许这种对大叔的情结是所有单亲家庭共有的，她从小缺少父爱，单相思了好几次，那是剃头担子一头热，至今未谈过恋爱，而今这种突然间的触动让她分不清是什么爱，是缺少的父爱还是一份异性爱。反正这种感受她此生第一次感觉到了，挑着神经，摩擦着脆骨，最主要的是做女人的身体竟然有了本能的反应。

大叔每捏她血泡一次，她就全身过一次电，坐不住，眼前发黑，身子发软，全身像是在酿醋一般，分泌一种体液，是一种酸，这种酸刺激她胸口发胀，下身有点湿漉漉，让她不得不使劲地地夹紧双腿，咬紧牙根，没让喉咙处那几声本能呻吟发出声来。

仿佛很久，其实也就几秒钟，她已经坐了好几次过山车，细细品味到了一种别样的人生。脚掌上麻了几次，仔细一看，几个刚刚还鼓着大肚子的血泡就已经干瘪得如生了孩子后的女人肚皮，只剩下一层泛白的空皮。

小惠多看了眼面前的这个山里大叔，寸头、长脸，唇边和下颚的胡楂不多，但肯定扎手，手指很纤细，像弹钢琴的老师，落日的余晖将他的耳鬓染了色，通黄的毛发中有几根白头发闪动着银光，有种成熟的韵味。

关于自己的初恋，小惠设计过无数个版本，有高富帅公子，有商界精英儒雅绅士，有见义勇为兵哥哥，有明星落难街边讨饭，可是这些无数次设想中，就是没有这种版本，没有大叔恋，最可笑的是大叔只摸了下她的脚脖子，只用根针为他挑了几个血泡，她本来以为坚固得用核弹都炸不开的恋爱大门，一厢情愿地自己开了，开得莫名其妙，毫无根据，荒唐至极，带着一份悸动和燥热，掺杂着一份不安和羞涩，让她毫无还手的能力，甚至连怀疑申辩的权利都没有，只有开门投降的份。

大腿处像是有渗漏，不紧不慢地流着一股细流，秀秀捂着肚子，在一边看得真切，叹了口气，不知道这个女孩是下一个自己还是下一个雨露！

……

谨以此篇，献给世间世俗、单纯、倔强、坚强、为爱疯狂的女人。每个女人都是一生血红，每段血红都是一段传奇！

后　记

　　友人闲聊时感叹，写一部长篇小说，等于女人生次孩子，不光掏空了脑洞，还要挖出心、肝、肺，流干所有的血。创作一部小说的过程，就是一部自我纠结的苦难史，常常思维混乱，昼夜颠倒，熬白了鬓发。选择码字作为生活方式之一，可能像"吸食毒品"，一辈子都摆脱不了它的"阴影"，但人就是这么"作贱"，有时又会特别享受这种自虐的过程。

　　一直就这么压抑着，折磨了自己好几年。小说收笔那晚，下了整夜的雨，本想出去走走，可是老天没给我机会，以电闪雷鸣的方式警告我外出很危险，不让我有那么片刻的宣泄放纵。这几年一直是在这部小说文字的背后和自己躲猫猫，试图不让读者看到作者的影子。那夜，我终于可以从幕后走出来，躲在自己的小房里，像个孩子考完试，可以过年啦，享受风雨过后片刻的安宁。

　　关闭思维，做个总结，觉得对这片养育我的热土有个交代了，如果说是意志力支配我写完这部小说，倒不如说是乡愁在驱赶我前行。始终牢记一句警言：要想感动读者必先写哭自己。雨红之死、秀秀第二次手术、埋葬小美，我哭了。将人性最脆弱的一面扒开，一点点解剖、剥离，解读人性，展示给读者，以萤火虫般的微光，照亮夜空。

　　总觉得我的文字太过于悲情、凄凉，那是因为故乡一直有个和雨红一样的女人活在我心里，反反复复出现在我梦里，我抓不到，寻不着，更看不见模样。这么些年，始终怀疑我文字中的那股悲凉，不是来自我天生的忧郁，而是来自于她，来自于她给我的悲情，是她吸去了我所有文字的温度。

苦闷让我选择了用文字呐喊，文字又利用我去折磨那些悲情的苦命人，我知道最先被折磨的是我自己。对于秀秀的亏欠，我无法启口，给她一万份歉意，都填不满她空洞的心，弥补不了她残缺的爱。她一厢情愿地以身试爱，像朵绽放的红莲，演绎什么叫青梅竹马、两小无猜，可是到头来成了这个时代逐利人脚下的牺牲品。有时候想，到底是我欠她的，还是这个时代欠我们的，女人的成熟单纯一点不好吗？非要经历九九八十一难？

走进小美的内心，我全身紧张，一直小心翼翼，尽量以水墨画式的文字叙述，不加过度渲染，哪怕是一点点污秽的文字都不敢修饰，生怕污染了一颗剔透的心，竭力还原一个懵懂盲少女怀春最原始的情感历程，从希望到绝望，从黑暗到光明，从鲜活地重生，再到悲情地逝去。

无数个失眠的夜晚面对夜空凝视，大地不复存在，时空旋转，我只是沧海一粟，漂泊在寻觅故乡的河床上，高举火把，燃烧自我，穿过黑夜的时空隧道，大声歌唱，没有朋友，大喊呼救，无人回应，抬头观望，双目白茫茫、空荡荡，没有风景，空壳里孤孤单单的只留着一颗营养不良的干瘦的心。为故乡，我愿意一辈子做个守夜人。

如果可以，我愿背着行囊，就这么一路孤独地走下去，寻觅躯体背后另一个真实的灵魂。